*Weitere Romane
von Ellen Bromfield-Geld*

Paradies auf dem Vulkan
Ein Tal in Ohio
Wildes Land im Mato Grosso

Ellen Bromfield-Geld

Ein Wintertraum

Roman

Deutsch von Isabella Nadolny

schneekluth

CIP-Kurztitelaufnahme der Deutschen Bibliothek

Bromfield-Geld, Ellen
Ein Wintertraum: Roman. – 1. Auflage
München: Schneekluth, 1978
Einheitssacht.: A Winter's Reckoning ‹dt.›
ISBN 3-7951-0411-4

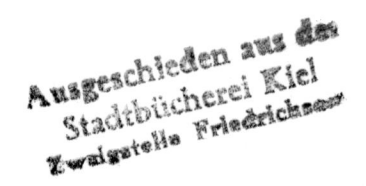

Die amerikanische Originalausgabe erschien unter dem Titel
A WINTER'S RECKONING

ISBN 3-7951-0411-4

© 1976 by Ellen Bromfield-Geld
by arrangement with Paul R. Reynolds, Inc., New York
© 1978 für die deutsche Ausgabe
by Franz Schneekluth Verlag, München
Gesamtherstellung Mohndruck Reinhard Mohn OHG, Gütersloh
Printed in Germany 1978

*Der Starke hat viele Möglichkeiten,
die Linien fremden Lebens zu beeinflussen –
durch Vertrauen
oder aber durch das Fehlen von Vertrauen.
Wie auch immer:
In dem Augenblick,
in dem die Beeinflussung einsetzt,
wird Stärke zur Schwäche
und die Macht des Guten zum Bösen.*

I

Gestern ist wieder Schnee gefallen und hat alles zugedeckt, die Äste der Föhren niedergedrückt und den am Blockhaus vorbeifließenden Fluß in einen dunkelflimmernden Strich verwandelt. Die endlose Weite, die fern im Westen aufsteigenden Teton-Berge haben für mich nichts Bedrohliches, eher etwas Beruhigendes. Die Tetons sind eine Mauer, zur Zeit unübersteigbar, schützend und friedlich, und der Schnee ist jetzt meine Einnahmequelle und der Anlaß meines Hierseins.
Eine Woche ist vergangen, seit ich von der Straße in die Zufahrt einbog und die in Mrs. Camerons Telegramm angegebene Adresse mit dem Holzschild über dem Tor verglich. »Cameron-Ranch«, stand dort, und darunter, in kleineren Buchstaben: »Ausflüge, Angeln, Wintersport.«
»Sie kommen mir noch recht jung vor«, hatte Mrs. Cameron geäußert und mich gemustert wie ein Pferd.
»Ich bin einundzwanzig.« Hoffentlich war es ihr nicht zuwenig. Ich hatte den Job so nötig. Offenbar hatte sie mich ebenso nötig; sie zuckte die Achseln, lächelte breit und sagte: »Na ja, ich brauche keinen Olympia-Trainer. Deshalb habe ich ›Skilehrer‹ in die Anzeige gesetzt. Ich suche einfach jemanden, der verhindert, daß die Kinder sich Arme und Beine brechen. Sind Sie überhaupt schon mal auf Skiern gestanden?«
»Ja, aber es ist lange her.«
»Macht nichts. Das verlernt man nicht, sowenig wie das Tanzen.«
Mrs. Cameron konnte nicht ahnen, daß ich mein halbes Leben getanzt und es nicht vergessen hatte. Sie merkte sicher nicht, wie ich bei ihren Worten zusammenzuckte.

Wenn doch, zeigte sie es nicht, sondern sagte einfach: »Ich mache Ihnen einen Vorschlag. Ich gebe Ihnen jetzt ein Paar Skier, und Sie probieren es mal, allein. Und danach sagen Sie mir Bescheid.« Sie blieb noch einen Augenblick stehen in ihren ausgeblichenen Jeans und der alten Windjacke, und ihr kurzes graues Haar und das sonnenverbrannte Gesicht hoben sich lebhaft vom Schnee ab. Alles an ihr war lebhaft und kräftig. Dann sagte sie noch: »Kommen Sie rein, Sie müssen sich erst was Warmes überziehen, sonst erfrieren Sie mir noch.«
Wie takt- und rücksichtsvoll, mich mit den Skiern allein zu lassen. Selbstverständlich war es besser, ich probierte es allein, denn ich fürchtete, ich könnte nur noch ebenso wenig fahren, wie ich noch tanzen konnte. Und ich wollte doch gern bleiben, hier bei Menschen, die mir alle fremd waren. Bei dieser Mrs. Cameron, die handfest und freundlich, aber nicht neugierig war und die – das spürte ich – von mir nur eines verlangen würde: daß ich meine Pflicht tat.
Nicht denken, nur nicht denken, sagte ich mir und glitt im nächsten Moment den Hang hinunter, leicht in den Knien federnd, wenn ich die Richtung ändern wollte, und wußte mit schmerzlichem Entzücken plötzlich wieder, wie es damals gewesen war. Doch nun stand am Fuß des Hanges kein Lorenzo mehr, um mich lachend aufzufangen und an sich zu drücken. Ich war ganz allein. Aber verlernt hatte ich es nicht. Ich konnte es noch.
Und jetzt bin ich also Skilehrerin: vormittags von neun bis elf – und nachmittags von zwei bis vier. Die übrige Zeit gehört mir. Hoffentlich nutze ich sie vernünftig, damit ich vorbereitet bin, wenn der Frühling mich zwingt, von hier fortzugehen. Im Augenblick ist der Schnee mein Beruf und das ferne Gebirge mein Schutzwall.

Es ist Nacht, und das Schneetreiben hat aufgehört. Vor meinem Fenster ist alles still, und jeder Schatten scheint

wie mit scharfem Stift in das Weiß hineingezeichnet. Mir ist, als könne ich dort auch meinen eigenen Schatten zeichnen. Und den Schatten meines Bruders Jaime, der durch mein Bewußtsein geistert, wie in den »Angstnächten« durch mein Zimmer, Worte murmelnd, die ich ihn gebeten hatte, nicht auszusprechen.
Das sanfte, schweigsame Wesen, mein Bruder Jaime, dazu geboren, um groß, schlaff und untüchtig zu werden. Ich sehe noch seine gebeugte Gestalt, die unverhältnismäßig kleinen, zarten Hände, auf dem Rücken oder unter der Tischplatte gefaltet, wie um sie meines Vaters enttäuschtem Blick zu entziehen. Sein halbes Kinderleben scheint er sich bemüht zu haben, bloß nicht aufzufallen. Er verlangte wenig: nur mit seinen geliebten Büchern und seinen halbfertigen Kritzeleien in Ruhe gelassen zu werden. Keiner außer Lorenzo und mir kennt seine Geschichte, und wir versuchten, jeder auf seine Art, sie zu vergessen, bis eines Tages eine Tat Jaimes sie uns erschreckend deutlich ins Bewußtsein rief. Glaubte er wirklich so stark an seine Geschichte, daß er meinte, ihr ein Ende setzen zu können? Es ist sinn- und zwecklos, jetzt noch darüber nachzugrübeln. Aber wie soll ich das Bild aus meinem Gedächtnis tilgen: er am Boden sitzend, Nanny in den Armen. Und das schuldbewußte Entsetzen, wie nur das Gesicht unseres armen, grundaufrichtigen Jaime es ausdrücken konnte, als er mir zurief: »Ich war's, ich habe sie umgebracht!«
Er hatte sie nicht umgebracht. Die Todesursache, bei ihrem Krankenhausaufenthalt nach der Gehirnerschütterung ärztlich festgestellt, breitete sich bereits in ihrem Inneren aus und wuchs und wurzelte, als sie wieder entlassen wurde. Damals sagte sie, sie könne sich nicht genau erinnern, wie es zugegangen sei: Jaime habe nach einem Buch gegriffen und dabei das Regal heruntergerissen, und ein Brocken seiner Steinsammlung habe sie getroffen. Und nur zu mir sagte sie in bittendem Ton, den

ich allein begriff: »Geh nicht fort, Melissa. Ich habe Angst.«
So blieb ich denn, während ihre Krankheit sie aushöhlte und auffraß, bis nur mehr die äußere Hülle vorhanden und sie bis auf die flammenden befehlenden Augen gar kein Mensch mehr war. Als sie schließlich starb, fuhr ich fort und ließ die drei miteinander allein: Jaime, Lorenzo und meine Mutter. Lorenzo verläßt jetzt die Farm nur noch selten, meist bleibt er auf seinem Zimmer und arbeitet am Reißbrett. Oder er streift an meiner Mutter vorüber, als sei sie ein Gespenst, hinaus ins Freie, um stundenlang mit den Hunden, seinen besten Kameraden, am Ufer entlang oder die Wälder hinaufzuwandern, unser von Stimmungen heimgesuchter Vater.
Jaime wohnt in dem Häuschen, das Lorenzo für ihn im Wald gebaut hat. Soviel ich weiß, wird er dort für immer bleiben, ein Gefangener ohne Gerichtsverhandlung für das, was er getan und gesagt hat. Oft erfüllt mich eine unerklärliche Angst bei dem Gedanken, daß ich nicht länger in ihrer Nähe bin. In der Stille, der Geborgenheit dieses eingeschneiten Hauses glaube ich nie wieder Frieden zu finden, ehe ich nicht jeden einzelnen in Gedanken zur Ruhe gebracht habe. Deshalb sitze ich in meiner Freizeit hier und schreibe. Und werfe die Schatten auf Papier.

2

In Gedanken habe ich meinen Vater eben »verletzlich« genannt: ein sonderbares Adjektiv für eine Persönlichkeit, die für mich stets die Verkörperung von Kraft und Entschlossenheit gewesen ist und meine Mutter in allem so hoch überragte, daß ihr Lachen, wenn es mir einfällt, immer so klingt, als müsse sie sich eigentlich dafür entschuldigen. Außer auf den ersten Fotos von Marion und

Lorenzo, die verblaßt sind, aber nicht das strahlende Selbstvertrauen verbergen können, mit dem meine Eltern in diesen ersten Jahren lebten, zu der Zeit, ehe ich zur Welt kam, ehe Lorenzo berühmt wurde, als beide noch allem zum Trotz und nur füreinander lebten.
Wer von den äußerlich wohlwollenden, innerlich entsetzten Vandervens, einer alteingesessenen New Yorker Familie, hat wohl ernsthaft an diesen Selfmademan geglaubt? War es denkbar, daß der Sohn eines ungebildeten portugiesischen Fischers ein solches Gefühl für Proportion, Licht und Harmonie in sich trug, daß er eines Tages als Architekt prominent werden sollte?
»Gewiß, liebe Marion, ein hochbegabter junger Mann, ungewöhnlich begabt. Aber doch nur halb so gebildet wie du – hat ganz andere Maßstäbe, die mit den deinen in nichts übereinstimmen.«
»Wir werden unsere eigenen Maßstäbe setzen«, höre ich meine Mutter erwidern, mit dem Trotz und der Naivität eines verwöhnten Kindes, das nie enttäuscht worden ist und dennoch die Welt nicht kennt.
Wie verliebt muß meine Mutter in diesen amerikanischen Othello gewesen sein, dessen olivfarbener Teint und maurische Züge durch einen üppigen Haarschopf und einen Bart von tiefstem, lockigem Schwarz noch verwegener wirkten. Die meisten Menschen sagten, er hätte etwas Barbarisches – allerdings nicht ohne einen entzückten Unterton in der Stimme.
Auch Marion selbst war ein Meisterwerk der Natur. Sargent hätte sie in einem einfachen, sehr eleganten weißen Seidenkleid gemalt, um ihre leuchtende Haut, ihre hohe, schlanke Gestalt, die Perfektion ihrer hohen Wangenknochen und ihres spitz zulaufenden Kinns zu unterstreichen. In ihren braunen Augen spiegelten sich Humor und Verstand, sie ließen, solange sie nicht von Trauer überschattet waren, an das feine frische Licht des Herbstes denken.

Sie war jedoch »anfällig«. So hieß es wenigstens. Kurz nach ihrer Geburt wäre sie beinahe an Gelbsucht gestorben, und das hatte ihre Konstitution fürs ganze Leben geschwächt. Immer bedurfte sie besonderer Pflege und Rücksicht. Das jedenfalls behaupteten »sie«, die Ihrigen, ich habe sie selten bei Namen nennen hören. Deren übertriebene Fürsorge war – dessen bin ich sicher – für Lorenzo so etwas wie eine Provokation; er glaubte von Menschen gern das, was ihm gerade in den Kram paßte. Wahrscheinlich wollte es ihm nicht in den Kopf, daß sie so anfällig sei, und er hielt sie nur für verzogen. Er war entschlossen, sie zu »befreien«; sie würde emporsteigen wie ein Wundervogel, der zu lange im Käfig gesessen hat. Mit anderen Worten: Wenn sie nicht ganz so war, wie er sie wollte, würde er, der Künstler, sie umgestalten.

Sie aber – das weiß ich sicher – liebte ihn, wie er war, mitsamt seiner barbarischen Erscheinung, die von dem in ihrer Familie üblichen puritanischen Aussehen so sehr abstach, liebte ihn mit seiner Vitalität, seinem Charme, seiner Entschlossenheit, die Welt zu erobern, liebte ihn gerade darum, weil er so »unmöglich« war.

Die frühen Fotos ähneln sich alle: Marion allein; Marion mit den Kindern; Lorenzo in ähnlichen Posen, beim Picknick im Central Park, auf der Treppe zum Naturhistorischen Museum. Ein Leben voller Entbehrungen, wie ein noch unbekannter Architekt es sich leisten konnte. Kaum je sind sie zusammen auf einem Bild, aus dem einfachen Grunde, weil einer von ihnen knipsen mußte. Sie hatten wenig Bekannte. Damals kannte niemand Lorenzo Cardoso. Und doch strahlt auf diesen Fotos Marion eine Selbstsicherheit aus, die man auf späteren Bildern vermißt. »Ich brauche nichts und niemanden«, scheint sie darauf ausdrücken zu wollen. Und doch: Trotz der Vandervenschen Skepsis, trotz »ihrer« ängstlichen Überzeugung, es gäbe nur ein brauchbares Startkapital – nämlich Besitz und Tradition –, hatte Lorenzo Cardoso

Erfolg. Mit seinen hochaufragenden Strukturen aus Zedern und Pinien, auf den Fels gebaut, aus dem ihr Fundament gehauen war, löste Lorenzo endlose Debatten aus. Noch nie hatte jemand eine so enge Verschmelzung zwischen Natur und Architektur angestrebt. Ich kann nicht beurteilen, was es ihn kostete. Nur der, der ihn erlebt hat, kennt den Kampf, den er führen mußte, von Kindheit an, besessen von den Felsen, die das Meer an der Küste von Massachusetts freigewaschen hatte – den Kampf, dessen Ende auch sein Ende sein würde. Jedenfalls wurde er nach wenigen Jahren berühmt. So berühmt, daß er sich seine Aufträge aussuchen und nach Belieben überall auf der Welt wohnen konnte.

3

Lorenzo liebte die Dinge so, wie die Natur sie schuf. Als Kinder verbrachten wir Stunden damit, ihn auf seinen Wanderungen an der Küste von Long Island zu begleiten – sie reihten sich zu Tagen, zu Jahren. Wir sammelten Muscheln, Steine und Treibholz, das er später für uns auseinanderschnitt, damit wir die glatte Maserung sehen konnten, die Jahresringe, die von Regen und Dürre im Laufe vieler Jahre erzählten. Diese Grundelemente der Erde zu Bauwerken zu türmen, die das Land beherrschten, aber auch Teil seiner selbst waren, das hieß in seinen Augen Zivilisation schaffen.
Kein Wunder, daß ihn Europa faszinierte. Etwas an seinen alten Mauern, Balken und Butzenscheiben besaß die Aura der Beständigkeit, die Lorenzo so sehr brauchte wie der Körper das Salz. Frankreich mit seinen aus felsigen, abweisenden Hügeln herausgehauenen Festungsstädtchen, England, in dem sich die Gebilde von Menschenhand so großartig in die Landschaft fügten, daß Haus und Garten, Wald und Feld einander unablässig ergänzten.

Er wollte soviel wie möglich lernen über diesen Stein, dieses Holz und wie man sie am besten verwendete für die ihm vorschwebende moderne Architektur, eine einfache, nicht überladene Architektur, die trotzdem Beständigkeit atmete. Deshalb wählte er, als er sich seinen Wohnort aussuchen konnte, England.
Im damaligen Europa konnte er seine Erkenntnisse nur selten anwenden, denn zwischen den beiden Weltkriegen wurde hier weniger verändert als vielmehr erneuert, während Amerika sich zunehmend zivilisierte. In Europa empfing er seine Anregungen, in Amerika wandte er sie an, und dabei reiste er mit bemerkenswerter Energie und größtem Behagen zwischen beiden hin und her. Er nannte es »das Beste aus zwei Erdteilen machen« und fand es sehr anregend. Die Jahre in England, während denen mein Vater kam und ging, waren schnell vorüber. Ich war sechs gewesen und wurde nun schon vierzehn, Jaime wurde sechzehn.
Ich habe keine Erinnerung an das zurückgezogene Leben meiner Familie in Amerika, als Lorenzo noch unbekannt war; ich war damals noch zu klein. Doch der brillante Kreis, mit dem sich mein Vater in Europa umgab, ist mir gegenwärtig, die Menschen so verschiedener Art, darunter Stars wie Lorenzo selbst – schöpferisch, vital –, die ihm den Rang im Rampenlicht streitig machten: Künstler, Schriftsteller, Söhne reicher Familien in freiwilligem Exil, die den derben Überfluß Amerikas hinter sich gelassen hatten, dem sie ihren Reichtum verdankten. Ich glaube, auch sie suchten in Europa den Heiligen Gral der Zivilisation. Manchmal erhaschten sie einen flüchtigen Blick darauf. Manchmal vergaßen sie auch, bei ihrem ziellosen Umherschweifen über den ganzen Kontinent, was sie eigentlich suchten. Jedenfalls waren sie überaus lebendig, geistig interessiert und angenehme Gesellschafter. Sie fanden meinen Vater exotisch und charmant. Er wiederum fand es sicherlich faszinierend, sich

mit ihnen zu beschäftigen, wie mit dem Rohmaterial der Erde, das ihm für seine Architektur so wichtig war. Er hörte ihnen gern zu, versuchte zu klären, aus welchem Stoff sie gemacht waren. Und waren sie nicht ganz so, wie er sie haben wollte, blieb ihm immer noch der kleine Trick, sie im Geist nach seinem Bilde umzumodeln. Es muß damals wie heute schwer gewesen sein, in die Nähe dieses neugierigen jungen Menschen zu kommen, ohne in sein Leben verstrickt zu werden. Mit bloßen »Bekanntschaften« gab er sich nicht ab, nur mit Freunden, mit Menschen also, die seinem Herzen nahestanden und in seinem Londoner Haus zu jeder Tages- und Nachtzeit willkommen waren.

Natürlich nur, wenn er nicht gerade arbeitete. Auch das ist zu einem Stück Erinnerung geworden: die verschlossene Tür in der oberen Etage, die beinahe lastende Stille des Hauses in den frühen Morgenstunden, in denen mein Vater beschäftigt und sonst kein Mensch zu hören oder zu sehen war. Wie leer, wie leblos wirkte das Haus morgens. Als habe Lorenzo ihm die Seele genommen und sie irgendwo verwahrt. Hier und da hörte man die Köchin mit dem Küchenmädchen gedämpft schelten. Hier und da die Schritte meiner Mutter, nicht weit und trotzdem irgendwie entfernt. Wohin ging sie?

Niemals irgendwohin mit uns. Waren wir nicht in der Schule, verbrachten wir die Vormittage so gut wie allein und versuchten, das geistlose Kindermädchen zu ignorieren, die uns, wenn sie die leeren Wände nicht länger anstarren wollte, in den Park schleppte, wo sie wenigstens Gefährtinnen zum Schwatzen fand. Geschadet hat es uns nicht. Wer weiß, ob ich meine Einsamkeit hier nicht deshalb so gut ertrage, weil ich auch in der Kindheit keine besseren Gefährten hatte als Teddybären, Puppen und Bücher. Ich konnte mir nie vorstellen, was meine Mutter während dieser Stunden tat, habe es auch nie versucht. Ich wußte, daß ich sie erst später sehen würde. Wie hätte ich wissen sollen, daß auch sie nur wartete, genau wie das Haus?

Wenn sich dann die Tür oben öffnete und Lorenzo herunterkam, kehrte mit ihm das Leben zurück. Wie aus dem Nichts tauchten die Freunde auf, schlugen vor, im Hyde-Park zu reiten oder eine Bildergalerie zu besuchen oder sich später mit anderen an der Bar des Ritz zu treffen. Im gleichen Augenblick erschien auch meine Mutter, lächelnd und elegant gekleidet, und man brach lärmend auf.

Wie freute ich mich immer auf den Moment, in dem das bedrückende Schweigen des alten Hauses sich schlagartig in Feststimmung verwandelte. Alle unsere Bekannten kamen mir geistreich und gescheit vor, und es stand außer Frage, daß sie sich fabelhaft amüsieren würden – ganz gleich, was sie sich vornahmen. Noch größere Freude verspürte ich jedoch, wenn beschlossen wurde, nicht auszugehen. Dann war das Haus erfüllt von Musik, Gesprächen und Gelächter bis in die Nacht hinein. Wenn wir nicht störten, durften wir sogar aufbleiben und uns am allgemeinen Vergnügen beteiligen. Manchmal las Kevin Ainsley, ein walisischer Dichter, aus seinen Werken, mit klingender Stimme und unbegreiflicher Betonung, und mir lief es kalt über den Rücken, ohne daß ich ein Wort verstand. Manchmal führte man Scharaden auf. Lorenzo war darin besonders gut und sah als Marcilius oder el Cid aus wie ein düsterer Donnergott. Wir entwickelten ein großes Geschick im Nichtauffallen und durften sogar gelegentlich die Schwertträger des Cid oder eine von Marcilius' Haremsdamen mimen. Die Gesellschaft amüsierte sich köstlich. So kam es uns wenigstens vor.

Niemand merkte, daß Marion es nicht ganz so herrlich fand wie alle anderen. Immer sah sie schön aus, als verwende sie ihre gesamte Freizeit darauf, sich auf Spaß und Amüsement vorzubereiten. Manchmal runzelte Jaime

die Stirn und meinte: »Ich will nicht, daß Mam so redet und lacht, es klingt nicht echt.«
Für eine Achtjährige wie mich bedeuteten Qualität und Quantität von Rede und Gelächter wenig, eigentlich gar nichts. Bis zu jenem Nachmittag, an dem wir ausnahmsweise einmal allein zu Hause blieben.

4

Es war ein kalter Regentag Ende Oktober; das Küchenmädchen Bess hatte im Wohnzimmerkamin Feuer gemacht und den Tee und die heiße Schokolade gebracht. Oben beendete Lorenzo eine Arbeit. Jaime und ich waren ganz allein mit unserer Mutter. Jaime, der mit seinen zehn Jahren bereits besorgniserregend fett und schlaff war, saß in einem Sessel in der Ecke bei seiner Lieblingsbeschäftigung: Essen und Lesen zugleich. Auf die Serviette unterhalb seines Buches fielen abwechselnd Schokoladetropfen und Krümel. Ich baute mir im Erker ein Häuschen aus umgekippten Stühlen und alten Bettdecken und veranstaltete dabei eine heillose Unordnung, doch schien das meine Mutter nicht zu stören.
Sie trug einen warmen Tweedrock und einen Pullover und strickte nicht sehr geschickt, aber mit sichtlichem Vergnügen an einem Paar Socken, einem Weihnachtsgeschenk für Lorenzo. Der Feuerschein betonte die rötlichen Lichter in ihrem blonden Haar und zauberte einen warmen Farbton auf ihre Wangen. Wie soll ich erklären, daß sie an diesem Tag für mich anders aussah. Nicht schick, sondern hübsch und verlockend warm, so daß ich nach einer Weile mein »Häuschen« im Erker verließ, um ganz dicht bei ihr zu sitzen, wo ich so langsam wie möglich meine Teekuchen kaute, um länger etwas davon zu haben. Doch der Augenblick dauerte nicht ewig, denn plötzlich runzelte meine Mutter die Stirn und sagte:

»Schau doch nur, Bess hat vergessen, eine Tasse für Daddy hinzustellen. So was Dummes. Sei lieb, Melissa, und hol eine, ja? Ich weiß zwar nicht, was er vorhat, aber er kommt sicher gleich herunter.«

Aus irgendeinem Grund – vielleicht weil ich so nah bei ihr saß – erschreckte mich etwas in ihrem Ton, der zu laut, zu nachdrücklich war. Bisher hatte ich keine Sekunde geglaubt, er könne etwa nicht kommen. Jetzt war ich plötzlich nicht mehr ganz sicher. Ich ging zur Tür, die in die Diele und Küche führte, aber in diesem Moment hörten wir das vertraute hohle Wimmern der Haustürglocke. Schon tauchte Bess auf und verkündete, Mr. Harry Stebbins sei da. Ich war begeistert. An einem solchen Nachmittag, an dem niemand fortgehen wollte, konnte es keinen willkommeneren Besucher geben als Harry Stebbins, den großen, barschen Texaner, in mancher Hinsicht Lorenzos bester Freund, vielleicht wegen der groben, unverblümten Ehrlichkeit dieses Menschen in Cowboy-Stiefeln, bunten Halstüchern und wild gemusterten Hemden.

Er hatte mich einmal auf die Knie gehoben und mich einen Zug an seiner Zigarre tun lassen. Als ich jetzt meine Mutter mit hoher, scharfer Stimme äußern hörte: »Mein Gott, können wir denn nie allein sein?«, löste das wohl den ersten Schock meines Lebens aus.

Sie neigte sich zu Bess und flüsterte eindringlich: »Sagen Sie ihm, daß Mr. Cardoso arbeitet und ich nicht da bin. Schnell, Bess, bitte! Sagen Sie ihm irgend etwas...«

»Jawohl, Madam.« Ich konnte nicht begreifen, wie gelassen Bess mit diesem unangenehmen Auftrag auf Zehenspitzen davonstelzte. Wie hätte ich wissen sollen, daß Bess meine Mutter in mancher Hinsicht besser kannte als ich? Doch sie kam auch nur bis zur Tür und stieß dort mit Lorenzo zusammen, der mit großen Schritten hereinkam. Er bemerkte Bess nicht, die er fast umrannte und die dann hinausflitzte. Er starrte nur Marion an. »Was, zum

Teufel, geht hier vor? Bist du verrückt geworden?« Seine Stimme wurde zu einem heiseren Flüstern, und trotzdem drang sie bis in die Diele, wo Harry Stebbins fluchtbereit stehengeblieben war.

Meine auf dem Sofa sitzende Mutter hatte sich in eine mir unbekannte Person verwandelt. Sie war weder die strahlende, elegante Marion, die mit Freunden ausging, noch der warme, zufriedene Mensch, zu dem es mich vor wenigen Augenblicken von meinem Häuschenspiel gelockt hatte. Die Farbe war aus ihrem Gesicht gewichen. Sie sah teigig und hilflos aus.

»Ich kann nicht«, sagte sie, während Jaime und ich sie unverwandt anstarrten, »ich kann einfach nicht.«

»Wie meinst du das – du kannst nicht?« Mein Vater sah sie an, als sei sie nicht mehr ganz normal.

»Ich habe keine Kraft mehr.« Sie schien im Sitzen in sich zusammenzusinken, und Tränen begannen ihr über die Wangen zu rinnen. »Immer Leute, Leute, Leute. Hörst du mir ausnahmsweise einmal zu? Das ewige Kommen und Gehen, und nie einen Moment Ruhe.«

»Ruhe?« fauchte Lorenzo plötzlich. »Hast du den ganzen Vormittag über nicht genügend Ruhe gehabt?«

»Den ganzen Vormittag?« Meine Mutter klang jetzt sonderbar ironisch. »O ja. Den langen, trostlosen Vormittag mit einer ganzen Parade von Dienstboten, jeder mit einer Bitte oder einer Klage. Das Gesicht der Köchin ... Ich kann es nicht mehr ertragen. Am liebsten würde ich mich verstecken ...«

»Ich möchte doch meinen«, Lorenzos Stimme wurde leise und sarkastisch, »man könnte einen Vormittag nutzbringender verwenden, als sich vor dem Personal zu verstecken ...«

»Das habe ich nicht gesagt.« Marion erhob sich und trat auf ihn zu. »Sei doch nicht so ungerecht. Warum hörst du mir nie zu? Weißt du überhaupt, wie leer die Vormittage sind? Und wenn du dann endlich auftauchst ...« Sie griff nach seinem Arm, wie um ihm rein körperlich einen Eindruck ihres Schmerzes zu vermitteln, der mir ganz echt vorkam. Denn auch ich begriff, wie leer die Vormittage waren, und stand mit offenem Mund da, erfüllt von Mitleid.

Er riß sich los und sagte mit erhobener Stimme: »Himmel noch einmal, gibt es denn in deinem Leben nichts anderes als mich?« Dann wandte er sich zur Tür.

Sie ging ihm nach, ihr Gesicht war die verkörperte Angst. »Geh nicht weg, bitte geh nicht weg. Ich kann es nicht ertragen. Ich werde Harry natürlich hereinbitten. Ach, wo ist er denn? Harry, Harry?« Doch Lorenzo war mit zwei Schritten seiner langen Beine an ihr vorüber und schloß die Tür so hinter sich, als wolle er im Leben nur noch dies: entkommen.

Sie sank auf das Sofa zurück, hysterisch schluchzend, und wir schmiegten uns an sie in dem Versuch, sie zu trösten und diesen plötzlichen Zusammenbruch einer Welt zu begreifen, die uns so herrlich vorgekommen war.

5

Selbstverständlich ging Lorenzo in den nächsten *Pub*, wohin sich Harry Stebbins diskret verzogen hatte. Er kam erst in den frühen Morgenstunden zurück, und auch das nur, nehme ich an, weil ihm Harry Stebbins gut zugeredet hatte. Denn obwohl das Lebensziel des guten Harry ziemlich verschwommen war, gehörte er doch zu den gütigsten, liebevollsten Menschen, die mir je begegnet sind.

Als Lorenzo heimkam, war Marion nicht wach zu bekommen, weil sie eine Überdosis Schlaftabletten geschluckt hatte. So jedenfalls hörte ich Bess es am nächsten Morgen ganz früh dem Spülmädchen in der Küche erzählen. Sie hatte so viele geschluckt, daß sie ohne sein

Eingreifen daran gestorben wäre. Er mußte den Arzt rufen, und ich weiß noch, wie ich voller Todesangst hinter dem Türspalt lauerte, als der mit einem komischen Ding mit Schlauch daran im Elternschlafzimmer verschwunden war, und Lorenzo mit Tüchern und Schüsseln hin- und herrannte und reuevoll, besorgt und verlegen aussah.
Es dauerte eine Weile, bis sich Marion erholt hatte. Während dieser Zeit war Lorenzo aufmerksamer und gütiger zu ihr, als ich ihn je gesehen hatte. Heute weiß ich, warum: ihm war klargeworden, daß er sie zwar aus dem »Käfig gerettet« hatte, daß sie aber wohl nie der herrliche Wundervogel seiner Träume werden würde. Vielleicht hatte der Vogel zu lange im Käfig gelebt – jedenfalls schien Marion die Art der Freiheit, die er ihr ließ, nicht zuzusagen.
Anfangs, als sie noch mit Lorenzo allein lebte, ging alles gut, glaube ich. Ich bin überzeugt, daß sie bei aller Zartheit, die ihre Familie so sehr betonte, körperlich gesund und leistungsfähig war. Schließlich hatte sie während der ersten Jahre in New York vieles tun müssen, was einer »perfekt erzogenen jungen Dame« nicht im Traum eingefallen wäre. Damals war das Leben ein Kampf gewesen, aber ein geordneter, tröstlich begrenzter Kampf. Die Schwierigkeiten müssen angefangen haben, als das Leben sich komplizierte und mit außergewöhnlichen Persönlichkeiten und Ereignissen zu füllen begann.
Als sie merkte, was er von ihr erwartete, fühlte sie sich überfordert. So überfordert, daß sie, die nach Belieben hätte kommen und gehen können, wie gelähmt vom Unerwarteten dasaß und nichts mehr zu entscheiden vermochte. Anders als damals kann ich mir heute lebhaft vorstellen, wie sie allein in ihrem Zimmer einen Ausflug plante – vielleicht zusammen mit uns? –, den Gedanken aber wieder verwarf, weil möglicherweise in ihrer Abwesenheit die Köchin Lorenzo bei der Arbeit stören konnte.

Doch nicht nur Pläne gab sie auf, sondern alles außer einem gespannten, gequälten Warten auf den Augenblick, in dem Lorenzo erschien. Er muß das gewußt haben. Die Szene an jenem Nachmittag war sicherlich nicht die erste ihrer Art. Er wird gemeint haben, es müsse sich jemand finden lassen, der mit dem schwer überschaubaren Haushalt fertig wurde, wenn schon Marion es nicht schaffte. Und daß sie sich dann mit ihrer Kraft und Zeit auf Ausflüge und Unternehmungen, auf Besucher und Gäste konzentrieren könnte und sie nicht mehr das Auftauchen eines Harry Stebbins an einem Regennachmittag derart außer Fassung brachte.
War es so einfach? Nichts ist je einfach. Doch das schwebte meinem Vater vor, als er – während meine Mutter »viel ruhte, um wieder zu Kräften zu kommen« – eine lange Reihe weiblicher Wesen interviewte. Am Ende jedes Interviews zog eines mit aufgebrachter, verstörter Miene wieder ab. Dann aber kam Nanny, wurde zu unser aller Bestem angestellt und blieb den Rest ihres Lebens bei uns.

6

Ihr Name war Elizabeth Dowe. In einer abgeschabten, aber würdigen Handtasche hatte sie das Empfehlungsschreiben von Lady Armstrong-Hainsely, Marquise von Dudley, mitgebracht, deren Jüngster im Alter von nunmehr sieben nach Eton abgeschoben werden sollte und Miß Dowes Fürsorge nicht mehr benötigte. Da Bess an diesem Nachmittag Ausgang hatte, öffnete ich. Ich habe mich seitdem oft gefragt, wie ihr wohl zumute gewesen ist, als ich sie in die Bibliothek führte und sie – geradewegs von Lady Harriet kommend – dem prächtigen, düsteren, unkonventionell, wenn nicht gar ungehobelt wirkenden Menschen, meinem Vater, gegenüberstand,

der mit dröhnender Stimme auf sie einsprach, als gelte es, Widerstand im Keim zu ersticken. Er muß eher einschüchternd als vertrauenerweckend gewirkt haben.
»Sagen Sie mal: Spielen Sie Karten?«
Ebensooft frage ich mich allerdings, was *er* wohl gedacht haben mag, als sie vor ihm stand: hager, verkniffen, die stahlgefaßte Brille so mühsam auf der schmalen Adlernase balancierend, als hätte sie sich damit eine Bußübung auferlegen wollen.
»Das ist eine recht ungewöhnliche Frage, Sir, wenn Sie mir die Bemerkung gestatten.«
»Keineswegs, wenn Sie bedenken, daß man im Leben nur überdauert, wenn man manchmal etwas riskiert.«
Sonderbar, diese Antwort schien sie zu befriedigen, denn sie sagte: »Jawohl, ich spiele Karten.«
»Ausgezeichnet.«
Miß Dowe kniff die Augen zusammen. »Ich nehme an, es gibt noch andere Aufgaben für mich, oder?«
»Doch, doch.« Lorenzo warf einen Blick auf das in Lady Harriets pedantischer Kritzelschrift abgefaßte Zeugnis. »Hieraus glaube ich schließen zu können, daß Sie in einem dieser blutlosen englischen Häuser in Stellung waren, in denen man von allen erwartet, daß sie ›in ihrem Stande‹ bleiben. So eine Art von Gebäude des Wohlverhaltens, in dem dann schließlich keiner mehr selbständig denken kann.«
An diesem Punkt hatten sich frühere Anwärtinnen bereits zur Flucht erhoben. Miß Dowe aber runzelte die Brauen und blickte ihn durchdringend an.
»Darf ich fragen, Sir, worauf Sie hinauswollen? Schließlich hat jeder Haushalt seine Regeln, oder?«
»Dieser nicht.« Lorenzo sah jetzt so verbohrt aus, wie ich ihn manchmal beim Dozieren architektonischer Theorien gesehen hatte. »Sie müssen wissen, Miß Dowe, Regeln und Gebräuche sind meiner Ansicht nach etwas für die Schwachen, die nicht selbst denken und entscheiden

können. Aus diesem Grunde gibt es hier im Hause keine.« Um seinen Worten entsprechenden Nachdruck zu verleihen, hätte er beinahe mit dem Finger ein Loch in Lady Harriets Empfehlungsschreiben gebohrt. »Keine. Sie werden immer nach eigenem Gutdünken handeln müssen.«
Spätestens jetzt waren die anderen Anwärterinnen auf diesen Posten mit entsetztem Gesicht auf und davon gegangen. Miß Dowe jedoch schien nur darauf zu warten, ob noch ein weiterer Ausbruch erfolgte, ehe sie sagte: »Sehr gut. Und jetzt zum Praktischen – den Kindern.« Zum erstenmal gestattete sie sich einen raschen Seitenblick auf mich, und zum erstenmal merkte ich – vielleicht weil diesem Blick das Süßliche anderer potentieller Kinderfräuleins fehlte –, daß ich Miß Dowe sehr gern bei uns behalten würde.
Dann aber sagte mein Vater etwas, das mich sekundenlang alles vergessen ließ.
»Die Kinder? Die werden Ihre geringste Sorge sein, falls Sie bleiben.« Seine Stimme klang nun nicht mehr hochtrabend, sondern ungewöhnlich ernst. »Ich muß Ihnen sagen, Miß Dowe, daß Mrs. Cardoso aus einem Haus voller Regeln und Vorschriften stammt. Mit Unerwartetem kommt sie einfach nicht zurecht. Sie werden sich daher manchmal einer Menge Aufgaben gegenübersehen, die nichts mit den Kindern zu tun haben.«
Eine lange Stille entstand, während der ihr wohl einiges – was nur? – durch den Kopf ging. Was kann sie aus der reichlich ungewöhnlichen, aber aufrichtigen Darstellung unseres Haushalts und der in sie gesetzten Erwartungen gefolgert haben? Nichts und alles. Hat sie es verstanden? Hat sie es geglaubt? Sie saß ruhig da und überlegte. Ihr mageres, verkniffenes, verwittertes Gesicht wurde zum Sinnbild gerade jener britischen Reserviertheit, die mein Vater so sehr verachtete. Dann brach sie plötzlich das Schweigen und sagte herausfordernd: »Vor vieler Arbeit

habe ich mich noch nie gefürchtet, wenn Sie das meinen.«

Damit war die Unterredung beendet. Nanny wurde angestellt, nicht wegen, sondern trotz ihrer Empfehlungen. Weil er sie, wie Lorenzo später lachend seinen Freunden zu erzählen pflegte, nicht hatte ins Bockshorn jagen können.

Und doch, wie sonderbar muß ihr alles vorgekommen sein nach einem Haushalt, in dem ›jeder in seinem Stande bleiben‹ mußte und jedes Vorgehen durch Regeln eingeengt war, die zwar den Schwachen Entscheidungen abnahmen, aber auch jemanden wie Nanny davor bewahrten, zu sehr zu lieben, zu hassen, zu denken und zu empfinden. Wo eine Kinderfrau begreifen mußte, daß sie eines Tages überflüssig wurde, und man von ihr erwartete, daß sie dann all ihre Treue in einen abgeschabten Koffer packte und weiterzog.

Und nun sollte sie eine Stellung antreten, in der es nach Aussage des Hausherrn überhaupt keine Regeln gab. In der sie aufgefordert wurde, gewissermaßen ihr Herz zu entblößen und jede Verteidigung fallenzulassen. So sehe ich es jetzt, dreizehn Jahre später, während ich in die öde Schneelandschaft hinausblicke und mir ihr Leben vergegenwärtige, das sie so bereitwillig auf sich nahm.

7

So kam Nanny zu uns, ein bleichsüchtiger Wirbelwind, scharf, amüsant, treu, ausdauernd, die unser aller Existenz von Grund auf veränderte. Ich hatte gerade den Unterricht bei Miß Finch begonnen, Jaime war nach St. Pauls gekommen. Doch auch an den Tagen, an denen wir keine Schule hatten, gab es nun kein schweigendes Warten mehr darauf, daß das Leben begann. Immer hieß es: »Meinetwegen, zieht eure Gamaschen an, wir machen einen Spaziergang. Los, los, Jaime, flink! Schau, Melissa ist schon halb aus der Tür.«

Melissa war wirklich schon immer halb aus der Tür, selbst bei ärgstem Wetter voller Eifer, in den düsteren Tower zu kommen. Indem sie nach eigenem Gutdünken verfuhr, wie Lorenzo es ihr empfohlen hatte, befand sich Nanny mit uns bereits auf dem Oberdeck eines Autobusses, ehe meine Mutter an das Wetter denken oder sich vorstellen konnte, wohin wir fuhren. Waren schließlich nicht gerade lange, regnerische Vormittage der rechte Rahmen, um die Stufen einer Grabkapelle zu ersteigen und über das Schicksal der zwei ermordeten jungen Prinzen nachzudenken?

Ganz London wurde zu einem unüberschaubaren Gelände, das wir mit Vergnügen erforschten: Madame Tussauds Wachsfigurenkabinett, das Britische Museum. Bewußt erforschten? Nein, instinktiv, denn Nanny war vor allem ein Instinktmensch. Sie nutzte unsere kindliche Freude am Schaurigen, um uns in die Geschichte einzuführen. Griechische Friese, arabische Arabesken und Mosaiken, den Rosetta-Stein: Nichts davon werde ich jemals vergessen. Aber hätte sie uns auch nur an all diese Plätze bekommen ohne ihr Versprechen, uns tote ägyptische Könige zu zeigen, deren abscheulich verschrumpelte Leiber von zerfallenen Binden umwickelt waren und darauf warteten, von vor zweitausend Jahren entflohenen Seelen wieder bewohnt zu werden?

»Denkt doch bloß, Kinder! So etwas Absurdes. Sich vorzustellen, daß Seelen zurückkehren und wieder in diese gräßlichen alten Leichname kriechen wollen?«

»Puh!«

»Leise, bitte nicht hier vor den Leuten!«

Ich weiß das alles noch so genau. Geruch und Anblick des Covent-Garden-Marktes dringt noch in dieses ferne einfache Zimmer. Die Berge von Gemüse und Obst, die Stände der Metzger mit ihren Hammelkeulen zwischen

Petersilienbüscheln, die traurige Schönheit und Unschuld eines toten Fasans mit glänzendem Federkleid zwischen fetten Hühnern und Enten.
Fisch und Chips, die in der Kälte dampften, der Geruch nach Druckerschwärze, Chelsea mit seinen sonderbaren Läden, in denen es von Nadeln über indische Tigerzahnamulette bis zum grünen chinesischen Tee alles zu kaufen gab. Und all die Händler, für die Miß Dowe eine vertraute, wenn auch höherstehende Bekanntschaft war, die sachverständig vom Boxeraufstand erzählen konnte, wozu ich energisch nickte und sinnlos stolz darauf war, mich in Gesellschaft einer so erfahrenen, so weltklugen Person zu befinden.
Natürlich war es nicht immer nur ein Vergnügen mit ihr. Noch heute sehe ich in jedem Haarbürstenrücken ein Instrument der Züchtigung. Ihre Anstandslektionen waren wegen Länge und Häufigkeit besonders schmerzhaft. Wir taten daher unser Möglichstes, um uns nach den Regeln zu richten, an denen sie trotz Lorenzos Gesetzlosigkeit eigensinnig festhielt. Meist betrafen sie Verschwiegenheit, Bescheidenheit und Pflichtgefühl. Wie oft habe ich tausend Qualen ausgestanden, weil Nanny sagte: »So etwas fragt man nicht«, oder die tödlichste Langeweile, weil etwas »nun einmal meine Pflicht war«.

8

In einem Punkt hatte Jaime mit seiner stets blühenden Phantasie unbedingt recht. Meist erreichte Nanny weder durch Schläge noch durch Strafpredigten, daß wir gehorchten, sondern durch eine Art Zauber. Wie sonst hätte sie mich dazu gebracht, mit dem Tanzen anzufangen, was doch sonst niemandem gelang? Obschon sie es jahrelang bitter bereuen sollte, war sie es und niemand anders. Seit meinem neunten Geburtstag hatte Lorenzo ge-

wünscht, daß ich Ballettstunden nähme, und eines Abends, beim Heimkommen aus dem Covent-Garden-Theater, berauscht vom Tanz der Norowska, hatte ich sie ganz spontan imitiert. Es war die naive Nachahmung eines schon damals von Musik zutiefst aufgewühlten Kindes. Gut war ich nicht – das kann ich nach jahrelangem Training heute beurteilen. Lorenzo aber klatschte, tat hingerissen, rief nach einem *da capo*, worauf ich entsetzt in mein Zimmer hinaufrannte und mich unter dem Bett verkroch. Mit seinem Überschwang an jenem Abend erreichte Lorenzo, daß ich mich noch lange mürrisch weigerte, wenn die Sprache auf die Ballettschule kam. Ich genierte mich einfach.
Als Nanny bereits eine ganze Weile bei uns war, sagte sie eines Tages: »Du bist ja schon mit den Schularbeiten fertig. Jaime wird noch etwas drübersitzen. Gehen wir zwei doch rasch mal hinüber und besuchen Madame Sacharoff. Warst du schon einmal in einer Ballettschule? Riesig lustig ist es da, sage ich dir.«
»Woher weißt du denn das?« fragte ich mißtrauisch.
»Ich habe schon viele gesehen. Madame Sacharoff ist sogar eine gute Bekannte. Sie hat den Dudley-Kindern mal Französisch beibringen wollen. Aber dazu war sie weniger geeignet. Überleg doch mal ... eine Ballerina. Los, komm ruhig mit, wenn es dich langweilt, gehen wir gleich wieder.«
Sagte ihr ein Instinkt, was mit mir geschehen würde, wenn ich erst einmal den großen Raum betreten hatte, in dem der Schein der Deckenbeleuchtung zehn ernsthafte Persönchen hundertfach an den spiegelverkleideten Wänden zeigte? Die Hände und dann die Fersen zur Stange schwangen? Die jede Biegung, jede Wendung, jeden Schritt mit einer Grazie ausführten, die ich mir nicht hatte träumen lassen. Mit einer konzentrierten Grazie, angefeuert von der hohen, flötengleichen, taktmäßigen Stimme Madame Sacharoffs: »Eins, zwei, drei und eins

und zwei und eins und zwei...« Konzentriert und bestimmt, und doch ungezwungen. Ich geriet ins Träumen beim Zusehen. Unterbewußt war ich selbst all die ernsthaften Mädchen mit den hundert leuchtenden Spiegelbildern. Ich habe keine Ahnung, wieviel Zeit verging, bis ich wie aus weiter Ferne Bruchstücke einer Unterhaltung hörte. »Ein bißchen klein, meinen Sie nicht?«
»Aberr meine Liebe, was fürr ein wunderbaarrer Knochenbau...«
»Ihr Vater setzt ihr zu, seit sie neun ist, aber sie hat keine Lust.«
Ich wollte schreien, doch es war wie im Traum, wo mir auch oft die Stimme in der Kehle steckenblieb. Schließlich brachte ich ein leises, äußerst bescheidenes »Aber jetzt bin ich zehn« heraus.
Daraufhin zog Nanny die beweglichen schwarzen Brauen zu einer überaus zweifelnden Miene zusammen und meinte: »Na, ich weiß nicht recht. Meinen Sie wirklich? Da muß man doch jeden Tag trainieren, nicht wahr, Madame Sacharoff?«
Trotz Nannys »schwerer Bedenken« gingen wir bereits am nächsten Tag in die Stadt und kauften Trikots und Ballettschuhe und Bänder, um mir das Haar aufzubinden. Solange wir noch in London waren, besuchte ich zweimal die Woche Madame Sacharoffs Ballettschule. Und ich übte mehr, als jemand für notwendig hielt. Nicht daß es mir damit so ernst gewesen wäre, oder daß ich etwa alle meine Klassengenossinnen übertreffen wollte. Im Gegenteil, ich glaube, eine der Ursachen, warum ich so oft mit der Welt nicht einig ging, lag darin, daß mir Wettbewerbsdenken nie viel bedeutet hat.
Mich trieb etwas anderes zum Training. Wenn ich die ungezählten Übungen machte und sie dann, heimlich und voller Erstaunen, zu einem Tanz zusammenfügte, war ich kein normales, schüchternes, für mein Alter etwas linkisches Mädchen. Dann hatte ich kein Alter,

keine Form, keine Substanz mehr, und niemand konnte mir etwas beibringen. Etwas lenkte und führte mich, verlieh mir eine Macht, die mir sonst fehlte.
Vielleicht war diese Macht auch sichtbar. Vielleicht fühlte ich mich nicht nur anders, solange ich tanzte, vielleicht sah ich dabei auch anders aus. Ich weiß es nicht. Ich weiß aber, daß schon damals etwas an meinem Tanzen Nanny ärgerte. »Schluß jetzt«, pflegte sie zu sagen. »Du machst mich ganz kribblig. So was ist ganz unnatürlich für ein Kind. Du vernachlässigst deine Schularbeiten. Und du machst dich kaputt.«
Auf diese Weise beendete sie oft meine Übungen, und wenn Lorenzo von Aufführungen und Probetanzen in der Royal Academy sprach, sagte sie mit gerunzelter Stirn: »Das sollten Sie sich zweimal überlegen, Sir. Es tut nicht gut, Kindern was in den Kopf zu setzen.«
Lorenzo war es, der mich tanzen lassen wollte, doch damals hätte nur Nanny mich dazu bringen können. Sie konnte uns, wie Jaime es ausdrückte, »zu allem kriegen, was sie sich in den Kopf setzte«.

9

»Hatte denn diese Kinderfrau nie ein Privatleben?« fragte Mrs. Cameron ganz ohne unangenehme Neugier. Sie hatte das Abendessengeschirr abgeräumt und sich in eine der Eßzimmernischen gesetzt, die aus altersfleckigem Föhrenholz waren. Ich hockte zurückgelehnt in einer Ecke, und sie bemerkte mich zunächst gar nicht, als sie sich mit behaglicher Endgültigkeit hinter einer dampfenden Tasse Kaffee niederließ.
»Ach, Melissa, entschuldigen Sie.« Sie wollte aufstehen, aber ich bat sie zu bleiben. Obwohl ich eben noch keinen Menschen hatte sehen wollen, war ich jetzt froh, daß sie sich zu mir gesetzt hatte.

»Wollen Sie auch eine Tasse?«
»Bleiben Sie sitzen, ich hol' mir eine«, sagte ich und rutschte aus der Bank. Beim Zurückkehren muß ihr meine Niedergeschlagenheit aufgefallen sein, die ich zu verbergen suchte, und sie nannte den Grund gleich beim Namen.
»Sie haben Heimweh nach Ihrer Familie, was?«
Ehe ich es verhindern konnte, hatte sie damit die Schleusen einer ganzen Sintflut von Tränen bei mir geöffnet.
»Da«, sagte sie schließlich, reichte mir ihr Taschentuch und saß schweigend dabei, bis ich mich gefaßt hatte.
»Entschuldigung«, stammelte ich. »Irgendwie komme ich nicht darüber hinweg, *wie* sie gestorben ist. Es kommt mir so sinnlos vor.«
»Ich verstehe.« Mrs. Cameron nickte teilnahmsvoll. »Ich kann es Ihnen nachfühlen. Mein Alter ist unter eine Lawine geraten, ein würdiger Bergsteigertod, wenn Sie so wollen, aber . . .« Sie zögerte, als betaste sie eine alte Narbe, »man kommt nicht darüber hinweg, man gewöhnt sich nur daran. Verstehen Sie?«
Ihre Augen suchten hoffnungsvoll meinen Blick, doch ich empfand im Moment nur Zorn. Beinahe hätte ich sie angeschrien, als ich sagte: »Wenigstens dauerte es nicht endlos.« Dann merkte ich, wie brutal das klang, und murmelte: »Verzeihung, es tut mir leid.«
»Nicht doch.« Mrs. Cameron zuckte die Achseln. »Wenn es Ihnen hilft. War es Ihre Mutter?«
»Nein«, sagte ich, »jemand, den ich noch viel lieber hatte.« Und plötzlich erzählte ich ihr von Nanny. Nicht von ihrem Tod – überraschenderweise –, sondern von ihrem Leben, von ihrer Persönlichkeit, dieser Kombination aus Gut und Böse, die beim Erzählen ein untrennbares Ganzes wurde.
Mrs. Cameron hörte zu, trank still ihren Kaffee und nahm alles mit dem ruhigen Interesse der Außenstehenden in sich auf, die aber doch ein Herz hat. Es war sonder-

bar, zu einem Unbeteiligten zu sprechen. Ich merkte, daß ich es zum erstenmal in meinem Leben tat. Und da meine Erinnerungen sie in keiner Weise schmerzten, war es naheliegend, daß sie verwundert die Frage stellte, die mich warnte.
»Hatte denn Ihre Kinderfrau nie ein Privatleben?« Sie konnte nicht ahnen, wie diese Frage auf mich wirkte.
»Sie war einer der selbständigsten Menschen, die mir je untergekommen sind. Sogar noch, als sie krank war...«
Vor meinem inneren Auge erschien die gealterte Nanny, die Hülle noch immer steif wie ein Ladestock, obwohl sie doch schon alle Kraft zusammennehmen mußte, um den Kaffeetopf unter den Wasserhahn zu halten. »Wissen Sie, ich höre sie noch sagen: ›Verhüte Gott, daß ich mal auf andere angewiesen bin.‹ Und das sagte sie, solange sie lebte, täglich einmal.«
»Aha«, sagte Mrs. Cameron verständnisvoll, aber nicht ganz befriedigt.
Wir redeten dann nicht mehr viel. Uns schien der Gesprächsstoff ausgegangen zu sein. Irgendwann hatte Mrs. Cameron gemeint, ich sei zuviel allein. »Sie sollten ein paar junge Leute aus der Gegend kennenlernen – nur so. Es tut nicht gut, lange über alles zu grübeln. Wenn etwas vorbei ist, ist es vorbei, und damit basta.«

Sie mochte recht haben, aber für mich ist es wohl doch nicht »vorbei, und damit basta«. Auf andere angewiesen? Im Grund war Nanny das ja nicht, sie hatte immer alles selbst getan. Oder sehr raffiniert organisiert. Die Zusammenstellung eines Picknickkorbes war bei ihr eine Komposition, an der auch der Leichenbestatter sein Teil beitragen mußte: Er nämlich hat das Eis zu liefern, weil Lorenzos Freunde die Eiswürfeltabletts gestern abend nicht wieder in den Eisschrank zurückgestellt hatten.
Im ersten Augenblick machte es Lorenzo wütend. Später

erzählte er einer begeistert lachenden Zuhörerschaft jedes Detail. Ich habe den Verdacht, daß er gerade um dieser nachträglichen derben Schilderungen willen uns drei – Jaime, Nanny und mich – mehr und mehr in all sein Tun einbezog: einen Ausflug aufs Land, um eine Bautheorie englischer Landhäuser zu studieren, oder fünf Tage Fischen vor der Küste der Normandie, alles gehörte zu der Atmosphäre, die Lorenzo um sich zu schaffen verstand, eine Atmosphäre, in der jeder, nicht zuletzt Nanny, eine tragende Rolle spielte.
»Was machen Sie an Ihrem freien Tag, Nanny? Möchten Sie nicht mitkommen nach Tintagel?«
Und wie froh waren wir, wenn sie sagte: »Nun ja, wenn Sie darauf bestehen. Mir ist ein Tag so recht wie der andere.« Sie war nie auf andere angewiesen, tat immer alles selbst. Und doch wurde mir jetzt klar, daß sie bei aller Selbständigkeit so sehr zu einem Teil unseres Lebens wurde, daß sie schließlich kein eigenes mehr hatte.

10

Für uns Kinder und für Lorenzo war sie etwas Abenteuerliches, ein Wunder. Für Marion war sie eine Entlastung. Endlich brauchte meine Mutter nicht mehr zu fürchten, daß sie eines Nachmittags aus dem Claridge heimkommen und hören würde, jemand Unzuverlässiges habe uns im Gedränge verloren oder meine Hand losgelassen, wenn ich mich übers Geländer der Battersea Bridge lehnte, um die Schiffe unten durchfahren zu sehen. Erlöst von solchen Ängsten, die früher meine Mutter im Wachen und Schlafen bedrängt hatten, trat sie uns gänzlich ab und überließ uns Nanny.
Von einer verhaßten Pflicht nach der anderen befreite sie sich, zum Beispiel, der Köchin mit schrecklichen Aufträgen für Dinners mit unbestimmter Gästezahl entgegen-

zutreten. Auf diese Weise gab sie den größten Teil ihrer Herrschaft über Haushalt, ja sogar uns Kinder ab und konnte sich statt dessen mit mehr Seelenruhe der komplizierten Welt Lorenzos widmen.

»Gibt es denn in deinem Leben nichts außer mir?« Diese hingeschleuderten Worte, mit denen Lorenzo das kaminfeuererleuchtete Londoner Zimmer verließ, machen mich heute unendlich traurig. Ich weiß, wenn sie in diesem Augenblick zugepackt und sie benutzt hätte, wäre vielleicht alles anders geworden.
Ach, hätte sie doch etwas »außer ihm« gefunden! Es hätte ihr gelingen müssen, in einer Stadt wie London, die selbst für uns Kinder hinter jeder Straßenecke neue, faszinierende Entdeckungen bereithielt.
Doch sie war immer unschlüssig, immer ängstlich, ein eigenes Talent könne bei ihr zu Enttäuschungen führen. Oder sie könne von einer selbständigen Entdeckungstour nicht rechtzeitig zurück sein, den Augenblick verpassen, in dem Lorenzo aus seinem Zimmer unterm Dach herunterkam. Sie hat gewiß gewußt, daß er auf ihr Warten gar keinen Wert legte. Daß er trotz seiner Schwäche, sich in fremde Leben einzumischen, jedes Zeichen ihrer Abhängigkeit widerwärtig fand.
Ich glaube, sie hat es gewußt. Und als Nanny auftauchte, um die Last des Haushalts auf sich zu nehmen, versuchte meine Mutter sogar, sich zu befreien. Warum sonst war sie an manchen Morgen, ehe wir mit dem Frühstück fertig waren, plötzlich verschwunden – keiner wußte, wohin?
An einem solchen Morgen trafen wir sie in der St.-Michaels-Kirche. Es war ein frischer Herbsttag, einer jener in London seltenen Tage, an denen die Luft allein schon ein Genuß ist. Nanny schnalzte mißbilligend mit der Zunge, weil Madam keine Anweisungen für den Lunch hinterlassen hatte, erledigte das selbst, wies uns an,

Schals umzubinden, falls der Wind auffrischte, und ging mit uns spazieren, weit, weit...

Wir sahen dem Wachwechsel am Buckingham Palace zu und gingen in den St. James Park, wo die letzten Blumen eines warmen, dunstigen Sommers blühten: Stockrosen an langen Stengeln, Ringelblumen, Chrysanthemen und Zinnien in aufdringlich leuchtenden Farben vor dem dunkleren Hintergrund ausgeblichener Rhododendrons, sich rötender Eichen und Ahorne, die der erste Frost mit Orange geädert hatte.

Wir hatten mehr Zeit gebraucht als vorgesehen, hatten den Enten und Tauben und Möwen Brot zugeworfen, die uns umkreisten, stritten und sich kühn überall auf uns setzten, und als wir uns auf den Heimweg machten, war der Wind bitter kalt geworden.

Es war ein weiter Weg zum Poulton Square, und darum traten wir einen Moment in die St.-Michaels-Kirche, um wieder zu Atem zu kommen und uns ein bißchen aufzuwärmen.

Anders als in Westminster Abbey, in der die ruhelosen Seelen von Jahrhunderten königlicher Ruhestörer geistern und einen sehr ängstigen können, wenn man plötzlich allein hinter einem Pfeiler an einem Grabmal steht, ist St. Michaels ein friedlicher Ort. Ein großes Rosettenfenster mit herrlichen Farben verbreitet ein warmes, sanftes Licht über die abgewetzten Eichenbänke und die in den Boden eingelassenen Grabplatten von ein paar einfachen Rittern.

Als wir eintraten, war niemand zu sehen außer dem Kirchendiener, der ungeduldig mit dem Deckel der Almosenbüchse klapperte, und unweit des Altars im milden Licht des Fensters eine Frau auf Händen und Knien, die konzentriert an einem Reibabdruck arbeitete.

Irgend etwas an ihren schlanken Fesseln und hohen Absätzen unter dem schweren Kamelhaarmantel kam mir seltsam vertraut vor, ohne daß ich hätte sagen können,

warum. Was hatte schließlich meine Mutter auf Händen und Knien im Kirchenschiff von St. Michael zu suchen? Und doch war es meine Mutter. »Mami«, flüsterte ich so schrill und laut, wie ich meinte, daß Nannys Respekt vor Diskretion und Frömmigkeit eben noch zuließ. Nie werde ich den Blick entsetzten Ertapptseins vergessen, mit dem sich Marion mühsam aufrichtete und uns zuwandte. Der Abdruck lag, mit Klebstreifen befestigt, auf dem Boden und ließ sich nicht übersehen. Die Gestalt des Ritters, an dessen Grabplatte sie gearbeitet hatte, war fast vollendet: ein hoher schlanker Mann in einem verschlungenen Kettenhemd, das sich wie etwas Mystisches durch den dunklen Glanz ihres sorgsamen Reibabdrucks drückte. Als ich es sah, lief ich darauf zu und besah es entzückt. »Oh, schau, was Mami gemacht hat. Ist es eine Überraschung für Daddy?«
Während meines Begeisterungsausbruchs stand Marion verlegen und verloren da, selbst wie ein Kind, das man bei etwas Verbotenem erwischt. Jaime neben mir wandte sich mit einer schüchternen, aber sonderbar entschlossenen Ermutigung an sie: er mußte einfach sprechen. »Mach dir nichts draus. Es ist wirklich gut, weißt du.«
»O nein, Jaime, gut ist es nicht«, sagte sie schließlich. »Es ist eigentlich scheußlich. Sieh es bloß nicht genau an. Ich habe es schon zerreißen wollen.« Sie setzte zu einem Lachen an, aber es kam nur eine Art hohles Kichern heraus. Als sie sich zu Nanny wandte, hatte sie einen bittenden Blick; ich merkte, daß sie den Tränen nahe war. »Nur so eine Marotte. Ich wollte es mal probieren. Nur so zum Spaß. Töricht von mir« – ich erfaßte, daß sie sich entschuldigte, verstand aber nicht, warum –, »soviel Zeit an einen Firlefanz zu verschwenden.« Dann bat sie: »Bitte, Nanny, erzählen Sie ihm nichts davon. Es wäre mir wirklich lieber.«
Nanny gab ihr den Blick ebenso verlegen und seltsam indigniert zurück und erwiderte: »Natürlich nicht. Ich sage

nichts, wenn es Ihnen lieber ist, Madam. Und entschuldigen Sie bitte. Wir hatten ja keine Ahnung.« Damit griff sie nach meiner Hand: »Kommt, Kinder.«
Auch beim Kirchendiener, der mit offenem Mund am Ende des Kirchenschiffes stand, entschuldigte sich Nanny übertrieben: »Hoffentlich hat der Lärm Sie nicht gestört.« Und wiederholte, als sei das Ganze etwas unsäglich Albernes: »Ich hatte ja keine Ahnung.«
Auf dem Heimweg war ich sehr traurig, weil ich wußte, daß wir unsere Mutter um ein heimliches Vergnügen gebracht hatten. Von da an ging sie nur noch selten alleine weg. Vielleicht auch aus Angst, uns nochmals zu begegnen. Sie blieb daheim, wie früher, und wartete darauf, daß Lorenzo seine Arbeit beendete und seine Freunde auftauchten.
Es kamen jetzt mehr denn je, weil man sich ja darauf verlassen konnte, daß Nanny für alles sorgte: am Sonnabend zum Abendessen . . . am Sonntag zum Lunch im Garten . . . zum Wochenende nach Cornwall . . . Wenn sich der Zustand meiner Mutter nicht besserte – wer war schuld? Hatte Nanny ihr nicht fast den ganzen Haushalt abgenommen? Marions Sippe schien doch recht zu behalten: sie war zart und übernervös. Es gehörte zu ihrer Natur. Man mußte sich damit abfinden.

I I

Aber es gab Helen Coatsworth. Einen Vor- oder Nachmittag mit ihr in der Stadt oder während Lorenzo noch arbeitete, bedeutete für Marion einen wirklichen Genuß. Helen Coatsworth war pummelig-hübsch und sympathisch, ein Mensch, mit dem man gut reden konnte. Wir Kinder fanden sie himmlisch, weil sie uns Schokolade mitbrachte und die Zukunft prophezeite. Es hieß, sie habe hellseherische Fähigkeiten. Alle rissen Witze über ihre sonderbare Sensibilität und fragten sie bei jeder Gelegenheit, was sie von ihnen wisse. Aber Helen verriet selten etwas.

»Wozu?« pflegte sie zu sagen. »Sie glauben mir ja doch nicht. Und ich kann Ihnen versichern, es gibt nichts Ärgeres, als die Zukunft zu kennen!«

Niemand war ein schlagenderer Beweis für diese These als sie selbst – weiß Gott. Sie war Witwe, ihr Mann war bei einem Autounfall ums Leben gekommen, als er von Paris nach Cannes fuhr, um sie dort im Urlaub zu treffen. Sie hatte Unheil vorausgeahnt und ihn gebeten, nicht an diesem Abend zu kommen. Aber er hatte erwidert: »Sei doch nicht albern. Da du ein Unheil witterst, werde ich eben besonders vorsichtig fahren.«

Es waren seine letzten Worte zu ihr gewesen. Sie hatte nicht wieder geheiratet. Das könne sie auch gar nicht, meinten die Leute, die das Gerücht noch unterstützten, sie fürchte sich zu sehr, soviel zu wissen und nie ernst genommen zu werden. Jaime und ich waren fasziniert von dieser Vorstellung, aber Nanny sagte, alles sei purer Zufall und dummes Zeug, Helen Coatsworth sei reich und verzogen, und kein Mann hielte es sehr lange mit ihr aus.

Jedenfalls fühlte sich Marion wegen ihres Humors, ihres teilnehmenden Wesens und nicht zuletzt wegen ihrer telepathischen Fähigkeiten zu ihr hingezogen. Ich glaube, sie sagte Helen Coatsworth alles, was sie sonst niemand erzählte, vor allem nicht Lorenzo, der es nicht hören wollte. Umgekehrt hat auch Helen ihr gegenüber von vielem gesprochen, worüber sie sich anderen gegenüber meist ausschwieg: von ihren Vorgefühlen und Ahnungen nämlich. Das beeinflußte Marion mit der Zeit immer stärker. Weil Lorenzo nicht zuließ, daß sie sich ihm unterwarf, unterwarf sie sich ihrer sanften mystischen Freundin. Schließlich sah sie die Menschen mit Helens Augen.

Einmal zum Beispiel hörte ich eine warnende Bemerkung von Helen über die Schauspielerin Claire Morely: »Die hat einen derart eisernen Willen, daß sie ihn nicht einmal selber beherrscht.«
Als meine Mutter das vor meinem Vater wiederholte und mit dem verhemmten Lachen, das Jaime so haßte, sagte: »Also, nimm dich in acht«, erwiderte mein Vater: »Wer außer Helen schätzt einen anderen Menschen so ein. An deiner Stelle würde ich mich vor *ihr* in acht nehmen.«
Auch er sagte es lachend, blickte aber meine Mutter dabei scharf an, als sei er über Helens psychologischen Einfluß gerade im Fall Claire Morely nicht recht glücklich.
Nun, Claire war nur eine von vielen, die meine Mutter mit Helen Coatsworths Augen ansah. Auch Jaime konnte sie beispielsweise – seit Helen in unser Leben getreten war – offenbar nicht mehr ohne Unheilahnungen anschauen. Das war völlig lächerlich. Aber dünkte Helens Hellseherei den meisten Menschen auch suspekt – sie genügte, um Marions Handeln zu lenken, war so stark, daß sie fast krank dabei wurde. Jedenfalls hielt dieser Einfluß Helens uns davon ab, nach St. Moritz zu reisen, bis es in gewisser Hinsicht zu spät war – im letzten Europa-Winter unseres Lebens.

12

Erst heute nachmittag mußte ich wieder an St. Moritz denken, als ich nach Verabschiedung einer jubelnden, erschöpften Skifahrergruppe zu den Ställen hinüberwanderte, um dort zu helfen. Mrs. Cameron hat gewöhnlich zuwenig Hilfskräfte, und ich mache mittlerweile schon so ziemlich alles, vom Entfernen der Eisdecke vom Silo, dem Futterabwerfen für die Kühe bis zum Bedienen beim Abendessen. Ich bin froh über die zusätzliche Arbeit. Froh, mich nützlich zu machen, ohne mir unentbehrlich vorzukommen. Ohne vielleicht denken zu müssen: Wenn ich morgen ginge – was würde Mrs. Cameron ohne mich anfangen? Die Antwort wäre: Das gleiche, was sie auch vorher getan hat; und irgendwie ist das tröstlich. Ich war lange genug abhängig und habe für eine Weile genug.

Heute nachmittag brauchte Mrs. Cameron meine Hilfe nicht. Sie und ihr Faktotum, Jeff Parker, hatten schon alles fertig, denn es war Mittwoch und somit Jeffs Balancepunkt zwischen dem vorigen Saufwochenende und dem kommenden. Sie hatte sogar beim Skifahren zugeschaut und kam mir auf dem Hang ein Stück entgegen. Sie grüßte mit ihrem freimütigen Lächeln und meinte: »Für jemand, der nicht sicher wußte, ob er überhaupt noch Skifahren kann, machen Sie Ihre Sache aber prima. Wer hat es Ihnen beigebracht?«

»Mein Vater«, erwiderte ich.

»Komisch.« Sie lächelte bei dieser Erinnerung. »Ich hab' es allen Leuten beibringen können, außer meinen eigenen Kindern. Die haben mich nicht ernst genommen und mußten es allein lernen.«

»Ach, mein Vater konnte uns alles beibringen«, sagte ich und schränkte dann rasch ein: »Wenigstens mir.«

»Ich glaube, dabei kommt es sehr auf das eigene Naturell an«, meinte Mrs. Cameron. »So sehr viel lag mir nicht daran, dazu hatte ich zuviel zu tun. Wenn sie wollen, werden sie's schon lernen, habe ich mir gedacht. Ihr Vater hatte vielleicht mehr Geduld?«

»Ausgerechnet Geduld hatte er nicht. Wahrscheinlich war ich eine gute Schülerin und wollte liebend gern von ihm lernen.« – »Aha. Und Ihr Bruder?«

»Der war eine Katastrophe, unfähig zu allem, was man von ihm erwartete. Ich könnte mir denken, gerade der vergebliche Versuch, ihm das Skifahren beizubringen, hat meinen Vater dazu gebracht, ihn ein für allemal aufzugeben.«

Plötzlich verging mir das Lachen, mit dem ich den Satz angefangen hatte. Ich schwieg und war dankbar, daß ich zu meinem Blockhäuschen abbiegen konnte, allein mit der wiedererwachten Erinnerung an St. Moritz und die Vorahnungen von Helen Coatsworth. War es möglich, daß die Geschichte mit Jaime damals angefangen hatte?

Seit Wochen hatten wir davon gesprochen, zum Skifahren in die Schweiz zu reisen. Anscheinend hatte Lorenzo genug von England und seinem grauen Nieselwetter. Er sehnte sich nach dem strahlenden Glanz einer Schneedecke und so kalter Luft, daß es einem den Atem verschlug. Nein, wir alle sehnten uns danach. Bis einige Tage vor Ferienbeginn Helen Coatsworth zum Tee kam. Großzügig und warmherzig wie immer, brachte sie uns köstliche Torten und sagte uns voraus, ich würde eine große Ballerina werden und Jaime ein berühmter Schriftsteller, berühmter noch als Oscar Wilde, was Marion zu der Äußerung veranlaßte: »O Himmel, Helen, er wird hoffentlich eine sympathischere Persönlichkeit.« Und mitten in all unserem Spaß wandte sich Helen mit besorgtem Blick zu meiner Mutter und sagte: »Ich habe eine Ahnung, Marion. Es hilft nichts, ich muß mir das vom Herzen reden.«
Das bedeutete natürlich, daß wir das Zimmer zu verlassen hatten.
»Sucht Nanny, sie ist irgendwo, und sagt bei der Gelegenheit Bess, sie soll frischen Tee bringen...«
Nanny trank ihren Tee in der Küche, mit Bess und Mrs. Higgins, der Köchin. Lorenzo hätte darauf bestanden, daß sie sich zu uns ins Wohnzimmer setzte. Da er jedoch ausgegangen war, hielt sie sich zurück – wie ich glaube, sehr zur Erleichterung meiner Mutter, der Helens mystisches Wesen angesichts von Nannys resolutem Wirklichkeitssinn peinlich war.
Nanny saß also in der Küche und fragte Mrs. Higgins la-

chend, was sie denn zwei Wochen lang mutterseelenallein im Haus anfangen würde.
»Daß mir nur ja keiner meint, er dürfe hierbleiben. In der Zeit gibt es hier nur gekochte Eier und Tee«, verkündete Mrs. Higgins soeben warnend.
»Keine Angst«, meinte Bess mit einem Blick auf Nanny, »kaum ist die Familie aus der Tür, fahr' ich nach Surrey zu meinen Leuten und komm' erst knapp vor ihrer Heimkehr zurück.« Damit stellte sie eine Teekanne auf ein Tablett und ging ins Wohnzimmer. Sie schien reichlich lange auszubleiben, und als sie wiederkam, war ihre sonst gleichmütige Miene düster und mürrisch. »Mit dem Amüsemang wird es wohl Essig sein«, sagte sie zu Mrs. Higgins. »Ich hab' das Gefühl, es fährt keiner von uns wohin.« Aus Respekt vor Nanny knallte sie das Tablett nicht auf den Tisch, sondern stellte es mit gedämpftem Plumps ab.
»Wie meinst du das?« fragte Mrs. Higgins. Einen Augenblick lang hörte man nur das Zischeln der Töpfe auf dem Herd, und Nanny warf Bess einen durchdringenden Blick zu. Aber Bess konnte sich nicht länger beherrschen; lieber ließ sie sich schelten, weil sie gehorcht hatte. »Es ist diese Coatsworth – die hat's fertiggebracht. Genau in der Zeit, die ich brauchte, um eine Teekanne hinzustellen und die anderen wegzuräumen . . .« Sie sah Nanny an, als müsse sie sich rechtfertigen. »Hab' ja nur den Schluß noch mitgekriegt, hab's aber deutlich gehört, wie Mrs. Coatsworth mit ihrer schauderhaften Grabesstimme gesagt hat . . .«
»Was denn, nun red doch schon«, drängte Mrs. Higgins.
»Sie hat gesagt: ›Ich spüre es, es wird eine unheilvolle Reise, unheilvoll und entscheidend.‹ – ›Entscheidend‹ . . . was soll 'n das heißen?« Bess' Augen wurden kugelrund vor Einfalt, was Nanny rasend zu machen schien.
»Daß Entscheidendes geschieht«, sagte sie ungeduldig. »Sei nicht so blöd, Bess. Verstehst du denn nicht . . .«

»Aber laßt mich doch erst weitererzählen«, maulte Bess. »Und die Gnädige hat sich zu Mrs. Coatsworth gebeugt und ganz erschrocken gefragt: ›Entscheidend für wen? Um Gottes willen, quäl mich doch nicht – für wen?‹« Bess ließ die Stimme dramatisch ansteigen und senkte sie dann zu einem Flüstern. »Erst hab' ich gemeint, Mrs. Coatsworth sagt's nicht, aber dann hat sie ganz widerstrebend gesagt: ›Ich bin nicht sicher – vermutlich für Jaime.‹«

»Für Jaime?« Mrs. Higgins, die nie unter einer Leiter durchging oder an einem Freitag, dem Dreizehnten, das Haus verließ, sprach als erste: »Was kann sie nur gemeint haben?« Alle sahen Jaime an, der in sich zusammenzuschrumpfen schien. Sein kurzer Hals verschwand zwischen den schmalen Schultern wie ein Kork in der Flasche. Nanny brach in ihrer brüsken Nüchternheit das Schweigen. »Unheilvoll und entscheidend«, sagte sie. »Blödes Geschwätz! Du solltest dich schämen, bei so etwas zu horchen, und mir machst du nicht weis, daß es solange dauert, eine Teekanne auf den Tisch zu stellen.« Und während Bess beschämt, aber noch immer überzeugt dastand, wandte sich Nanny an uns, speziell an Jaime, und sagte besonders freundlich: »Hoffentlich hört keiner von euch auf solchen Tratsch. Kommt, ich bin fertig mit meinem Tee – ihr auch?«

13

Tratsch oder nicht, wir fuhren nicht wie geplant nach St. Moritz; denn am nächsten Tag fühlte meine Mutter sich, als hätte sie »sich was geholt«, und blieb im Bett. Ich hörte noch vor Jaime von dieser Wendung für uns alle, weil ich mir nämlich angewöhnt hatte, Nanny ins Zimmer meiner Mutter zu folgen, wenn sie ihr das Frühstückstablett brachte.

Dies tat ich vor allem, weil mir Marions Zimmer so sehr gefiel. Es war luxuriös und weiblich und voll von entzückenden Nichtigkeiten. Ich ließ den zögernd gehauchten Kuß meiner Mutter zum Dank für mein Kommen über mich ergehen; im übrigen nahm ich sie kaum wahr. Wenn erst die schweren Brokatvorhänge aufgezogen waren, faszinierte mich viel stärker das durch den zarten Mull auf den Toilettentisch sickernde Licht, das Smaragde funkeln oder das Gold zwischen bernsteinfarbenen Reflexen in großen Parfümflaschen sanft erglühen ließ. Manchmal lag ein seidenes Kleid – schwarz oder türkis wie die Augen meiner Mutter – achtlos über die Chaiselongue geworfen, daneben ein paar elegante gekreuzte Sandalen wie ein Flügelpaar. Dann hob ich das Kleid auf, humpelte in den hochhackigen Sandalen zum Spiegel und drehte mich davor hin und her, derart versunken in eine Imitation von Theda Bara oder Ginger Rogers, daß ich die neben mir geführte Unterhaltung nicht hörte. Dabei wurde sie so intensiv geführt, daß ich sämtliche Kommodenschubladen meiner Mutter unbemerkt hätte herausziehen können.

Nanny hatte zwar die Haushaltslast von den Schultern meiner Mutter genommen, schien aber doch der Meinung, sie über alles informieren zu müssen, obwohl es meine Mutter gar nicht interessierte. Und heute nun waren die Reisepläne nach St. Moritz zu besprechen.

Ein anderes Thema hätte ich, wie gewöhnlich, überhört. Auch der extreme Gegensatz zwischen meiner zart und ängstlich in weißen weichen Leintüchern sitzenden Mutter und der energischen Nanny war mir nichts Neues. Nanny zerrte die Vorhänge zur Seite, ließ das Tageslicht ein und gab dadurch mit einer einzigen schwungvollen Geste das Heiligtum meiner Mutter dem hereindringenden Grau des Londoner Morgens preis, dem Lärm der geschäftigen Stadt, dem unruhigen, konzentrierten Leben, mit dem meine Mutter noch immer

nicht fertig wurde. Ich hatte dieses tägliche Ritual unzählige Male mitangesehen, doch erst an diesem Morgen erschien es mir irgendwie lieblos.
»Ach, warte doch. Nicht so schnell«, stieß ich hervor. Doch das Ritual war bereits vollzogen, und Marion saß in diesem grauen und sonderbar bloßstellenden Licht. Sie sah wirklich krank aus. Unter ihren nervösen, leicht vorstehenden Augen waren Schatten. Eine magere, geäderte Hand lag – gleichsam bittend geöffnet – auf der Steppdecke. Ich wurde ganz mutlos, weil ich wußte, was sie im nächsten Moment sagen würde. Wir wußten es beide. Bess hatte uns ja schon alles erzählt. Und doch sah sie wirklich krank aus.
»Ich fürchte, Nanny, es ist aussichtslos. Ich werde morgen nicht reisen können. Daran ist gar nicht zu denken...«
Was Nanny wohl durch den Kopf ging, während sie meiner Mutter das Tablett auf den Schoß schob? Immer noch staunte ich über den Gegensatz zwischen ihrer Kraft und der Schwäche meiner Mutter. Obwohl ihr Teint auf ein Leberleiden schließen ließ, waren ihre Züge wie aus Stein: die große, strenge Nase, die kantigen Backenknochen und der festverankerte Unterkiefer wirkten so unzerstörbar wie die Klippen der Hebriden, von denen sie stammte. Was war eigentlich »Schrot und Korn«? Ich hatte meinen Vater mehrfach im Zusammenhang mit Nanny davon sprechen hören.
Ihre Miene blieb respektvoll wie immer, als sie am Fuß des Bettes stehenblieb, und doch erinnerte ihr Ton an die Art, wie sie mit mir umsprang, wenn ich keine Lust hatte, mit ihr in die Tate Gallery zu gehen, was ich haßte.
»Gestern abend haben Sie aber ausgezeichnet ausgesehen, Madam, wenn ich das sagen darf. Ich kann es einfach nicht verstehen.«
Stimmt, dachte ich. Gestern abend, mit den zwei Perlen-

clips unter den entzückend frisierten blonden Locken, den strahlenden Augen, die Hand besitzesfreudig auf Lorenzos Arm.
»Soll ich Dr. Belloc anrufen?«
»Unterstehen Sie sich!« Mutters Stimme klang trotz ihrer offensichtlichen Schwäche überraschend laut und schrill. »Der alte Schwätzer mit seinen heißen Kompressen und Vitaminpastillen!« Sie fuhr sich mit der Hand über die Stirn, die so feucht schien wie der Londoner Winter draußen. »Nein, ich brauche keinen Arzt.«
»Entschuldigen Sie, aber ich glaube« – Nanny griff nach einem Strohhalm –, »eine andere Umgebung wäre genau das, was Sie brauchen...«
»Meine liebe Nanny...« Mutter löschte das Hoffnungsfünkchen sofort. »In der Schweiz ist jetzt Hochsaison. Soll ich Ihnen die Leute an den Fingern herbeten, die dort sein werden? Was nützt da die andere Umgebung?«
»Ach, ich denke weniger an die Leute, Madam – um die geht es nicht –, als vielmehr an die Luft und das Skifahren.«
Ich saß auf dem Hocker vor dem Toilettentisch und biß mir auf die Lippen, drückte die Daumen und dachte: Ja, das Skifahren. Jaime und ich hatten voriges Jahr auf dem Idiotenhügel damit angefangen. Und Lorenzo hatte versprochen, uns in diesem Jahr auf den Celerina mitzunehmen, mit seinem Skilift und seinem riesenhaften Hang, der drunten in Wäldern verschwand. Aber selbst, wenn Nanny es nicht wußte, hätte ich es wissen müssen: gerade das durfte man meiner Mutter nicht sagen. Sie kuschelte sich tiefer in die Decke und wirkte jetzt, als habe sie ein Gespenst gesehen.
»Nein. Es hat keinen Zweck, ich könnte es nicht...«
»Nun gut.« Selbst jetzt noch, als Nanny in äußerster Resignation die Schultern hängen ließ, machte sie einen letzten Versuch. »Ich brauche wohl nicht zu sagen, daß *er* deswegen seine Pläne nicht ändern wird.«

Aber meine Mutter hatte matt den Kopf abgewandt. Tränen standen in ihren Augen. »Bitte, nehmen Sie das Tablett wieder mit, Nanny. Ich kann es nicht sehen.«
So stark hatte Helen Coatsworth meine Mutter mit ihrem »Vorgefühl« beeindruckt, daß sie hierbleiben wollte ohne ihn.
Wie Nanny prophezeit hatte, änderte mein Vater seine Pläne nicht. Hatte er sich erst einmal zu etwas entschlossen, so strich er es lieber, als es aufzuschieben. »Aufschub läßt die Dinge sauer werden«, pflegte er zu sagen. Daher fuhr er ohne uns nach St. Moritz. Er gab meiner Mutter einen Kuß, den ich an ihrer Stelle lieber nicht bekommen hätte. »Gib auf dich acht«, ermahnte er sie und versuchte, besorgt auszusehen, was ihm aber mißlang. Schließlich hatte sie schon früher manchmal »Temperaturen« gehabt, die sich dann als harmlos erwiesen. Nanny war ja da, um sie zu pflegen. Nur schwer konnte er aber seine Enttäuschung verbergen, als er mich an sich drückte, und ich konnte nur schwer glauben, daß er tatsächlich ohne mich fahren würde. Tagelang hatten wir von nichts anderem gesprochen, er und ich, als vom gemeinsamen Skilaufen. »Alsdann, Missy, halte deine Skier immer schön gewachst«, sagte er, wandte sich dann zu Jaime und drückte ihm etwas steif die Hand. »Du auch, Jaime. Ich erwarte von euch, daß ihr darauf stehen könnt, wenn ihr doch noch nachkommt.«
In der Diele wandte er sich ebenso vertrauensvoll wie vertraulich an Nanny: »Und Sie kümmern sich um alles. Vielleicht schaffen Sie es, daß Sie in ein paar Tagen nach der Schweiz aufbrechen. Wenn jemand Wunder tun kann, dann Sie.«
Im nächsten Augenblick war er fort und ließ uns niedergeschlagen und verloren zurück – jeden auf seine Weise.

14

Nicht nur Lorenzo, wir alle, einschließlich der Dienstboten, begannen zu glauben, daß Nanny Wunder wirken konnte. Die ersten Tage hofften wir und beobachteten sie. Jaime, davon bin ich überzeugt, hoffte eher, sie brächte keines zustande. Mit Ausnahme langer, zielloser Spaziergänge, bei denen er sein eigenes Tempo einschlug, haßte er alle körperlichen Anstrengungen. Außerdem ängstigte sich seine blühende Phantasie ja bereits, wenn er zu lange auf ein dunkles Fenster starrte. Trotz Nannys empörter Verurteilung von Helen Coatsworths »Geschwätz« muß Bess' Küchenklatsch ihn verschreckt haben. Und auch ohne Helen Coatsworths Unkenrufe hatte er eine Todesangst vorm Skifahren und davor, sich wieder einmal vor seinem vergötterten Vater zu blamieren.

Als er den kühlen Abschied Lorenzos überwunden hatte, war er mehr als erleichtert, in seinem Zimmer sitzen, Schokolade trinken und so ausgefallene Bücher lesen zu dürfen wie *Die Hottentotten Südafrikas. Zusammenfassende Darstellung ihrer Rassen- und Stammesbräuche.*

Ich dagegen war untröstlich. Ebenso wie das Tanzen liebte ich alles, was Balance, Rhythmus und Behendigkeit erforderte. Und dazu noch von Lorenzo selbst aufgefordert zu sein, mit ihm Ski zu laufen! Wiederholt träumte ich davon, wie mein Vater und ich lachend durch die Luft schwebten, mit langen, gewichtslosen Schritten – und alle anderen tiefer und weiter unten zurückließen. Ich glaube, dieser Traum hat sich zum erstenmal bei mir festgesetzt, als wir nach St. Moritz fahren sollten. Es sah so aus, als könne selbst Nanny ein derart großes Wunder nicht zuwege bringen. Da ich nichts Besseres zu tun wußte, lief ich ihr überallhin nach. Im Haus festgehalten und an ihren üblichen langen Spaziergängen durch Londons Straßen gehindert, erledigte sie alle Haushaltsauf-

gaben möglichst perfekt, als könne sie auf diese Weise ihre unerschöpfliche Energie besser verbrauchen.
Obschon niemand im Haus mehr an die Krankheit meiner Mutter glaubte oder ihre Genesung erhoffte, ehe nicht mein Vater wieder zurück war, hielt Nanny am Zeremoniell des Fiebermessens unverbrüchlich fest. Dreimal täglich kontrollierte sie Marions Temperatur, dreimal täglich zeigte das Thermometer einen einzigen aufreizenden Strich über normal. Am dritten Tag, ich gestehe es, verließ mich mein anfängliches Mitleid beim Anblick von Marions Hilflosigkeit, und ich hätte sie nur zu gern mit einem Zweiwochenvorrat an Medikamenten – meinetwegen auch mit Jaime, wenn ihr das gefiel – allein gelassen und wäre geflohen.
Am fünften Tag aber geschah das Wunder. Um neun Uhr betrat Nanny wie gewöhnlich mit dem Tablett das Zimmer meiner Mutter. Ich folgte in ihrem Kielwasser, und es kam mir so vor, als läge in ihren ohnehin schon energischen Tritten heute etwas Besonderes, Dringliches. Sie stürmte vorwärts, die Londoner *Times* unter dem Arm. Ohne Zögern riß sie wie gewöhnlich die Vorhänge auf und trat an Marions Bett, um ihre Temperatur zu messen. Sie legte meiner Mutter das Thermometer unter die Zunge und hielt ihr die Zeitung hin. »Ich dachte mir, dies würde Sie interessieren.«
Das Blatt war so gefaltet, daß die Gesellschaftsnachrichten obenauf lagen. Ich schlich näher und sah ein Bild von einer Party im »Hotel St. Moritz«, mit all den Leuten, von denen Nanny mir je vorgelesen hatte, ehe sie mir die Bettdecke in den Rücken stopfte und ihr diskretes Nachtlämpchen anzündete, bei dessen Licht sie den Abend verbrachte. Da gab es Schneewittchen und die sieben Zwerge und den Zottelbär und Prinzessin Goldhaar und viele andere, und alle sahen aus wie Menschen, die ich kannte. Prinzessin Goldhaar zum Beispiel sah aus wie Mrs. Matheson-Hayes, die Nanny als »altgewordene

Schlampe« bezeichnete. Der Zottelbär schaute gutmütig aus den Augen von Harry Stebbins. Schneewittchen hatte schwarzes Haar und eine liebliche blasse Haut. Ich wußte sofort, daß ich dieses Lächeln schon irgendwo gesehen hatte. »Das ist Claire!« schrie ich begeistert.
»Ja«, sagte Nanny betont fröhlich und spielte mein Spiel mit.
»Und Rotkäppchen?«
»Das sehe ich nirgends.«
»Aber den großen bösen Wolf, den erkennst du, oder?«
»Ja, das ist *er*.«
»Natürlich, das ist *er*. Warte, wann ist denn das aufgenommen? Am Montag, glaube ich – vor genau vier Tagen.« Nanny nahm das Thermometer aus Marions Mund und prüfte. Ihre Schultern senkten sich zur gewohnten beredten Verzweiflungspose. Meine Mutter saß da, die Zeitung in der Hand, so totenbleich, als ob die chronisch »drohende« Krankheit gleich vor unseren Augen konkrete Formen annehmen würde.
Doch nachmittags beschloß Marion, obwohl ihr Fieber noch bei 37,7 lag, daß Nanny eigentlich recht hätte. »Vielleicht täte mir eine veränderte Umgebung gut.« Sie trug ein starres, strahlendes Lächeln zur Schau, vor dem ich aus irgendeinem Grunde ein schlechtes Gewissen bekam.
»Unglaublich, so was«, hörte ich Nanny sagen – sie sprach zu niemand Besonderem –, als sie unsere Kleider in ordentlichen Bündeln zum Einpacken bereitlegte. »Eben noch ist es unmöglich, und im nächsten Moment fahren wir. Alles wegen eines idiotischen Fotos.« Ich ahnte nicht, was das Foto damit zu tun hatte, fragte aber trotzdem: »Fährst du denn nicht gern, Nanny?«
»Mein liebes Kind, mir ist ein Ort so recht wie der andere.« Aber das stimmte nicht, und ich wußte es. Etwas an diesem Foto ließ Nanny die Reise dringender als je wünschen. Außerdem wußte ich, daß sie sich genau wie

ich danach sehnte, dunkle Fichten vor verschneitem Hintergrund zu sehen, vom Dach hängende, wie Dolche blitzende Eiszapfen, die Schlitten mit den davorgespannten großen Pferden, deren Geschirrglöckchen läuteten, während sie über den hartgefrorenen Schnee stapften. Wodurch auch immer: Dies alles war für uns gerettet, und Nanny konnte nicht lange streng bleiben.
»Nun frag nicht soviel und such deine Fäustlinge – los, flink! Willst du den Zug versäumen?« In ihrer Stimme klang kaum unterdrückte Erregung.

15

Den ganzen Abfahrtstag – ja noch, als der Zug frühmorgens durch Frankreich raste und sich mühselig durch die Alpentunnels schlängelte – erfüllte mich ein solches Hochgefühl, daß mir kaum auffiel, wie schweigsam Jaime und meine Mutter waren. Je höher der Zug auf seinem schmalen, verschneiten Weg zwischen den endlosen Wäldern kletterte, desto farbiger wurde die Vorstellung, wie ich neben meinem dunklen, kraftvollen Vater den Monte Celerina hinabschwebte. Mein Frühstück blieb fast unberührt, und es war sinnlos, die Geschichte über die Ponys lesen zu wollen, die mir Nanny für die Reise eingepackt hatte. Ich saß da, träumte, fragte, wieviel Uhr es sei, während die ebenfalls sehr aufgeregte Nanny fieberhaft strickte, damit die Zeit schneller verging.
Lorenzos Begrüßung am Bahnhof in St. Moritz war etwas gezwungen herzlich, was mir an meinem so spontanen Vater sonderbar vorkam und den Schnee etwas weniger stark glitzern ließ als vorgesehen. Wir wurden mit viel »Hoppla« und »Sooo« und »Jetzt« in einen Schlitten verladen, und ich saß unter der schweren Bärenfelldecke, versuchte, auf die Schlittenglöckchen zu horchen, und fragte mich, warum allgemeines Schweigen herrschte.

Kaum waren wir in unseren Hotelzimmern, zog mich Lorenzo vor die Tür und sagte: »Komm, laß die anderen auspacken und herumfuhrwerken – wir fahren auf den Celerina.« Er schien um jeden Preis fortzuwollen, aber das wunderte mich nicht weiter, ich wußte ja, wie ungeduldig er war. So schüchtern ich mich sonst gab, jetzt schwatzte ich kindlich vergnügt mit meinem Vater, als wir einen Wagen bestiegen – diesmal, um auf den Skihang hinaufzukommen. »Wir haben dein Bild in der *Times* gesehen«, sagte ich. »Du siehst zum Fürchten drauf aus.«
»Vielen Dank.« Er tat gekränkt.
»Aber Mr. Stebbins sah noch viel schlimmer aus«, meinte ich tröstend. »Und Claire sehr hübsch. Ist sie noch hier?«
Ich verstand das ironische Lächeln nicht, mit dem er antwortete: »Nein, sie ist abgereist. Und jetzt laß uns von was anderem reden. Du hast doch keine Angst vor dem Celerina, oder?«
»Nicht die Spur.«
Das war nicht einmal geschwindelt. Ich fühlte mich zum Platzen voller Stolz und Wagemut – bis zu jenem Moment, als ich den Hang hinunterschaute und begriff, was mir bevorstand. Dort lag eine riesige, feindselige weiße Fläche, steil abfallend, von nichts Horizontalem unterbrochen, und weit, weit drunten das breite Band der unnachgiebigen Schwärze des Waldes. Ich hatte schon früher manchmal den Celerina hinabgeblickt, aber immer vom friedlichen, sicheren Standort eines Menschen, der nicht hinunter muß. Fuhr man erst los, so gab es kein Halten mehr. »Kein Halten mehr, kein Halten mehr.« Die Worte hämmerten bei jedem Pulsschlag in meinem Hirn. Tränen der Angst und Enttäuschung stiegen mir in die Kehle. Doch dann senkte sich Lorenzos Gesicht zu mir herab, die dunklen Augen erfüllt von der Vorfreude, nach der ich mich gesehnt hatte. Seine Stimme klang

stark, ruhig und ermutigend. »Du schaffst es. Glaubst du denn, ich brächte dich hier herauf, wenn du es nicht könntest. Los, komm...«
Im nächsten Moment hatte ich mich schon beinahe unbewußt abgestoßen. Was waren meine Träume, verglichen mit diesem vollkommenen Flug. Ich fuhr Bogen, wenn er Bogen fuhr, federte in den Knien, wenn er es tat, und seine Stimme rief mir zu, fröhlich, ansteckend. Das stützte mich, während die Welt an mir vorüberschoß, weiß und leer und gleichgültig gegen mein Geschick. Unten angekommen, löste er unsere Skibindungen und drückte mich an sich, als hätte ich mich nicht nur bewährt, sondern auch ihn auf unerklärliche Weise von seiner Verzweiflung befreit.
Zu meiner heimlichen Freude hielt das an, während ich – von prickelndem Stolz erfüllt – an Lorenzos Seite zum Essen mit den anderen zurückfuhr. Alle Düsternis, die meinen Vater bedrückt hatte, als er uns morgens vom Zug abholte, schien verflogen – zumindest für den Augenblick. Bei Wein und Fondue verkündete er mit der ihm eigenen unbezähmbaren Begeisterung, eines Tages würde ich olympiareif fahren. Dann sah er Jaime fest an und sagte:
»Und dich möchte ich heute nachmittag ebensogut abschneiden sehen. Ich weiß, daß du es kannst. Es ist einzig eine Frage des Willens«, setzte er hinzu, als könne er damit Jaimes Jammergestalt in etwas Kraftvoll-Behendes verwandeln und ihm den Mut einflößen, der ihm fehlte.
In der abrupten Stille klang Marions Stimme etwas zu nonchalant. »Gleich heute nachmittag? Warum nicht morgen? Wir haben schon den ganzen Vormittag geplant, eine Schlittenfahrt nach Samedan zu machen.«
»Das könnt ihr ja morgen tun«, antwortete Lorenzo steif. Im Handumdrehen war alle Fröhlichkeit dahin. »Je länder man so was aufschiebt, desto schlimmer wird es.«

»Aber es ist doch keine Tortur, die du ihm zugedacht hast?« meinte Marion. »Oder?«
»Wenn man dich hört, könnte man es fast meinen«, sagte Lorenzo und sah sie hart an. Darauf legte sie resigniert die Gabel hin, als habe sie den Gedanken ans Essen aufgegeben. Wieder herrschte lastende Stille, wie vor einem Gewitter, bis Nanny sie munter durchbrach: »Tortur? Ich bin ganz sicher, daß es für Jaime keine Tortur bedeutet. Es wird ihm sogar Freude machen – nicht wahr, Jaime?«
Jaime, dessen Gesicht fast das Weiß des Tischtuchs angenommen hatte, lächelte gequält und sagte nichts. Nach dem Lunch und einer halbstündigen Mittagsruhe zog er seine nagelneue Skiausrüstung an und brach mit uns auf. Sein Gesicht hatte den ergebenen, fast verklärten Ausdruck eines Verurteilten.

16

Armer Jaime! Ich mußte an meine eigene Angst denken und daran, wieviel schlimmer es für ihn war, der meines Wissens nie davon geträumt hatte, wie ein Vogel durch die Luft zu gleiten.
Er sah zum Erbarmen aus, als er da oben stand, von wo auch ich gestartet war. Seine Knie bogen sich nach innen, man glaubte, er werde noch vor dem Losfahren zusammenbrechen. Beide Skistöcke waren rechts und links von ihm tief in den Boden gerammt, und weder seine noch Lorenzos Anstrengungen vermochten sie herauszuziehen. Erst war es nur komisch, aber angesichts der verzweifelten Ungeduld meines Vaters wurde es allmählich mehr als peinlich.
Zunächst bat meine Mutter Jaime, es doch zu versuchen. Da Helen Coatsworths Ahnungen ständig im Hintergrund ihres Gedächtnisses spukten, fing sie bald an, Lorenzo anzuflehen, ihn doch laufenzulassen. In schrillem,

fast hysterischem Diskant flüsternd, bettelte sie: »Laß den armen Jungen in Ruhe. Er ist nicht wie du und wird nie so werden. Bitte, laß ihn.«
Als sich allmählich immer mehr mitleidige und amüsierte Zuschauer einfanden, gab Lorenzo wirklich nach. Er fuhr wütend und aufgebracht den Hang hinunter und überließ Jaime seinem Schicksal: Mochte er heimkommen, wie er wollte, niedergedrückt von seiner Scham und Hilflosigkeit.

Abends hatten meine Eltern dann einen Streit. Während Nanny mich vor dem Schlafengehen badete, konnten wir sie deutlich hören. Ihre Stimmen hallten gespenstisch in den Wasserröhren neben uns. Meines Vaters Stimme klang erst vorwurfsvoll: »Was kann man schon von Jaime erwarten, wenn du ihn ständig mit deiner eigenen Angst infizierst.«
Dann kam, seltsam anzüglich, die Stimme meiner Mutter: »Ja, ich verstehe schon. Vielleicht hättest du jemand anders heiraten sollen, ein streitbares Flittchen aus der Gosse, das sich vor nichts auf der Welt fürchtet.«
Was das bedeuten sollte, begriff ich nicht. Ich horchte noch angestrengter und wurde durch ein »Was, zum Teufel, meinst du damit? Sprichst du vielleicht von Claire?« belohnt. Doch nun übertönte Nanny das Gespräch mit laufendem Wasser und begann, mich so energisch zu schrubben, daß ich schrie. Als sie das Wasser wieder abdrehte, hörte ich die beiden noch immer streiten. Meine Mutter weinte jetzt, und mein Vater sprach in gedämpfterem Ton. Ich konnte nichts mehr verstehen, und Nanny holte geschäftig ein Badetuch und wickelte mich ein, als gäbe es für sie nur eines: mich trockenzureiben, damit ich mich nicht erkältete. Dabei war ihr Gesichtsausdruck so abwesend, als sei sie in Gedanken weit fort. Mein Gejammer, sie ziepe mich an den Haaren, schien sie völlig zu ignorieren.

Als sie mich dann im Bett hatte und ich mich wohlig, warm, geborgen und vor allem Unheil behütet fühlte, ging sie zu Jaime hinüber.

Jetzt, in den stillen, einsamen Wintertagen, an denen mich niemand stört, ertappe ich mich oft bei der Überlegung, was es eigentlich ist, das die Unruhigen und Energischen an den Phlegmatikern derart aufbringt. Ob sie vielleicht unbewußt Sehnsucht nach der Gemütsruhe empfinden, die sie nie erreichen werden?
Als wir an jenem Nachmittag heimkamen, hatte ich trotz meiner zehn Jahre instinktiv erfaßt, daß Jaime noch eine Strafe beziehen würde – und zwar nicht für etwas, das er getan oder nicht getan hatte, sondern einfach wegen seiner ganzen Veranlagung.
Ich konnte Nannys Stimme durch die dünne Wand des Hotelzimmers nur zu deutlich verstehen. Wenn sie schalt, stieg ihre Stimme um eine Oktave, wurde schrill und monoton und schnitt einem ins Gehör wie eine auf Hochtouren laufende Kreissäge, die zwischendurch so lange innehält, bis der Säger das nächste Baumopfer herangeschoben hat. Ging eine solche Strafpredigt auf mich nieder, fing ich meist an zu weinen. Wenn dagegen Jaime herhalten mußte, war ich einfach froh, daß es mich nichts anging. Aber als sie an jenem Abend loslegte, tat Jaime mir aufrichtig leid.
»Na, du hast dich ja schön blamiert heute nachmittag. Schämst du dich denn nicht?«
Seine Stimme klang jämmerlich zerknirscht. »Aber ich hab' ja runterfahren wollen, Nanny. Ehrlich! Ich hätt' alles drum gegeben, aber ich war wie gelähmt...«
»Gelähmt... Unsinn. Angst ist etwas, was man aushält, von so etwas läßt man sich nicht lähmen. Was meinst du wohl, wie deinem Vater zumute war, als du dich da zum Gespött machtest und alle Leute zuguckten. Mit dem hast du's ziemlich verdorben. Und damit uns allen den

restlichen Urlaub, weil er jetzt nämlich die ganze Zeit mißgestimmt sein wird.«
So ging es fort, und je ärger die Kreissäge schrillte, desto weniger nahm sein Hirn davon auf. Wie furchtbar Nanny sich verändern konnte. Heute nachmittag hatte mich eine ganz andere Nanny fest zwischen ihre Knie geklemmt, als wir mit dem Rodel vom Celerina zurück in den Ort gesaust waren. Forsch und um Haaresbreite hatte sie Wagen und Pferdeschlitten umsteuert und mich mit ihrer Ausgelassenheit angesteckt. Und jetzt . . . jetzt war sie eine humorlose, keifende alte Vettel.

Ich fand, nun sei wirklich alles darüber gesagt, daß jemand eine Abfahrt nicht geschafft hatte. Aber als ich gerade dankbar glaubte, ihr wäre die Munition ausgegangen, hörte ich das Rascheln von Laken und Knistern von Papier. Offenbar hatte Jaime etwas geschrieben, als sie hereinkam, und konnte nicht länger stilliegen.
»Was hast du unter der Decke versteckt?« Grabesstille folgte, und schließlich leer und entsetzt Jaimes erschrockene Stimme: »Nichts.«
»Nichts. Was heißt das? Es muß was Abscheuliches sein, sonst würdest du es nicht verstecken.«
»Es ist nichts Abscheuliches« – ich sah förmlich den Schweiß auf Jaimes hoher, blasser Stirn –, »aber es geht dich nichts an . . .«
»Das bestimme ich. Gib es her, los, los, flink . . .«
Ein kurzes Ringen, ein Zerreißen von Papier. Dann: »Hab' mir's doch gedacht. Wieder so eine alberne Kritzelei. Wenn man sich das vorstellt: ein Junge in deinem Alter, sperrt sich ein und macht Gedichte. Unnatürlich, so was. Zeig mal her.« Wieder eine Pause, anscheinend glättete sie das zerrissene, zerknüllte Streitobjekt.
»An Lorenzo«, las sie laut. »Eine Apologie.«
»Gib's her.« Jaimes schüchterne Zurückhaltung wurde unversehens heftig. »Es geht dich nichts an.«

»Ach, wirklich? Ich warne dich, werde nicht frech. Alles, was dich angeht, geht auch mich an, mein Junge.«
»Du wirst es ihm doch nicht zeigen?«
So rasch er aufgeflammt war, so rasch verwandelte sich der Zorn in Jaimes Stimme wieder in demütiges Betteln.
»Diesen Unsinn? Natürlich nicht. Wofür hältst du mich?«
Das Papier knisterte, sie hielt es ihm wohl hin. Dann herrschte Stille – erfüllt von Jaimes Erleichterung, wie ich annahm. Als Nanny wieder sprach, klang ihre Stimme milder. Auch sie schien sich plötzlich entschuldigen zu wollen, ohne es direkt zuzugeben.
»Wenn man nur klug aus dir würde, du komischer Vogel, du. Ich hab' ja nichts dagegen, daß du Gedichte schreibst. Bloß, daß *er* zehnmal mehr Freude daran hätte, wenn du den Celerina runterfahren würdest, das weißt du doch, nicht wahr. Schau . . .« War das Zorngewitter erst einmal abgezogen, bekam ihre Stimme jene Überzeugungskraft, die uns vor lauter Dankbarkeit und Eifer schlichtweg alles tun ließ, sogar Zähneputzen mit Natron. »Morgen gehst du wieder auf den Celerina. Und da wird nicht mehr gezittert und gebibbert. Versprichst du mir das? Ist es denn soviel verlangt, wenn er möchte, daß du dich aufführst wie ein richtiger Junge? Ich finde, eigentlich ist es deine Pflicht!«

17

Vom nächsten Tag an war es Nanny, die anstelle meiner Eltern Jaime auf höhergelegene Skihänge begleitete. Er fuhr und fuhr. Es war wirklich ein Wunder. Sicher hätte er es nicht geschafft, wäre Marion bei ihm gewesen. Es gab zwar jedesmal wieder den grauenvollen Augenblick der Lähmung, aber Nanny lächelte ihm zu strahlend zu,

als bestünde kein Zweifel daran, was er als nächstes tun würde. »So ist es fein – jetzt sei mal ein Mann.«
Und irgendwie bekam er die Skistöcke aus dem tiefen Schnee. Er muß tausendmal hingefallen sein. Sein armer weichlicher Körper muß ein einziger blauer Fleck gewesen sein. Ich weiß positiv, daß ihm abends die Muskeln so weh taten, daß ihm das Absitzen des Abendessens auf hartem Stuhl eine Qual war. Um ihm darüber hinwegzuhelfen, wurde er von allen Seiten mit Lob überhäuft. Er antwortete kaum, doch das tat Jaime ohnehin nie. Da ich seine scheue, glühende Verehrung für Lorenzo kannte, wunderte ich mich damals, daß das Lob seines Vaters ihn nicht stärker freute. Heute weiß ich, daß er sich überhaupt nicht gefreut hat. Wenn ich versuche, sein Kindergesicht aus dem Gedächtnis zu zeichnen, hat es schon den gleichen Ausdruck wie heute: eine Miene wehmütiger Resignation, als gäbe es nun einmal keine Möglichkeit, die Seelen der Willensmenschen zu erreichen und ihnen etwas begreiflich zu machen.
Als wir später wieder daheim in London waren, konnte Nanny es sich nicht verkneifen zu sagen: »Jetzt siehst du's ein, nicht wahr? Wenn wir nun auf den Unsinn von Mrs. Coatsworth gehört hätten?« Damals hätte wohl niemand leugnen können, daß sie recht hatte.

18

»Du darfst dir nie einreden, verliebt zu sein.« Das sagte mir Lorenzo, als ich neunzehn und wirklich verliebt war. Ich erinnere mich so lebhaft daran, weil mein Vater sonst nie auf vergangene und abgelegte Fehler anspielte. Doch diesmal stand soviel auf dem Spiel: meine Zukunft nämlich. Mit unnachsichtiger Strenge, als könne er den Mut verlieren, alles auszusprechen, was gesagt werden mußte, fuhr er fort: »Ich weiß es, denn genau das ist mir passiert. Ich glaubte, es müsse herrlich sein, deine Mutter zu lieben, und gab mir große Mühe. Es ist mir nie gelungen. Verstehst du, solche Dinge erreicht man nicht durch Willenskraft, aber das merkte ich erst später.«

Und ein andermal, als eine Liebe zerstört war, die ich mir nicht nur eingebildet hatte: »Erinnerst du dich noch an Claire Morely?«

Natürlich erinnerte ich mich an »Schneewittchen«. Ungeachtet der vielen seitdem vergangenen Jahre konnte ich ihr Lächeln nie vergessen. Es war strahlend, warm und vor allem ehrlich. Claire Morely wollte niemand anders sein als sie selbst. Sie war zwar Schauspielerin, aber vor anderen spielte sie keine »Rolle«. Kinder merken so etwas und erkennen es an. Ich spürte es, und in meiner kleinen vertrauten Welt liebte ich nach Nanny und meinem Vater Claire am meisten.

Marion hatte sie in verzweifelter Überreiztheit damals in St. Moritz als »Flittchen aus der Gosse« bezeichnet. Das mochte stimmen, aber sogar heutzutage ist »Gosse« eine wenig treffende Bezeichnung für die eleganten Lokale im feinen Mayfair, in denen Herren von gutem Ruf Trost und Erquickung von ihrem muffigen Leben suchten.

»Meine Mutter war Prostituierte.« Diese Tatsache verheimlichte Claire nicht, hängte sie aber auch nicht an die große Glocke: sie stellte es ganz sachlich fest. »Ein Beruf wie jeder andere, nicht wahr.« Im übrigen war es ein Stammkunde ihrer Mutter, der sich – vielleicht aus väterlicher Zuneigung – für Claire interessiert und ihr den Besuch der königlichen Schauspielschule ermöglicht hatte. Seine Mühe muß sich gelohnt haben, denn sie hatte in *Private Lives* einen Riesenerfolg, als sie zum erstenmal Sonntag mittag zum Essen ins Haus am Poulton Square kam. Ich sah sie mehrfach bei solchen Essen, lernte sie aber erst wirklich kennen, als sie uns in Cornwall besuchte.

Es war im Sommer vor St. Moritz. Lorenzo hatte in Cornwall, angezogen von dessen wilder, düsterer Atmosphäre, die ihn in vieler Hinsicht an die windgepeitschten Küsten Neu-Englands erinnerte, ein Ferienhaus gemietet. Er arbeitete an einem Entwurf – der kommendes Frühjahr in Vermont ausgeführt werden sollte, wenn wir wieder in Amerika sein würden –, an etwas ganz Ausgefallenem: einem Haus für den Bildhauer Rachewitsch. Es sollte aus dem Holz und dem Fels Vermonts erbaut werden. Wenn außer Lorenzo jemand etwas von diesen Rohstoffen verstand, war es Rachewitsch. Seine Wünsche zu erfassen und zu erfüllen bedeutete für Lorenzo zweifellos eine interessante Aufgabe. Wenn es ihm gelang, würde daraus eine geistige Begegnung mit einem Künstler werden, den er zutiefst bewunderte. So verwendete er noch mehr Mühe und Gedanken als sonst an diese Arbeit, die um diese Zeit am Reißbrett im Haus in Cornwall entstand.

Bereits damals spukte vermutlich schon Claire durch seine Träume. Beginnt nicht jede Verliebtheit mit einer heimlichen Huldigung? Und plötzlich weiß man sich nicht mehr zu retten vor den absurdesten, quälendsten Vorstellungen. Er arbeitete jedenfalls mit einer Besessenheit, die selbst auf uns, die wir ihn kannten, erschreckend wirkte. Nanny ernährte ihn mit Tee und Sandwiches, wir bekamen ihn selten zu Gesicht. Wenn er auftauchte, dann nur, um allein über die düsteren, wilden Moore zu wandern, als triebe ihn etwas.

Da kam zum Wochenende eine Schar Freunde aus London, unter ihnen Claire. Und plötzlich war das niedere weiträumige Haus mit seinen Kaminen und schweren Eichenbalken erfüllt von jener lebendigen Fröhlichkeit, die unser vitaler, mitteilsamer Vater als Ausgleich immer gebraucht hatte. In jedem Zimmer logierten Gäste, und Nanny behauptete dreist, Bess sei überlastet und am Zusammenbrechen, und erledigte die halbe Hausarbeit höchstpersönlich.

Bess war nicht nur weit davon entfernt, zusammenzubrechen, sie amüsierte sich köstlich, wobei es ihr in ihrer Einfalt imponierte, daß wir auch eine berühmte Schauspielerin unter unserem Dach beherbergten.
»Ach herrjemine«, hörte ich sie äußern, als sie unter dem Kopfkissen der Gefeierten herumsuchte, »die hat ja nicht mal 'n Nachthemd.«
»Tzz«, meinte Nanny, »war wohl nicht anders zu erwarten, wie?«
Und als ich gerade etwas sagen wollte, machte sie eine noch weit undurchsichtigere Bemerkung. »Das ist eine ganz Gefährliche.«
Gefährlich?
Ich weiß noch heute, wie ich dachte, Nanny meinte damit, daß Claire während der Mittagspause mit uns Kindern und Lorenzo über Klippen und Felsen kletterte und uns Miesmuscheln sammeln ließ. Nanny, die nicht erlaubte, »daß die Kinder allein auf den tückischen Steinen herumrutschen«, kam mit. Es wurde daraus eine Art Konkurrenzkampf zwischen ihr und Claire. Die eine flitzte über die Felsen wie eine alte Krabbe, die andere hüpfte von Block zu Block, unermüdlich, mit geröteten Wangen, das schwarze Haar vom feuchten Meerwind gekraust. Wir Kinder und Lorenzo hielten uns an die eine oder die andere. Hatte Nanny je auf diesen Felsen an unsere Sicherheit gedacht, so vergaß sie das bestimmt bei diesem Wettstreit um die Autorität. Unter der Last schwerer Eimer voll Muscheln aller Art wankten wir heim, und falls die Köchin bis jetzt noch nicht an offene Rebellion gedacht hatte, dann gewiß spätestens in diesem Moment.

Wenn Nanny mit »gefährlich« die Kletterei in den Felsen meinte, hätte ich das begriffen. Doch über dem Frühstückstablett meiner Mutter kam sie wieder darauf zurück, in so abstrakten Wendungen, daß mein Kinderge-

müt nichts damit anfangen konnte. »Mit den Kindern kann man sie fast nicht zusammenlassen, bei der Vergangenheit. Und wo sie so freimütig darüber spricht.«
Vergangenheit? Was hatte die Vergangenheit mit den Spaziergängen im Moor und den Gesprächen am abendlichen Kamin zu tun?
Und »freimütig«? Wie anders sollte man denn sprechen?
Auch wenn Mutter Nannys Meinung bezüglich der Felsen und Claires Offenheit geteilt hätte – was hätte sie tun können? Claire Morely wegschicken, weil sie »gefährlich« war? Eine neue Harry-Stebbins-Szene heraufbeschwören? Ich wußte, das würde sie nicht riskieren, und war froh darüber, denn wir hatten einen solchen Spaß mit Claire. Wenn ich an sie denke, sehe ich sie wieder wie damals in Cornwall: frisch und sorglos wie ein Kind. Vielleicht waren diese Tage für sie tatsächlich eine zweite Kindheit oder, besser gesagt: die erste, denn sie hatte ja nie eine gehabt. Wie auch immer, wir fanden sie unwiderstehlich.
Nach unserer Rückkehr kam sie wieder wie üblich ins Londoner Haus, immer im Kreis anderer Freunde. Und stets ließ sich, ehe sie eintraf, ihr Erscheinen an Lorenzos Verhalten ablesen. So finster er gewesen sein mochte – in solchen Momenten wurde er jungenhaft unbekümmert, wie damals, als wir Muscheln gesucht hatten. Er war noch nie in seinem Leben in jemand so verliebt gewesen wie jetzt in Claire. Das hatte er mir sagen wollen an dem Tag in New York, als ich neunzehn war. Der Fehler aber, sich die Liebe zu meiner Mutter einzureden, war einmal begangen und irreparabel. Vielleicht würde er es gar nicht versucht haben, hätte nicht die Krise meiner Mutter ihn veranlaßt, allein, ohne seine Familie, nach St. Moritz zu fahren.
Auch Claire hatte nicht vorgehabt, London zu verlassen. Die Hauptrolle in *Blithe Spirit* war zu besetzen, eine sehr

wichtige Rolle, und sie wurde ihr an einem Wendepunkt ihrer Karriere angeboten. Claire war sehr ehrgeizig. Doch dann hatte sie erfahren, daß Lorenzo allein nach St. Moritz gefahren war, hatte das Vorsprechen abgesagt und war ihm nachgereist.

Vielleicht meinte Helen Coatsworth das, als sie zu Marion sagte, Claire könne »nicht einmal den eigenen Willen beherrschen«. Wenn ich bedenke, was für verquälte, ausgefallene Entschlüsse man faßt und wieder verwirft, so finde ich, daß sie bis zu diesem Zeitpunkt die Dinge sogar ausgezeichnet beherrschte. An dem Tag, an dem das von Nanny meiner Mutter so listig in die Hände gespielte Foto aufgenommen worden war, fuhr Claire in ein Dorf weiter oben im Gebirge, das nur wenige, am gesellschaftlichen Treiben St. Moritz' Uninteressierte kannten. Lorenzo war ihr dorthin gefolgt. Vier Tage hatten sie gemeinsam dort verbracht, ehe ein Telegramm von Lorenzos treuem und einzigem Vertrauten Harry Stebbins eintraf und ihn vorwarnte, die ganze Familie käme morgen in St. Moritz an.

»Vier Tage«, sagte Lorenzo zu mir, »in denen ich feststellte, daß ich weder besessen noch vernarrt, sondern ganz einfach im Recht war mit dem, was ich für Claire Morely empfand. Es erübrigt sich wohl zu sagen, daß diese vier Tage nicht genügten«, fügte er hinzu, und der Ausdruck seiner beredten, dunklen Augen ließ mich zum erstenmal etwas ahnen von der nagenden Reue und Leere der Jahre, die dann kamen.

Sie genügten nicht. Heute lächle ich ironisch, damals war es ernst. Es wären noch viele solcher Tage gekommen, hätte nicht Nanny, weil sie nach St. Moritz drängte und Claire für »gefährlich« hielt, die Londoner *Times* eingeschmuggelt. Sie war eben ein Genie in solchen Sachen. Wie hatte Lorenzo sie genannt: »Eine Wundertäterin.«

Wären wir sonst wohl nach St. Moritz gefahren? Das

frage ich mich heute. Was wäre statt dessen geschehen? Wäre Lorenzo trotz seiner Überzeugung, Marion könne ohne ihn nicht leben – geschweige denn uns großziehen –, mit der willensstarken Claire fortgezogen?
Er tat es nicht. Als es Frühling wurde, tat er etwas, was für uns alle die einzige Lösung schien: Er beschloß, nach Amerika heimzukehren, für immer, mit dem Vergangenen zu brechen und sich selbst eine Welt zu schaffen, in der er von vorn anfangen konnte.

19

Es hätte eine Phantasiewelt werden sollen, geschaffen von der Hand eines Künstlers, in die wir einwurzeln und doch jeder sein Eigenleben führen konnten. »Wir machen unsere eigenen Regeln.« Es hätte besser funktionieren sollen als in London. Denn auf der Insel waren wenig Kompromisse nötig. Doch ich weiß, selbst wenn Lorenzo keinen Ozean zwischen sich und Claire Morely hätte legen wollen, wir wären früher oder später nach Amerika heimgekehrt. Lorenzo konnte nicht ewig weiterstudieren und -renovieren und hin- und herreisen. Zu diesem Zeitpunkt, unmittelbar vor Ausbruch des Krieges, hatte Europa nichts Kreatives. Freunden gegenüber machte Lorenzo oft mitleidige, manchmal empörte Bemerkungen darüber, daß der Zivilisationsprozeß in Europa zum Stillstand gekommen sei.
Er sprach auch über die Lebensgier der Verzweiflung, in der die Menschheit jedes Fest feierte, als sei es das letzte. »Niemanden scheint es zu bekümmern«, klagte er, »was war, geschweige denn, was wird.« Es schien, als hätten die Europäer vergessen, das sie in Jahrhunderten mühsam erlernt hatten, nämlich daß Zivilisation ein Prozeß ist, der ununterbrochen weitergeht. Europa war nichts mehr für einen Architekten.

Amerika war das richtige. Dort gab es alle Möglichkeiten für jemanden, der verändern helfen, Fehler verbessern, inmitten allem Neuen etwas von bleibendem Wert schaffen wollte. Und genau das wollte Lorenzo. Er war ein Egoist, der der Zivilisation seinen Stempel aufprägen wollte. Warum nicht. Gäbe es keine Egoisten, wir hätten vielleicht gar keine Zivilisation.
Früher oder später wären wir also doch gefahren. Die Kriegsdrohung trieb uns lediglich zur Eile an. Lorenzo glaubte nicht an eine Entspannung. Nachgiebigkeit und Habgier der einen Seite seien zu groß, fand er, die Besessenheit der anderen zu pathologisch. Ende April waren wir wieder in New York. Im Hochsommer hatten wir bereits ein Haus in Maine bezogen.

Vielleicht war es das Seefahrerblut irgendwelcher portugiesischer Ahnen, das in Lorenzo kreiste und ihm den Blick aufs Meer hinaus unentbehrlich machte. Er konnte sich nur niederlassen, wo der Ozean in der Nähe war. Diesmal war er entschlossen, sich für immer niederzulassen: an einem sehr kalten Meer, das erbarmungslos gegen eine Felsenküste, kiesige Strände und Klippen anstürmte, oberhalb derer Föhrenwälder und rauhe, steinige Äcker lagen.
Das alte Haus war ein Bauernanwesen, errichtet aus den Steinen, die man aus den Äckern herausgelesen hatte. Im Lauf der Zeit versah Lorenzo den würdigen, rechteckigen Kasten mit Anbauten, verband ihn noch stärker mit Abhang und Klippen, gab ihm Terrassen und Veranden aus dem Föhren- und Ahornholz der umliegenden Wälder.
Er arbeitete hart und entschlossen, und doch erschien seine Mühe manchmal sinnlos. Denn die felsigen, windgepeitschten Küsten von Maine sahen Cornwall zu ähnlich. Und die beständig wachgehaltenen Erinnerungen müssen für ihn alles hohl und leer gemacht haben.
Lorenzo hatte seine Gefühle noch nie gut verbergen kön-

nen. Dabei käme er sich wie ein verdammter Heuchler vor, pflegte er zu sagen. Deshalb steckte er uns andere mit seiner düsteren Stimmung an. Sogar die Arbeit, an der wir uns alle begeistert beteiligten, weil ja das Haus uns gehörte, wurde in solchen Fällen zu einer Illusion.
Am meisten betroffen von dem allen war natürlich Marion, die genau wußte, was es mit diesen Stimmungen auf sich hatte. Sie muß sich immer wieder vorgesagt haben: Er ist freiwillig mit uns hierhergezogen, um meinetwillen. Deshalb beschäftigte sie sich in Haus und Garten, versuchte, seine Stimmung zu ignorieren, bemühte sich, den Anweisungen zu folgen, die ihr Nanny mit nur schwerbeherrschter Ungeduld erteilte, weil sie selber alles soviel besser konnte.
Zwar glaube ich nicht, daß Lorenzo aufgegeben hätte, dazu war er zu stark; und doch war es nicht unser eigenes Haus, das damals seinem Leben Ordnung, Halt gab, sondern das andere, an dem er im Sommer in Cornwall und im Winter, ehe wir London verließen, so konzentriert gearbeitet hatte; das Haus für den Bildhauer Rachewitsch in den Bergen Vermonts.
Im Frühherbst wurde mit dem Bau begonnen. Es war eine schöne Konstruktion, wenn auch für mich irgendwie nervenaufreibend. Das Atelier, das frei über den Wipfeln zu hängen schien, erfüllte mich mit Angstgefühlen, es könne davonschweben und seine Insassen in den leeren Raum entführen. Rachewitsch jedoch störte der Eindruck des Unstabilen, Flüchtigen nicht. Vielleicht weil er am meisten von der Festigkeit des Holzes verstand. Er war entzückt, wedelte mit den gewaltigen Armen, geriet in Ekstase über den Eindruck unbegrenzter Weite, über Lage und Höhe der Fenster, die, wie er versicherte, zu jeder Jahreszeit das rechte Maß an Licht einließen. Im Inneren des Hauses gingen mehrere Räume auf eine zweistöckige Eßdiele hinaus. Es war ein Raum von höfischen Proportionen, geboren aus der Phantasie meines Vaters,

der sich gerade während unserer Jahre in Europa hin und wieder gern eingebildet hatte, er stamme nicht von portugiesischen Fischern ab, sondern von Prinz Heinrich dem Seefahrer selbst. Auch diese Halle war ganz nach Rachewitschs Geschmack, der ein grandioser, bombastischer Mensch war und gegen Pomp schon beim Frühstück nicht das geringste einzuwenden hatte. Ich sehe die beiden noch in der feudalen Halle herumgehen: zwei Riesen, deren Stimmen von den Steinwänden widerhallten.
Lorenzo sollte später noch viele Häuser bauen, darunter einige weit schönere als dieses, aber vielleicht keines, das den Bauherrn so beglückte und zugleich den Architekten vor der Verzweiflung bewahrte.

20

Etwa um diese Zeit begann Lorenzo Schritt um Schritt, sich verbissen eine eigene Welt auf den windgepeitschten Klippen und Höhen über dem Meer zu schaffen. Eine Welt, die weder amerikanisch noch europäisch, sondern unverwechselbar lorenzisch war und in der alles stärker von seiner machtvollen Persönlichkeit geformt und beeinflußt war als von den Phänomenen der Umwelt. Vom Leben und den Menschen außerhalb dieser Welt wußten Jaime und ich in diesen Spätsommertagen wenig. Lorenzos und Marions Freunde waren noch in alle Winde zerstreut, suchten nach einer Lösung, wo und wie sie leben sollten, nun, da das beginnende Chaos in Europa ihrem Umherreisen ein Ende machte. Selten sahen wir einen von ihnen und hatten kaum Kontakt zu Altersgenossen.
Am meisten waren wir mit Tad zusammen, dem Sohn von Matthew Bigelow, jenem Neger, den Lorenzo als Hilfskraft eingestellt hatte. Tad ging mit uns Blaubeeren oder Äpfel pflücken und kletterte mit uns in die verkrüp-

pelten Zweige der uralten Bäume des Obstgartens. Manchmal kam Tad sogar abends zu uns ins Haus, um Dame zu spielen oder Musik zu hören.
Er kam nur, weil Lorenzo ihn dazu aufforderte. Lorenzo fand ihn intelligent und liebenswert, und mit seinen vornehm-negroiden Zügen lieferte er bereits einen ansehnlichen Beitrag zu der Szene, die Lorenzo um sich zu schaffen begann.
Abgesehen davon wollte er Tad sicherlich helfen, diesem klugen Jungen alles an Büchern, Musik und Kontakten zugänglich machen, das ihm nützen konnte. Wer weiß, wohin es hätte führen können, hätte Tad mitgespielt. Bei Lorenzos Neigung, die Menschen nach seinem Bild zu formen, wäre es vielleicht eine Art Protektionskind geworden.
Doch auch Tad hatte ein starkes, eigenwilliges Naturell. Er kam zwar, weil ihn Lorenzo eingeladen hatte, fühlte sich aber unbehaglich in unserem Wohnzimmer voll außergewöhnlicher Menschen, die ihn mit mehr als wohlwollendem Blick musterten, als sei er in Wirklichkeit nicht ein-, sondern vorgeladen. Dadurch gab er sich mit so viel Würde und Reserviertheit, daß wir ihn, gleichzeitig frustriert und fasziniert, nie wirklich kennenlernten.
Der flüchtige Sommer mit seinen oberflächlichen Bekanntschaften und dem Beginn einer neuen Welt ging ohnehin zu Ende. Ahornbäume und Birken standen in flammenden Farben vor dem stumpfen Grün des Föhrenwaldes. Kiesel und Fels verloren die Wärme, auch die Farben der Küste wurden kalt, ein grelles Grau und das Eisengrün des Seetangs, der sich trotz unaufhörlichen Hämmerns der Wellen an den Felsen klammerte.
In dieser Herbstzeit lernten Jaime und ich zum erstenmal Amerika ein wenig kennen: man schickte uns zur Schule.

21

Meine Schule lag in Bethesda, einem Städtchen von etwa zehntausend Einwohnern, die ihren Unterhalt in einer ziemlich altmodischen Textilfabrik und mit dem Fischfang auf dem Meer verdienten. Sie glich in nichts dem, was Jaime oder ich auf unseren Pirschgängen mit Nanny durch Londons Straßen, in der Ballettschule, der Schule von St. Paul oder der von Miß Finch je gesehen hatten.
Kinder sind überall grausam, wenn man zufällig ein wenig anders geartet ist als sie. Doch in Miß Finchs Schule war ich trotz meines ausgefallenen romanischen Namens nach Landessitte von einer Gouvernante gebracht worden, und meine blonden Haare, mein Gesichtsschnitt und mein englischer Akzent glichen denen aller anderen Kinder.
Im Bethesda aber, wohin mich Nanny am ersten Tag begleitete – ich trug Faltenrock, wollene Strümpfe und einen Blazer –, hörte ich heimliches Kichern und Murmeln: »Seht bloß die Prinzessin.« Von nun an wurde immer, wenn ich den Mund auftat, um mit meiner hohen, dünnen Kopfstimme zu sprechen, die erwartungsvolle Stille von begeisterten Heiterkeitsausbrüchen zerrissen. Ich enttäuschte anscheinend nie.
Aber ich konnte es ihnen auch nie recht machen. Ich hätte mit hellem Lippenstift zur Schule kommen müssen, den man sich nach der Vieruhrglocke abwischte. Ich hätte fieberhaft Kaugummi kauen müssen, um den Geruch heimlichen Rauchens auf der Toilette zu verdecken. Aber wenn man schon rauchen wollte, fand ich die Toilette dafür einen gräßlichen Ort. Ich wußte nicht mal, wie man etwas »Kesses« oder »Süßes« ins Meinungsbuch schrieb. Ich schwitzte vor Verlegenheit, wenn ich las, wegen Mona Weiners Busen habe Howard Ditweiler »feuchte Träume«, oder Bruno Mollechi sei nichts als »ein dicker Schwanz«.

Auf der Seite unter meinem Namen stand immer nur so etwas wie »sehr fein gesponnen« oder »ein stilles Wasser«.
Und was hätte ich schreiben sollen, wenn ich an der Reihe war? Höchstens Kraftausdrücke aus dem Cricket-Team in der dritten Klasse von Miß Finch hätten hergepaßt. Also schrieb ich überhaupt nichts hinein, wurde rot, schwitzte und gab das Buch weiter.
Wie hätte ich mich dieser merkwürdigen Welt frühreifer Teenager »anpassen« sollen? Gerade auf das Sichanpassen nämlich kam es hier an. Nanny war sichtlich froh, daß ich es *nicht* konnte.
»Verstehe gar nicht, wieso du die Nase so hängen läßt«, pflegte sie zu sagen, wenn ich abends niedergeschlagen heimkam. »Hast du dir schon mal überlegt, was für ein Segen es ist, daß du ein gutes Englisch sprichst und schon soviel von der Welt gesehen hast? Nichts kennen als die Docks und die Marktstraße – so was ist doch beschränkt! Verglichen mit dem, wie du schon herumgekommen bist und vor allem noch herumkommen wirst. Eines Tages wird dir alles ganz unwichtig erscheinen, was du jetzt in der Schule erlebst...«
Eine sonderbare Anschauungsweise, wenn ich es mir heute überlege. Drei Jahre Schule standen mir noch bevor – und das sollte gar nichts sein? Und doch kam es mir bei Nannys Reden unsinnig vor, daß ich diese Schule tragisch genommen hatte, und ich war stolz geschwellt über die vergleichsweise Vielfalt meiner Kenntnisse, die einen engen Kontakt zu der Welt von Bethesda wenig erstrebenswert machten.
»Eines Tages...« So etwas sagte Nanny beiläufig, während wir zu einem Waldspaziergang im wirbelnden Herbstlaub aufbrachen. Und wie einst in London, wenn wir in eine kleine Straße einbogen, um Unbekanntes zu entdecken, gab es nichts Wichtigeres als den Augenblick. Mit ihr in der frischen Luft im letzten, blassen, durch die

Bäume sickernden Sonnenschein zu wandern, auf dem dicken, weichen Blätterteppich unter unseren Füßen. Es gab diesen Augenblick, golden und köstlich, und das »eines Tages« in weiter Ferne, an das man noch nicht denken mußte. Dazwischen gab es nichts.
Das heißt, bis zum nächsten Morgen, wenn ich wieder zur Schule mußte und mich so gern an einer noch so unfeinen Unterhaltung beteiligt hätte – wenn ich nur gewußt hätte, wie.

Dann schrieb endlich jemand in Betty Laconas Meinungsbuch über mich: »Hat wunderschönes Haar.« Tapfer standen die Worte unter all den anderen Bemerkungen, und daneben ein Name: »Mary Horste.« Mary Horste war ein zierliches Persönchen mit magerem Gesicht, leichtgewelltem rotem Haar und einem Sattel Sommersprossen über der Nase. Ihre dunklen Augen blickten keck, humorvoll und ein bißchen traurig. Ihr Vater war Fischer gewesen und hatte bei einem Fischzug vor Neufundland Lungenentzündung bekommen. Der Kapitän wollte erst noch den letzten Hering an Bord nehmen, ehe er den Kranken an Land brachte, und da war es zu spät gewesen. Die Mutter hatte seitdem Mary und ihre vier Geschwister durch Schneiderei ernährt.
Bis zu dem Tag, an dem sie sich den Meinungen im Meinungsbuch zu widersetzen wagte, kannte ich sie nur als ein Mädchen, das Kleider aus Stoffresten trug. Wenn beispielsweise Patsy Stoodt in einem nagelneuen karierten Wollrock erschien, kam Mary oder eine ihrer Schwestern höchstwahrscheinlich in einer entsprechenden Weste, deren Rücken wiederum aus dem braunen Tuch von Madeline Teeters neuer Jacke bestand. Die Mädels behandelten sie mit herablassender Großmut, etwa wie ein Gemeindemitglied, das nicht im Country Club ist. Hin und wieder luden sie Mary sogar ein, sich am Dekorieren für eine Tanzerei zu beteiligen. Trotzdem konnten sie

sich nicht verkneifen, sich gegenseitig und auch Mary kichernd Blicke zuzuwerfen, wenn jemand in etwas von Mrs. Horst Geschneidertem zum Unterricht erschien. Mary kannte den Grund, es schien ihr jedoch nicht viel auszumachen. Vielleicht weil sie soviel zu tun und zu denken hatte, glaube ich, bei der fleißigen Mutter. Und doch schien mir damals ihre trübselig lächelnde Miene zu beweisen, wie hart das Leben sein konnte und wie oberflächlich die meisten es auffaßten.
Irgendwann – bald nachdem sie »hat wunderschönes Haar« über mich in Betty Laconas Meinungsbuch geschrieben hatte – wurde ich wieder einmal wegen meiner Aussprache vor der ganzen Klasse von Miß Cruikshank gerügt. Die Klasse brüllte vor Lachen, ich war den Tränen nahe. Noch während Miß Cruikshank sich bemühte, das Chaos wieder in den Griff zu bekommen, schob mir Mary Horste verstohlen einen Zettel zu.
»Scher dich den Teufel drum«, stand darauf. »Die möchten bloß in England gewesen sein und auch einen so phantastischen Vater haben wie du.«
Ich hielt es zwar damals für sicherer, einen Vater zu haben, von dem noch nie jemand gehört hatte, doch erwärmten Marys einfühlsame, kühne Worte mein Herz, und ich konnte lachen, obwohl ich eben noch den Tränen nahe gewesen war. Endlich hatte ich eine Freundin.
»Versuch bloß nicht, deinen Akzent abzulegen«, sagte Mary oft. »Er ist sehr nett, die anderen werden sich daran gewöhnen. Sollen lieber die was ablegen...«
Nach einer Weile ließen sie mich tatsächlich in Ruhe, wenn sie es mir auch noch immer ein wenig übelnahmen, daß sie den kürzeren gezogen hatten. Das war mir gleich, ich hatte ja Mary auf meiner Seite.

22

Manchmal ging ich nach dem Unterricht, ehe mich Matthew abholte, mit zu Mary. Ihr Haus, aus dem der Vater so oft ausgelaufen war, stand drunten am Hafen: ein verwittertes, graues Gebäude. Sein Anstrich, seit Jahren vom salzigen Wind zerfressen, blätterte ab. Innen war es jedoch blitzsauber und ebenso »gestückelt« wie Marys Garderobe. Überall gab es Flickendecken und afghanische Sofakissen. Und es gab Marys Mutter, eine zierliche, adrette, verhärmte Frau, die Mary durch einen Wust von Stecknadeln – sie sah aus, als habe sie in ein Stachelschwein gebissen – zurief: »Wo bleibst du denn, Kind? Wenn die Suppe ungenießbar wird, bist du schuld. Ich kann nicht überall zugleich sein.« Dann bemerkte sie mich und sagte verlegen: »Melissa! Du meine Güte. Entschuldige die Unordnung, aber wenn nur die Kleinen daheim sind . . .« Und während ich noch nach Zeichen von Unordnung in diesem Musterhaushalt suchte: »Willst nicht zum Essen bleiben? Ich fürchte bloß, es gibt nicht ganz, was du gewöhnt bist – nur Suppe.«
»Oh, die schmeckt aber köstlich«, sagte ich aufrichtig und tauchte das Brot, das sie mir anbot, in die wundervolle, würzig riechende Mischung. Ich liebte Mrs. Horstes Suppen und ihren makellosen zusammengestückelten Haushalt. Ich hätte sie noch mehr geliebt, wenn sie sich nicht dauernd dafür entschuldigt und auf meine zögernde Frage, ob Mary einmal bei uns auf der Farm übernachten dürfe, nicht so erstaunt und argwöhnisch geschaut hätte.
Mrs. Horste war es von Anfang an nicht so ganz recht, daß Mary zu uns kam. In der Tatsache, daß Lorenzo berühmt war und prominente Leute ins Haus brachte, schien ihr eine schwer bestimmbare Gefährdung zu liegen. »Was wollen die beiden überhaupt in deiner Schule?« pflegte sie Mary mißtrauisch auszuhorchen. »Die können sich

doch Schulen in New York oder Boston leisten. Und warum suchen sie sich gerade dich als Freundin aus? Was wollen sie? Paß bloß auf, daß du ihre feinen Manieren hier nicht einführst!« Heute begreife ich, daß sie mit einer gewissen ängstlichen Eifersucht meinte, Lorenzo würde Mary eine glitzernde, verlockende Welt vorgaukeln, das Gegenteil der gewohnten. Dies Gefühl war in ihr so stark wie Nannys Konzept, »in ihrem Stande zu bleiben«. Hätten Mrs. Horste und Miß Dowe sich je getroffen, sie würden vielleicht eine Menge Gemeinsames entdeckt haben. Doch sie trafen sich nie, und gerade das, was ihnen gemeinsam war, hielt sie voneinander fern.
Mary schien es nichts auszumachen, jedenfalls zunächst. Sie hatte eine schlichte, unschuldige Sicherheit, die alles an seinen gebührenden Platz verwies.
»Deine Mutter ist eine so gütige, freundliche Frau«, sagte sie einmal zu mir, als wir im Bett noch miteinander tuschelten. »Merkst du das eigentlich nicht?«
»Doch, natürlich«, antwortete ich, ganz entrüstet bei dem Gedanken, sie könne meinen, Marion besser zu kennen als ich.
Über meinen Vater sagte sie: »Erst hat man Angst vor ihm, aber nur, weil er ungern zeigt, wie sehr er einen mag...«
Er mochte sie wirklich sehr gern. Vermutlich, weil sie – im Gegensatz zu dem vorsichtigen Tad Bigelow, der eine Mauer der Wachsamkeit zwischen sich und anderen aufrichtete – ohne Furcht aus sich herausging. Sie tat sich Lorenzos Sondierungsversuchen willig auf. Überzeugen Sie sich, schien sie zu sagen. Und Lorenzo überzeugte sich. Er entdeckte ein ebenso sensibles und lebendiges Wesen, wie er selbst eines war. Größtenteils durch die Musik, der so viele Menschen Abende lang lauschen, ohne wirklich zuzuhören oder auf irgendeine Weise zu reagieren. Hörte Mary Musik, wurde sie immer stiller, immer aufmerksamer, gehörte gar nicht mehr in das

Zimmer, in dem sie mit untergeschlagenen Füßen gesessen und gemütlich und friedlich gewirkt hatte. Um sie aus sich herauszulocken, begann Lorenzo, in außergewöhnlich leisen, schmeichelnden Tönen die Tenorpatie aus *Lucia di Lammermoor* oder *La Bohème* zu singen. Dann nickte er Mary zu, als sei es selbstverständlich, daß sie weitersänge, wo er aufhörte. Sie sträubte sich auch nicht oder tat etwas Verlegen-Albernes, das den Augenblick zerstört hätte. Sie respondierte mit hoher, klarer Stimme, die immer voller und schmelzender wurde, je mehr die Pracht und Leidenschaft der Melodie sie mitriß. Obwohl sie die Worte nur markierte und wohl auch kaum Sinn in ihnen gefunden hätte, wirkte sie glaubhaft, überwältigte uns durch die rückhaltlose Schönheit und Reinheit ihres Gesanges. Bis sie schließlich nach Luft schnappen mußte und uns lachend wieder auf die Erde zurückholte. Auch wir lachten dann und klatschten und schnauften, als hätten wir selbst gesungen, und Lorenzo rief dröhnend: »Wundervoll, Mary!« und, sich beifallheischend umschauend: »Habt ihr's gehört? Wir haben eine Diva ersten Ranges entdeckt.«

Nur einer gefiel das Ganze nicht, und das war Nanny. Während Mary sang, strickte sie wütend und konzentriert, als sei das Ganze namenlos peinlich. Und wenn wir miteinander allein waren, las sie mir die Leviten, und ich konnte doch nichts für meines Vaters Überschwenglichkeit.

»Gräßlich, wie er sie herausstellt. Im Grunde ist das Kind nicht schuld, wohlgemerkt. Kann sie's ändern, bei den Kreisen, aus denen sie stammt? Da ermutigt er sie noch, dabei hätte sie ein paar Lektionen in Zurückhaltung nötig. Hoffentlich läßt wenigstens du dich nicht einwickeln von diesem Getue.«

Ich aber liebte die Abende und war stolz auf meine Freundin. Außerdem fand ich nicht, daß sie sich ungebührlich vordrängte. Und wenn wir nachts in unseren Betten la-

gen, unterhielten wir uns noch stundenlang eifrig, hauptsächlich darüber, wie wir beide eines Tages nach New York ziehen würden. Ich würde tanzen, Mary singen lernen. Ich würde zum Ballett gehen, sie zur Oper. Und zusammen würden wir Rollen bekommen, in Brodway-Musicals wie *Oklahoma* oder *Carousel*.
Wir redeten ohne Punkt und Komma, bis Nannys Stimme durch die Wand drang: »Ich höre dich, Melissa. Jetzt ist Schluß mit dem Unsinn. Wenn ihr nicht aufhört zu schwatzen, dürft ihr nicht mehr beieinander schlafen.« Der drohende Unterton in ihrer Stimme genügte immer, wir verstummten sofort.
Als wir wieder einmal abends nach dem Essen Musik hörten, was wir uns angewöhnt hatten, ob Besuch da war oder nicht, fehlte Mary zwar, doch *La Bohème*, die ihrem tragischen Ende zueilte, ließ ihre Gegenwart einen Augenblick lang so lebhaft im Raum erstehen, daß Lorenzo gedankenvoll lächelte und fast wie zu sich selbst sagte: »Verblüffend, wie ein Kind so etwas aufschnappt – als hätte sie es ihr Leben lang gehört. Und dabei hat Mary vermutlich nie etwas anderes gehört als Miß Fishbaks Schulchor mit ›Swing low, Sweet Chariot‹. Es ist ihr einfach angeboren.«
»Ja, angeboren«, nahm Nanny sein Stichwort auf, als habe sie darauf gewartet, »und wenn ich Ihnen raten darf, Sir, lassen Sie es dabei. Sie sollten die zwei mal hören, Mary und Melissa, diese theaterbesessenen Närrinnen. Ehe Sie sich's versehen, kommt Ihnen Mrs. Horste ins Haus und fragt Sie, ob man Mary nicht für die Oper ausbilden sollte. Und noch ehe Sie sich die Antwort überlegt haben . . .«
»Mrs. Horste würde nie um etwas bitten . . .«, unterbrach ich sie hitzig, wütend über Nannys Horcherei und ihre Anspielungen. Lorenzo schien diese Idee nicht im geringsten außer Fassung zu bringen. Er sah aus, als habe man ihn auf eine ausgezeichnete Idee gebracht. »Was

wäre schon dabei? Schließlich ist kein Ding unmöglich . . .«
»Unmöglich ist nichts«, antwortete Nanny mit einer Abfälligkeit, die aus trüben Erfahrungen geboren schien. »Aber mit dem Leben solcher Leute darf man nicht spielen. Sie setzen sich was in den Kopf, und dann ist im Handumdrehen *alles* möglich, und schließlich sind Sie schuld.«
Mir war nicht recht klar, was sie mit dieser Warnung meinte, aber noch rätselhafter, was Mrs. Horste einige Tage später äußerte.
»Sie will nicht, daß ich so oft auf die Farm gehe«, berichtete Mary, die nicht bei mir hatte übernachten dürfen, unter Tränen. »Sie behauptet, man verpflichte sich dadurch zu sehr.«
»Verpflichte sich?« Ich schüttelte verständnislos den Kopf. »Wie meint sie das?«
»Sie sagt, reiche Leute tun einem mit der Zeit so viel Gutes an, daß man's nie wieder zurückzahlen kann. Und eh man sich's versieht, gehört man ihnen.«
»Ja, glaubst du denn so was?« fragte ich ganz ratlos.
»Natürlich nicht. Wie kann man jemandem gehören, bloß weil er reich ist.« Sie runzelte die Stirn, als wollte sie die eigenen Worte noch mal prüfen. »Nur weil er anders ist?«
»Anders.« Diesen Ausdruck hörte ich von Mary zum erstenmal und kam auf den Gedanken, ich kenne sie vielleicht doch nicht so gut, wie ich dachte. Ein paar Tage später vergaß ich die ganze Sache, als Mrs. Horste widerstrebend Mary wieder zu uns ließ, vielleicht, weil ihr die Gegenargumente ausgegangen waren.
Um die Abendbrotzeit fing es an zu schneien, den ersten Schnee eines langen Winters, der uns bis zum Frühjahr lebendig begrub. An jenem Abend aber waren wir entzückt, wie die hellen Streifen aus der Schwärze auf uns zuschwebten, sanft gegen die Fenster trieben und sich auf

den Fensterbrettern häuften. Am Morgen bestand Lorenzo darauf, wir müßten die Schule schwänzen und feiern. »Alles Erste soll man feiern. Sag deiner Mutter, wir seien eingeschneit«, sagte er zu Mary mit einem dunklen Verschwörerblick, der nur ihr galt. Wir bauten einen Schneemann und stapften mühselig den Weg durch den Wald hinter dem Haus hinauf. Von dort rodelten wir herunter. Wir rodelten, bis unsere Lippen blau und unsere Finger und Zehen klamm waren, dann kehrten wir heim und setzten uns in einer Art quälender Vorfreude an den Kamin. Wir warteten darauf, daß das Blut mit schmerzhaftem Kribbeln in unsere Zehen zurückkehrte.

Es gibt spontane, fröhliche Erinnerungen an diese Tage: als wir aus dem Hügel hinter dem Haus den Celerina machten oder auf dem zugefrorenen Teich von Pritchards Quarry Schlittschuh liefen und das Eis unter uns knarrte, weil wir uns gegenseitig zu immer gewagteren Kunststücken anstachelten. Lorenzo, Mary und ich liefen stundenlang, und auch Tad Bigelow, bei dem jeder graziöse Bogen, jede Pirouette etwas Behutsames, Bedächtiges bekam.

Jaime knickte natürlich schon beim ersten Versuch mit den Knöcheln um. »Er muß nur fleißig üben«, verkündete Nanny energisch. »Nur so kann er sie kräftigen.« Doch Lorenzo rief ungeduldig: »Kräftigen? Wie sollen denn so spindeldürre Beinchen diesen Kartoffelsack tragen. Er hat schon wieder vergessen, wie man Ski fährt.« Und mit rauhem Lachen setzte er hinzu: »Lassen Sie den Unglückswurm zufrieden.«

»Aber das ist es ja«, eiferte sich Nanny. »Sie lassen ihn auch nie etwas zu Ende bringen.«

Lorenzo aber war bereits mitten auf dem Teich und überließ es wie gewöhnlich Jaime, sich allein hochzurappeln. Ich weiß noch, wie ich dachte, wie schon oft: Der arme Jaime, warum zerren sie ihn immer in zwei entgegengesetzte Richtungen. Dafür kann er doch wirklich nichts!

Doch dann wirbelte mich mein Vater im Kreis, und ich vergaß Jaime ganz und gar. So war es immer. Man war eben daran gewöhnt, ihn allein unter den Zuschauern stehen zu sehen, den Mantel bis an die Ohren hochgezogen, unfähig zu handeln, eine aufgeschwemmte Schneefigur, die langsam zerfloß.

23

Auch an die Schule erinnere ich mich: an das schläfrige Hocken in überheizten Klassenzimmern. Mary schwor, Miß Cruikshank habe meinen englischen Akzent angenommen. Die anderen hatten sich mittlerweile an meine Aussprache gewöhnt. Vermutlich nützt sich jede Hänselei nach einer Weile ab. Und als sie sahen, daß Mary ohne eigenen Schaden ein paar positive Eigenschaften an mir entdeckte, war der Umgang mit mir ungefährlich geworden. Ich genoß sogar eine gewisse Wertschätzung in der Gewißheit, daß ein Kontakt mit mir sie nicht »verfremden« würde.
Für Jaime gab es in der Schule wenig Freuden. Manchmal wunderte ich mich, daß er es überhaupt aushielt. In allem war er seinen Kameraden diametral entgegengesetzt. Sie stelzten großspurig zum Unterricht, sahen mager und mannhaft aus, trugen enge Hosen über schmalen Hüften, das Hemd offen, um die ersten spärlichen Haare auf der vom Sommerjob in Salzluft und Sonne gebräunten Brust zu zeigen. Elastisch wiegend schritten sie einher und schlenkerten den Bücherriemen so drohend wie einen Gummiknüpel. Sie trafen schon vor der Zeit ein und lehnten sich an die Mauer des Schulhofs, rauchten, beobachteten und machten ihre Anmerkungen, etwa: »Schaut mal, Leute, der Mona Weiner sind in diesem Sommer ganz schöne Titten gewachsen.« Oder auch: »Mensch, da kommt diese Mißgeburt, der Cardoso.«

Und er kam daher, auf seinen schmerzenden kleinen Plattfüßen, die den wabbeligen, übergroßen Körper schleppten wie den von Lorenzo erwähnten, in der Mitte zusammengebundenen Kartoffelsack. Dazu fiel ihm das strähnige Haar in kurzsichtige graue Augen, in ein Gesicht, das nach einem Sommer im Baumschatten und einem einsamen Zimmer kellerbleich war. »Wollen mal ausprobieren, wieviel Bücher der fallen läßt, ehe er an der Tür ist? He, Cardoso, dir fällt das Geschichtsbuch runter!« Wenn er danach griff, fielen natürlich alle anderen wie ein Bergrutsch zu Boden.
Bei Sport und Spiel stand er im Weg wie ein an Land geworfenes Walroß, überlegte, was er tun mußte, und wurde dann in der falschen Richtung tätig. Hier wie dort wurde er hinausgeworfen, ein Team nach dem anderen verbannte ihn. Er hätte alles darum gegeben, überhaupt nicht mitspielen zu müssen, doch seine Weigerung hätte das Fundament ins Wanken gebracht, auf dem das Bethesdasche Schulsystem ruhte. Ganz zu schweigen vom Unterrichtsziel, einen jungen Mann der Oberklassen in bestmöglicher sportlicher Form zu entlassen – jener Form, die das Bollwerk einer einheitlich gesunden Gesellschaft bildete. So mußte sich Jaime zum Sport melden, obwohl ihn dabei keiner wollte. Der Trainer brachte meinen armen, schwerfälligen Bruder fast um, weil er ihn zwanzig Runden rings um das Fußballfeld laufen ließ, ihn, der sich doch auf seinen Plattfüßen kaum über den Schulhof schleppen konnte.
Die Jungen steckten ihm tote Krabben in seinen Garderobenschrank, rieben ihm das Gurtband mit Malaghenapfeffer ein, verfaßten unanständige Liebesbriefe unter seinem Namen an Mona Weiner und forderten ihn zu Faustkämpfen heraus, als er leugnete. Aber Jaime verstand nicht zu kämpfen. Er war nicht einmal Pazifist, der sich um irgendwelcher Grundsätze willen niederknüppeln ließ. Zeichnete sich Ärger ab, so verschwand er ein-

fach, was ihn in den Augen der Klassenkameraden noch verächtlicher machte.
Doch nicht nur seinen Kameraden kam er unverzeihlich »anders« vor. Es war fast unvermeidlich, daß er infolge der vielen Stunden, die er mit Lesen und Schokoladetrinken verbrachte, bald weit mehr über den im Lehrplan vorkommenden Stoff wußte als seine Lehrkräfte. Deshalb bekam er auch Ärger mit dem Naturkundelehrer, Mr. Pimlo, der nicht mit der Zeit ging, sondern sich ganz auf ein altes, 1936 erschienenes Exemplar von »Du und die Wissenschaft« stützte, das erst völlig auseinanderfallen mußte, ehe man es in Bethesda wegwarf.
Ob Mr. Pimlo wirklich ein Trunkenbold war, wie ein Gerücht behauptete, ist ungewiß – sicher aber ist, daß er glaubte, man hielte ihn für einen. Trotz gelegentlicher Müdigkeit während des Unterrichtens aus dem alten Buch war er also stets alarmbereit. Er hatte die Gewohnheit, plötzlich herumzufahren, gleichsam als wollte er jemand bei irgendeinem Streich hinter seinem Rücken ertappen. Dann richtete er seine ungewöhnlich bohrenden Augen auf den Betreffenden und fragte: »Stimmt doch, oder?«
An dem bewußten Tag hatte er eben aus seinem überholten Buch die Nebularhypothese für den Ursprung des Sonnensystems erklärt und kleine struppige Meteore um eine Sonne an die Tafel gezeichnet, wobei er mit der dreidimensionalen Darstellung Mühe hatte.
»Nach dieser Theorie«, sagte er, zur Tafel gewandt, und ließ ungeschickt die Kreide fallen, »erkaltete das von der Sonne in den Raum geschleuderte Material, als sie mit einem anderen Stern zusammengestoßen war, schließlich zu diesen kleinen Himmelskörpern . . .«
Dann fuhr er herum, weil er irgendeine Äfferei hinter seinem Rücken witterte, und durchbohrte den ersten, auf den sein Auge fiel, mit seinem Blick. Zufällig war es mein Bruder.

»Stimmt doch, Cardoso, oder?«
Armer Jaime. Mit der Schokoladetasse in der Hand hatte er sich ein reichhaltiges Wissen gerade in den Stunden angeeignet, in denen seine Kameraden draußen im Sonnenschein tobten und sich keinen Deut darum scherten, wieso diese Sonne schien. Wäre doch Mr. Pimlo auf jemand anders losgeschossen, der mit schlichtem »Jawohl, Mr. Pimlo« reagierte. Da er jedoch seinen Blick über die Klasse schweifen ließ und ein Großteil seiner Schüler verschlafen ins Leere glotzte, senkte er seine wässerigen Augen in die von Jaime, und Jaime konnte nicht anders, als mit zitternder Stimme zu entgegnen: »Ich glaube nicht.«
Mr. Pimlo, der die übliche Bestätigung erwartete und sich bereits wieder der Tafel zuwenden wollte, um abschließend zu erklären, wie die kleinen Massen sich zu großen Massen zusammenfanden, hielt verblüfft inne. Sein Ausdruck wurde ungläubig.
»Du glaubst nicht?« Vielleicht wäre es für alle Beteiligten besser gewesen, er hätte es dabei bewenden lassen, doch das brachte er wohl nicht über sich. »Würdest du mir freundlicherweise erklären, warum du das nicht glaubst?« Mr. Pimlos dünne Lippen verzogen sich sarkastisch. »Wo doch diese Hypothese deutlich und für jeden sichtbar im Buch steht?«
Ich höre noch das Beben in Jaimes Stimme, als er bedrückt und widerstrebend, aber unfähig, auf dem Weg des Schreckens umzukehren, weitersprach: »Weil das Buch überholt ist.«
»Soso, überholt.« Mr. Pimlo blickte mit gerechtfertigter Entrüstung auf Jaime. »Dann gibst du uns vielleicht eine neue Hypothese an Stelle der überholten.«
»Ich g–g–glaube . . .«, unter Mr. Pimlos einschüchterndem Blick rang Jaime nach den rechten Worten, »es hängt mit den Gaswolken und dem Staub im Weltall zusammen, die . . .«

»Die, die ...« Mr. Pimlo beugte sich ungeduldig vor. »Weiter, wir sind alle gespannt.«
»Die miteinander verschmelzen.« Es klang wie das erpreßte Geständnis eines Gefolterten.
»Aha, verschmelzen.« Das unerwartete neue Wort, damals so revolutionierend wie die Entdeckung des Galileo Galilei, muß für Mr. Pimlo weit erschreckender geklungen haben als für Jaime. Mr. Pimlo hielt inne wie ein Jagdhund, der soeben einen Fuchs in einem Holzhaufen hat verschwinden sehen, und beschließt, lieber außenherum zu laufen. Und wieder mit abwägenden Worten aus verkniffenem Mund auf Jaime losfahrend: »Würdest du mir vielleicht verraten, woher du diese Vorstellung hast?«
»Aus der ›Monatsschrift für Astronomen‹.«
»Hm.« Vermutlich hatte Mr. Pimlo diese Zeitschrift abonniert und einen ganzen Jahrgang irgendwo bei sich zu Hause aufgestapelt, um sie gelegentlich einmal in Ruhe zu studieren. Ersichtlich hatte er den Artikel des Deutschen Weizsäcker über Wolken aus Staub und Gasen nicht gelesen, die sein Lehrbuch ein für allemal zu Anfeuerpapier degradierten.
»Sieh mal an, du kleiner Neunmalklug.« Die Klasse johlte und war auf seiner Seite gegen die Flasche Cardoso, den weichlich-fetten Intellektuellen. Feindselig und triumphierend wandte sich Mr. Pimlo wieder an Jaime. »Du wirst dich von jetzt an gefälligst an die Tatsachen in diesem Buch halten« – damit versetzte er der veralteten Schwarte in seiner Hand einen schallenden Klaps –, »das dir von der Schule zur Verfügung gestellt ist. Und wenn zusätzliche Informationen nachzutragen sind, so wirst du das mir überlassen – verstanden, Cardoso?«
Jaime antwortete nun demütig, was er besser sofort getan hätte: »Jawohl, Sir.« Doch jetzt war es zu spät.
»Jawohl, Sir«, war ungefähr das einzige, was sein Naturkundelehrer hinfort von ihm hörte. Welchen Sinn hatte

es, sich mit diesem verknöcherten Hirn anzulegen? Lieber wollte er versuchen, Mr. Pimlos Vorhandensein zu ignorieren. Sicherlich auch das der meisten übrigen Lehrer, je klarer ihm wurde, wie gefährlich es war, eine Frage anders zu beantworten als nach vorgeschriebenem Schema.
Mr. Pimlo aber zeigte sich nicht bereit, Jaime zu verzeihen. Vermutlich hatte er noch am gleichen Abend die Aprilnummer der »Monatsschrift für Astronomen« nachgelesen, dazu Gin getrunken, das Fußballspiel im Radio angehört und festgestellt, wie weit er ins Hintertreffen geraten war. So weit, daß er es nie mehr aufholen konnte. An und für sich war diese Tatsache ihm wohl nicht neu, vielmehr einer der Gründe für Gin und Fußball. Doch daß ihn Jaime ganz unabsichtlich daran erinnert hatte, würde er ihm nie vergeben.
Von nun an richtete er, wenn er mitten im Vortrag herumfuhr, sein »Stimmt doch, oder?« scharf und prüfend ausschließlich an Jaime. Und eines Tages hatte er Erfolg mit seiner Taktik, denn er erwischte Jaime mit dem Gedicht an Tad Bigelow.

24

Wenn überhaupt jemand ohne Freude durchs Leben gehen konnte, dann Jaime. Seine weichliche, linkische Art ließ keine rechte Zuneigung zu, bestenfalls Mitgefühl. Auch Tad war keineswegs sein Freund. Wenn es aber jemand gab, mit dem Jaime gern uneingeschränkt Freundschaft geschlossen hätte, dann war das Tad.
Jaime bewunderte an Tad all das, was er selbst nicht darstellte und andere von ihm erhofften. Tad war stark, behende, sicher im Auftreten – er vollbrachte mühelos Dinge, bei denen Jaime versagte. In Tads Gegenwart stellte sich Jaime gerade im Bewußtsein ihrer Verschie-

denheit noch ungeschickter an als gewöhnlich. Ein erschreckender Teufelskreis, der schließlich für alle peinlich war. Und wie so vieles im Leben, drängte er Jaimes Verehrung für Tad ins Reich der Phantasie.

Ich erinnere mich noch genau, wie es gegen Ende dieses Sommers sich einmal traf, daß Jaime mit Tad und dessen Vater Matthew zum Heumachen hinausgeschickt wurde, um sich – wie Nanny es ausdrückte – »tüchtig ins Zeug zu legen« und nebenbei ein paar Pfund abzunehmen. Er tat keines von beidem. Er stand bloß überall im Wege, so daß ihn Matthew nach einer Weile abkommandierte, die Wasserflasche zu holen, und ihn dann nur zu gern vergaß, als er damit im Schatten saß und zusah, wie die zwei Schwarzen, Vater und Sohn, auf dem Feld arbeiteten.

Wir hatten Arbeitspferde, ein paar große graue Percherons. Matthew handhabte die Pferde und verstaute das Heu, das Tad mit der Gabel auf den Wagen warf. Er tat es, wie alles, mit sparsamen und gleichmäßigen Bewegungen, die schön anzuschauen waren. Wie viele Stunden saß Jaime wohl im Schatten am Wiesenrand und sah der Szene zu? Der Junge, bis zur Taille nackt, mit dem dunklen schweißglänzenden Oberkörper, wie er sich in rhythmischem Schwung vor der grüngoldenen Flur bewegte. Es war die Erinnerung an diese Stunden, was Monate später mit beklagenswerter Indiskretion aus Jaimes Feder in sein Naturkundeheft floß, während Mr. Pimlo weitersalbaderte und seine veralteten Memorabilia aufsagte. Bis zu jenem Tag, an dem Mr. Pimlo merkte, daß Jaimes Gekritzel zu rasch und zu konzentriert war, um irgendwas mit seinem vorgetragenen Lehrstoff zu tun zu haben.

Ich wollte, das Gedicht existierte noch, damit ich es nach all den Jahren einmal lesen könnte, seit so vieles in Jaimes Leben sich verändert hatte – vielleicht als Folge davon.

Es war überschwenglich, gewiß, wie auch Jaimes anbe-

tende Verehrung für Tad. Aber war es so schlimm, wie man behauptete? Böses ist verderblich, aber Jaimes Reimerei hätte keinen Schaden angerichtet, hätte ihn nicht Mr. Pimlo beim schnellen Umdrehen ertappt.
Was auch immer das Gedicht enthielt, es genügte Mr. Pimlo, Jaime und Tad ins Büro des Direktors zitieren zu lassen. Selbstverständlich erfuhr es die ganze Schule. Obwohl es keinen Zeugen gab, hieß es, man habe die beiden Jungen einander in Gegenwart des Direktors und des Lehrers gegenübergestellt, und sie hätten beide geleugnet, etwas getan zu haben, das man nicht bei Namen nannte, über das aber grinsend und anzüglich getuschelt wurde.
Dann schickte man Jaime mit einem Zettel nach Hause, den ein Erziehungsberechtigter unterschreiben sollte. Der Zettel gelangte nie bis zu Lorenzo. Marion unterschrieb und verbarg ihren tödlichen Schrecken und ihre Besorgnis hinter solcher Heiterkeit und Ausgelassenheit, daß sie fast idiotisch wirkte.
Mir erklärte selbstverständlich keiner etwas: weder die kichernden, flüsternden Schüler noch Nanny, die mich in scharfem Ton anwies, mich um meine eigenen Angelegenheiten zu kümmern, oder gar Jaime, der sich so tief in sich verkrochen hatte, daß es aussah, als käme er nie wieder zum Vorschein. Ich konnte mich nur dadurch einigermaßen informieren, daß ich der Strafpredigt im Nebenzimmer lauschte. Ihr entnahm ich, daß Jaime sich »furchtbar schämen« sollte und – wenn er sich nicht ändere – zu etwas Unaussprechlichem und Ungeheuerlichem werden würde.
»Weißt du denn nicht, daß man Leute wegen so was ins Gefängnis gesteckt hat, und das mit Recht? Weißt du das denn nicht?« hörte ich Nanny aufgebracht fragen.
Während dieser langen Predigt war Jaime unbegreiflich schweigsam und versuchte kein einziges Mal, sich zu verteidigen. Er beantwortete auch ihre Frage nicht, son-

dern sagte mit seltsam ruhiger, überhaupt nicht zerknirschter Stimme: »Was hast du mit meinem Gedicht gemacht?«
»Was werde ich wohl damit gemacht haben?« Nannys Stimme zitterte entrüstet. »Verbrannt hab' ich's. Damit kein anderer das zweifelhafte Vergnügen hat, es noch mal zu lesen. Was dachtest du denn, was ich damit machen würde?«
»Hol dich der Teufel!« Und das von meinem milden, unterwürfigen Bruder.
Ich hielt die Luft an, wollte nicht glauben, daß ich tatsächlich Jaime gehört hätte. Nicht so sehr, weil er ihr fluchte, sondern wegen des Tons, der gerade infolge seiner Sanftmut etwas Eisiges hatte.
Mit zusammengepreßten Lippen wartete ich auf Nannys Erwiderung. Sie hatte ein heftiges Temperament, und ich erwartete, daß sie jetzt wütend auf ihn losfahren würde. Statt dessen wurde ihre Stimme, die bisher schrill und überreizt geklungen hatte, plötzlich ruhiger, als habe man ihr versichert, daß sie im Recht sei.
»So etwas sagt man nicht. Außerdem habe ich es nur getan, um dich zu schützen, verstehst du. Ich kann dir die tiefere Bedeutung dessen, was du da geschrieben hast, nicht erklären. Ich bring's nicht fertig. Aber du kannst dir vorstellen, was es für deine Mutter und mich bedeutet hat, den Zettel von einem Menschen wie diesem Mr. Pimlo zu unterschreiben. Denk darüber nach, Jaime.«
Sie holte tief Luft und sagte dann, als wolle sie zugleich sich und Jaime überzeugen: »Ich glaube wirklich, dir ist nicht klar, was du da geschrieben hast. Jedenfalls siehst du, wohin so was führt. Du hast jemand einen nicht wiedergutzumachenden Schaden zugefügt. Und dabei ist dieser Tad ein netter sauberer Junge, der genügend Verstand hat, um zu wissen, wo sein Platz ist. Obwohl ihm das hier wenig nützt. Und wenn ich es deinem Vater verheimlicht habe, dann ebenso um seinet- wie um deinet-

willen. Wenn er es erführe, passierte Gott weiß was.« Ihre Stimme klang, als könne sie sich das überhaupt nicht vorstellen.

Damit verließ sie ihn und kam in mein Zimmer, ohne zwischendurch auch nur richtig durchzuatmen. Sie schloß die Tür hinter sich und verkündete leise und widerwillig, Jaime sei in der Schule einer Sache beschuldigt worden, die er nicht getan habe; erklären könne sie mir das jedoch nicht.

»Aber was soll er denn bloß angestellt haben, Nanny – sag mir's doch. Ich muß es wissen. Alle haben mich heute nachmittag so komisch angeschaut.«

»Ach, mein armes Lämmchen.« Sie drückte mich mitfühlend an die Brust und strich mir übers Haar. Dann hielt sie mich von sich ab und sah mich an, als würde sie es nur zu gern jemand sagen, auch wenn nur ich es war. Doch dann schüttelte sie den Kopf, und ihre scharfgeschnittenen Züge bekamen etwas Entschlossenes. »Nein, nein. Das hat keinen Zweck. Es übersteigt deine Begriffe und würde alles nur noch mehr komplizieren. Vor allem« – hier wurde ihre Miene streng und gebieterisch – »darf dein Vater kein Wort davon erfahren. Du weißt ja, wie er sowieso schon zu Jaime ist.«

»Aber wenn Jaime doch unschuldig ist und gar nichts getan hat . . .«

»In gewissem Sinne«, sagte Nanny sehr behutsam, »ist er nicht direkt unschuldig. Er hat in der Naturkundestunde etwas geschrieben, und das hat viel schlimmer geklungen, als es in Wahrheit ist.«

»Was hat er denn geschrieben?« rief ich erbittert aus, und Nanny packte mich an beiden Schultern.

»Pst, Dummchen. Hab' ich dir nicht gesagt, du sollst ruhig sein? Was er geschrieben hat, hätte nie geschrieben werden dürfen. Mr. Pimlo hat es mir gegeben, und ich habe es verbrannt. Ich finde, daß niemand sonst es lesen sollte. Bist du jetzt zufrieden?« Sie hielt einen Augenblick inne, wie körperlich erschöpft von unserem Wortgefecht.

Es wurde wirklich kein Wort mehr über das Gedicht verloren, das Jaime geschrieben und Nanny verbrannt hatte, so daß nur sie und Mr. Pimlo und der Direktor es kannten oder beurteilen konnten.

Was kann in dem Gedicht gestanden haben? Unwillkürlich frage ich mich das noch heute.

Es muß ein Liebesgedicht gewesen sein, angeregt durch die Beobachtung eines Menschen, der alles war, was Jaime nicht sein konnte. Eine Huldigung ohne Anspruch, geschrieben von jemand, der nicht einmal ahnte, wie man sich einem anderen aufdrängt. Konnte daran etwas Böses sein?

Ich verstand damals nur, daß das von Jaime Geschriebene schimpflich war – so schimpflich, daß ich mir einreden ließ, Lorenzo dürfe nichts davon erfahren. Heute bin ich überzeugt, daß der wirkliche Schaden eben darin bestand, daß wir es ihm unterschlugen.

Ich weiß noch, wie entsetzlich allein ich mich fühlte in dieser Nacht, obwohl Nanny nach unserem Schweigeabkommen übertrieben lieb zu mir war. »Komm, Missy, jetzt nimmst du ein schönes heißes Bad, und wenn du dann im Bett bist, bürste ich dir das Haar – wie wäre das?«

Und ich lag da und erduldete, was sonst zu meinen höchsten Genüssen gehörte, drehte den Kopf auf dem Kissen erst nach rechts, dann nach links, während Nanny mit starken, besänftigenden Strichen mein Haar bürstete. Was ich wirklich gebraucht hätte, war keine Besänftigung, sondern eine Erklärung. Doch die wollte Nanny mir nicht geben. Das Schweigen hing so lastend zwischen uns, daß ich mir wünschte, sie möge fortgehen. Ich tat, als schliefe ich ein. Als sie mich schließlich verließ, lag ich im Dunkeln wach und litt darunter, von einem Wissen ausgeschlossen zu sein, das mir unentbehrlich schien. Ein paarmal war ich nahe daran, zu Jaime ins Zimmer zu schleichen. Aber ich hatte meinen Bruder noch nie irgend etwas gefragt. Und jetzt, in der seltsam drohenden Atmospäre, war dieser Gedanke unmöglicher als je. Da fiel mir Mary ein, die so weise und sanft und in vieler Beziehung verständiger war als ich. Morgen würde ich zu Mary gehen. Und auch wenn sie selbst es nicht begriff, würden wir doch miteinander darüber reden können. Nun fühlte ich mich irgendwie weniger gequält, weniger allein.

25

Aber als ich am nächsten Morgen zur Schule kam, wartete keine Mary vor dem Gebäude auf mich, wie sie es immer getan hatte, damit wir zusammen hineingehen konnten. Sie war bereits in der Klasse, kauerte an ihrem Pult und schaute nicht einmal auf, als ich eintrat. Schweigend saß sie inmitten einer Klasse, die von erregtem Gewisper und Gekicher erfüllt war. Bei meinem Eintreten entstand mit einem Schlag eine erwartungsvolle Stille.
Alle außer Mary schienen verlegen entweder mich oder die Schultafel anzusehen. Dann schaute ich selbst zur Tafel und begriff, warum. Zwei riesige Herzen waren darauf gemalt. Das eine umrahmte die Namen »Jaime & Tad«, das andere die Namen »Melissa & Mary«.
Ich setzte mich auf meinen Platz. Mir war seltsam warm und übel, und ich fühlte mich in eine so ungeheuerliche Einsamkeit gestoßen, daß das übertriebene Wiehern und genierte Kichern nur wie aus weiter Ferne zu mir drangen. Die volle Bedeutung der äußerlich so unschuldig wirkenden Herzen verstand ich noch immer nicht. Aber ich spürte eine beabsichtigte, zerstörerische Grausamkeit, die sich gegen Mary und mich richtete.

Ich schaute vorsichtig zu Mary auf dem Platz an meiner Seite, den sie sich eingetauscht hatte, als wir Freundinnen geworden waren. Sie gab mir meinen Blick nicht zurück. Sie saß ganz still und blickte in ein Heft, in das sie senkrecht untereinander eine ganze Spalte »Mary Horste, Mary Horste« geschrieben hatte, ordentlich und sauber, wie eine Strafarbeit oder eine Übung im Alleinsein.
»Mary«, flüsterte ich ganz leise, aber sie schien mich nicht zu hören.
Dann betrat Miß Cruikshank das Klassenzimmer, vermutlich die einzige, die alles begriff, was wir nur undeutlich ahnten. Ich hatte sie noch nie so wütend gesehen. Alles Blut stieg ihr zu Kopf, so daß ihr sonst so fahles, schlaffes Gesicht etwas beängstigend Apoplektisches bekam. Mit heftig zitternder Hand nahm sie den Lappen und wischte energisch die Tafel ab. Doch die beiden Herzen blieben höhnisch und eigensinnig hinter ihr sichtbar, als sie sich nun an die Klasse wandte und mit leiser aber vor Zorn flammender Stimme sagte: »Das ist grausam und abscheulich. Ich weiß zwar nicht, wer es getan hat, aber ich werde es herausbekommen. Und dann werde ich dafür sorgen, daß der – oder diejenige nie wieder dieses Klassenzimmer betritt.«
Ihr Wettern und Zittern und ihre leere Drohung hätten komisch sein sollen für alle, die um mich herumsaßen; denn sie würde nie herauskriegen, wer es gewesen war. Dennoch herrschte eine seltsam erschrockene Stille, als sie mich mit einem Blick derartigen Mitgefühls ansah, dessen ich sie nie für fähig gehalten hätte. Es war, als spiegelte sich mein ganzer Schmerz, meine ganze Verlassenheit in ihren Augen.
Kaum war die Hausarbeitsstunde vorbei, lief ich rasch zur Tür. Wenn Mary auch hier in der Klasse mit niemand sprach, würde sie es bestimmt draußen in der Halle tun. Wenn sie es nur tat, war mir gleich, was sonst noch geschah. Wir mußten diese Geschichte ausbügeln, gemein-

sam darüber lachen, wie früher immer, und einander sagen, daß es keinen von uns etwas ausmachte. Sie sah geradeaus, als sie durch die Tür kam, und wäre an mir vorbeigehuscht, hätte ich ihr nicht den Weg verstellt.
»Mary!« Ein Dutzend Köpfe fuhren herum, einige Mitschülerinnen verlangsamten den Schritt, um nichts zu verpassen, indem sie taten, als unterhielten sie sich. Ich kümmerte mich nicht darum.
»Du glaubst doch nicht etwa, ich hätte das blöde Zeug an die Tafel gezeichnet?«
»Nein.« Nun mußte sie mich ansehen. »Ist doch egal.«
In ihrer Stimme war ein bitterer, ratloser Ton, in ihren Augen stand Trauer. »Klar ist es egal«, sagte ich rasch. »Völlig egal. Oh, Mary« – ich griff nach ihrem Arm und bettelte: »Ich weiß doch nicht, was los ist. Ich versteh' überhaupt nichts. Aber dir ist es egal, nicht wahr?«
»Ich weiß nicht.« Sie entzog sich mir und stand wie zur Flucht gewandt.
»Es soll dir nichts ausmachen, verstehst du.« Ich bemühte mich, in aufmunterndem Ton zu sprechen. »Nach der Schule reden wir darüber, ja? Kommst du auf die Farm?«
Sekundenlang blieb sie kopfschüttelnd stehen. Ihre Augen füllten sich mit Tränen, und sie mußte schlucken, ehe sie sprechen konnte. Als sie endlich etwas herausbrachte, war ihre Stimme unnatürlich hoch: »Nein, ich darf nicht. Meine Mutter erlaubt es nicht.«
Schon oft hatte ihre Mutter nicht erlaubt, daß sie kam; aber diesmal spürte ich etwas Endgültiges in ihrer Weigerung, obwohl ich weiter drängte: »Warum läßt sie dich nicht zu uns, warum?«
Einen Moment sah sie mich starr an; ich glaube, sie war genauso schmerzlich verwirrt wie ich. Plötzlich stieß sie rasch, wie um es hinter sich zu bringen, hervor: »Sie sagt, es ist schlecht für mich, zu euch zu gehen. Ihr seid anders. Sie hat gesagt, es käme nichts Gutes dabei heraus, wenn

ich mich mit Leuten abgebe, die nicht von meiner Art sind. Und jetzt werde ich ihr wohl glauben müssen.« Die letzten Worte kamen beinahe kreischend, wie aus einer unbegreiflichen Qual, ehe sie sich umwandte und durch die Halle davonlief. Ich wollte hinter ihr her, sie aufhalten, sie zwingen, mir zuzuhören, wenn ich ihr sagte: Aber ich bin doch nicht anders! Du hast doch selbst gesagt, daß ich nicht anders bin!
In diesem Augenblick klingelte es, das hohle Schrillen ließ uns in alle Richtungen davonstürzen, zu den rettenden oder lästigen Unterrichtsstunden.
Für den Rest des Tages ging Mary mir aus dem Weg, und ich blieb während des Unterrichts mit meinen Gedanken allein. Jaimes Schande hatte sich irgendwie ausgebreitet und nun auch mich und meine Freundschaft mit Mary ergriffen: Mary, die über Kleinlichkeit immer gelacht und »zum Teufel damit« gesagt hatte. Die Zeichnung konnte unmöglich der Grund sein. Ihre Mutter hatte ihr eingeschärft, es käme nichts Gutes vom Umgang mit Leuten, die nicht von der eigenen Art waren.
Ich konnte mir gut vorstellen, wie ihre Mutter das und noch mehr sagte, mit sehr geradem Rücken und mißtrauisch zusammengekniffenen Augen gegen Leute, denen ihre Tochter »sich verpflichtete«. Jeder Besucher auf der Farm war für Mary ein Kampf gegen die wirren, stolzen Vorurteile der Armen gewesen. Diesmal aber, das wußte ich, war es mehr. Irgendwie hatte der Skandal mit Jaime ihr recht gegeben. Sie war überzeugt, und wenn sie auch Mary noch nicht hatte überzeugen können, so spürte ich doch, daß diese plötzlich Angst und Zweifel empfand. Wie auch immer ihre Zweifel beschaffen gewesen sein mochten: die grobe Kritzelei an der Tafel, das Gelächter, die halb grausamen, halb reumütigen Blicke um sie her bestärkten sie noch. Als der Tag zu Ende ging, war ich todtraurig, als habe ich Mary auf unbegreifliche Weise dadurch geschadet, daß ich ihre Freundin war.

Nach der Schule suchte ich sie nicht erst. Ich rannte dorthin, wo Matthew nach seiner Einkaufsrunde mit dem Wagen zu warten pflegte. Ich wollte nur noch eines: weg und heim. Im Wagen lehnte Jaime mit krummen Schultern am Fenster, blickte hinaus über die winterliche Landschaft, als sei er ein Teil von ihr und habe mit den Menschen um sich herum nichts zu tun. Tad saß stumm neben Matthew auf dem Vordersitz, verkniffen schweigend wie eine Wildkatze, die durch Drohungen zum Verstummen, nicht aber zum Gehorchen zu bringen ist. Auch Matthew sah anders aus als sonst: streng und traurig. Ich drückte mich in meine Ecke, von niemandem beachtet, und hatte das Gefühl, die Welt sei seit gestern aus den Fugen geraten.

26

Beim Abendessen wurde dieses Gefühl noch eindringlicher. Lorenzo saß da wie ein Hahnrei und konnte sich die geladene Stimmung nicht erklären. Jeder von uns hätte ihn orientieren können. Keiner wollte es tun. Wir wirkten wie Karikaturen.
Nanny hielt sich sehr gerade und aß mit einer Art betonter Disziplin. Um Marions Lippen spielte ein schwaches Lächeln, als wollte sie jeden Moment eine witzige Bemerkung machen, hätte aber noch keine Gelegenheit dazu gehabt. Sie blickte uns der Reihe nach an, wie um uns an unser Stichwort zu erinnern, damit wir entsprechend reagierten, und sagte dann mit unnatürlich hoher Kopfstimme: »Habt ihr schon bemerkt, was für eine wundervolle Nacht wir haben? Heute ist nämlich Vollmond.«
Sie blickte zum Fenster, hinter dem tatsächlich der Vollmond stand, von hohem, kaltem, ziehendem Gewölk sanft und geisterhaft verschleiert. »Ich glaube«, fuhr sie

fort, »das Wetter wird umschlagen. Vielleicht kriegen wir das, was die Westler den Chinook nennen...« Der muntere Satz endete in echter Verzweiflung, ihr Blick bettelte, es möge sie jemand ablösen. Nanny war schon drauf und dran, da sah mich Lorenzo düster an und meinte, Nanny gar nicht beachtend: »Was ist denn mit ihr los?«

Ich hatte keinen Bissen heruntergebracht. Der Klumpen in meinem Hals versperrte allem Eßbaren den Weg. Ich saß nur da und konzentrierte mich darauf, als letztes einer Reihe alptraumhafter Erlebnisse auch noch diese Mahlzeit durchzuhalten, ohne daß mir die Augen überflossen.

»Nun mal schön essen – sei brav, komm«, sagte Nanny schmeichelnd. »Hoffentlich ist es nicht der Anfang irgendeiner Kinderkrankheit.«

»Ach, das glaube ich nicht«, warf Marion ein, die noch immer versuchte, die Fröhliche zu spielen. »Es kann nicht jeder tagtäglich einen Wolfshunger haben.«

»In ihrem Alter schon.« Lorenzo blickte vorwurfsvoll hoch, als sei er auf einen Anhaltspunkt für die sonderbar gespannte Atmosphäre gestoßen. »Hat sie einen Grund?«

»Nicht, daß ich wüßte«, sagte Nanny. »Andererseits...«, entsetzt und fasziniert zugleich sah ich meine spontane, ehrliche Nanny nach Ausreden suchen, »kann es auch die ganze Lebensumstellung sein. Schließlich hat das Kind die vergangenen sechs Jahre in England verbracht. Sie ist mehr Europäerin als Amerikanerin, finden Sie nicht?«

»Europäerin – Amerikanerin!« Zur allgemeinen Erleichterung griff Lorenzo das Thema auf. »Hier im Haus gehört keiner irgendwohin. Man kann ja wohl die Welt, in der sie bisher gelebt hat, nicht als typisch britisch bezeichnen. Hoffentlich nicht«, theoretisierte er. Wahrscheinlich hatte er mich und meine Appetitlosigkeit be-

reits vergessen. Nicht so Nanny. »Himmel, nein! Diese Welt ist natürlich ganz anders und ist es immer gewesen. Aber Sie müssen bedenken, daß sie nicht ihre ganze Zeit in dieser Welt zubringt. Sie muß jeden Tag in die Schule. Und die Oberschule von Bethesda ist – wenn Sie mir die Bemerkung gestatten – doch ein bißchen sehr anders als die von Miß Finch.«
Lorenzo grinste anzüglich. Es war allgemein bekannt, daß er Nannys Ansichten über den Wert britischer Schulbildung lächerlich altmodisch und die über die Oberschule von Bethesda empörend snobistisch fand. Nun hatte sie ihm einen Fehdehandschuh hingeworfen, und er nahm ihn auf. Sie wiederum bekam das Gehetzte eines Menschen, der sich vergaloppiert hat und nun nicht weiß, wie umkehren. Meine Mutter rettete vorübergehend die Situation, indem sie uns durch einen Vorschlag auf ganz andere Gedanken brachte.
»Vielleicht wäre doch ein Internat das Richtige?« Sie warf es mutig und lebhaft hin, als habe sie auf diesen Augenblick gewartet, um endlich auszusprechen, was sie auf dem Herzen hatte. Wenn ich heute zurückdenke, können es höchstens fünf Minuten gewesen sein, die ihr zum Überlegen geblieben waren. Schließlich wußte sie etwas, was Lorenzo nicht wußte, und sehr viel schlimmer konnten die Dinge nicht mehr werden. Warum sollte sie es nicht vorschlagen, wenn es sonst nichts mehr zu sagen gab? Sie hätte wissen müssen, warum sie das nicht vorschlagen durfte. Bestimmt war sie sich auch dessen bewußt, schien aber fest entschlossen, es zu riskieren und vorübergehend Lorenzos harte, entbehrungsreiche Kindheit zu vergessen, die sich in solchen Momenten unweigerlich kampfgerüstet erhob. Er hatte gerade etwas Bissiges zu Nanny sagen wollen, wie sonst – etwa: »Ja, ja, ich begreife, Miß Bafstump, die Gymnastiklehrerin, bringt ihr nicht bei, wie man den Hofknicks rückwärts macht.« Bei Marions Worten jedoch wandelte sich sein drohendes

Grinsen in ein schockiertes Glotzen. »Ein Internat? Bist du bei Sinnen? Meinst du, ich schicke meine Kinder in diese verdammten Prinzenerziehungsanstalten? Damit sie dort zu hilflosen geistigen Krüppeln gemacht werden? Zu Menschen, die glauben, Börse und Clubzugehörigkeit böten Sicherheit?« Jetzt war er wütend. »Himmel noch mal, man lernt in diesem Bethesda vielleicht nicht, wer Jagos Frau war, aber man lernt doch, was man im Leben braucht. Man lernt«, sagte er, »Schläge hinzunehmen und zurückzugeben. Einige wenigstens lernen es ...« Zum erstenmal blickte er anzüglich auf Jaime. Es war tragikomisch, daß während der ganzen Mahlzeit, bei der jeder aufs Essen vergessen zu haben schien, bisher niemand Jaime angeschaut hatte: Lorenzo nicht, weil er ihn ohnehin selten ansah; die übrigen wohl, weil es ihnen an diesem Abend geraten schien, so zu tun, als sei er nicht vorhanden.

Bei der letzten Bemerkung Lorenzos, deren Ironie er vielleicht selbst nicht bemerkte, konnte auch ich nicht umhin, Jaime anzusehen. Etwas in mir wollte dieser Farce ein Ende machen, auch wenn das Herausrücken mit der Wahrheit – wie Nanny uns zu verstehen gegeben hatte – Lorenzo in einen tobsüchtigen Irren verwandeln würde. Alles war besser als dieses Theater, bei dem wir alle mittaten, ohne daß er es wußte. Ich hasse Heuchelei. Wenn wir jetzt damit nicht ein Ende machten, würde sie ewig weitergehen – das spürte ich –, eine lebenslange Verstellung. Ich sah Jaime an, und meine Blicke flehten, er möge sprechen.

Unter meinem zwingenden Blick sah er auf und wandte mir das Gesicht zu. Doch in seinen sanften, kurzsichtigen Augen spiegelten sich weder meine Qual noch meine Besorgnis. Er schaute mich zerstreut fragend an, als habe er unsere Unterhaltung nicht recht mitbekommen, als sei er weit fortgewesen. Zerstreut wischte er sich den Mund mit der Serviette, denn er als einziger hatte von al-

lem viel gegessen, sogar gründlich seinen Teller geleert. Und noch während ich ihn ungläubig anstarrte, hörte ich Lorenzo sagen: »Möchtest du das denn wirklich?«
Ich begriff, daß mein Vater mit mir sprach, und wandte mich um. In seinen Augen stand die gleiche dringende Bitte, als hinge von meiner Antwort viel – nein, alles für ihn ab.
Dabei wußte ich nicht, was von mir erwartet wurde. Nur, daß ich es nicht mehr aushielt. In der Eile hinauszukommen, riß ich den Stuhl um, warf aber keinen Blick zurück. Ich flüchtete mich in mein Zimmer, in mein Bett, auf das ich mich warf und meinen Tränen freien Lauf ließ. Drunten hörte ich Stühlerücken und Stimmengemurmel und Lorenzos Frage: »Was um Gottes willen . . .«, und darauf Nannys Antwort: »Lassen Sie das arme Ding. Hat keinen Sinn, sie noch mehr aufzuregen. Überlassen Sie alles mir.«
»Noch mehr aufzuregen? Worüber denn?« hörte ich Lorenzo sich verdutzt erkundigen.

27

Mir war egal, was sie redeten. Es tat wohl, allein zu sein. Weinen zu können, ohne daß einen die ganze Klasse auslachte und Miß Cruikshank unglücklich aussah. Ohne daß mich Mary Horste anschaute, als hätte sie Angst vor mir. Ohne Matthews traurig-böses Gesicht und Tads verkniffene Bitterkeit. Ohne Jaimes sonderbare Verschlossenheit, die ärger war, als wenn er sichtbar gelitten hätte. Ohne Lorenzo anlügen zu müssen. Nach einer Weile hörte ich auf zu schluchzen und lag nur mehr auf dem Bett, erschöpft, betäubt und froh über diese Betäubung. Ich versuchte, nicht nachzudenken oder etwas einzuordnen.
Dann hörte ich Nanny kommen. Die Treppe knarrte un-

ter ihrem raschen, entschlossenen Schritt. Sie öffnete die Tür, durchquerte flink das Zimmer und setzte sich zu mir auf den Bettrand. Ich spürte ihre knorrige braune Hand auf der Stirn, und darin lag alle Wärme und Kraft, nach der ich mich den ganzen Tag gesehnt hatte. Ihre hellen, forschenden Augen sahen mich besorgt an.
»Das war ja nun nicht nötig, Missy. Aufspringen und davonstürzen wie eine Primadonna, nur weil dein armer Vater was fragt. Was, in aller Welt, hast du dir dabei gedacht?« Jetzt klang noch etwas leicht Beleidigtes mit, als hätte ich sie enttäuscht. Wußte sie denn um Gottes willen nicht, wie mir zumute war – als hätte die ganze Welt *mich* enttäuscht?
Ich setzte mich auf und klammerte mich an ihren harten, mageren Arm, teils um mich zu stützen, teils um Eindruck zu schinden. »Ja begreifst du denn nicht«, hörte ich mich mit hoher Stimme klagen, »ich hab's nicht mehr ausgehalten. Wie du dagesessen und mit ihm geredet hast, als wüßtest du nicht die ganze Zeit, was los war. Er kam mir so töricht vor, wie er fragte und fragte und keine Antwort bekam. Er darf nicht der einzige sein, der nichts weiß. Das geht doch nicht. Das ist doch nicht richtig.«
»Es wird gehen. Es muß gehen.« Sie nahm meine Hand von ihrem Arm, und obwohl ihr Griff sanft war, hatte er etwas ebenso Zwingendes wie ihre Stimme: »Du machst zuviel aus dieser Geschichte. Verlaß dich auf deine alte Nan und gib Ruhe. In ein paar Tagen ist alles vorbei und vergessen, du wirst sehen.«
»Nein, Nanny, nein, das wird es nicht sein.« Diesmal sagte ich es leise, aber mit ebensoviel Überzeugung. »Das kann es nicht. Schon jetzt ist alles anders.«
Und in einer Flut von Worten berichtete ich ihr von der Schule, von den auf die Tafel gezeichneten Herzen und daß Mrs. Horste Mary nicht mehr zu uns ließ.
Nanny runzelte die Stirn; ihre Miene drückte nacheinander Schreck, Zorn und Mitgefühl aus. Es war die Miene

eines Menschen, der auf eine oder andere Weise alle von mir geschilderten Grausamkeiten am eigenen Leib erlebt hat und sie lieber nochmals erleiden würde, als mich davon verletzt zu sehen. Als ich von Mary berichtete, senkten sich ihre Mundwinkel verächtlich, als sei sie nicht im geringsten überrascht.
»Genau, was ich erwartet habe. Natürlich bist du anders. Weil du nämlich Respekt und Anstand gelehrt worden bist. Du würdest dich nicht sofort von jemand abwenden, wenn Schwierigkeiten in der Luft liegen. Es verhält sich so, wie ich es *ihm* wieder und wieder gesagt habe: Zu solchen Leuten darf man nicht freundlich sein. Sie können mit Freundlichkeit nicht umgehen. Vertrauen ist für sie ein Fremdwort.« Sie blickte ärgerlich vor sich hin, als wären die Objekte ihrer Geringschätzung mit uns im Zimmer.
Dann sagte sie halb laut: »Schadet nichts, Missy, so etwas lernt man besser zu früh als zu spät.«
Ihre Worte hatten etwas Endgültiges. In einem Punkt stimmten sie und Mrs. Horste überein. Beide sahen ihre schlimmsten Befürchtungen bestätigt. Damit war die Freundschaft zwischen Mary und mir verurteilt und gerichtet.
Das konnte ich nicht ertragen. Ich hätte am liebsten mit den Fäusten auf Nannys flacher, unelastischer Brust herumgetrommelt.
»Aber es gibt doch keinen Grund!« rief ich. »Keiner von uns hat Mary was getan. Kannst du nicht zu Mrs. Horste gehen und mit ihr reden?«
»Ich? Zu Mrs. Horste gehen?« Nanny richtete sich steif und unbeugsam zu voller Höhe auf. »Wieso? Was soll ich ihr denn sagen?«
Ja, was? Hätte es noch eines mahnenden Hinweises bedurft – hier war er. Was auch Jaime getan oder unterlassen hatte, um diese Zerstörungen anzurichten: darüber reden konnte man nicht. Ich sank in mir zusammen und

spürte erneut Tränen über meine Wangen laufen, diesmal stille und hoffnungslose.
»Komm, so schlimm ist es nun auch wieder nicht.« Nanny zog mich an sich, ihre Steifheit bekam etwas sanft Beschützendes. »Nur weil ein paar Leute kein Zutrauen haben, heißt das noch lange nicht, daß keiner von uns es hat. Schau, du hast ja noch deine alte Nanny. Na siehst du. Du mußt dich eben auf die richtigen Menschen verlassen. Verlaß dich auf deine alte Nanny, dann wird alles wieder gut, ja?«

28

Erst nach Jahren erfuhr Lorenzo das Vorkommnis mit Mr. Pimlo. Selbst Matthew Bigelow verriet nichts. Als Tad in berechtigter Empörung seinem Vater alles hinterbracht hatte, war Matthew wütend und gedemütigt zur Farm gegangen, um auf der Stelle zu kündigen. Doch dazu kam es nicht.
Kaum hatte er die geschlossene Veranda vor der Küche betreten, die im Winter als Lagerraum für Obst und Gemüse diente, fing Nanny ihn ab. Ich sehe noch ihren teilnahmsvollen Blick, mit dem sie sagte: »Ach, Matthew, kann ich vorher ein Wörtchen mit Ihnen reden?«
Es folgte eine gedämpfte Unterhaltung auf ebendieser Veranda, auf die sie mit mir gegangen war, um Äpfel für das Apfelmus zum Schweinebraten zu holen. »Bring doch den Korb zu Martha, sei so lieb«, bat Nanny. Das tat ich, rannte aber natürlich, so schnell ich konnte, wieder zurück und bekam noch das Ende des Gesprächs mit. Matthew sagte mit der gequälten Stimme dessen, dem Unrecht geschieht: »Mein Gott, Miß Dowe, Sie müssen doch verstehen, wie mir zumute ist.«
Und Nanny erwiderte sanft, aber beharrlich: »Gewiß, Matthew! Aber Sie müssen auch vernünftig sein. Es ist

ja nichts passiert. Nur wenn Sie jetzt hier weggehen, ist das der sicherste Beweis für manche, die es gern so wollen, verstehen Sie.«

29

Ganz in Vergessenheit geriet der Vorfall bei den Schülern nie, aber nach einer gewissen Zeit wurde es langweilig, Jaime damit aufzuziehen. Die Mitschüler behandelten ihn als »eigen« und mieden ihn. Es schien ihm nicht viel auszumachen. Er lebte weiter wie bisher, nämlich allein.
Meine Freundschaft mit Mary hatte einen Knacks und war trotz sorgfältigen Kittens nicht mehr das gleiche. Keine von uns wollte den Sprung allzustark belasten. Wir kamen irgendwie zurecht.
Ich glaube, die anderen schämten sich wegen der Herzen. Grausamkeit ist nie ganz so lustig, wie man es erwartet hat. An Kleinigkeiten war zu bemerken, daß es ihnen leid tat. Niemand entschuldigte sich je, aber man forderte mich neuerdings zu Freizeitbeschäftigungen auf, was früher niemand eingefallen wäre.
Bedauerlicherweise konnte mir das den Verlust einer Freundin nicht ersetzen.
Vielleicht hatte Lorenzo recht. Vielleicht paßte ich wirklich nicht in die Welt der Oberschule von Bethesda. So gern ich dazugehört hätte, im Innersten berührte es mich nicht. Oft war mir, als käme ich von einem fremden Planeten. Es bedeutete immer eine Erlösung, heimzukommen und wieder ganz ich selbst zu sein. Nur Marion zeigte sich manchmal besorgt, daß ich nie jemand mit nach Hause brachte. Sie hätte mich tatsächlich gern in einem Internat gesehen. Sie selbst war in einem erzogen worden und daher überzeugt, ich würde besser in den ihr vertrauten Rahmen passen. Aber sie mußte sich damit

abfinden, daß Lorenzo Internate für »Verkrüppelungsanstalten« hielt.

Wie froh war sie immer, wenn ich irgend etwas »beitrat«, wie traurig, wenn ich es wieder aufgab. Sie pflegte mir dann mit bekümmertem Blick zu sagen: »Es ist gar nicht gut für Kinder, nur mit Erwachsenen zusammen zu sein.«

»Und was hätte sie von denen ihres Alters?« höhnte Lorenzo dagegen. »Wieviel Menschen individueller Prägung kennst du, die längere Zeit wirklich Vergnügen an Zusammenkünften bei Kerzenlicht und dem Absingen geheimer Lieder haben? Das Alter hat damit nichts zu tun. Es ist das Begreifen, das Verständnis, etwas im Inneren, das einen die Dinge abschätzen und gegen das Gewöhnliche revoltieren läßt. Du wirst dich daran gewöhnen müssen, Marion«, schloß er mit charmanter Arroganz, »daß sie anders ist. Wir sind alle anders.« Er wußte es zwar nicht, aber er wiederholte Mrs. Horstes Worte.

Unser »Anderssein« war für meinen Vater die Lösung für manches. Eine wunderbare, zauberhafte Lösung, an der zu zweifeln Marion nicht den Mut hatte. Sie sagte also nur: »Aber es macht das Leben oft so schwer, wenn man sich nicht einfügen kann.«

Auch hierauf hatte er eine Antwort. »Es *macht* das Leben nicht schwer. Das Leben *ist* schwer. Angepaßtsein ist eine Illusion der Menschen, um es erträglicher zu gestalten. Hör auf damit, alle Leute zu bemitleiden«, setzte er als raffinierte Pointe hinzu. »Das macht nämlich *dir* das Leben schwer.«

Bei solchen Unterhaltungen hörte Nanny kopfschüttelnd zu und hielt sich an ihre Theorie, ich sei eben Europäerin. Diese Theorie wuchs und gedieh und wurde immer phantastischer und verlockender, je mehr Winternächte einander folgten. Und wie lang diese Winternächte in Maine doch sein konnten: noch länger als die jetzigen

hier in Wyoming, außerdem wüster und bedrohlicher wegen der Stürme vom Meer her!
Wie oft saßen Nanny und ich abends in meinem Zimmer mit den klobigen Balken, die Lorenzo unverkleidet gelassen hatte, als wollte er uns damit beweisen, daß kein noch so starker Wind uns je etwas anhaben könne. Jaime kam nie zu uns herüber. Er blieb allein: anscheinend zog er die eigene Gesellschaft jeder anderen vor. Manchmal hörten wir ihn durch die Wand mit sich selber reden oder über etwas Gelesenes lachen: ein hohes, rauhes Lachen, mit dem er sich vielleicht überzeugen wollte, daß er noch da war und auch nie fortgehen würde. Bei solchen Geräuschen pflegte Nanny kopfschüttelnd die Brauen hochzuziehen. Sie saß im hochlehnigen österreichischen Schaukelstuhl und strickte oder las, während ich meine Schularbeiten machte. Aber es wurde immer eine Unterhaltung daraus, ein gemeinsames Erinnern und Träumen.
»Weißt du noch, unsere Sonntage auf der Themse?« begann sie. »Wie wir bis Reading hinaufgefahren sind und gepicknickt und geangelt haben, während dein Vater die großen Häuser abzeichnete unter den Bäumen mit all dem Rasen.«
»Und die alten Herren in Maßanzügen und steifen Hüten, die in einer Reihe auf der Bank saßen und auf den Fluß schauten?« nahm ich das Thema auf und fühlte mich schon fast »verhext«. »Und die jungen Mädchen in weißen Kleidern, die auf dem Rasen Crocket spielten?«
»Als stünde die Zeit still«, sagte Nanny. Es schien wirklich, als seien wir wieder in London mit seinen gediegenen alten Häusern aus dunklem Sandstein, in denen geisterhafte Erinnerungen weiterlebten. Eine Öffnung in einer hohen efeubewachsenen Mauer gestattete uns einen flüchtigen Blick in einen alten Garten, Myrte überwucherte bemooste Steine, einen Torbogen, eine Statue, eingehüllt in geheimnisträchtige Stille – der Kreuzgang

einer »Herrnhuter Brüdergemeine«. Draußen auf der Straße der alte Veteran aus dem Burenkrieg, rührend elegant im feinen blauen Tuchmantel, bepackt mit Ordensspangen und klirrenden Medaillen. Oder Mrs. Miles in rutschenden Strümpfen und Federhut, begleitet vom einzigen irdischen Wesen, das sie liebte, dem wollgesichtigen Arthur an seiner Leine, auf dem Weg ins *Pub*. Szenen, die wir täglich erlebt hatten. Jetzt tuschelten und kicherten wir darüber, als lägen sie wenige Stunden zurück. Die Pracht des Buckingham Palace durch die Baumgruppen des St. James Park, die auf Reitwegen trabenden Pferde, die Dachshunde, die Karnickel aus den Rhododendrongebüschen jagten. Die Hecken an der Landstraße von einem angelsächsischen Dorf zum nächsten. Die schottischen Schlösser im Nebel. Das Schrillen der Dudelsäcke hinter düsteren Steinmauern. »Weißt du noch: die Verliese in Invernes?« Schaudern.
Und wieder nach London, zu Madame Sacharoff, überwältigendes Erlebnis einer Ballettaufführung in Covent Garden.
»Wer weiß, ob du nicht inzwischen an der Royal Academy sein könntest, wenn der Krieg nicht dazwischen gekommen wäre. Zu schade«, meinte Nanny bedauernd.

30

Und dabei weiß ich es noch so genau, wie Lorenzo es damals in London plötzlich mit ansteckender Begeisterung vorschlug. »Nur für ein Jahr, nur zum Ausprobieren. Ich habe nicht den geringsten Zweifel, daß man sie nehmen wird. Wenn du so etwas ernsthaft in Erwägung ziehst, mußt du es jetzt lernen, in diesem Alter. Schau nicht so entsetzt, Marion, wir brauchen ja noch nichts zu entscheiden. Sie soll es nur ein Jahr versuchen.«
Noch entsetzter aber als die in eigene Sorgen versunkene

Marion war Nanny gewesen. »Wie denken Sie sich das? Ich bitte Sie dringend, sich das noch mal ganz genau zu überlegen.« Ihr Gesicht bekam die Farbe und fast auch die Konsistenz des Steines, des bleichen grauen Steins der Statuen in Westminster mit den flehend zum Himmel gerichteten Augen.
»Es wäre ja, als wollten Sie Melissa ins Kloster stecken. Dann hätte sie kein eigenes Leben mehr.«
»O doch«, hatte Lorenzo nachdrücklich und voller Überzeugung erwidert. »Ich glaube, sie verfügt über ein großes Talent. Das hat nicht jeder. Aber wenn sie es hat, wird das ihr Leben sein.«
Zum erstenmal bekam ich Angst vor diesem Talent: In die unerbittlich streng geregelte Existenz an der Ballettschule abgeschoben werden. Nur noch Disziplin; keine Zeit mehr für etwas oder jemand anders. Talent also war jene Kraft, die mich während der Stunden besessenen Übens mit solcher Ekstase erfüllt hatte.
Zum erstenmal wurde mir klar, daß mein Vater an meine Begabung fürs Tanzen glaubte – so sehr, daß er willens war, mich abzuschieben, wie Nanny sich ausdrückte.
Er war – über meine schweigsame, blasse Mutter hinweg – Nanny mit dem eisernen Entschluß entgegengetreten, meinem Talent eine Chance zu verschaffen. Und sie mit ihrem grauen Steinblick hatte sich dagegen aufgebäumt. Später sagte sie grimmig und mütterlich zu mir: »Was für eine Idee! Du brauchst keine Angst zu haben. Das lasse ich nicht zu. Das will ich nicht.« Als kämpfe sie um ihr eigenes Leben.
Doch noch ehe jemand etwas hatte beschließen können, machte der drohende Krieg die ganze Frage hypothetisch. Nun durfte man nicht mehr riskieren, mich in London in einer Ballettschule anzumelden. Nicht einmal für ein Jahr und nur zur Probe.
Doch jetzt, in meinem Zimmer, mit dem Winterwetter draußen und dem Krieg in weiter Ferne, sprach Nanny

davon mit Wärme und Bedauern. So wie sie auch von London und Cornwall sprach und von den Menschen, die wir gekannt hatten, selbst von Claire Morely. Wie sie von allem sprach, was keine Bedrohung mehr darstellte.

31

Was will ich mir eigentlich klarmachen? Daß für Nanny und auch für mich alles, was fern und unerreichbar war, Sicherheit bedeutete – aber auch, daß Lorenzo nicht aufgegeben hatte, was nahe und in Reichweite lag. Als er von Marys Gesang schwärmte und sie eines Tages aufs Konservatorium schicken wollte, hatte er in einem Ton, bei dem ich mich sonderbar hohl fühlte, zu mir gesagt: »Und du, Missy, wirst eines Tages auf die Ballettschule müssen – aber jetzt noch nicht.«
In London konnte man ein Kind ins Internat der Royal Academy stecken. In New York die Ballettschule zu besuchen, hieße, mit denjenigen zu leben, aus deren Mitte Lorenzo einst meine Mutter errettet hatte. New York kam also vorläufig nicht in Frage. Um mein Talent nicht einschlafen zu lassen, konnte er nur hin und wieder eine Strawinskyplatte auflegen, meine Scheu so weit abbauen, daß ich mich nicht mehr sträubte, und dann mit seinem schönen bärtigen Kopf begeistert Beifall nicken.
Eines Tages fand er beim Durchblättern der Zeitung eine unauffällige Anzeige, die sich aus den öden Seiten der *Bethesda Herald Gazette* heraushob wie eine Ankündigung der Folies-Bergères. »Madame Lupetska, Institut für klassischen Tanz, Steptanz und Gesellschaftstänze. Ballett im traditionellen Stil des russischen Kaiserreichs.« Nanny wurde mit mir hingeschickt, um die Angelegenheit zu prüfen.
Madame Lupetskas Übungsraum war der Ballsaal des »Severidge«, einst das exklusivste Hotel Bethesdas, als

Reisende in dieser Gegend hinterm Mond doch ab und an übernachten mußten. Nicht nur das »Severidge«, das ganze Stadtviertel war völlig heruntergekommen. Der Ballsaal befand sich oberhalb einer dunklen knarrenden Treppe mit unheimlichen Türen auf jedem Absatz. Es roch nach Rattenpisse, Kakerlaken und billigen Desinfektionsmitteln, und ich weiß noch, wie ich langsam hinaufstieg und mich bemühte, nirgends anzustreifen. Vor mir her ging Nanny und murmelte bei jedem Schritt mißbilligend: »Völlig unmöglich. Manchmal möchte man meinen, er sei nicht recht bei Trost.«
Dieser Eindruck verstärkte sich, als oben am letzten Treppenabsatz Madame Lupetska erschien, eine Kaugummi kauende Jüdin in schwarzem Trikot, deren Haar aussah wie in Druckerschwärze getunkt und deren Sprechweise wir trotz unserer Weltläufigkeit nirgends recht einordnen konnten.
»Ja, bitte.«
Nanny, der vermutlich die »weißen Sklaven« einfielen, schob mich noch weiter hinter sich. »Verzeihen Sie, wir suchen eine Tanzschule. Sicher irgendeine Verwechslung.«
Da stand ich nun, dachte an London und Madame Sacharoff und hoffte inbrünstig, es *sei* eine Verwechslung. Leider kam es anders.
»Nein, meine Liebe, nein, Sie sind nicht die ganze Trreppe fürr nichts und wiederr nichts herraufgestiegen. Es ist hierr.« Madame Lupetska öffnete uns weit die Tür. »Kommen Sie herrein.«
Tatsächlich, da war der Ballsaal, eine weite Fläche weißgescheuerter Holzdielen, und an den Wänden wacklig aufgehängte Spiegel hinter sägebockähnlichen Gestellen. Mir fiel das Herz in die Schuhe. Doch dann ging Madame Lupetska vor uns her durch den Raum, und irgend etwas am Schwung und Gleichgewicht ihrer Hüften füllte meine innere Leere mit freudiger Erregung. Sie

schritt mit zugleich gemessenen, federnden und eleganten Bewegungen. Dann drehte sie sich um die eigene Achse und wandte sich uns zu, eine kräftige, graziöse Gestalt, von den wabernden Spiegeln zurückgeworfen.
»Ist das die künftige Elevin?« In ihrem harten, dickgeschminkten Gesicht bildeten sich um die Augen herum freundliche Lachfältchen.
Nanny tat einen höflichen Rückzieher. »Wir sind noch nicht ganz entschlossen. Sie ist nicht gerade die Kräftigste, und es könnte für sie zu anstrengend werden.« Wie sonderbar: Alles war wie beim erstenmal, als sie mich in eine Ballettschule gebracht hatte. Nur daß diesmal ihre Befürchtungen nicht als Köder, sondern als Abschreckungsmittel dienten.
»Es gibt es nurr eins, um das herrauszubekommen.« Madame Lupetska fing meinen Blick und ließ ihn nicht wieder los. »Es ist zwarr nicht die Amerrican School of Ballet, aber bedenken Sie: Auch Maria Tallchief ist aus der finsteren Prrovinz gekommen – Prrobieren geht über Studierren, nicht wahr? Waren Sie schon einmal in einerr Ballettschule?«
»Ja, bei Madame Sacharoff in London«, sagte Nanny mit diskreter Arroganz. »Mir fällt gerade ein ... Haben Sie Referenzen?«
Als wir die Treppen behutsam wieder hinunterstiegen, drückte Nannys Schritt nicht, wie beim erstenmal, gedämpften Jubel aus. Wir gingen auch nicht gleich Trikots kaufen. Vielmehr fuhren wir in seltsam düsterer Erwartung mit Matthew nach Hause.
Wie sich erwies, war Lorenzo von Madame Lupetskas Referenzen ganz begeistert. Über die Tatsache, daß sie einmal Mitglied einer dubios klingenden Truppe namens »Jessie Joplins Sensationsnummern« gewesen war, lachte er brüllend. Für ihn stand fest, daß wir ein Original entdeckt hatten. Inzwischen wußte ich natürlich, daß er zwar verächtlich in sich hineinlachte, als er weiterlas und

feststellte, daß sie außerdem zu den »Rockettes« gehört hatte, daß aber genau das ihn bestimmte, sich zugunsten des alten Ballsaals im Severidge mit seinen Sägeböcken und wackligen Spiegeln zu entscheiden. Was immer die »Rockettes« gewesen sein mochten, jedenfalls waren sie Profis, und Lorenzo wünschte, daß ich bei einem Profi tanzen lernte.
Wie ich das von der Lupetska ausgesuchte Musikstück haßte! Khatschaturians *Schwertertanz*, zwischen den Vorstellungen im Rockefeller-Center-Kino aufgenommen! Aber tanzen konnte sie, und mit dem entwaffnenden Lächeln, das ihr metallisch-maskenhaftes Gesicht Lügen strafte, teilte sie mir mit, daß ich es eines Tages ebenfalls können würde.
Ich fing wieder an zu üben, und die geheimnisvolle Kraft in meinem Innern erwachte erneut. Wie kann man eine solche Kraft schildern, wie ihre Bedeutung begreifen? Ein, zwei Stunden Tanz, und mein Tag war ausgefüllt. Nur Lorenzo hatte dafür Verständnis. »Mach dir nichts aus dem *Schwertertanz*«, sagte er leuchtenden Auges. »Du hast Talent, also mußt du weiterarbeiten. Wenn du aufhörst, verkümmert es. Aber keine Angst, ich sorge schon dafür, daß das nicht passiert.«

32

Es war ein langer Winter. Es gibt keinen kurzen in Maine. Aber unsere Sehnsucht nach dem Frühling machte ihn noch länger. Der Schnee, einst eine immerwährende, gleißende Verführung zum Spielen, war zur Behinderung geworden, die Lorenzos Arbeit an dem neuen Haus blokkierte, und die Erde, die wir in Besitz nehmen und bepflanzen wollten, blieb festgefroren und in jedem Sinne undurchdringlich. Immer seltener nahm Lorenzo uns mit auf seine Schneespaziergänge. Immer öfter wanderte er

stundenweit allein die grauen, windgepeitschten Küsten entlang.
Nicht nur das Warten verstimmte ihn, sondern die Kriegsnachrichten, die uns in dieser Stille und winterlichen Untätigkeit trafen, als wären wir in einem fast leeren Theater unfreiwillige Zuhörer eines Dramas.
Der unwilligste Zuhörer – schlimmer noch als Nanny, die mit der Gemütsbewegung und Ergriffenheit einer treuen, aber räumlich entfernten Patriotin lauschte – war Lorenzo. Tagelang lehnte er es einfach ab, in eine Zeitung zu schauen oder die Nachrichten zu hören. Dann wieder wurde soviel Schweigen ihm zuviel, und er schickte Matthew dreiundzwanzig Kilometer weit nach allen überholten Zeitungen, drehte das Radio an und blieb davor sitzen. Es war, als suche er in der riesenhaften, unpersönlichen, indifferenzierten Katastrophe ein persönliches Detail, das ihn ermutigte. Aber so etwas gibt es im Krieg nicht.
Das wurde Lorenzo erneut klar, wenn er die Berichte hörte und Zeitung las. Auch die langen Wege am Ufer entlang brachten ihm wenig Erleichterung und schon gar nicht die Heimkehr zu Mahlzeiten, bei denen oft kein Wort gesprochen wurde. Ich wußte nicht, warum, aber es hing irgend etwas Unausgesprochenes in der Luft und wirkte auf jeden von uns wie ein geruch- und geschmackloses Gift.
Dann kam eines Tages ein Telegramm: Claire Morely war tot, auf der Straße bei einem Bombenangriff umgekommen. Aufgegeben war es von Harry Stebbins, der eine Art Lebensinhalt darin gefunden hatte, es »mit den Briten durchzustehen«, und in London geblieben war.
Ich kann mir denken, wie dieser warmherzige, sensible Mensch überlegte, ob er lieber ein Telegramm schicken oder einen Brief schreiben sollte, und dann beschloß, das Unmittelbare und Unpersönliche sei für alle Beteiligten das beste.

Deshalb konnte Lorenzo es mit der neutralen Stimme eines Nachrichtensprechers vorlesen: »Claire Morely ist tot«, das Papier auf den Küchentisch werfen und das Haus verlassen.

Niemand ging ihm nach – außer mir. Etwas Erloschenes in seinem Ausdruck und seiner Stimme machte mir Angst um ihn. Ich dachte nicht lange nach, warf einen Mantel über und lief hinter ihm her, weil ich ihn liebte und mich fürchtete.

Mit seinen mächtigen Schritten ließ er mich weit hinter sich, und kurze Zeit verlor ich ihn aus den Augen. Aber ich folgte dem Weg, den er genommen hatte, auf einen Hügel hinter dem Wald, der nördlich an unseren Garten grenzte. Es war ein einsamer Ort, frei liegend, arg mitgenommen von den Nordwinden; nur Möwen kamen dorthin. Er saß auf einem Felsstück und schaute aufs Meer.

Ich stand bibbernd da, fürchtete mich, näher zu kommen oder ihn zu berühren, und sehnte mich doch so sehr danach, ihn zu trösten, ihn ins Leben zurückzuholen, denn er kam mir vor wie ein Sterbender. Anfangs dachte ich, er sähe mich gar nicht, doch dann blickte er auf und sagte nur ganz ruhig: »Geh heim, Missy, sei brav. Ich muß eine Weile allein sein.«

Ich gehorchte, denn es blieb mir nichts anderes übrig. Und fürchtete doch, es könne ihm dort auf seinem Felsen, allein und unerreichbar, etwas Entsetzliches zustoßen, und er käme vielleicht nie wieder. Daheim war meine Mutter nicht mehr zu sehen, doch auf den Treppenstufen stand Nanny, spähte in die Richtung, in die ich gegangen war, und wollte mich schon holen kommen. Ich warf mich in ihre Arme, und sie preßte mich an sich und wiegte mich sanft, als sei ich noch ein Baby. Und dabei war ich schon fast so groß wie sie.

»Na, na«, murmelte sie mit ihrer zuversichtlichen Stimme, die allen Verletzungen den Schmerz und jedem Mißgeschick die Angst nahm, »es wird alles wieder gut mit ihm. Ich versprech' es dir. Schließlich war sie ja doch eine gute Freundin, nicht?« Und dann setzte sie – als könne ich es nicht hören, und wenn ich es hörte, nicht verstehen – hinzu: »Jetzt wird alles besser werden, weil es endgültig vorüber ist.«

33

Besser, weil es endgültig vorüber war?
Was Nanny da gesagt hatte, kam mir sehr merkwürdig vor. Der Tod eines so temperamentvollen, lebensfrohen Menschen wie Claire Morely mußte doch etwas erschütternd Trauriges sein. Und doch lag da irgendwo ein Körnchen Wahrheit, das ich noch genauer überdenken mußte. Und das ich erst gestern begriffen habe, als mir wieder einfiel, wie ich die Blumen malte.
Im Frühjahr pflanzte Lorenzo Enzian und Pfingstrosen und Tigerlilien, die aus den leuchtenden Polstern des Steinkrautes und der Verbenen aufstiegen. Er pflanzte sie an sämtliche Steinmauern der Terrasse, an alle zum Meer hinunterführenden Wege, anfangs nüchtern und verbissen, als müsse er um jeden Preis eine Pflicht erfüllen. Und als die Wunde dann zu heilen begann, mit einer Art Inbrunst und Hingabe, als sei jedes in die Erde gedrückte Samenkorn, jeder neue grüne Keim eine Bestätigung, daß leben und lebendig sein sich lohnte. Daß es sich lohnte, sich wieder zu erheben und tätig zu sein und nach Qual und Ungewißheit die Dinge wieder zusammenzufügen.
Vom Haus bis zum Meer hinunter säte er unter den Bäumen Gras, Blumen auf den Terrassenmäuerchen, bis sie von Leben, Farbe und Duft überströmten. Hinter dem Haus überließ er die rauhen begrasten Hänge sich selbst, die nach und nach über efeubewachsene Steinmauern in Obstgärten mit alten, vom Wind verkrümmten Apfel-

bäumen übergingen. Hier und da, zwischen Gras und Myrte, schossen Krokusse und Narzissen auf, die dann jedes Jahr von selbst wiederkamen.
Das war der üppige Garten, den Lorenzo in jenem Frühling anlegte.
Ich erinnere mich so lebhaft, wie ich stundenlang auf den steinigen Pfaden herumwanderte, mit Armen voller Blumen heimkehrte, die Marion dann auf die Vasen verteilte. Wie gut sie das konnte!
Lorenzo hatte ihr ein besonderes Blumenzimmer gebaut, mit Wasserbecken und Schränken für Vasen und Schubladen für Gartenscheren und dergleichen. Dort schnippelte und arrangierte sie und schuf mit rührendem Stolz wahre Meisterwerke. Sie hatte wohl plötzlich erkannt, wieviel von ihrer Welt sie um des lieben Friedens willen aufgegeben hatte und daß es bei weitem kein gerechter Tausch gewesen war. Jetzt versuchte sie, wieder eigenen Boden unter die Füße zu bekommen, nicht nur bei Lorenzo, sondern bei uns allen.
Zum erstenmal in meinem Leben nahm sie mich mehr als nur flüchtig und beiläufig wahr. Sie kauften mir Guaschfarben und Pinsel, und ich malte bunte, phantastische Bilder von ihren Blumen, die sie in überschwenglicher Freude überall im Blumenzimmer aufhängte, obwohl Nanny eindringlich warnte, es werde mich sinnlos eitel machen.
Sie nannte es »unsere Kunstausstellung«, und monatelang suchten wir heimlich die besten Arbeiten aus. Als wir genügend beisammen hatten, rief sie Lorenzo zur Begutachtung. Ich weiß noch, daß er jedes Bild ernsthaft studierte, einen Schritt zurücktrat und nachdenklich seinen Bart zauste. Und ich erinnere mich des vagen Unbehagens, der langsam wachsenden Angst beim Gedanken: Jetzt wird es wieder so gehen wie mit dem Tanzen. Doch nein – er nahm Marions Gesicht in beide Hände, drehte es zu sich und sagte mit seltener Zärtlichkeit und Begei-

sterung: »Das habt ihr wohl alle beide gemacht, Marion, was?«
Seltsam, wie Worte sich manchmal mit Bedeutung aufladen, die ein andermal kaum erwähnenswert wären. Da standen wir drei, verbunden durch die Blumen und ihre Abbildungen, und alle anderen waren ausgeschlossen. In diesem flüchtigen Augenblick der Harmonie fühlte sich jeder von uns warm und geborgen. Noch heute empfinde ich das Behagen von damals, wenn ich den Frühlingsduft von Narzissen rieche.
Dieses Gefühl hat wirklich existiert. Ebenso wie Marion sich bemühte, wieder an Boden zu gewinnen, bemühte sich Lorenzo um einen neuen gemeinsamen Anfang, davon bin ich überzeugt. Zwar hatte er selbst mir gesagt, man könne sich keine Liebe einreden, die nicht existiere, aber so vieles existierte wirklich: ihr gemeinsames Leben seit dem Tag, an dem er geglaubt hatte, Marion käme ohne ihn nicht weiter, und als Teil davon unsere Kindheit in der von ihm geschaffenen Welt auf dem Hof am Meer. Sie hatte, bei seiner verzehrenden Sehnsucht nach Claire, zugegebenermaßen keinen guten Anfang genommen, und Marions Leben war eine Weile von winterlicher Öde gewesen.
Doch Claires Tod hatte alles weniger schmerzhaft, hatte es leichter gemacht, wie Nanny vorausgesagt hatte. Die Vergangenheit war abgetan, so konnte es nur mehr vorwärtsgehen. Der aus der Verzweiflung heraus geschaffene Augenblick war gut, er glich dem Duft der Narzissen: unkompliziert und freundlich.
Es gab soviel Vergnügliches in jenem Frühling und Sommer: Lorenzo war braun wie ein Araber, er stand auf einem Dachgerüst im Wind und dirigierte Zimmerleute. Marion kehrte nach einem Tag in New York mit Chintzen und Tapetenmusterbüchern zurück und machte Lorenzos nackte, rohe Gebilde aus edlem Holz gefällig und schön, durch eine Porzellanlampe, durch eine Kupfer-

vase, die das letzte Licht der Dämmerung auf sich sammelte und den Raum erleuchtete.
Als erst einmal ein ganzer Flügel angebaut, die Küche erweitert, die Wände eingerissen, Balken freigelegt, Fenster verbreitert und dadurch fröhliche große Räume für Leute geschaffen waren, die viel Platz brauchen, wurde das Leben in Maine fast so lebhaft und unberechenbar wie am Poulton Square. Doch diesmal schienen Marion die neuen Gesichter und ein wenig Weltbefahrenheit und Lustbarkeit aus New York willkommen zu sein. Jedenfalls standen zum Empfang der Gäste überall Blumenvasen, und sie kontrollierte persönlich jede Kleinigkeit, etwa Sonnenhüte oder Romané nach dem Geschmack des einzelnen Gastes.
Ich weiß noch, wie sie eine Art Ratespiel aus dem Lesegeschmack der Gäste machte. Den ungewöhnlich intuitiven D. H. Lawrence gab sie Helen Coatsworth; der mürrisch-männliche, aber doch empfindsame und aufrichtige Rachewitsch bekam Hemingway; den Marquis de Sade aber gab sie Jan Little, der im wesentlichen davon lebte, daß er sich überall einladen ließ. Er war klein und rundlich und sah am besten in Rüschenhemd, Kummerbund und Lackpumps aus. In seinen Augen funkelte es ausgelassen, und sein klassisch geschnittener Mund konnte umwerfend komische, bissige Bemerkungen ausspukken. Ich weiß nicht, wo und wann Lorenzo Jan Little seiner Sammlung hinzufügte, aber von Zeit zu Zeit ließ er sich von seinen giftigen Witzen amüsieren. Außerdem tat er ihm leid. »Hofnarren sind zutiefst vereinsamte Menschen«, pflegte er zu sagen.
Marion schien ihn abwechselnd erheiternd und abstoßend zu finden. Leid tat er ihr nicht, und heute glaubte ich, sie war neugierig, wie verrucht er in Wahrheit war. Hätte sie ihm sonst den de Sade wie einen Köder auf den Nachttisch gelegt? An dem Tag war ich bei ihr in der Diele und half ihr beim Blumenarrangieren. Als Jan Little

die Treppe herunterkam und meine Mutter um die
Schultern faßte, dachte ich sekundenlang, er wolle sie
mit dem Kopf an die Wand schleudern.
Doch er sah ihr tief in die Augen und stieß verzückt aus:
»Sie Liebe, Liebe, Liebste! Woher wußten Sie, daß ich
diesen morbiden Menschen geradezu anbete! Wie scharfsichtig Sie sind, wie feinfühlend, ein Genie – jedenfalls
die perfekte Gastgeberin.«
»Ach, du lieber Gott.« Marion war lachend einen Schritt
zurückgetreten. »Das hört man gern ... perfekte Gastgeberin. Und ausgerechnet wegen de Sade. Aber ich habe
ihn bestimmt nicht mit Absicht hingelegt. Mögen Sie
ihn denn wirklich so sehr?«
In London hätte sie vermutlich nicht gewagt, so etwas zu
tun. Selbst bei einem anderen Buch wäre sie errötet, hätte
seinen Überschwang belächelt mit dem unbehaglichen
Gefühl, er mache sich lustig über sie. Aber hier war sie
es, die sich lustig machte. Seltsamerweise meinte es Jan
Little ausnahmsweise einmal todernst, dieser schräge
Vogel.
Marion jedenfalls lachte. Vielleicht freute es sie, daß dieser Schmeichler sie mit einer Schmeichelei beehrte. Soweit also war sie jetzt. Sie hatte angefangen, sich sicher
und – obwohl sie darüber lachte – als perfekte Herrin der
Festung am Meer zu fühlen.
Und wie paßte Nanny in diese Welt, die Lorenzo mit solcher Sorgfalt und Mühe für uns alle erschaffen hatte?
Besser gefragt: In welcher Hinsicht paßte sie nicht hinein? Matthew durfte höchstens den Gemüsegarten umgraben, doch niemand anders als Nanny genoß genügend
Vertrauen, um die Bohnen zu stecken oder die zarten jungen Pfeffer- und Tomatenpflänzchen in die Erde zu drücken. Niemand anders konnte überzählige Knospen abknipsen oder das Gift zum Besprühen mischen. Sie hätte
es nicht zugelassen.
Wenn der kostbare, liebevoll herangezüchtete Erntese-

gen in die Weckgläser sollte, konnte man die Verantwortung nicht der Köchin Martha überlassen, die darin nur »eine zusätzliche Arbeit« sah. Nanny war wie geschaffen für zusätzliche Arbeit, für das Vollenden, für die instinktive Erkenntnis, wann der Johannisbeerwein aufgekorkt werden mußte und das Himbeergelee erstarrte.

»So etwas ist nicht erlernbar«, sagte Lorenzo dann wohl rätselhaft stolz, als habe er an Nanny eine unersetzliche Eigenschaft entdeckt. Tatsächlich gab es anscheinend eine erstaunliche Vielzahl von Dingen, die nur Nanny tun konnte. Zwar war Marion die Gastgeberin – wer aber dachte sich Suppen und Omelettes aus, wenn genau wie in Cornwall fünf Personen unerwartet am Sonnabend nachmittag eintrafen und über Nacht blieben? Wer fand für alle einen Platz zum Schlafen und wich notfalls auf die Nachbarschaft aus?

»Schön und gut, wer nur mit hübschen Blumenvasen zu renommieren braucht, hat leicht sagen: Es macht keinerlei Mühe!« raunte mir Nanny mit berechtigter Bitterkeit zu: »Aber wer tut die ganze Arbeit?« Marion nicht, dachte ich im stillen, und ein weiteres Fünkchen Bewunderung für meine Mutter als perfekte Gastgeberin erlosch. Bis ich allmählich einsah, daß sie trotz unseres Vergnügens mit den Blumen und ihrem neuentdeckten Selbstvertrauen im Grunde nicht mehr tat als früher. Und weil »etwas tun« in Nannys Vokabular an erster Stelle stand, war ein gewisser Einfluß auf mich unausbleiblich.

Marion kann ohne Nanny nicht einmal entscheiden, welchen Wein es zu Tisch geben soll, dachte ich etwas verächtlich. Und merkte nicht, wo die Wurzeln dieser Geringschätzung lagen und wieviel sonstige Ansichten von Nanny ich schon tief innerlich übernommen hatte. Ebenso wie meine Mutter verließ ja auch ich mich in fast allem auf Nanny. Sie pflegte mich, wenn ich krank oder verletzt war. Sie tröstete mich bei Kummer, sie strafte

mich für meine Missetaten, erlaubte mir dies, verbot mir das. Noch so viele Aufmerksamkeit von anderen macht diese täglichen Rituale bei Kindern nicht wett.
Fast alles sah ich zuallererst einmal mit Nannys Augen. Sämtliche Freunde meiner Eltern prägten sich meinen grauen Zellen als erstes in Nannys scharfen, kritischen Formulierungen ein. Rachewitsch war »derb und von ordinärer Herkunft« und konnte das »bei aller Berühmtheit nicht verstecken«. »Der ist ganz anders als dein Vater, vergiß das nicht.« Jahrelang glaubte ich allen Ernstes, der Historiker Heinrich Werner sei ein Nazi, weil er einen deutschen Namen trug, und äußerte, die Briten hätten in Tobruk genau das bezogen, was sie verdienten. So war es mit allem und jedem: meinen Klassenkameraden, meinen Lehrern, den Leuten in der Stadt. Es war leicht, sich auf Nannys Erklärung, ich sei Europäerin und könne mich daher Bethesda nicht anpassen, zurückzuziehen.
Ich war ein Kind, dessen Alltag einer Gouvernante überantwortet worden war, einer willensstarken Persönlichkeit, deren Einfluß auf mich groß war. Sogar Jaime, der Nanny doch stets aus dem Weg ging, schien seltsamerweise gegen ihren Einfluß nicht immun.
»Vielleicht wäre eine Militärakademie das richtige für Jaime?«
»Eine Militärakademie?« Lorenzo sah sie ungläubig an.
»Selbst wenn er das länger als einen Tag durchhielte – wozu?«.
»Es heißt doch, dort bekämen die jungen Burschen ein festes Rückgrat. Wie der Junge sich aufführt, ist nicht normal.«
»Wie führt er sich denn auf?«
Doch Nanny hatte mit nachteiligen Tatsachen über Jaime stets zurückgehalten, und es blieb auch diesmal bei vagen Andeutungen. »Er ist unbeschreiblich träge. Hat nicht den geringsten Ehrgeiz. Und keinen Mumm in den Knochen. Wie soll er sich denn später im Leben durchset-

zen, wenn er nicht für sich selbst geradestehen und zeigen kann, daß er was taugt?«
Das wußte Lorenzo auch nicht. Und doch mühte sich Jaime stundenlang mit Dingen ab, die ihn interessierten. Ich wußte, daß er Geschichten und Gedichte schrieb, die nie jemand zu Gesicht bekam. Bestimmt war es nicht Trägheit, daß er sein Zimmer mit seinen Papieren und Büchern nicht verließ. Vielleicht zeigte er Lorenzo seine Gedichte nicht, weil ihm einfach der Mut fehlte. Den hätte er vielleicht aufgebracht, wenn Nanny nur ein einziges Mal gesagt hätte: »Warum denn nicht?« Jaime war stets durch das gekennzeichnet, was ihm fehlte, nicht durch das, was er war. Und diese Kennzeichnung verdankte er Nanny, sosehr er auch dagegen ankämpfte.
Wie sie in unsere Welt paßte? Ich frage mich noch einmal. Die Antwort lautet: Sie war überall unentbehrlich und hatte eine noch größere Autorität als in Europa. Dort waren wir Nomaden gewesen und sie mit uns. Hier aber wurzelten wir alle ein, sie und wir. Es war der Sommer der Blumen und der Zuversicht. So jedenfalls erschien es uns allen – mit Ausnahme von Jaime.

34

Jaime, von dem ich heute morgen eine Weihnachtskarte im Umschlag bekam. Als ich sie herauszog, sah ich ihn plötzlich vor mir, am Ansichtskartenständer, ein klobiges, unentschlossenes, allen hinderliches Etwas, das den Strom gehetzter Vorweihnachtskunden um sich herum gar nicht so recht wahrnimmt. Er hatte die Karte mit dem meisten Flittergold ausgesucht, denn bei all seiner Sensibilität und seinem Wahrnehmungsvermögen ist er noch immer ein großes, ein riesenwüchsiges Kind.
Der Gruß trug die Unterschrift »Jaime Cardoso«. Ich lächelte wehmütig. »Man sollte meinen, auch ich sei nur

eine flüchtige Bekannte«, sagte ich zu Mrs. Cameron, mit der ich jetzt immer gemeinsam frühstücke. Sie nahm die Karte und lachte. »Muß der aber ein Original sein!«
»Ist er auch«, sagte ich, erleichtert, daß es sie amüsierte, und fühlte mich dadurch weniger traurig. »Und dabei ist er schlauer als wir alle zusammen.«
»Wie das?«
»Ach, er hat eine Art, den Dingen auf den Grund zu gehen und zu sehen, was wir alle mit unserer Geschäftigkeit nicht sehen . . .«
»Oder nicht erkennen wollen.« Sie nickte. »Das tun die meisten Einsamen.«
»Wie kommen Sie darauf, daß er einsam sein könnte?« fragte ich. Nur zu gern wollte ich von Jaime reden, obschon ich doch wissen mußte, wohin das führte.
»Nun, zum Beispiel, wie er unterschreibt, als kenne ihn niemand.«
»Es kennt ihn ja auch niemand.« Mir wurde wieder eng ums Herz. »Nicht einmal ich, und dabei bin ich die einzige, mit der er je wirklich gesprochen hat.«
Mrs. Cameron rührte gedankenvoll in ihrem Kaffee. »Solche Leute gibt es«, meinte sie. »Ich habe es selbst gesehen. Sie sind wie in sich selbst gefangen. Ich glaube, unter anderem deshalb, weil ihre Mitmenschen sie nicht akzeptieren, wie sie sind. Und mit der Zeit wird es zu spät. Dann ist eine hohe Mauer gewachsen.«
Ich saß ganz still und staunte über diese Frau, die mit wenigen, schlichten, packenden Worten zu definieren vermochte, was Jaime für mich war, ohne ihn je gesehen zu haben. Sie muß meine Hilflosigkeit gespürt haben, denn sie tätschelte meinen Arm mit ihrer rauhen braunen Hand.
»Es schadet nichts, Gespenster zu beschwören«, sagte sie. »Aber man darf sie nicht gar zu sehr geistern lassen.«
Und wie um dafür zu sorgen, daß sie nichts mehr darüber hörte, stand sie auf und ging an ihre Arbeit.

Ich hatte ihr beinahe alles über Jaime verraten. Es war nicht das erstemal. Und dabei versucht sie nie, mich auszuhorchen. Sie könnte mir doch weiß Gott Fragen stellen wie: »Was ist eigentlich mit Ihrem Bruder? Warum geht der nicht zur Schule oder arbeitet irgendwo? Warum bleibt der auf der Farm? Stimmt was nicht mit ihm?«
Nein, sie hat nie etwas durch mich erfahren wollen. Sie entdeckt alles auf ihre Art. Um ehrlich zu sein, es wäre mein dringendster Wunsch, ihr von diesem »Gespenst« zu berichten, wie sie das nennt. Und es spukt ja gerade deshalb, weil ich darüber schweigen muß.

Wie recht sie hat mit dem Bild der hohen Mauer. Selbst zwischen Jaime und mir hatte sie sich erhoben. Wir stritten nicht, waren nicht aufeinander eifersüchtig wie andere Geschwister. Worin auch hätten wir konkurrieren sollen? Ich war das bewunderte und geliebte, von Lorenzo mit seinem grenzenlosen Ehrgeiz beladene Kind. Von Nanny eingehüllt und verzaubert, im schützenden Zimmer, mit den Europa-Illusionen, die unerreichbar und deshalb noch romantischer waren. Und jenseits der hohen Mauer – ein freiwilliger Einsiedler – lebte Jaime.
Aber als der Winter endlich dem Frühling wich, und schließlich der Sommer kam, lernte ich Jaime kennen: nicht, wie man jemand Geliebtes kennenlernt, und dennoch auf eine Art, wie ihn vermutlich nie vorher oder nachher jemand kennengelernt hat.
Mit jeder Pflicht, die Nanny übernahm, blieb ihr weniger Zeit für uns. Unsere Ausflüge in die Wälder oder die Küste entlang wurden zu Belohnungen bei besonderen Anlässen, wegen ihrer Seltenheit um so begehrter und kostbarer. Zwischen solch raren Streifzügen wurden Jaime und ich oft zusammen losgeschickt, etwa um Muscheln für ein besonders köstliches Gericht zu suchen, das Lorenzo abends unbedingt essen wollte; oder um Stachelbeeren für einen Obstkuchen zu pflücken, wie nur Nanny

ihn zu backen verstand; oder Himbeeren und wilde Trauben zu sammeln, die an Wegen und Waldrändern wuchsen. Ich erledigte das Graben und Pflücken, Jaime stand untätig daneben, gleichgültig gegen den Überfluß der Natur – er tat nur so, als arbeite er.
Gewiß betrachtete ihn niemand als meinen Beschützer. Und doch schickte man ihn mit, damit ich nicht ganz allein ging. Dadurch wurden wir auf gewisse Weise Kameraden. Damals erkannte ich, daß wohl niemand freiwillig die absolute Einsamkeit wählt, nicht einmal derjenige, der äußerlich nichts anderes zu wünschen scheint.
Anfangs kehrten wir oft heim, ohne ein einziges Wort gewechselt zu haben. Und versuchte Jaime, sich mit mir zu unterhalten, so tat er es verlegen, unter Kopfschütteln, mit viel Handbewegungen und vielen »Ach, na ja, ist ja egal.« Ich glaube, ihn hemmte weniger die Unfähigkeit, etwas in Worte zu kleiden, als vielmehr eine latente Furcht, nicht verstanden zu werden. Oft genug hatte er mitten in die Unterhaltung anderer hinein das Schweigen gebrochen unter dem Zwang, die Wahrheit zu sagen, und war auf verständnisloses, verlegenes Lächeln gestoßen.
Nach einer Weile hatten wohl die langen gemeinsamen Streifzüge über staubige Wege zu abgelegenen Beerenplätzen ihn freier gemacht. Außerdem war ich eine Schwatzliese voller Fragen, und mir war jedes Mittel recht, ihn aus sich herauszulocken, als Ersatz für meine so redegewandte Nanny, die ich schmerzlich vermißte. Ich dachte: Wenn der mit sich selber reden kann, solange er allein ist, kann er auch ein bißchen mit mir reden. So versuchte ich es mit allerlei Tricks, griff zum Beispiel nach seinem Arm und rief aufgeregt: »Schau mal da!« Dann war da ein giftgelber Schwamm an einem verrotteten Baumstumpf oder ein besonders schön gewebtes Spinnennetz zwischen Holunderzweigen, in dessen Tauperlen die Morgensonne sich in allen Regenbogenfarben

brach. Allein hätte ich darauf vielleicht nicht geachtet. Der schweigsame Jaime aber ließ es mich wahrnehmen, damit ich es ihm zeigen konnte. Und weil ich ihm zuhörte, ohne mich abzuwenden oder ihn auszulachen, begann er, mir die Dinge auch zu erklären.

Es gab nichts, worüber er nicht Bescheid wußte: Wie die Blattläuse aus den Pflanzen den Saft saugen und die Ameisen ihn den Blattläusen wieder abmelken. Wie die Grabwespe ihre Opfer lähmt und in einer geheimen Kammer einmauert. Wie der Star die Spatzen dazu verführt, sich seiner Jungen anzunehmen. Er lehrte mich vieles, was ich allein nie erfahren hätte. Mit seiner leisen, stockenden Sprechweise vermittelt er mir Einblick in die Welt, in die er sich zurückgezogen hatte. Eine abseitige, komplizierte Welt – Nannys Mißbilligung, seines Vaters Enttäuschung entzogen. Und auch der Verachtung und dem Gelächter derjenigen, die keine Geduld hatten, ihm zuzuhören.

Abseitig war sie, Jaimes Welt, aber faszinierend, manchmal sogar unverständlich für mich. Er konnte mir die Blindheit des Maulwurfs oder den Staub auf den Schmetterlingsflügeln nahebringen, doch er verirrte sich von diesen einfachen Wundern in seltsam finstere Reiche – wohl deshalb, weil Jaime die Dinge, wie er selbst sagte, »schräg und verzerrt« sah. »Es ist, als ob ich immer nur aus dem Augenwinkel draufschaute. Das gibt ihnen eine andere Dimension.« Er blinzelte und furchte die Stirn. »Aber das bedeutet noch nicht, daß meine Sicht falsch ist. Höchstens, daß andere es nur dann verstehen, wenn sie mir zuhören und sich vorzustellen versuchen, was ich schildere.«

»Andere Dimension?« Das war mir zu hoch. Wenn er so redete, hatte ich oft das Gefühl, als blickte ich in Regionen, die besser unerforscht blieben. Und doch ließ mich meine Neugier nicht los. So war es auch an dem Tag, an dem wir zum alten Haus von Bensons Farm kamen.

Wer je Beeren gesucht hat, weiß, daß sie gern an den abgelegensten, unwahrscheinlichsten Stellen wachsen. An einer solchen Stelle stand das alte Haus. Zu ihm führte eine seit langem nicht mehr benutzte Fahrrinne zwischen wilden Kirschbäumen und Zäunen, die von süßen schwarzen Trauben und duftendem Sassafras überwachsen waren. Das Haus stand zwischen alten Föhren, die müde im Winde ächzten. Seit urdenklichen Zeiten hatte außer nächtigenden Landstreichern niemand mehr darin gewohnt. Die meisten Scheiben waren zerbrochen, im Inneren roch es nach Verlassenheit und Verfall. Vom Garten waren nur noch einige struppige Fliederbüsche zu erkennen. Alles war überwachsen von Sauerampfer, Jakobskraut und Brombeeren. Hier endigte in der Regel unser Streifzug, hier füllten wir unsere Körbe aus dem Überfluß des vergessenen Gartens und rasteten.
Für gewöhnlich bemühten wir uns, vor Einbruch der Dämmerung wieder auf dem Heimweg zu sein, denn der war weit. Aber an diesem Tag gab es eine Überfülle von Beeren. Ich war vollauf mit Pflücken beschäftigt, dazu kam die Schwüle des Tages, wir hatten gar nicht bemerkt, daß es schon Abend wurde.
Schließlich setzten wir uns auf die Einfassung eines verdeckten Brunnens und ruhten uns schweigend in der heißen Stille aus. Der Wind in den Föhren hatte sich gelegt, und man hörte keinen anderen Laut als das Hecheln der Hunde, die zu unseren Füßen im Grase lagen, und die seltsamen Echos aus der Tiefe des Brunnens, die klangen wie die Leere selbst. Geisterhafte Töne, Nachhall aufsteigender Luftblasen und durch feuchte Mauern tröpfelnden Wassers, das wieder in die Tiefen der Erde zurückkehrte, woher es gekommen war. Es zwang einen zu horchen und sich umzublicken und drängte einen zu sprechen, insbesondere, wenn einen die leeren Fensterhöhlen anstarrten. Eben jetzt, ehe der Abend dämmerte, fielen die Sonnenstrahlen in einem Winkel ein, daß die

Wände im Inneren des Hauses angestrahlt waren. Es sah fast aus, als käme das Licht von innen. Und unter den Föhren, wo die Wärme des Spätsommers schon schwand, wurde mir plötzlich kalt. Ich schauderte, und eigentlich nur, um eine Menschenstimme zu hören, sagte ich: »Ist dir nicht unheimlich?«
»Unheimlich?« fragte Jaime, ohne die Miene zu verziehen.
»Ach, Jaime, das Haus dort. Was ist nur mit dem?«
»Ja, das Haus.« Er schien mehr mit sich als mit mir zu sprechen. »Ich bin überzeugt, daß ein Fluch darauf liegt.«
»Vielleicht.« Ich nickte verständnisinnig, um ihn glauben zu machen, ich wüßte, wovon er sprach. In diesem Moment war mir, als bekäme ich einen Schlüssel gereicht, und wenn ich ihn festhielte, fände ich den Weg in Jaimes »andere Dimension«. »Ja, ich glaube es auch«, redete ich weiter, auf unsicherem Grund vortastend. »Wie es wohl dabei zugegangen sein mag?«
Jaime zuckte die hängenden Schultern und sah mit seitlich geneigtem Kopf zu den leeren Fensterhöhlen auf.
»Ach, zuerst war es ja nicht das Haus«, sagte er. »Zuerst ist es mit der Seele eines Menschen geschehen – und später dann auf das Haus übergegangen.«
»Ja, meinst du denn, so was kann passieren, ohne daß sich die Seele dagegen wehrt?« fragte ich erschrocken.
»Doch, doch – und dann gibt die eine Seele es an die andere weiter, fast wie eine Krankheit.«
»Aha«, sagte ich und wußte nicht weiter. Ich hatte große Angst, er könne die Geduld verlieren, die Achseln zucken und wieder sagen: »Ach, nun laß schon.« – »Ich weiß, was du meinst. Aber irgendwo muß es ja anfangen. Wie kommt es in die erste Seele hinein?«
»Durch ein Gefühl«, sagte Jaime. »Durch ein Besitzergreifen, das den Verstand erfaßt und damit macht, was es will.«

Er hielt inne und überlegte. Ich wartete atemlos. Mir war, als balancierte ich am Rand jener Schattenregionen und bemühte mich hinabzublicken und etwas zu erkennen, wie in der Tiefe des Brunnens, auf dem wir saßen.
»Vielleicht haben dort einmal ein Bruder und eine Schwester ganz allein gelebt. Und ohne daß er es wußte, wollte der Bruder nicht, daß die Schwester fortging.«
Jaime blickte zur Seite, als suche er weitere Einzelheiten irgendwo dort im Dorngebüsch, in dem wir eben noch auf Beerensuche gewesen waren, das ganz unschuldig ausgesehen hatte und das mir jetzt nicht mehr geheuer vorkam.
»Der Bruder dachte nie über das Gefühl nach, er merkte nicht, daß er es empfand. Und doch war es das Stärkste in seinem Leben, so stark, daß es völlig von ihm Besitz ergriff und all sein Tun beeinflußte. Beispielsweise kam ihm der Verdacht, seine Schwester sei wunderlich und man könne ihr nicht trauen. Und als er anfing, das zu glauben, spürte sie, daß er sie beobachtete, und benahm sich wirklich wunderlich. Da bekam der Bruder es mit der Angst und ließ sie nicht mehr aus den Augen. Und sie wiederum überlegte dauernd, wie sie ihm entrinnen könnte.«
Jaimes Eulenaugen waren weit aufgerissen, sie leuchteten; er lehnte sich vornüber, die Ellbogen auf die Knie gestützt, und starrte vor sich hin.
»Wahrscheinlich ist sie schließlich doch weggelaufen«, hörte ich ihn weitersprechen, »und er hat sie eingeholt und in eine Anstalt bringen lassen. Wer weiß, vielleicht hat er sie auch in diesen Brunnenschacht gestoßen. Ich meine, es war für ihn kein Unterschied: wenn ihr nur die Flucht nicht gelang.«
Für mich füllte sich der Brunnen unter uns plötzlich mit gequälten Geistern. »Um Gottes willen, Jaime!«
»Wieso ›um Gottes willen‹? Ich erzähle dir doch nur eine Geschichte, um dir klarzumachen, wie ein Haus zu ei-

nem Gespensterhaus werden kann.« Aber mir fiel auf, daß er blasser war als sonst und daß sich der Arm, an dem ich ihn gepackt hielt, sichtlich verkrampft hatte.
Verstand ich ihn? Nicht so ganz. Mir wurde unheimlicher als vorhin. Denn mittlerweile waren die Schatten unter den Föhren länger geworden und die Fenster dunkel, wie ein nicht gelüftetes Geheimnis. Irgend etwas hieß mich weiterfragen, etwas Widriges an Jaimes Geschichte ließ mich auf diesem Brunnen voller unbekannter, schreckensvoller Assoziationen sitzen bleiben und sagen: »Aber, Jaime, wie kann das sein? Ich glaube nicht, daß man auf diese Weise behext wird. Wenn einer wie dieser Bruder plötzlich von einem Wunsch so besessen ist, wüßte doch niemand, ob er recht oder unrecht hat. Er könnte doch glauben, dem geliebten Menschen zu helfen, und täte ihm dabei nur Böses an.«
Jaime antwortete nicht gleich. Er saß da und starrte auf das Haus, so daß ich schon glaubte, er habe mich nicht gehört. Dann sagte er sonderbar ernsthaft: »Wer merkt denn schon selber, daß er Böses tut?«
Darüber ließe sich endlos diskutieren; damals aber erfüllte mich Jaimes Antwort mit Entsetzen. Das eben noch Phantastische schien sich zu bestätigen. Jetzt hatte sogar der Wind, der die Föhren wieder knarren ließ, etwas Grauenerregendes, das Arges enthüllte. Ich wollte nur noch so schnell wie möglich fliehen, ehe dieses Etwas auch mich erfaßte. »Komm hier weg«, flüsterte ich und rannte bereits los. Jaime, der auf einmal ebensolche Angst bekommen hatte wie ich, keuchte mit schweren, tolpatschigen Sätzen hinterher.
Als das Haus in Sicht kam, sah ich da und dort Licht brennen. Bei diesem lockenden, beruhigenden Anblick ging ich langsamer. Nanny stand in der offenen Küchentür und spähte ängstlich ins Dunkel hinaus; sie schien auf dem Sprung, uns zu suchen, ohne zu wissen, wo. Sie war ganz steif vor Sorge und Unschlüssigkeit, und ihre angst-

voll-finstere Miene löste sich bei meinem Auftauchen zu einem erleichterten Ausatmen. Aber als Jaime hinter mir auftauchte, wurde ihr Gesicht wieder böse.
»Was denkt ihr euch eigentlich?« schrie sie ihm von der obersten Treppenstufe entgegen. »Was habt ihr angestellt?« Ich blieb mit einem Ruck stehen, weil mir einfiel, daß wir unsere Körbe hatten stehenlassen, und überzeugt war, daß sie deshalb noch zorniger werden würde. Doch sie schien es gar nicht zu bemerken. Die Worte, die schneidend über meinem Kopf die weiche Nachtluft durchfuhren, richteten sich ausschließlich an Jaime und endeten mit dem hysterischen Befehl: »Du gehst sofort auf dein Zimmer. Sofort! Und wenn du etwas Scheußliches getan hast, dann komme ich dir schon noch. Diesmal wird nichts vor ihm geheimgehalten, verstanden?«
Jaime antwortete nicht. Als sie auf mich zustürzte, glitt er an ihr vorüber, das Gesicht geisterbleich und leer wie der Mond. Nanny ergriff mit beiden Händen meinen Arm, drehte mich zu sich und sah mir ins Gesicht: »Was war denn, Melissa?«
»Nichts. Es wurde dunkel, und wir bekamen Angst, und da sind wir gelaufen.« Ich wand mich in ihrem Griff, der fast schmerzte. »Ach, Nanny, wir haben die Körbe nicht absichtlich stehenlassen.«
»Was für Körbe? Ach so, na, laß nur.«
Sie lockerte ihren Griff, sprach aber noch immer so betot, als wolle sie mir jedes Wort ins Herz hämmern und mir ein Geheimnis entreißen. »Wo wart ihr so lange? Hat er dir . . . irgend etwas getan? Was auch geschehen ist – du mußt es mir sagen. Hast du verstanden?«
Ich begriff kein Wort. Ich spürte nur, daß Nanny aus einem Grunde, der nichts mehr mit unserer Heimkehr bei Dunkelheit zu tun hatte, außer sich war und sich ihre Wut auf Jaime konzentrierte. Warum, konnte ich mir nicht erklären – sie sah doch, daß uns nichts passiert war. »Uns war heiß, und wir waren so müde«, erklärte ich.

»Wir haben auf dem Brunnen bei Bensons Haus gesessen, und Jaime hat mir eine Geschichte erzählt.« Ich stockte, weil mir einfiel, daß Nanny immer böse war über Jaimes Geschichten und Phantastereien. Diesmal schien sie erleichtert, bohrte aber weiter: »Eine Geschichte? Worüber?«

»Ach, über nichts Besonderes, über ein altes Haus und ein Geschwisterpaar, das darin gewohnt hat.« Ich lachte nervös und wollte Jaime verteidigen. »Überhaupt kann er nichts dafür. Es hätte nicht solange gedauert, wenn ich seine Geschichte gleich verstanden und nicht so viel gefragt hätte.«

»Es ist gut.« Endlich ließ sie mich los und nahm, wie erschöpft, auf den Treppenstufen Platz. »Eine Geschichte. So etwas Törichtes. Setzt sich hin und erzählt eine Geschichte, bis es fast dunkel ist. Dieser Jaime ist doch wirklich ein Tropf«, schalt sie, aber nicht mehr heftig. Sie strafte Jaime nicht. Wie sollte man auch jemanden strafen, der keinen irdischen Wunsch zu haben schien, dessen Erfüllung man ihm verweigern konnte. Auch Lorenzo sagte sie nichts. Wozu ihn aufregen. Doch von dem Tag an schickte sie mich nie mehr mit Jaime allein fort. Als habe sie seine Zurechnungsfähigkeit überschätzt, und es sei dadurch fast zu einem Unglück gekommen. Sie arbeitete jetzt noch schneller, um mich selbst begleiten zu können.

So verließ ich denn – ebenso versehentlich, wie ich hineingeraten war – Jaimes Welt, diese manchmal wunderbare, verzauberte, manchmal zutiefst unheilvolle Welt. Als sie sich mir wieder verschlossen hatte, vermißte ich sie kaum. War sie doch nur ein Teil einer anderen, farbigen, geschäftigen, herrlichen Welt. Ich hatte kaum Zeit, mich an sie zu erinnern.

35

Haben wir in dem kurzen Sommer, in dem ich die Blumen malte, wirklich so viel unternommen, wie ich mich heute zu erinnern glaube? Bootsausflüge zu den schroffen, spärlich besiedelten Inseln in der Bucht von Bethesda? Gab es die Nächte, in denen wir neben Strandholzfeuern Muschelfleisch in Butter tauchten, Hummerscheren auslutschten? Die Ritte durch die Wälder, bei denen der süß und harzig duftende Nadelteppich den Hufschlag dämpfte? Zwischendurch die vielen strahlenden Augenblicke bei meiner Mutter, in denen sie wirklich glücklich war – und nicht nur, wie in London, so tat – und mit Lorenzo, der sie so warm ermutigte, und in denen ihre neue Freude jedem von uns zugute kam?
Erinnere ich mich an den Sommer, sehe ich Marion im Korbstuhl in der Terrassenecke sitzen, im Schatten der großen alten Ulme. Manchmal las sie New Yorker Theaterkritiken oder schrieb Briefe oder stickte etwas Überflüssiges mit Garnen und Mustern, die zu den Zweigen und Blättern über ihr paßten. Es war ein so reizendes Bild, wie sie da fröhlich saß, in harmlosem Müßiggang. Wer sie sah, bekam Lust, Stift und Papier zur Hand zu nehmen oder sich auch nur zu ihr zu setzen, hinaufzuschauen in die Äste des Baumlabyrinths und zu schwatzen, was ihm gerade in den Sinn kam.
»Glaubst du, daß man behext sein kann? Gibt es das?«
»Du liebe Zeit, wie kommst du denn darauf?«
»Jaime sagt, so was gibt's, und dann tut man anderen was zuleide und weiß es nicht.«
»Jaime und seine Ideen! Er ist wirklich manchmal total verdreht. Selbstverständlich tut man manchmal jemand etwas zuleide, ohne es zu wissen. Deswegen sind wir noch lange nicht alle behext, Dummchen. Sonst würden wir ja auch nur, weil wir ›gesegnet‹ sind, unwissentlich etwas Gutes tun.«

An diesem stillen, friedlichen Ort klang es wirklich albern. Deshalb erzählte ich ihr auch nicht, wie lange ich darüber nachgedacht hatte und wie es Jaime und mich ängstigte. Ich wollte die schöne Ruhe unter dem Baum nicht stören. Sie wohl auch nicht.
»Denkst du daran, daß nächsten Dienstag dein Vater Geburtstag hat? Bleib ein bißchen bei mir, Missy, und hilf mir, was auszudenken. Ich habe ein paar Fotos von Rachewitschs Haus gemacht. Sie sind ganz gut geworden. Sollen wir ihm die rahmen lassen?«
Sie lenkte mich ab von dem, was uns beide beunruhigte, und sprach mit mir über Erfreuliches, das niemand weh tat. Wenn ich bei ihr saß, merkte ich nicht, wie die Zeit verging.
Wenn sie überhaupt Talent für irgend etwas hatte, dann das Talent zur Muße, eine äußerst schwer faßbare Eigenschaft, über die ich mir vielleicht erst heute richtig klarwerde, weil ich nicht mehr um sie bin. Damals im Sommer dachten wir an sie alle immer in Verbindung mit Blumen, müßigen, amüsanten Gesprächen im Baumschatten. Sogar Nanny ließ sich nur zu gern verlocken, »ein halbes Stündchen mit Madam zu vertrödeln«. Eine kurze, wohltuende Pause, nach deren Ende jeder zu seinen Pflichten zurückkehrte.
Dies schien ihre Rolle in unserem neuen Leben zu sein, das in diesem kurzen nördlichen Sommer geschäftig und ereignisreich weiterging. Und so wäre es geblieben, hätte nicht Helen Coatsworth in einem ihrer »seherischen Augenblicke« wieder einmal eine Andeutung gemacht, die meiner Mutter den geruhsamen Sommertagsfrieden raubte.
Helen Coatsworth kam oft zu uns nach Maine und blieb wochenlang. Sie störte niemanden. Sie ging gern zwischen den Blumen herum oder saß mit Marion auf der Terrasse, las und machte amüsante Bemerkungen über die, die da kamen und gingen.

Damals fand Lorenzo sie reizend in ihrer Frivolität. Ich glaube, er hatte gern jemand um sich, der die Rolle des ständigen Zuhörers übernahm, dem es genügte, sich von den Ereignissen seiner Welt unterhalten zu lassen. Und für Marion hatte sie noch immer die vertraute, geheimnisvolle Faszination aus den langen Londoner Teestunden. Die einzige im Haus, für deren Geschmack sie zu lange blieb, war Nanny. Mutters beste Freundin und ihre treueste Angestellte hegten eine Abneigung gegeneinander, die notwendigerweise eine sonderbare knisternde Spannung erzeugte. Nicht daß sie jemals unfreundlich miteinander gewesen wären. Im Gegenteil, Helen Coatsworth war stets überschwenglich liebenswürdig zu Nanny und nahm äußerste Rücksicht. »Ach, die arme Nanny. Es kommt überhaupt nicht in Frage, daß sie mir das Frühstück bringt, sie hat viel zuviel zu tun.«
Selbstverständlich brachte ihr Nanny trotzdem immer das Tablett mit dem silbernen Teegeschirr, der in den Toast schmelzenden Butter und dem genau vier Minuten gekochten Frühstücksei, wie Helen es gern hatte. Sie benahm sich Helen gegenüber mit »äußerster Höflichkeit«, wie sie es nannte. Sie wußte, daß ich längst ihre engste Vertraute war und ihre Bemerkungen nicht weitersagen würde, deshalb sprach sie mir gegenüber anders: »Typisches Beispiel für eine reiche Nichtstuerin, diese Mrs. Coatsworth. Hat nichts zu tun, als von Haus zu Haus zu ziehen und zu schmarotzen ... Die denkbar schlechteste Gesellschaft für deine Mutter übrigens, mit all ihrem spiritistischen Schnickschnack. Erinnerst du dich, welches Chaos sie in London angerichtet hat?«
Ich erinnerte mich noch genau und mußte Nanny bis zu einem gewissen Grad recht geben. Aber gerade der »spiritistische Schnickschnack« zog mich unwiderstehlich an und hielt mich von vielem ab, das ich tat, wenn Helen Coatsworth nicht in der Nähe war.
Beispielsweise ging ich gewöhnlich mit Nanny zum Wo-

cheneinkauf auf den Markt. Es war eine der Pflichten, die sie der Köchin abgenommen hatte, weil diese keine Zeit dafür hatte. Wenn ich es mir heute überlege, war es erstaunlich, daß nur eine einzige Person im Haushalt unbegrenzt für alles Zeit hatte, nämlich Nanny.
Ich begleitete sie liebend gern, wenn sie auf den Markt ging, prüfte, welches Obst reif war, den Finger ins Fleisch drückte, den Fischen in die Kiemen schaute und dabei im Kopf den Speisezettel für die ganze Woche entwarf. Die Lebensmittelstände boten immer einen hübschen Anblick. Auch waren Obstverkäufer, Fischhändler und Metzger richtige Originale. Alle respektierten Nannys Blick für Qualität und ihr Talent, höflich, aber bestimmt zu feilschen. An dem bewußten Morgen »brütete ich etwas aus«, wie Nanny meinte, und sollte »ruhig zu Hause bleiben«. Ich hätte sicher mehr protestiert, wäre nicht am Vorabend Helen Coatsworth eingetroffen. Als Entschädigung saß ich bei ihr und meiner Mutter auf der Terrasse und hörte ihrem Geplauder zu.
Beide hatten sich die halbe Nacht mit Lorenzo unterhalten. Jetzt sprachen sie in anderem Ton, von Frau zu Frau, vertraulich und intim. Ich saß in der Sonne auf den Fliesen und palte Erbsen aus, die Nanny mir hinterlassen hatte, um mich zu beschäftigen. Ganz in ihr Gespräch vertieft, entspannt und durch Nannys und Lorenzos Abwesenheit unbeschwert, achteten sie kaum auf mich und vergaßen bald gänzlich meine Gegenwart. Ich mußte Helen Coatsworth immer anschauen.
Wie sie da, von Kissen gestützt, mit untergeschlagenen Beinen im Korbstuhl saß, ging von ihr die gleiche friedliche Stimmung aus wie von einer aufgeplusterten, gemütlichen Katze. Die Sinnlichkeit, mit der sie in der Sonne schnurrt, aus halbgeschlossenen Augen träge die wedelnden Schatten der Blätter beobachtet, viel zu bequem, um irgendeine Bewegung zu machen, hat etwas Beruhigendes, Einschläferndes. Ebenso wohl schien sich

Helen Coatsworth zu fühlen. Ihre Stimme summte melodiös, als sie mit Marion über New York, die Mode, gemeinsame Bekannte sprach. Gestern abend noch war vom Krieg die Rede gewesen, jetzt schien es den Krieg nicht mehr zu geben. Selbst das Meer, das drunten so beharrlich gegen die Felsen schlug, war nur noch Geräuschkulisse, Effekt einer Sibelius-Symphonie.
»Na, und du«, sagte Helen Coatsworth schließlich. »Dich habe ich noch nie so brillant aussehend vorgefunden, so rundherum fröhlich.«
Ich sah Marion hinter ihrer Blässe tief erröten, und das verschönte sie erstaunlich. »Vielleicht ist es das Klima. Es ist hier frischer, so eine Art Reizklima. Wenn die Sonne scheint, dann scheint sie wirklich. Nicht wie durch den gräßlich-milden Londoner Nebel, den Lorenzo immer so stimulierend fand.«
»Ich glaube, das ist es nicht allein«, sagte Helen.
»Meinst du?« Ich sah meine Mutter aufblicken, und ihre harmonisch-heitere Stimmung schlug um in eine sonderbar gespannte Bereitschaft. Sogar die Bäume über der Terrasse schienen nicht mehr zu rasseln.
»O ja.« Auch Helen schien verändert. Man hätte meinen können, die friedliche Schläfrigkeit von vorhin sei nur Vorbereitung gewesen für etwas, das sie nicht verschweigen konnte. »Ich glaube, jetzt ist eine starke Konstellation in deinem Leben, Marion.«
»Nicht doch, Helen«, lachte meine Mutter wegwerfend. »So lieb du mir bist – deine Vorahnungen treffen nicht immer ein. Weißt du noch: jener ›entscheidende Moment‹ in der Schweiz? Als ich endlich allen Mut zusammennahm und nach St. Moritz fuhr, entwickelten sich die Dinge dort nicht sehr günstig für mich, nicht wahr?«
Traurige Ironie schwang in ihrer Stimme. »Und Jaime? Er hat Skifahren gelernt: was soll daran schädlich und richtunggebend gewesen sein?«
»Was, weiß ich nicht genau. Noch nicht ...« Helen ließ

den Satz in der Luft hängen, als sei sie überzeugt, daß für Jaime sehr wohl Entscheidendes geschehen sei. Sie schien jetzt ähnlich zu empfinden. »Ich kann dir nur sagen: Ich spüre etwas, und zwar ganz stark.« Ihr Blick bekam etwas kläglich Bittendes. »Ich wünschte um alles in der Welt, es wäre anders.«
»Deine letzte Ahnung vergessen wir einfach.« Marion zuckte ungeduldig die Achseln, als wolle sie die Sache hinter sich bringen und zu der netten sorglosen Stimmung dieses Sommers zurückkehren. Doch all ihre Zuversicht vermochte nicht, die angstvollen Vorgefühle zu zerstreuen, die jetzt über der Terrasse lagerten. »Und wie ist es mit meiner starken Konstellation?«
»Die spürst du doch selbst am besten.« Helen Coatsworths runder Busen hob sich in einem schweren Seufzer, als könnte sie die Last ihrer Ahnungen nicht länger allein tragen. Es war drollig und beruhigend. Ich weiß noch, daß ich ein heimliches Lachen unterdrücken mußte, damit niemand auf mich aufmerksam wurde. »Ja, merkst oder fühlst du denn nicht, daß du jetzt oder nie hier die Befehlsgewalt übernehmen mußt.«
»Die Befehlsgewalt?« Marion sah entrüstet, fast resolut aus. »Wieso denn, ich habe doch das Kommando hier. Jetzt mehr denn je.«
»Nicht doch, Liebes«, Helens Stimme wurde schrill und gepeinigt. »Sei doch einmal ehrlich mit dir. Wer regiert denn hier in einem Ausmaß, daß ihr alle davon abhängig geworden seid? Lieber Himmel, Melissa ist fünfzehn, Jaime wächst schon fast der Schnurrbart. Hast du nie daran gedacht, was geschieht, wenn du Nanny jetzt nicht wegschickst...«
Sie beendete den Satz nicht, wohl weil sie mich in diesem Augenblick bemerkte.
Ich weiß bis heute nicht, ob sie sich klar war, daß ich zugehört hatte. Ich konnte sie einfach nicht ansehen. Jedenfalls wechselte sie plötzlich übertrieben munter das

Thema. »Ach, Marion, die Stockrosen vor dieser Mauer sind einfach himmlisch! Lorenzo ist ein Genie!«
Ich hoffte inständig, sie würden mich wieder vergessen, und sah nicht auf. Nach einer Weile setzte ich mich samt meinen Erbsen auf die Hintertreppe, um dort fertigzupalen. Die Freude war aus dem Tag entwichen und mit ihr meine Begeisterung für Helen Coatsworth. Wenn ich daran dachte, was alles sie meiner Mutter schon eingeredet hatte, wurde mir ganz schlecht vor Beklommenheit. Und je mehr ich über die Spannung zwischen Helen und Nanny nachgrübelte und über die Beeinflußbarkeit meiner Mutter, desto mehr Angst bekam ich.
So fand mich Nanny vor, als sie vom Markt heimkehrte, bepackt mit Ballen Obst und Gemüse, erschöpft, aber triumphierend. Sie sah mich an, und aller Triumph erlosch in ihrem Gesicht.
»Was ist los? Solltest du nicht auf der Terrasse sitzen? Weshalb schaust du so verhagelt?«
Erst wollte ich es ihr nicht sagen, um sie nicht zu verletzen. Aber im Lügen war ich nie gut, und Nanny gegenüber und in meinem derzeitigen Mißbefinden gelang es besonders schlecht.
»Hat Mrs. Coatsworth irgendwas gesagt? Schau nicht so komisch – es hat was gegeben, nicht wahr?«
So holte sie es mühsam aus mir heraus. Und als ich ihr sagte, was ich nicht hatte sagen wollen, trat in ihre Augen ein derart verquälter Ausdruck, wie ich ihn nie gesehen hatte. Sie antwortete nicht, legte nur das Paket ab, das sie wie erstarrt festgehalten hatte, und ging ins Haus.
Ich fand sie schließlich in ihrem Zimmer. Auf dem Bett stand ein geöffneter Koffer, in den sie systematisch den Inhalt ihrer Kommodenschubfächer verstaute. Ihre Bewegungen waren steif und automatisch. Als sie sich so im grellen Mittagslicht über ihre wenigen Besitztümer beugte, hatten ihre Züge etwas Starres, und mich packte

die naive Angstvorstellung, sie sei schon tot, wolle aber nicht, daß es jemand merkte. Um mich von dieser Schreckensphantasie zu befreien, fragte ich ganz töricht: »Was machst du denn da, Nanny?«
»Ich packe.« Ihre Stimme klang grauenvoll kalt und fern. »Wenn man hier den Eindruck hat, ich hätte das Kommando, muß ich es zurückgeben. Ich habe das nicht gewußt, Melissa. Es ist Zeit, daß ich gehe.«
»Ach Nanny, meine arme Nanny.« Ich warf mich mit ausgebreiteten Armen ihr entgegen, wollte ihr alle Liebe erweisen, die ich je für sie empfunden hatte.
Nanny selbst hatte mich dazu erzogen, Mitleid zu verachten. Und doch hatte ich nie ähnliches Mitleid empfunden wie jetzt mit ihr. Schon mir war jämmerlich genug bei dem Gedanken, daß sie uns verließ; sie aber, das merkte ich, war völlig verzweifelt. Sie hatte ihren Rahmen verlassen, die Mahlzeiten mit den Kindern, das »Im-eigenen-Stande-Bleiben« und sich selbst aufgegeben. Sie hatte niemanden mehr außer uns. Nichts von dem, was sie einpackte, würde sie mitnehmen. Alles würde sie bei uns zurücklassen. Ihr blieb nichts außer einer großen Leere.

Wäre sie damals wirklich gegangen? Ich glaube ja; ich kannte ihre bockige, energische Natur. Doch als Lorenzo erfuhr, was geschehen war, kam er mit großen Sätzen die Treppe heraufgestürmt, empört und besorgt, und begann ihr zuzureden, abwechselnd tobend und schmeichelnd. Es sei doch undenkbar, daß sich Nanny von einer Äußerung Helen Coatsworths beeinflussen ließe. Plötzlich war diese Frau keine charmante Hellsichtige mehr, sondern eine »Telepathie-Harpye«, die mit ihrem blödsinnigen Ahnungen das Leben anderer durchwirbelte.
»Na, und damals in London – wissen Sie noch. Da hat sie Mrs. Cardoso geradezu in Lebensgefahr gebracht, indem sie ihre Schwäche ausnutzte. Ich frage Sie, Nanny: Wer

weiß besser als Mrs. Coatsworth, warum Sie zu uns kommen mußten?«
»Man scheint aber der Meinung zu sein«, unterbrach ihn Nanny in dem abscheulich würdevollen Ton, den sie mir gegenüber bereits angeschlagen hatte, »daß ich mir mehr angemaßt habe, als mir zusteht. Und wenn das der Fall ist . . .«
»Wenn das der Fall ist?« fuhr Lorenzo dazwischen. »Ist es vielleicht Ihre Schuld – wenn ich fragen darf –, daß Sie hier im Haus alles tun müssen, weil meine Frau nichts anderes kann, als charmant zu sein und Blumen in Vasen zu stecken? Jan Little nennt sie die perfekte Gastgeberin. Bei Gott, das ist sie – sogar ihren eigenen Kindern gegenüber.« Noch während er weiterredete, wechselte sein Ton, als führe er Selbstgespräche und sei unversehens auf eine erschütternde Wahrheit gestoßen, weil sie sich vor seinen Augen abspielte. »Straft sie die Kinder je? Nie. Sie amüsiert sie immer nur.« Jetzt sah er Nanny starr an, umfaßte ihre magere, steif aufgerichtete Gestalt mit einem Blick, aus dem Überzeugung sprach. »Alles Wirkliche hier tun Sie!«
Sonderbar, wie Nannys Miene sich verändern konnte. In ihrer Stimme zitterte sogar ein wehmütiger Hauch, in ihren Worten lag eine so bittere Logik. »Nun, wenn ich weggehe, bekommt sie wenigstens etwas Wirkliches zu tun.«
Es klang endgültig. Selbst Lorenzo fiel keine Entgegnung ein, wenigstens nicht gleich. Er machte eine hilflose Handbewegung, wandte sich um und ging wie ein verwirrtes, enttäuschtes Kind hinaus auf den Korridor. Wie konnte Nanny ihm das antun? Wie konnte sie es uns antun? Auch ich ertrug das nicht länger und überließ sie ihrer Packerei.
Der Rest des Tages kam mir endlos vor. Nirgends konnte ich hingehen, hatte niemanden, mit dem ich gern gesprochen hätte, am wenigsten mit mir selbst, denn ich

bildete mir ein, ich hätte, wie bei einer Epidemie, den Keim von Helen Coatsworths Auflehnung an den ganzen Haushalt weitergegeben. Das schlimmste waren die Mahlzeiten, bei denen Helen Geschichten aus der guten alten Zeit in Paris und Cagnes-sur-Mer erzählte und Marion zu oft und zu laut lachte. Wieder schauspielerten alle, nur ließ sich Lorenzo diesmal nicht täuschen, wie damals beim Vorkommnis mit Jaimes Gedicht. Auch er spielte seine Rolle und tat, als sei alles Geschehen nun abgeschlossen – eine kleine Eruption zwischen zwei eruptiven Persönlichkeiten – und als könne er das Ganze ungeschehen machen, indem er es ignorierte.
Wenn das stimmte – warum aß Nanny dann nicht mit uns? Sie saß in ihrem Zimmer und wartete auf einen Zug, der erst morgen fuhr. Und obwohl alle sich heiter gaben, als glaubten sie ihren Entschluß nicht, wagte sich doch keiner zu ihr.
Mit ihrer Äußerung am Morgen behielt Nanny recht, obwohl mittlerweile keiner mehr daran dachte. »Ich »brütete« wirklich etwas aus und wurde im Lauf des Tages immer elender. Das Ende des Abendessens konnte ich kaum erwarten, nicht nur wegen des albernen Theaters, das dabei gespielt wurde, sondern weil mir klamm, klebrig und kalt war und ich überall Schmerzen hatte. Keine angenehmen, wohltätigen Schmerzen, wie an so manchem erfüllten, anstrengenden Tag dieses Sommers, vielmehr Schmerzen, die aus Kummer zu bestehen schienen.

36

Endlich in meinem Zimmer, zog ich mich schnell aus und machte mich zur Nacht fertig. Kalt war mir zwar nicht mehr, doch die von Summen erfüllte sommerliche Luft schien mir unglaublich drückend, beinahe eine Last, die

jede Bewegung zur zerdehnten, schmerzhaften Anstrengung machte. Als ich mich hinlegte, versank ich in der Kühle der sauberen weißen Laken und Kissen, doch auch sie schlossen sich bald über mir. Ich konnte mich drehen und wenden, wie ich wollte – es gab kein Entrinnen vor dieser auf mich niederwuchtenden Last. Durch die halbgeöffnete Tür hörte ich Stimmen. Eben noch hatte ich flüchten wollen, jetzt erhob sich in mir der angstvolle Wunsch, jemanden zu rufen. Dann hörte ich Marions Stimme, anfangs ganz leise.
»Wirklich, sie hat irgendwie sonderbar ausgesehen.« Und dann lauter, ungewöhnlich entschlossen: »Ich will doch lieber mal nach ihr sehen.«
Sekunden später stand meine Mutter in der Tür. Das Licht der untergehenden Sonne umgab ihre Gestalt mit einer zarten, leuchtenden Aura. Fast geräuschlos kam sie durchs Zimmer und neigte sich mit forschendem Blick über mich. »Bist du krank, Missy? Deine Stirn ist so heiß.« Ihre Stimme war jetzt wieder leise. Sie berührte mich mit leichter, behutsamer Hand, als könne ich ihr davonspringen wie ein erschrecktes Tier. Aus diesen Fingern floß keine Wärme. Es war die ungewohnte, unschlüssige Berührung einer Fremden. Ich sehnte mich nach der knorrigen, lindernden Hand Nannys, aus der Liebe und Wärme rückhaltlos und vertraut auf mich überströmten. Dieses Sehnen erpreßte mir plötzlich ein bittendes, nachdrückliches Flüstern.
»Laß Nanny nicht fort. Das geht nicht, das darfst du nicht.«
»Ich soll Nanny nicht fortlassen?« Die unschlüssige Hand wich zurück, als hätte ich nach ihr geschlagen. Die leise Stimme wurde abwehrend und stockend. »Ich habe sie nicht darum gebeten. Du weißt ja, daß es ihr eigener Entschluß ist.«
»Ja«, flüsterte ich heiser. »Wegen all der schrecklichen Sachen, die Helen Coatsworth über sie gesagt hat.«

»Missy«, entgegnete Marion vorwurfsvoll, »das war aber nicht für Nannys Ohren bestimmt.«
»Ich wollte es auch ganz gewiß nicht erzählen«, sagte ich hastig, weil mich ihr Vorwurf kränkte. »Aber ich hab's ihr nicht verheimlichen können. Außerdem war es auch beleidigend und ungerecht«, verteidigte ich mich.
»Nicht so ganz«, sagte sie ungewöhnlich sachlich. »Ich gebe zu, daß Helen manchmal übertreibt, aber etwas Wahres ist immer dran . . .«
»Wenn etwas Wahres dran war«, fuhr ich nachdrücklich fort, »und du hast es auch gedacht – warum hast du es dann Nanny nicht gesagt?«
»Weil es nicht immer das Beste ist, einfach mit allem herauszuplatzen, was man denkt«, gab sie zur Antwort. »Es nützt nichts und richtet manchmal Schaden an, der nicht wiedergutzumachen ist.«
Ich hatte mit Marion seit langem nur über Erfreuliches gesprochen, über Dinge, die uns beiden Freude machten. Jetzt kam sie mir wie ausgewechselt vor und schien darum zu werben, daß ich sie anhörte und begriff. »Deshalb sollte man immer erst nachdenken, ehe man jemand eine private Unterhaltung wiedererzählt. Ich hätte Nanny nie weggeschickt, weißt du . . .«
»Auch dann nicht, wenn du fändest, Helen Coatsworth hätte recht?« Ich richtete mich auf die Ellbogen auf und sah sie angstvoll an, wobei mir sonderbar schwindlig wurde. Ich konnte Marion nur noch verschwommen erkennen; um ihren Kopf tanzten seltsame Lichter. Vielleicht hat sie mir meine Frage beantwortet, doch ich hörte es nicht mehr. Ich war in die mich umklammernden Kissen und Laken zurückgesunken und hörte sie nur noch sagen: »Wer weiß, ob das Ganze nicht auch sein Gutes hat. Wir kommen bestimmt zurecht. Wir schaffen es, du wirst sehen.« Ihre Hand strich wieder über meine Stirn, immer wieder; diesmal lag in dieser Berührung etwas von traurigem, innigem Besitzenwollen, vor dem ich

noch tiefer in den warmen, feuchten, weißen Schlamm zurückwich, der jetzt mein Bett war.
Ich stellte mich schlafend, und nach einer kleinen Weile ging sie.
In Stille und Bedrückung blieb ich zurück. Hitze begann mich einzuhüllen und auf mir zu lasten. Ich wollte schreien, aber jeder Laut blieb mir in der Kehle stecken. Heute bin ich nicht sicher, ob ich wirklich Jaime an meinem Bett stehen sah. Durch die flimmernde Dunkelheit erschien er mir riesenhaft, klobig und beängstigend, als er wie von weither sagte: »Mach dir keine Sorgen, Melissa. Glaubst du wirklich, Nanny ginge fort? Das tut sie nicht.«
Dann hörte ich mich schreien, und wo die Gestalt gewesen war, war nichts mehr. Nanny beugte sich über mich, drückte mir ein feuchtes Tuch auf die Stirn und sagte: »Komm, komm, Melissa, sei schön brav. Ich bin ja bei dir. Siehst du mich denn nicht?«, in dem bestimmten Ton, gegen den es keinen Widerspruch gab und der alle Furcht verscheuchte.

37

Dr. Johnson, bekannt als tüchtiger, wenn auch durch akutes Asthma auf eine kleine Praxis in Bethesda beschränkter Arzt, schnaufte noch in der Nacht an mein Bett und bezeichnete meine Krankheit als Gelenkrheuma. Lorenzo wollte ihm nicht glauben und zog am nächsten Tag Dr. Barnes zu, einen Spezialisten aus New York, der ihm widersprechen sollte, statt dessen aber die Diagnose bestätigte.
Ich war lange sehr krank; heute kann ich kaum glauben, wie lange. Der Herbst kam. Die Bauern ernteten ihren Hafer und ihr Heu, hackten die Kartoffeln aus und lagerten, was sie nicht verkaufen konnten, in tiefen Kellern in

der bereits gefrorenen Erde. Die Winde vom Nordatlantik fegten über die Küste von Maine. Hoch türmte sich der Schnee, und all das bedeutete für mich nicht mehr als das Schließen und Abdichten eines Fensters.

Meine Welt wechselte zwischen dumpfem, anhaltendem Unbehagen und einer akuten, schrillen Qual, zwischen Halluzinationen und dem verschatteten Randgebiet des Bewußtseins. In seltenen Augenblicken war ich völlig klar und wollte voller Angst aus dem Bett und mich auf die eigenen Beine stellen, um zu sehen, ob ich es noch konnte. Doch das erlaubte man mir nicht, weil Gelenkrheuma das Herz in Mitleidenschaft zieht und man körperliche Anstrengungen auch nach abgeschlossener Krankheit nur ganz langsam wiederaufnehmen darf. Man ließ mich infolgedessen selten allein.

Von Zeit zu Zeit kam Marion, um mich mit einem Riesenblumenstrauß zu erfreuen, im Treibhaus gezüchteten Abbildern des vergangenen Sommers, der so besonders schön gewesen war. Oder sie las mir vor, mit dem Tonfall eines Menschen, der Romane nicht liest, sondern erlebt: von Daphne du Maurier oder den Schwestern Brontë. Aber meine Aufmerksamkeit wurde immer wieder von Schmerzen weggeschwemmt, und es dauerte meist nicht lange, da schrie ich nach Nanny mit ihren heißen Kompressen und ihren Feenhänden, mit denen sie die Qual aus meinen Gelenken wegstreicheln konnte.

So war es denn wieder Nanny, die alles »Wirkliche« tat. Die mich selten länger als eine volle Stunde verließ und sogar dann in Hörweite blieb. Die dafür sorgte, daß meine Laken immer frisch und kühl waren, die mich badete und meine Bettschüsseln ausleerte. Die selbst nachts bei angelehnter Tür und nur mit einem Auge schlief. Sie allein unter allen Bewohnern des Hauses wußte mit meiner Krankheit wirklich Bescheid. Sie allein merkte an meiner Haut, am verschatteten Blick meiner noch tiefer eingesunkenen Augen, daß die Temperatur stieg, so wie der Kundige erkennt, daß ein Gewitter im Anzug ist. Sie allein kannte die ärgsten Augenblicke der Krankheit, die nicht vom Pflegling, sondern vielmehr vom Pflegenden einen derart hohen Preis fordern, daß er nie wieder auszugleichen ist. Diese Augenblicke, die den Kranken mit unsichtbaren Fäden an seinen Pfleger ketten.

Während der schlimmsten Krankheitstage kam Lorenzo so gut wie nie zu mir ins Zimmer. Er hatte gerade eben das größte und schwierigste Vorhaben seiner Karriere begonnen: den Entwurf für einen ganzen Campus, das Mildford College, eine neuerartige liberale Kunstschule im Staate New York. Sonst nahm Lorenzo selten Aufträge der öffentlichen Hand an, weil er es nicht vertrug, seine Arbeit einem Konsortium zur Begutachtung vorzulegen. Er war nun einmal Künstler, der ausführen und zugleich unbeschränkter Herr über das Bauvorhaben sein wollte.
Diesmal aber hatte die herrliche Gegend mit ihren üppigen Wäldern, Bergen und den von Gletschern geformten Felsformationen ihn unwiderstehlich angezogen. Diese eigenartige Landschaft zu einem Ort der Studien in Beziehung zu setzen, war möglicherweise die lohnendste Aufgabe seines bisherigen Lebens. Unter der ausdrücklichen Bedingung, in allem das letzte Wort zu behalten, nahm er an. Es wurde ein Kampf, der ihn tagelang von uns fernhielt. Und wenn er mir auch für die endlosen Stunden der Langeweile immer ein Buch oder ein neues Puzzle mitbrachte, hatten seine Besuche doch etwas Flüchtiges und Bedrücktes.
Den Grund kannte ich so gut wie er. Es war die Erinnerung an die Schußfahrt vom Celerina. An den Tanz an einem Regennachmittag, als nur er in der Nähe war und gesagt hatte: »So, nun zeig mir das mal!« Und ich Hemmungen und Scheu vergessen hatte, aufgewühlt von ei-

ner Macht in meinem Inneren. Damals hatte ich einen neuen Lorenzo kennengelernt: den Zuschauer. Einen idealen Zuschauer – gefesselt, kritisch und verständnisvoll.
Nur wir beide wußten anscheinend, wie stark diese Macht war, wie zutiefst entscheidend. Und jetzt lag ich da, die früher kräftigen, biegsamen Glieder in allen Gelenken geschwollen, jede Bewegung eine Bedrohung für mein Herz. Das Herz einer Tänzerin, das schneller sein muß als das eines Vogels.
»Nun mach schon, Missy, du bist dran. Zieh ein Stäbchen, ohne das Ganze einzureißen. Bist du vielleicht schon müde?« Wenn Lorenzo traurig ist, sind seine Augen tiefe schwarze Tümpel, in denen sich das Leid der ganzen Welt spiegelt. Während wir uns über die albernen Spiele beugten, schien es, als sei der Kummer in ihnen einzig und allein seiner.
Manchmal gab er seine Geschenke auch einfach Nanny: sie solle sie mir bringen, entschuldigte er sich, er hätte zu tun und käme dann später. Doch er kam nicht. Das ängstigte mich mehr als der Arzt oder die Schmerzen oder das Alpdrücken, mehr als alles zusammen. Denn ich glaubte fest an Lorenzo. An seine Macht über mich. Wenn er nicht mehr zu mir kam, dann nur, weil er die Erkenntnis nicht ertrug, nichts mehr über mich zu vermögen.
Eines Tages betrat er mein Zimmer mit ungewöhnlichem, fast zu fröhlichem Gesichtsausdruck. Noch ehe er den Mund auftat, wußte ich, daß er sich zu etwas durchgerungen hatte und es mir gleich mitteilen würde.
»Heute war ich bei Madame Lupetska«, sagte er munter. »Sie macht sich große Sorgen um dich und wollte wissen, wann du wieder anfängst zu trainieren.«
»Zu trainieren?« fragte ich. Das Fieber war schon eine ganze Weile verschwunden, aber ich war noch so mager, daß meine Gelenke doppelt so dick gewirkt hätten, wä-

ren sie nicht noch immer so geschwollen und schmerzhaft gewesen, daß ich sie kaum abbiegen konnte.
»Ja, trainieren«, wiederholte er ungeduldig, als merke er nicht, wie der Gedanke an körperliche Anstrengung mich erschreckte. »Du bildest dir doch nicht etwa ein, du könntest ewig weiterfaulenzen, oder?«
»Aber ich kann mich doch kaum rühren«, protestierte ich schwach.
»Du kannst es *jetzt* nicht«, sagte er, »aber das ist unwichtig. Du wirst es wieder können. Hörst du, Missy?« Er sah mich durchdringend an. »Du willst doch wieder anfangen, oder etwa nicht?«
»Ja, aber wenn . . .« Ich wollte nicht weinen, brachte jedoch fast kein Wort heraus. Er wußte so gut wie ich, was der Arzt über die Möglichkeit eines bleibenden Herzschadens gesagt hatte – eine Reaktion, die erst nach Monaten auftreten konnte.
Lorenzo nahm mein Kinn und drehte mein Gesicht zu sich. Er schien über die abscheulich vom Cortison aufgetriebenen Züge hinauszublicken, weiter als ich. »Wenn du etwas willst, mußt du etwas dafür tun. Zunächst langsam, behutsam, aber immer wieder – bis du es geschafft hast. Und dann kannst du zum nächsten Schritt übergehen.«
Seine Augen leuchteten in der inneren Gewißheit, die anscheinend nur er und ich kannten. Ich fühlte mich getragen, nicht nur von seiner starken Hand, auch von seiner Entschlossenheit. Dann sagte er mit sonderbar leidenschaftlich flammenden Augen: »Und das wirst du tun, auch wenn es heimlich sein müßte, hast du verstanden? Bis du imstande bist, jedem zu zeigen, daß du so gut bist wie eh und je . . .«
»Ja, ich habe verstanden«, sagte ich. Es konnte gar nicht anders sein, da ich plötzlich das Gefühl bekam, wenn ich nur wollte, wäre Lorenzos ganze Kraft mein.

38

Es fällt mir heute schwer zu glauben, wie krank ich war, wie erstarrt durch meine Krankheit. Hier bei Mrs. Cameron fahre ich täglich mit den Kindern Ski, ziehe sie den Hang wieder hinauf und sause mit ihnen hinunter. Der fette kleine Martin Schlesinger stöhnt und fragt: »Sie sind wohl nie müde, Miß Cardoso?« Dann erst merke ich, daß ich sie zu sehr strapaziert habe, und werde langsamer. Ich glaube, wer einmal tanzen gelernt hat, speichert viel Energie und Ausdauer. Und weiß dann schwer, wohin damit.
Heute haben wir Langlauf gemacht; der ist mir viel lieber als immer nur die reine Abfahrt. Man kommt vorwärts, die langen Pisten hinauf, die sich durch Murray-Kiefern, Gelbholz und Bergahorn bis oberhalb der Baumgrenze hinziehen.
Mein Herz? Das kann schlagen, so schnell es will, ich denke beim Skifahren mit den Kindern oder beim Steigen nie daran. Jetzt in meinem Zimmer überlege ich, wieso es eigentlich so lange gedauert hat, ehe ich die Angst überwunden hatte. Was hielt mich zurück, was schob mich vorwärts? Wessen Einfluß war stärker: Nannys oder Lorenzos? Vielleicht keiner von beiden, vielleicht Jaime mit seinem »Tu nichts, dann bist du nichts«.
Obwohl das Fieber nicht wiederkehrte, waren sich Dr. Johnson und der New Yorker Spezialist einig: Ich war nicht kräftig genug, um im Herbst wieder zur Schule zu gehen. Von Ende des Sommers an sollte Nanny mir zu Hause Privatstunden geben. Wenn die Zeit für die Semesterprüfung kam, würde man weitersehen.
Diese Regelung betrübte mich nicht. Fast war es, als würde ich endlich für die überstandene Krankheit belohnt. Während Jaime seine heiße Schokolade hinunterstürzte und im kalten Nebel zur Schulbushaltestelle lief, durfte ich im Bett frühstücken. Danach kamen Dickens

und Jane Austen und Weltgeschichte, mit besonderem Schwergewicht auf Europa, einem glorifizierten, romantisierten Europa, das weit hinausging über die kühnsten Träume Alfreds und Karls des Großen.
Nach der Geschichtsstunde machten wir, solange das Wetter es zuließ, einen Spaziergang durch den Wald, in dem sich Ahorn- und Eichenlaub leuchtend färbten und der Boden harzig nach den zertretenen Schalen abgefallener Wal- und Hickorynüsse durftete. Stets gingen wir langsam und blieben mit Rücksicht auf meine schwachen Gelenke und Muskeln oft stehen. Saßen wir auf einem Baumstamm in einem Sonnenfleck, zauberte Nanny mit der ihr eigenen Gabe eine verwunschene Stimmung.
»Sieh mal dort, das Eichhörnchen. Sicher hat es sein Versteck in dem Baum. Das dumme Tierchen, schau nur, wie es sich abschleppt mit seinen dicken Backen. Morgen bringen wir ihm Brot mit, ja? Wenn du dich ganz still verhältst, kommt es vielleicht näher.«
Auf dem Heimweg ließen wir uns Zeit, als sei jetzt die Zeit so unerschöpflich wie Nannys Energie. Nach dem Lunch und einer langen Ruhepause gab es den Tee am Kamin, und wir lasen entweder romantische oder aber haarsträubende Szenen aus Heinrich V., Macbeth und Coriolan. Was war damit verglichen die Schule von Bethesda. Nichts hatte Eile. Niemand wollte fort ...
In gewissem Sinn hatte sich nichts geändert. Die durch Helen Coatsworth Vorschlag ausgelöste Krise war schließlich nur noch eine Art böser Traum, ein aufgebauschter Unsinn. Sie war in meiner langen Krankheit untergegangen. Nun genas ich, und die alte Ordnung schien sich wieder durchzusetzen. Nanny arbeitete pausenlos und hielt alles in Gang. Marion ließ sich hierhin und dorthin treiben, stellte Blumen in Vasen, legte Bücher auf Nachttische und war charmant und leutselig. Menschen kamen und gingen, wie früher, und bewun-

derten, wie Marion alles so leicht und angenehm zu machen verstand. Selbst Helen Coatsworth stellte sich wieder ein und war überschwenglich liebenswürdig mit Nanny und Nanny höflich mit ihr. Jaime führte sein gewohntes abwesendes Einsiedlerleben, als sei nichts geschehen.
Der alte Trott war fest eingefahren, und jetzt würde er immer so weitergehen, und es stand sichtlich nicht zu befürchten, daß jemand ihn zerstörte.
Neu war nur die Art, wie Nanny und Lorenzo miteinander verkehrten. Seit nicht mehr die Rede davon war, daß sie uns verließe, führten sie einen geistigen Kampf, der möglicherweise nie mehr enden würde. Praktisch konnten sie sich über nichts mehr einigen, sei es, ob der kostbare Pferdemist den Blumen oder dem Gemüse zugute kommen sollte oder wo die Front verlief, seit Amerika in den Krieg eingetreten war. Sagte Lorenzo, sie läge in Afrika, so verkündete Nanny, sie sei in Europa. Entschied Lorenzo, sie läge in Europa, meinte Nanny, es sei idiotisch von den Amerikanern, sich von den Japanern heimlich überrumpeln zu lassen.
Als Lorenzo Gefallen an großen Neufundländern fand und sich immer mehr davon ins Haus holte, bezeichnete Nanny sie als widerwärtigste Kreaturen auf Gottes weiter Welt. Zum Beweis kaufte sie einen goldfarbenen Cokkerspaniel und pries täglich seine Schönheit und Klugheit, »verglichen mit diesen tapsigen schwarzen Walrössern«. Offenbar konnte ich nicht einmal meinen Hund liebhaben, ohne Partei ergreifen zu müssen.
Der wahre Kampf jedoch tobte unter der Oberfläche, das weiß ich heute. Opferte Nanny ihre Kräfte, um mich abzuschirmen, so war Lorenzo entschlossen, mich – je eher je lieber – in die Welt der Lebendigen und Aktiven zurückzuholen. Er war auf seine Art sogar geduldig, versäumte aber nie, mich auf die eine oder andere Weise an den Pakt zu erinnern, geschlossen an einem Tage, an dem

ich noch kaum den Kopf vom Kissen hatte heben können.
»Weißt du noch, damals? Und jetzt sieh dich an. Ist es nicht wie ein Wunder?«
Wir saßen zusammen im letzten Dämmerlicht auf der Terrasse, ehe der schneidend kalte Herbstwind ein längeres Verweilen im Freien unmöglich machte. Wenn es soweit war, ging ich ins Haus, nahm ein Bad, und Nanny brachte mir mein Abendessen auf einem Tablett.
»Wie wär's, wenn du heute mal mit uns essen würdest, Missy?«
Nanny lehnte für mich ab, bedauernd, aber unerschütterlich. »Der Tag war lang genug für sie, glaube ich. Sie ist sicherlich müde.«
»So sieht sie aber nicht aus. Bist du müde?« Lorenzo blickte mich direkt und herausfordernd an.
»Eigentlich nicht so besonders«, sagte ich.
»Gut. Dann soll Martha für sie decken. Und weil wir gerade von Melissa reden, Nanny – finden Sie nicht, es wird Zeit, daß ich mich nach einem Privatlehrer umsehe? Nicht daß ich an der Lektüre von Jane Austens *Stolz und Vorurteil* etwas auszusetzen hätte«, schränkte er entwaffnend ein, »aber es gibt noch andere Dinge, Naturwissenschaften zum Beispiel. Es kann nicht ewig so bleiben, wissen Sie. Man muß sie vorbereiten.«
»Wenn es soweit ist, wird sie tadellos vorbereitet sein – Sie werden sehen. Wir machen unsere Sache doch prächtig, Melissa, nicht wahr?« Nanny wandte sich an mich, damit ich es bestätigte.
Ich dachte an die Bethesda-Oberschule und nickte übereifrig.

Trotzdem wurde ein Nachhilfelehrer angestellt. Er hieß Birch O'Hara, war Abiturient der Bethesda-Oberschule und wollte sich ein Zusatztaschengeld verdienen, um aufs College zu gehen. Falls man ihn nicht vorher einzog.

Ein Junge von einer Farm, mit den derben Zügen eines Bauernjungen, vergröbert durch den Zwang, früh um vier aufzustehen und die Fütterung vorzubereiten. Seine Nase war immer rot, seine Lippen waren aufgesprungen. Seine geschwollenen Hände voller Frostbeulen konnten kaum den Bleistift halten. Aber seine Naturkundefächer beherrschte er und hatte eine sanfte, geduldige Art, sie mir beizubringen. Was mag er gehalten haben von meinen für das magere Gesicht viel zu großen Augen und den kantigen Ansätzen eines Busens unter den dicken Flanelleibchen, die Nanny mir aufzwang? Ich weiß, daß ich ihn ebenso wie Nanny für einen unzivilisierten Tölpel hielt, der kaum Englisch konnte. Ich machte mich lustig über ihn und nahm seinen Unterricht nicht ernst. Manchmal lachte ich ihn aus. Ein andermal wieder verzog ich schmollend den Mund und weigerte mich zu begreifen. Und wenn er kopfschüttelnd meinte: »Ich verstehe dich nicht, Missy? Willst du denn nicht wieder zur Schule?«, zuckte ich nur die Achseln und starrte vor mich hin.
Auch der freundlich-beharrliche Birch war ein Kniff von Lorenzo, mich in die Welt der Lebenden zurückzuholen. Ein weit subtilerer, noch wirksamerer Trick war die Musik. Anfangs vermied er Ballettmusik und spielte nur Symphonien, Konzerte, Fugen und Sonaten. Doch so plötzlich, wie er mich aufgefordert hatte, wieder mit der Familie zu essen, kamen aus dem Musikschrank unter der Treppe wieder Ballette: Prokofieffs *Romeo und Julia*, Strawinskys *Feuervogel* und *Symphonie in drei Sätzen* durchtönten zu den ausgefallensten Stunden das Haus, drangen mir in den Kopf und lenkten mich ab, nicht nur von den Naturkundefächern.
»Wodurch gelang es Alfred schließlich, die Dänen zu unterwerfen? Melissa, ich glaube, du hörst gar nicht zu«, fauchte Nanny. »Verdammter Lärm. Gleich geh' ich und stell' ihn ab.«

Abends saß Lorenzo in seinem angestammten Stuhl, schlug den Takt zur Musik und sah mich von Zeit zu Zeit irgendwie herausfordernd an. Es lag kein Befehl in diesem Blick, kaum eine Bitte; trotzdem traf er bei mir auf einen sehr empfindsamen Nerv.

Am anderen Ende des Zimmers blickte Nanny dann von ihrem Strickzeug auf und warf ihm einen grimmig-mißbilligenden Blick zu, wie eine Hundemutter, die ihre Jungen verteidigt. Sie sagte zwar nie etwas – vielleicht aus Furcht, das Augenfällige noch augenfälliger zu machen –, aber ich fühlte, daß sie nicht nur bluffte, sondern Lorenzo nötigenfalls bis aufs Messer bekämpfen würde.

Das verwirrte und beunruhigte mich. Warum wollte Nanny nicht, daß ich mich von der Musik anregen ließ? Lorenzo war überzeugt, ich würde eines Tages wieder ganz gesund sein. Glaubte sie denn, ich würde für immer invalide bleiben?

39

Die Musik war nicht zu überhören, besonders als der Winter kam, streng und bitter, mit beißenden Winden vom Meer her, die einen Spaziergang unmöglich machten. So blieben nur die Unterrichtsstunden, das Lesen, das Mittagsschläfchen und die Teepausen. Zunächst wurde die Musik nicht einmal regelmäßig gespielt, Lorenzo hatte so viele andere Einfälle. Nie wußte man, wann die Klänge durch die Dielen aufsteigen und sich gedämpft zwischen Richard Löwenherz' wackere Vorhaben drängen würden. Oder noch mehr; in die leeren Augenblicke meines Schlafes. Nach einer gewissen Weile ertönte die Musik auffallend häufig während meiner Mittagsruhe, und ich wurde schon ganz quengelig, wenn ich nichts hörte, und behauptete, ohne Musik nicht einschlafen zu können. Nanny nannte es eine üble Angewohnheit, nicht ohne Geräusch einschlafen zu können. Lorenzo hielt ihr entgegen, Musik sei kein Geräusch, und legte die Platten weiterhin auf. Schließlich gab Nanny nach; vielleicht meinte sie, je länger ich schliefe, desto besser. Denn meine Mittagsruhe war ihre Zeit für die zahllosen kleinen Haushaltsobliegenheiten, die schon immer unter ihrer Oberhoheit gestanden hatten. Sie ließ mich allein und ging hinunter, wobei sie die Tür am Fuße der Treppe hinter sich schloß.

Wenn sie jedoch glaubte, ich schliefe, so irrte sie sich. Anfangs lag ich still und stellte mir vor, ich sei ganz allein mit einem Vater, der sich auf meine Bewegungen konzentrierte. Oder ich dachte an einen Tag in ferner Zukunft, auf der Bühne. Der Gedanke an die Welt des Theaters ließ mich leise aus dem Bett gleiten und durch die oberen Zimmer wandern. Die Musik leitete mich, und graues Nachmittagslicht strömte in die von Gästen verlassenen, friedlich leeren Zimmer.
Erst heute weiß ich, wie sehr mich nach dieser Leere verlangte, in der ich Herrin und einzige Zuschauerin war. Ich tanzte nicht – davor hatte ich noch immer Angst –, doch ich bewegte mich zur Musik, mit langsamen, rhythmischen Bewegungen, hob die Beine ganz hoch, schwang graziös die Arme zu weit ausgreifenden Gesten, die sich wie von selbst ergaben. Manchmal setzte ich mich an den Toilettentisch, an dem Helen Coatsworth vor dem Dinner ihr hübsches Katzennäschen zu pudern pflegte, und vor dem hohen Spiegel, den Lorenzo dort hatte anbringen lassen, um weite Räume vorzutäuschen, sprach ich sogar mit mir selber. »Melissa Cardoso« – nein, das klang so schwerfällig und ungeschickt: ich war »Melissa Flügelleicht, die mit ihren fünfzehn Jahren schon mit jeder Bewegung Erinnerungen an die unvergeßliche Pawlowna heraufbeschwor und darüber hinaus eine unleugbar eigene Note hatte«.

»Vielen Dank, Mr. Godolfeder«, lächelte ich meinem Phantasie-Impresario im Spiegel zu. »Sie sind zu liebenswürdig.« Dann wirbelte ich herum und nahm einen Arm voller Blumen von Isabel, meiner treuen Garderobiere, entgegen. »Nach Kalifornien im Juli? Ist es dort nicht schrecklich heiß?« sagte ich über die Blumen und Isabels Kopf hinweg. »Eigentlich wäre mir eine Europatournee lieber.«
Wie jedes Kind hätte ich weitergespielt in meiner phantastischen Welt, bevölkert von Personen, die im Handumdrehen herbeizuzitieren waren, um meinem Scheintanz zu hofieren, und die ich beim Geräusch von Schritten auf der Treppe ebensoschnell wieder entlassen konnte. Doch ich war kein Kind mehr. Etwas in meinem Inneren gab sich mit bloßen Phantasien nicht zufrieden. Ein realer Kern in meiner Traumwelt ließ mich nach dem Treppengeländer greifen und langsam mit gestrecktem Knie ein Bein anheben. Wie es mir Lorenzo prophezeit hatte, traute ich mir allmählich immer mehr zu.
Anfangs war es eine Qual. Vor jeder neuen Bewegung stand die Angst, und danach kamen gehörige Schmerzen. Mit unterdrücktem Jammerlaut floh ich in mein Zimmer und verkroch mich unter warmen Decken, doch die Musik hörte deshalb nicht auf. Selbst wenn sie geschwiegen hätte, ich wäre am nächsten Tag wieder ans Treppengeländer zurückgekehrt. Von jenem Moment an, in dem ich meine Hand auf die Stange legte und das vertraute Gleichgewicht empfand, interessierten mich meine Spielereien nicht länger. Sie waren dumm und langweilig. Mr. Godolfeder und meine Garderobiere Isabel und das hingerissene Publikum starben einen ruhmlosen Tod. Ihre Welt verwunschener leerer Räume zog sich zusammen zu einem engen Gang, einem Treppengeländer und einem Spiegel. Von nun an schien es mir eine Ewigkeit zu dauern, bis ich Nannys Schritte sich entfernen und das diskrete Einklinken der Tür am Fuß der Treppe

hörte. So ging es Tag für Tag. Niemand ahnte etwas. Nanny mit ihrer unfehlbaren Besorgungsliste war mit Sicherheit eine volle Stunde lang beschäftigt, und außer ihr durfte niemand heraufkommen, um mich nicht aufzuwecken. Niemand außer Jaime, und Jaime war schon immer nach oben gegangen, saß hinter verschlossener Tür, ein Eremit, und würde nie jemand stören. Bis Jaime eines Tages seine Tür öffnete.

40

Nanny war eben hinuntergegangen. Ich hatte Unmengen Zeit, war daher ganz unbekümmert und widmete mich den Übungen des *port de bras:* von der ersten Position aus mit Armschwung vorbeugen, den Boden berühren, wieder hochkommen und sich nach rückwärts neigen. Es hatte mich Wochen starres, schmerzhaftes Verrenken gekostet, jeden Tag immer ein Stückchen mehr, bis mir diese erste, allereinfachste Ballettübung wieder gelang. Jetzt wiederholte ich sie täglich. Ich arbeitete mit Vergnügen, konzentrierte mich auf alles, was mich Madame Lupetska gelehrt hatte: Handgelenke und Schultern immer ganz weich, Oberkörper gerade, Schenkel nach außen gedreht. Ich sah meine verblühte Lehrerin vor mir, wie sie sich zum Klang einer kratzigen, fast bis zur Durchsichtigkeit abgespielten Platte des *pas de deux* streckte und beugte. Im Geist war ich nur noch dort. Und es gibt keinen größeren Schreck, als gestört zu werden, wenn man vollkommen versunken ist. Zuerst sah ich es im Spiegel, als öffne sich eine Tür in meine Blindheit. Ich gefror zur Regungslosigkeit, buchstäblich wie gelähmt, als ich bemerkte, wie der Türspalt sich erweiterte und die Gestalt meines Bruders ihn ausfüllte, linkisch, ungeschlacht und seltsam bedrohlich.
Ich hatte, außer im Alpdruck des Fiebers, vor Jaime noch

nie Angst gehabt. Jetzt war ich tödlich erschrocken. Warum? Wegen versteckter, zerstörter Gedichte, zurückliegender, nie ganz begriffener Andeutungen, Nannys unheilvoller Sorge an jenem Sommerabend, als ich von Bensons Farm heimgelaufen kam, Jaime auf den Fersen? Es war wohl alles zusammen, das nun seit Jahren begraben in meiner Erinnerung auferstand und sich in der unförmigen, drohenden Gestalt kristallisierte, die hinter mir stand. Ich fühlte einen Schrei in meine Kehle steigen, aber ich stieß ihn nicht aus. Denn Jaimes Hand preßte sich auf meinen Mund, um ihn zu ersticken. Ich hatte nicht gewußt, daß Jaime so rasch und stark sein konnte. Mit einer einzigen Bewegung packte er mich am Arm und zog mich durch die Tür. Kaum waren wir in seinem Zimmer, ließ er mich los und schloß sie hinter sich.
Er gab mich so plötzlich frei, daß ich beinahe gefallen wäre. Wir standen uns gegenüber, ich vor Angst wie angewurzelt, er an die Tür gelehnt, atemlos und keuchend, und sah mich mit einem bittenden Blick an, der fast so angstvoll war wie der meine.
Einige Sekunden lang irrte mein Blick durch den Raum. Ich suchte unter den schattenhaften Gegenständen, der Steinsammlung, den Stücken bizarr geformten Treibholzes auf den Wandregalen nach etwas, um mich zu verteidigen. Dann stieß Jaime einen Seufzer aus. Damit schien die Luft aus seiner ganzen Person zu entweichen, er lehnte jetzt wie eine schlaffe, hilflose Vogelscheuche an der Tür.
»Puh, entschuldige«, flüsterte er, »aber du hättest beinahe geschrien.«
In meiner Erleichterung empfand ich den hysterischen Wunsch, zu lachen. Der arme Jaime – wie töricht, wie hatte ich mich nur vor ihm fürchten können? Ich kicherte, während Jaime, wieder bei Atem, zu seinem Bett hinüberging, sich unter großem Krachen der Sprungfedern dort niederließ und unglaublich ernst zu mir aufsah.

»Und was dann?« sagte er. »Dann wäre doch alles aus gewesen, oder?«
Nun lachte ich nicht mehr. »Es wäre recht übel gewesen«, gab ich leise zu. »Hast du eigentlich immer schon gewußt, daß ich da draußen war?«
»Ja«, sagte er beinahe schuldbewußt.
»Und warum hast du gerade heute die Tür aufgemacht?«
»Weiß nicht.« Er blickte auf seine Hände, die etwas nervös mit einem Bleistift spielten. »Ich wollte es schon lange – heute habe ich es getan.«
Darauf wußte ich keine Antwort. Ich setzte mich schweigend auf den Bettrand, betrachtete wieder die Bücher, die Steine, das Treibholz, das Jaime auf seinen Wald- und Strandspaziergängen gesammelt hatte. Aus dem einen Fach des Regals glotzten mich die Glasaugen einer ausgestopften Eule an, wie empört über mein Eindringen in eine Welt, die sie bisher mit Jaime allein geteilt hatte. Ich mußte daran denken, wie Jaime sie mit gebrochenem Flügel gefunden und versucht hatte, sie aufzupäppeln; ihr den Flügel zu schienen. Es war mißglückt, sie war immer schwächer geworden und endlich gestorben. Er wollte sie ausstopfen, aber Nanny fand, er solle sie begraben und »nicht so gräßlich morbide sein«. Er hatte sie nach einer Anleitung in einem seiner skurrilen Bücher trotzdem ausgestopft. Da hockte sie nun, in kühnem Widerstand gegen kalte Gräber und Komposthaufen, ein Freund und Bundesgenosse – vielleicht der einzige, den mein Bruder besaß. Es machte mich traurig, daß ich Jaime keine bessere Gefährtin gewesen war, daß ich nur einmal im Leben mit ihm eine Unterhaltung angeknüpft hatte, als ich selbst niemand zum Schwatzen hatte, beim Waldspaziergang. Ich spürte seine Einsamkeit jetzt stärker als zuvor. Und obwohl ich eben noch voller Angst gewesen war, kam eine Kühnheit über mich, wie noch nie in seiner Gegenwart.

»Jaime«, sagte ich so hilfsbereit wie möglich, »was hast du? Worüber hast du gerade nachgedacht?«
Er hob die Schultern und blickte wieder auf seine Hände.
»Ich habe mir nur überlegt, warum du eigentlich da draußen jeden Tag trainierst.«
»Ich weiß auch nicht«, sagte ich. »Es gefällt mir.«
»Das ist mir klar«, antwortete er fast ungeduldig. »Aber warum so heimlich, wenn alle denken, daß du schläfst? Warum nicht morgens, unten – wie früher?«
»Weil ich es eigentlich nicht darf.« Ich fing an, mich zu ärgern. Lebte er wirklich so fern von uns allen, daß er nicht wußte, daß mir jede Anstrengung verboten war? »Weißt du das nicht?«
»Doch, das weiß ich. Aber bis jetzt hat es dir nicht geschadet, oder?«
»Nein . . . aber . . .« Allmählich fühlte ich mich unter Druck gesetzt. Wie sonderbar: Druck, der von Jaime ausging!
»Warum unternimmst du nicht irgendwas? Willst du immer so weitertrainieren, hier in den leeren Zimmern, jeden Tag? Willst du nicht mal jemand zeigen, daß du tanzen kannst?«
Er beugte sich zu mir, als sei für ihn die Antwort besonders wichtig.
»Hör mal«, sagte ich, durch seine Beharrlichkeit in die Verteidigung gedrängt, »was möchtest du hören? Glaubst du denn, man müsse immer alles jemand zeigen?«
»Ja.« Es kam wie ein Flüstern, aber ein eindringliches, überzeugtes Flüstern. Ich konnte ihn nur anstarren. »Weil nämlich das, was man tut, jemand sehen muß. Wenn man es niemandem zeigt, verdorrt es in einem. Begreifst du das nicht?«
Er schien zu betteln – worum? Wie wichtig war mein Verständnis für ihn?
»Na, und du?« Mir fiel nichts Besseres ein, als ihm Kontra

zu geben. »Was machst du mutterseelenallein hier in deinem Zimmer? Du schreibst doch Gedichte und so, nicht wahr? Wie früher?«
Er lächelte schwach, als fühle er sich ertappt. Ich griff weiter an.
»Und kein Mensch hat je etwas davon gesehen. Verdorrt es deshalb in dir?«
Er hob die abfallenden Schultern, das traurige Lächeln auf seinem Gesicht blieb.
»Warum hast denn *du* es nicht einmal jemand gezeigt?«
Das Lächeln erlosch, wurde zum kurzen bitteren Auflachen.
»Erinnerst du dich nicht mehr an das letztemal, als man etwas von mir zu Gesicht bekam?«
Und ob ich mich erinnerte! Ich nickte. Wie lange war das her? Zwei Jahre lagen seit dem widerlichen Auftritt mit Mr. Pimlo zurück. »Aber, Jaime«, sagte ich, »alle haben es längst vergessen.«
»Was vergessen?« fragte er im gleichen erstaunlich bitteren Ton, der so überhaupt nicht zu dem philosophisch-gleichmütigen Jaime paßte. »Daß sie dachte, es sei was Verkehrtes darin, und es verbrannte?«
»Sie wollte dich nur schützen«, begehrte ich auf und schützte dadurch Nanny.
»Schützen? Glaubst du denn, daß etwas daran unpassend war?«
Jaimes Blick hatte etwas seltsam Unausweichliches. Er zwang mich nachzudenken, und plötzlich erinnerte ich mich nur zu gut. »Nein«, sagte ich, »nein, Jaime. Ich hab' versucht, mir vorzustellen was es sein könnte. Ich hab' nur gedacht...«
»Ja?« Noch immer sah er mich so sonderbar an.
»Ich hab' nur gedacht, wenn jemand es *ihm* gesagt hätte, wäre alles anders gekommen.«
»Ihm?« Wieder lachte Jaime, ein hohes, leicht hysterisches Kichern. »Wer möchte ihm schon was sagen? Je-

denfalls«, er ließ wie gewohnt die runden Schultern resigniert hängen, »jetzt ist es weg und hin. Niemand wird es mehr sehen oder auch nur davon erfahren.«
Mir gefiel die fatalistische, krankhafte Wendung unseres Gesprächs nicht. Ich versuchte, das Thema zu wechseln. Doch es war, als wollte man einen Fuß aus einem Morast ziehen.
»Ja, das eine Gedicht ist weg«, sagte ich, »aber was ist mit allen anderen? Jaime, wenn du irgend etwas hast – ein Gedicht, eine Geschichte oder so was –, wäre es dir recht, ich meine: dürfte ich sie lesen? Ich möchte es so gern.«
In meinem Eifer, ihm zu helfen, entfuhr mir das ganz spontan. Und ebenso spontan veränderte sich Jaimes Gesicht. Es leuchtete eine so schlichte Freude darin auf, daß ich mir zum erstenmal im Leben fast wie eine Heilige vorkam.
»Wenn du das wirklich willst«, sagte er. Und zu meinem Entsetzen sank er in die Knie.
Bei Jaimes verdrehtem Wesen war unmöglich zu sagen, was das bedeuten sollte: Eine gräßliche Unterwürfigkeit? Ein blödsinniges Ritual? Doch nein, er hob nur den einen Bettfuß an, um den schweren Wollteppich darunter vorziehen zu können. Mit sichtlich geübtem Griff zerrte er den Teppich beiseite und stemmte eines der Dielenbretter heraus. Zwischen den schmalen Querhölzern, die den Fußboden trugen lag, was Jaime das Wichtigste im Leben war: ein Stoß saubergeschichteter Ordner mit etwa einem Dutzend Geschichten und Gedichten, die bis zu diesem Augenblick niemand je zu Gesicht bekommen hatte.

41

Die Musik aber schwieg nicht, und noch immer verbrachte ich meine Mittagspause mit Üben am Treppengeländer vor dem hohen Spiegel im Korridor und einem

Tanz durch die unbewohnten Zimmer. Von Zeit zu Zeit jedoch schlüpfte ich zu Jaime hinüber und holte das eine oder andere stockig riechende Schriftstück unter dem Dielenbrett hervor. Ich nahm es nie aus seinem Zimmer mit, denn wo hätte ich es verstecken sollen? In einer Schublade? Auf keinen Fall. Unter der Matratze vielleicht? Nanny mit ihrem fanatischen Ordentlichkeitssinn drehte die Matratzen jeden zweiten Tag um. In diesem Haus gab es wirklich keinen anderen Ort, etwas aufzuheben, als da, wo Jaime es tat: unter dem Fußboden. Ich mußte sein Geheimnis wahren wie er das meine. Daher las ich seine Geschichten, in einer Ecke seines Zimmers sitzend. Manchmal waren sie zauberhaft, oft seltsam verquält, und ich spürte darin die Atmosphäre des alten Hauses, von dem Jaime mit solcher Festigkeit behauptet hatte, es sei verflucht. Aber alle verzauberten sie mich so, daß ich das Tanzen darüber vergaß, wenn ich auch den Zauber eher nachfühlen als deuten konnte. Wie etwas Geheimnisvolles oder auch finster Melancholisches, das noch Stunden hinterher fortwirkte.
Oft machte er mir auch Angst. Jetzt wunderte es mich nicht mehr, daß er vor lauter Furcht abends nur bei Licht einschlafen wollte. Was er zeichnete, war das Gesicht des Bösen, und er schilderte es so treffend, daß mich noch heute kindisches Entsetzen packt, wenn ich lange genug in ein dunkles Fenster schaue.
Wieder teilten wir eine Welt, diesmal eine geheime, in der jeder von uns tat, was für ihn den Unterschied zwischen Leben und Vegetieren ausmachte. Diese verschwiegene Welt, unbekannt all denen, die wir liebten, wurde mir täglich wichtiger.

Wie lange es hätte so weitergehen können? Das ist schwer zu sagen. Die Musik kam von drunten, sie kam von Lorenzo. Ahnte er, was er in Gang gesetzt hatte? Wenn ja, zeigte er es nicht. Und ich begann mich bei jeder

Bewegung, jeder Geste, jedem gelungenen Schritt danach zu sehen, sie seinem kritischen, verständnisvollen Blick auszusetzen.
Wenn ich dann aber abends mit den anderen unten saß und wir Musik hörten, die Lorenzo eigens für mich aufgelegt hatte, war alles ganz anders. Er saß da, verzückt vom Klang, und seine fordernden, vertrauensvollen Blicke schienen auszudrücken: Nur zu, es ist soweit. Dann blickte ich hinüber zu Nanny, und es fiel mir alle Pflege ein, die sie an mich gewendet hatte, die vielen Monate zärtlicher, eigensinniger Überwachung. Und schließlich wurde diese Erinnerung mächtiger als die Musik, mächtiger als Lorenzos Verheißungen, mit denen er mich vorwärts gelockt hatte. Mein Herz begann wie wild zu klopfen, und meine Beine wurden so schwach, daß ich wußte, ich würde in diesem Augenblick nicht einmal aus dem Stuhl hochkommen.
Eines Tages fragte ich Jaime: »Glaubst du im Ernst, ich könnte einen Rückfall bekommen?« Es war eine so einfache Frage – niemand hätte begriffen, wieviel Zeit es mich gekostet hatte, sie zu stellen. Wie oft hatte ich sie schon auf der Zunge gehabt, während Dr. Johnson sich über mich neigte und mit erfahrenem Ohr Herz und Lunge abhorchte. Aber etwas Rätselhaftes in seinem Blick hielt mich immer wieder davon ab, sie zu stellen.
»Du erholst dich prächtig«, pflegte Nanny zu sagen, »so prächtig, wie man nur erwarten konnte. Man muß sich eben positiv einstellen und Geduld aufbringen.« Wie meinte sie das? Warum fragte ich nicht einfach?
Als ich jedoch im ersten Stock mehr und mehr Siege erarbeitete, im Parterre aber immer wieder von der gleichen Angst befallen wurde, wußte ich, ich würde fragen müssen. Wen gab es schon außer Jaime, der soviel »Firlefanz« las. Jaime würde mir auch antworten, das wußte ich. Es war sonderbar, aber Jaime war wirklich der einzige, der mir die Wahrheit sagen würde, wenn er sie wußte. Mein

unschlüssiger, nach innen gekehrter Bruder, der sowenig fähig schien, sein eigenes Leben – geschweige denn das eines anderen – zu steuern, wurde in diesem Moment für mich eine Art oberste Instanz. Die Frage platzte aus mir heraus, und ich saß atemlos da, wie ein Verbrecher, der sein Urteil erwartet.
»Einen Rückfall?« Er zuckte die Achseln. »Die Möglichkeit besteht immer. Nichts ist ausgeschlossen, nicht wahr? Soll ich dir zeigen, was ich darüber gelesen habe?«
»Ja, bitte«, sagte ich mit aller mir zu Gebote stehender Festigkeit.
Jetzt gab es kein Zurück mehr. Er erhob sich so umständlich wie immer vom Bett, trat ans Regal, auf dem seine schweigende Gefährtin, die Eule, saß, und zog ein Buch heraus: *Der illustrierte Hausarzt, ein Gesundheitslexikon.* An einer gekennzeichneten Stelle schlug er auf und sagte: »Ich habe noch eine Menge anderes darüber gelesen, aber ich glaube, das hier wirst du besser verstehen. Sieh mal, ab hier . . .«
Das Buch enthielt mehrere Seiten über Gelenkrheuma, und ich verschlang gierig die simpelsten Hinweise, nach denen ich nie zu fragen gewagt hatte. Jaime stand neben mir, während ich las, mit einer für diesen passiven Jungen ungewöhnlichen Ungeduld. Schließlich wies er, als könne er nicht länger warten, auf einige Zeilen am Fuß der Seite: »Beginnt eine vollständige Genesung sich abzuzeichnen«, hieß es da, »ist der Patient bis an die Grenze seiner Leistungsfähigkeit körperlich zu belasten. Sein eigenes Gefühl für diese Grenze wird ihn vor gefährlichen Überanstrengungen bewahren . . .«
Jaime sah mich prüfend an, wie um eine Diagnose zu stellen. »Na, und hast du dich nach der Überei irgendwann so richtig schlecht gefühlt?«
Ich mußte eine Weile nachdenken. Viele Schmerzen hatte ich gehabt, das stimmte. Aber obwohl mein Puls

raste wie ein Außenbordmotor, kam der Schmerz nicht vom Herzen. Es gab eine Menge Übungen auf dem Fußboden, ohne Treppengeländer, die ich nicht zu machen gewagt hatte – aus Angst, man könne mich hören. Aber an der Stange hatte ich jede Kombination von *ronds, pliés, échappés* geübt, die mich Madame Lupetska gelehrt hatte. Mir fiel es wie Schuppen von den Augen.
»Nein«, sagte ich, »nie.«
»Na also.« Er lächelte schwach. »Da hast du's.«
»Ja, wirklich.« Jemand anderem hätte ich in der ersten Erleichterung gewiß die Arme um den Hals geworfen – aber wer tat so etwas bei Jaime? Ich bemühte mich, meine Dankbarkeit wenigstens in Worten auszudrücken.
»Tausend Dank, Jaime. Du kannst dir gar nicht vorstellen . . .«
»O ja, doch«, sagte er. »Es muß so sein, als würde man von einem Verbrechen freigesprochen, wenn man plötzlich erfährt, daß man etwas *nicht* ist.« Eine sonderbar wehmütige Antwort, doch es kam noch seltsamer. »Du glaubst doch nicht im Ernst, daß das an der Sachlage etwas ändert?«
»Ändert?« Hatte ich recht gehört? Ich war nach seinen eigenen Worten freigesprochen, die ganze Welt lag offen vor mir, frisch und neu. »Wie kannst du so was fragen?« sagte ich aufgeregt. »Alles, alles wird jetzt anders. Laß mir nur noch ein bißchen Zeit . . .«
»Zeit lassen? Ich? Ich bin's nicht, der dich an etwas hindern wird.«

42

In diesem Augenblick, in dem mir das Leben draußen so verheißungsvoll winkte, kam mir Jaimes Zimmer bedrückender und dumpfer vor als je zuvor. Ich verließ ihn, dankbar, daß die Mittagspause sich bedenklich dem Ende

zuneigte. Am nächsten Tag aber ging ich wieder zu ihm, hockte mich in meine gewohnte Ecke und versuchte, nicht zu neugierig zu wirken.
»Du, ich weiß nicht recht, was du gestern gemeint hast.«
»Womit?«
»Na, du weißt schon. Daß nicht *du* mich hindern wirst. Als ob jemand anders es wollte.«
»Ach so, das.« Etwas Steifes, Gespreiztes in seinem Wesen zeigte mir, daß er schauspielerte. Daß er sich auf diesen Augenblick seit geraumer Zeit vorbereitet hatte – vielleicht schon damals, als er mich in der Diele erschreckte. Als habe er ein langerwartetes Stichwort gehört, sank er in die Knie und hob den Bettfuß, um den Teppich hervorzerren zu können. Noch vorsichtiger als sonst zog er zwischen den muffigen Manuskripten eines heraus, das ich noch nicht kannte, richtete sich auf und hielt es mir hin.
»Erinnerst du dich an die Geschichte, die ich dir über das alte Benson-Haus erzählt habe? Daß es verflucht sei?«
»Ungefähr.« Was kam jetzt?
»Weißt du noch, worum es da ging? Daß der Wunsch, andere Menschen zu beherrschen, zu etwas Bösem wird?«
Ich wußte es genau, sagte aber zögernd: »Ja, das weiß ich noch, aber ich glaube nicht, daß . . .«
»Weil es dir nicht gefallen hat«, sagte er rasch. »Es hat dir Angst eingejagt.«
»Das hast du dir doch nur ausgedacht«, entgegnete ich. »Es war doch nur eine Geschichte, Jaime, ein Märchen.«
»Weißt du nicht, daß in jeder Geschichte, in jedem Märchen, ein wahrer Kern steckt, etwas Reales.« Ich hatte ihn einst bestürmt, mich einen Blick in seine »andere Dimension« tun zu lassen. Nun schien er mich sogar darum zu bitten, etwas zu sehen, das ich nicht sehen wollte.
»Jaime«, versuchte ich es ganz sachlich, »ich will jetzt keine Märchen hören. Ich habe dir eine ganz einfache

Frage gestellt und möchte eine ganz einfache Antwort darauf.«
»Aber die gebe ich dir ja.« Die Hand mit dem Manuskript zitterte unbeherrscht. Er drängte es mir geradezu auf. »Lies es. Es ist ein Märchen, aber du wirst die Personen erkennen und dann vielleicht verstehen, was ich meine.«
So nahm ich denn die Geschichte und setzte mich damit in eine Ecke. Üblicherweise hätte ich sie sofort vergessen. Doch Jaime hatte sie mit einer gewissen Absichtlichkeit geschrieben, und da sie im Lauf der Zeit immer mehr an Realität gewann, weiß ich sie noch heute und wiederhole sie fast wörtlich, obwohl ich sie nach jenem Tag nie mehr zu Gesicht bekam.
Ihr Titel lautete »Hingabe«.
»Es war einmal eine junge Frau namens Hermoine, deren ganzes Wesen bestand aus Liebe und Hingabe. Als sie noch ein junges Mädchen war, waren diese Eigenschaften ein Quell großen Glücks, denn sie gehörte einer kinderreichen Familie an und konnte ihre schrankenlose Liebe ihrer Familie widmen. Sie gab allen, die sie liebte, sich selbst ganz und gar, fand ihre Befriedigung darin und begehrte keinen anderen Lohn.
Eines Tages brach in ihrem Dorf die Pest aus und entriß ihr alle Angehörigen. Nur Hermoine blieb übrig. Sie hatte die Seuche zwar überlebt, sich aber seltsam verändert. Noch immer war ihr Herz erfüllt von Liebe und Hingabe, doch während sie früher dafür keinerlei Gegenleistung gefordert hatte, begehrte sie jetzt die Seelen derer, die sie liebte, um sich nie wieder von ihnen trennen zu müssen.
Wir aber wissen«, so hieß es weiter, »daß niemand, der verwunschen ist, es selbst bemerkt. Sein Geist ist besessen und dadurch gezwungen, sich so und nicht anders zu verhalten. Er tut Böses und denkt dabei oft, er tue Gutes.«

Ich kann mich entsinnen, daß ich an dieser Stelle kurz zu Jaime aufblickte. Als wisse er, wo ich gerade sei, nickte er eifrig. Ich las weiter.

»Hermoine wurde ihr Leiden sowenig inne wie alle anderen, aber sie trug es überallhin mit sich, das Böse, das Zerstörende. Sie durchwanderte die Welt und suchte nach jemand, für den sie sich aufopfern könnte. Manchmal blieb sie eine Weile an einem Ort, half einer Mutter mit vielen Kindern, verausgabte sich rückhaltlos, mit aller Energie, Intelligenz und Hilfsbereitschaft. Doch es gab niemanden, der ihrer Aufopferung zu bedürfen schien, deshalb zog sie nach einer gewissen Zeit wieder weiter.

So wanderte sie manches Jahr und kam eines Tages in ein großes Haus in einem kalten, rauhen Land am Meer. Der Herr dieses Hauses war von machtvoller Statur und hatte ein großmütiges Herz. Dadurch, daß er sein Leben lang in der eisigen Welt der Nordwinde gelebt hatte, wurde er mit jeder Aufgabe fertig, auch wenn sie noch so schwer war.

Seine Hausfrau, obwohl schön und klug, stammte aus einem windgeschützten, sonnigen Land, wo es keinerlei Ungemach gab. Sie war zart und unschuldig wie die Blumen, die in ihrer wohlbehüteten Welt blühten. Die strenge Schönheit der Heimat ihres Gatten bedrückte sie. Seine rauhen und zähen Bewohner kamen ihr nicht nur stark, sondern auch bedrohlich vor. Sie sehnte sich nach den Menschen ihrer Heimat, die sanft und milde waren wie sie selbst.

Der Herr des Hauses nahm es sich zu Herzen, daß sie so einsam war, und als Hermoine bei ihm auftauchte, fröhlich, willig und anstellig, bat er sie zu bleiben und seiner lieblichen Königin beizustehen. Es hatte den Anschein, als habe Hermoine endlich jemand gefunden, der sie wirklich brauchte.

Solange die Hingabe in Hermoines Seele keinen Boden

zum Wurzeln gefunden hatte, hatte sie sich still verhalten. Als nun aber Hermoine in das Schloß gekommen und von dem guten, aber barbarischen König aufgenommen worden war, begann sie, sich zu entfalten.
Hermoines Energie und Geschick kannten keine Grenzen. Es gab keine Freundlichkeit, die sie nicht erwiesen, keine Arbeit, die sie nicht willig auf sich genommen hätte. Wenn die Kinder weinten, beschwichtigte sie sie mit ihrem magischen Gesang. Waren sie krank, so heilte sie sie durch die Berührung ihrer Hände. Stand ein großes Bankett bevor, erfüllte Hermoine die gesamte Dienerschaft mit seltsamem Eifer, so daß sie unermüdlich hin und her liefen wie Heinzelmännchen. Das Meer lieferte dann den köstlichsten Stör, er lag bei Tisch zwischen Muscheln in einer himmlischen Sauce, der zäheste Hirsch aus dem dichten Tann wurde zu zartem Wildbret, der Wein schien aus Quellen zu fließen, die im Gebirge entsprangen . . .
Je mehr Hermoine sich selbst wegschenkte, desto mehr bedurfte die Welt ihrer. Es schien, als könnten selbst die Krokusse und Narzissen, die das Ende des langen, dunklen Winters anzeigten, ohne Hermoines energische Mahnungen an den Nordwind, nun nachzulassen, nicht mehr hervorbrechen.
Doch ganz allmählich kam eine eigenartige Wandlung über diejenigen, denen sie sich so schrankenlos aufopferte. Die Dame des Hauses, die einst mit Pflichten überhäuft gewesen war, wurde zu einem Geist, der durch das Schloß spukte, durch die Gemächer und Säle, in denen sie einst als Herrin gewaltet hatte. Die Kinder, die einst wild, ungebärdig und so kraftvoll wie ihr Vater gewesen waren, hatten nicht mehr den Mut, selbst das Schwert zu führen und für ihre Welt zu kämpfen, wie sie es sollten. Sie vermochten nur noch gegen Schatten in ihren stillen Zimmern zu kämpfen.
Die liebevolle Fürsorge hatte sich bei Hermoine, die ver-

flucht war, über alles Maß hinaus vergrößert und war zum Bösen geworden. Dieses Böse aber breitete sich nun aus wie eine Schlingpflanze, die, sich selbst überlassen, schließlich stärker wird als die Mauern, die sie anfangs stützten. Von Zeit zu Zeit versuchte eines der Familienmitglieder, sich zu befreien, wurde aber immer wieder zurückgeworfen in völlige Abhängigkeit. Denn es gab keinen anderen Weg, diesem Bösen ein Ende zu machen, als es wie eine Schlingpflanze mitsamt der Wurzel auszureißen.
Niemand in diesem Hause war stark genug, um dies zu bewerkstelligen. Niemand außer dem Herrn, dessen Kraft der Hermoines ebenbürtig war. Aber in seiner treuen Anhänglichkeit ihr gegenüber sah er das Böse nicht. Und so wächst das Böse weiter, eine Schlingpflanze, umklammert und erstickt das ganze Hauswesen, und es kann keiner mehr entrinnen.«

»Lies es«, hatte Jaime verlangt, damit ich Marion sehen sollte, wie sie als Phantomherrin durch die Räume schwebte, Jaime und mich selbst, wie wir droben gegen Schatten fochten, während Lorenzo drunten Musik spielen ließ; in einem großen Haus, das von »Hermoines« liebevoller Aufopferung verschönt, verzaubert und verflucht war.
Wie schlau eingefädelt und wie absurd. Ich sah ärgerlich auf. »Und was soll ich bitte daraus ersehen?«
Jaime hatte mich angstvoll beobachtet. Jetzt atmete er erleichtert aus. »Was du daraus ersehen hast: die Wahrheit hinter dem Mythos.«
»Hinter diesem Quatsch?« Noch gestern hatte ich gebettelt, er möge mir alles mitteilen, heute war ich empört und erschrocken über seine unverhüllten Anspielungen. »Hast du das etwa für mich geschrieben?«
»Nein.« Ein ungewohnter Ausdruck lag auf Jaimes Gesicht. Bisher hatte er nervös und zaghaft gewirkt, jetzt

sah er beinahe listig aus. »Du wolltest doch immer, daß ich Vater eine meiner Geschichten zeige, oder? Na also. Diese habe ich für ihn geschrieben.«
Ich fand Jaime mit seinen morbiden Phantastereien unausstehlich und hätte ihn beinahe angeschrien und damit das ganze Haus alarmiert, würde mich nicht zutiefst in meinem Innern etwas davor zurückgehalten und daran erinnert haben, was ein »Weitersagen« schon einmal angerichtet hatte. So zischte ich ihm etwas zu, was ich nun wirklich nicht hatte sagen wollen: »Du bist verrückt!«
Noch im selben Augenblick tat es mir leid. Denn er krümmte nur resigniert die Schultern. »Ich hab' mir gedacht, daß du das sagen wirst«, meinte er. »Und ich hatte so gehofft, du würdest es verstehen. Ich hätte es dir nicht zeigen sollen.«
So schnell mein Zorn über mich gekommen war, so schnell schlug er in eine schreckliche, unheilvolle Ahnung um. Mir war, als säße ich wieder mit Jaime auf der Brunnenfassung der alten Benson-Farm. Nur daß ich diesmal beschwichtigend auf ihn einsprach, als sei er der Jüngere, den ein Spuk schreckte, und ich die Ältere, die Vernünftigere, die ihn durch guten Rat aus Finsternis und Gefahr fortzuschmeicheln versuchte.
»Entschuldige«, bat ich, »so habe ich es nicht gemeint. Aber deine Geschichte, die ist verrückt, Jaime; so was kannst du einfach nicht glauben. Daran ist doch kein Wort wahr!«
»Dann eben nicht.« Er stieß es so enttäuscht hervor, als hätte ich, seine einzige Verbündete, ihn verraten. So durfte ich Jaime nicht zurücklassen – auf dem Brunnenrand sitzend.
Das war es wohl, was mich zu dem Versprechen veranlaßte: »Ich werde es dir beweisen, Jaime. Nichts und niemand in diesem Hause hat Gewalt über andere. Ich werde es dir beweisen, hörst du!«
Er antwortete nicht, und ich weiß nur noch, daß ich sein

trauriges, wissendes Lächeln nicht ertrug und floh, ein für allemal, aus diesem Zimmer, aus unserer geheimen, gemeinsamen Welt.

43

An diesem Abend tanzte ich vor allen anderen. Nicht nur, um Jaimes Phantastereien zu zerstreuen, sondern auch, weil die Geschehnisse des Nachmittags mir meine Heimlichkeiten im oberen Stock verleidet hatten. Jaime mit seinen einsamen, perversen Vorstellungen, und ich mit meinem geheimen Üben auf Zehenspitzen. Warum versteckte ich mich eigentlich? Jetzt war es Zeit, zu handeln.
So blieb ich denn, als wir abends, jeder an seinem angestammten Platz, im Wohnzimmer saßen, nicht wie sonst auf meinem Stuhl kleben. Als Lorenzo *Images* auflegte, stand ich auf. Natürlich kannten alle dieses Stück in- und auswendig. Schließlich war es seit Monaten jeden Nachmittag gespielt worden. Zwar hatte mich nie jemand an meinem Übungsgeländer erwischt, doch als ich mich plötzlich vor ihnen allen erhob, sah ich das chronische Lächeln meiner Mutter erlöschen. Sekundenlang meinte ich, nun würde sie aufspringen, hätte aber wissen können, daß sie statt dessen zu Nanny hinüberblickte, die ihr ewiges Strickzeug plötzlich in der Luft hängen ließ.
Nannys Gesicht spiegelte Erschrecken und Unglauben. Sie hatte wohl die ganze Zeit gewußt, worauf Lorenzo hinarbeitete, aber nie geglaubt, ich könne mit im Komplott sein. Jetzt sah sie, daß sie sich geirrt hatte, wollte es jedoch nicht zugeben. Um ihre Augen und Lippen schwebte unausgesprochen ein entrüstetes »Das würde mir Melissa nie antun...«
Mein Herz begann zu jagen, eine Art Taubheit befiel mich, mein Kopf wurde leicht, ich konnte nicht mehr

denken. In Lorenzos Augen standen Freude und Triumph, und ich allein war die Ursache. Auch ich triumphierte insgeheim und verneigte mich mit ausgebreiteten Armen, ehe ich mich aufrichtete, die Schultern zurücknahm, die Zehen auswärts drehte und mich zur ersten Position aufstellte. Dann begann ich die lange eingeübte Figuren- und Schrittfolge, die erst Sinn bekommt, wenn sich Musik und »Talent« zusammenfinden. Noch nie zuvor hatte ich gewußt, daß ich ein Naturtalent war. Jetzt wurde es mir zur Gewißheit.

Doch schon im nächsten Moment wurde diese Gewißheit durch eine schrille angst- und vorwurfsvolle Stimme zerstört. »Melissa! Hör sofort auf! Genug!«

Ich hielt so plötzlich inne, als sei ich auf der Flucht gestellt worden.

»Pst!« zischte Lorenzo wütend. »Hör gar nicht hin und mach weiter.« Doch nur die Musik ging weiter wie zum Hohn. Ich stand zwischen den beiden wie gefangen, und als Nanny einen Schritt vorwärts tat und mich zum nächsten Stuhl schubste, sank ich gehorsam hinein.

»Ist alles in Ordnung? Tut dir nichts weh?«

»Was soll ihr denn weh tun?« grollte Lorenzo. »Nichts spürt sie. Sie ist nicht einmal außer Atem.«

»Außer Atem?« Über meinen Kopf hinweg blitzte Nanny ihn an. »Glauben Sie denn, darauf kommt es an? Ich will's Ihnen sagen: Ein einziger scharfer Schmerz, und alles ist aus und vorbei.«

»Und ich sage Ihnen, es wird keinen scharfen Schmerz geben!« fauchte er sie an, wütend, daß man unseren großen Augenblick zerstört hatte. »Ihr fehlt überhaupt nichts. Um so zu tanzen« – sah zur Decke auf und erlaubte sich ein triumphierendes Lächeln –, »muß sie irgendwann und irgendwo trainiert haben.«

»Ist das wahr?« Nanny sah mich durchdringend an. Es war soweit. Ihr ganzer Unglaube, den ich mehr als alles gefürchtet hatte, lag in dieser Frage.

»Ja.« Mir fiel nichts anderes ein.
»Wie konntest du nur? Und ich habe dir so sehr vertraut.«
Nanny starrte mich an, als habe ich mich in eine Fremde verwandelt. In Jaime vielleicht, den niemand verstand. Oder in jemand anders. »Wie konntest du mich so täuschen?«
Was sollte ich antworten? Der Gedanke an eine Täuschung war mir während meiner Übungsstunden nie gekommen. »Es war ganz anders«, beteuerte ich, »ich hab' mich so gut gefühlt. Ich hab' gewußt, daß es mir nicht schaden wird.«
»Du wußtest«, sagte sie vorwurfsvoll, »und ich wußte selbstverständlich nichts. Weder ich noch Dr. Johnson. Du hast dich wohl für sehr schlau gehalten?« Je mehr sie so schalt, desto mehr schienen die eigenen Worte sie zu schmerzen. »Mir weiszumachen, du könntest ohne diesen Lärm nicht schlafen. Sehr schlau! Du mußt mich ja für völlig idiotisch gehalten haben . . .« Die Kreissäge lief. Gott weiß, wie es ausgegangen wäre, wenn sich nicht Lorenzo eingeschaltet hätte.
»Einen Augenblick bitte, Nanny.« Jetzt säuselte seine Stimme, und anstelle des Triumphs trat ruhige Logik, die Logik des Siegers. »Es wäre nicht ehrlich, wenn ich es nicht zugäbe: Auch ich habe schuld. Ich habe die Musik für sie gespielt, und ich kann nicht behaupten, daß es mir leid täte. Melissa hat nur getan, was ihr natürlich vorkam. Sie ist nicht mehr krank. Niemand kann das besser beurteilen als sie selbst. Der beste Beweis für die Heilung ist doch, daß man wieder tun kann, was einem am wichtigsten im Leben ist. Verstehen Sie das nicht?«
Nanny ließ nicht erkennen, ob sie es einsah oder nicht. Wenn man eine Runde verliert, will man es nicht auch noch zugeben müssen. So entgegnete sie schließlich nur: »Gut, Sir, aber wenn sie infolge Ihrer Besessenheit wieder

krank wird, bin ich nicht schuld. Machen Sie, was Sie wollen.« Und mit durchbohrendem Blick fügte sie hinzu: »Das tun Sie ja anscheinend ohnehin immer.«

44

»Mir ist unbegreiflich«, sagte Mrs. Cameron, »daß ein solcher Vielschreiber wie Ihr Bruder seine Arbeiten nie jemand gezeigt hat. Daran muß ich immer wieder denken – und alles nur wegen des Vorfalls mit dem Naturkundelehrer...« Sie schüttelte den Kopf. »Das war ein Fehler. Man hätte es Ihrem Vater unbedingt sagen müssen. Und selbst dann... es hätte ihn nicht abhalten dürfen.«
Wir wachsten im Schuppen unsere Skier, und ich betrachtete gedankenverloren meinen Lappen, ehe ich antwortete: »Dazu müßten Sie sich vorstellen können, wie hilflos er als kleiner Junge war. Er konnte ja nie etwas richtig zu Ende bringen. Es führte todsicher zu einer Enttäuschung.«
»Dann fürchtete er sicherlich, es würde ihm mit dem Schreiben ähnlich ergehen«, meinte Mrs. Cameron. »Das ist ja nur logisch.«
Sie erwartete keine Antwort, sie hatte mich nur einmal mehr zum Nachdenken anregen wollen. Es war zugleich erstaunlich und irgendwie selbstverständlich, wie sehr ich dieser Frau vertraute, wieviel ich ihr *an*vertraute. Durch sie erkannte ich, daß man zwar mit wenigen Worten Licht in eine Situation bringen kann, daß aber nur die Betroffenen selbst ihr Leben in Ordnung bringen können. Das war bei ihr eine Art Glaubensartikel. Und ich erzählte ihr immer mehr, weil ich merkte, daß ich aussprechen mußte, worüber ich mir sonst nicht klargeworden wäre. Und doch: Je mehr an Wahrem ich ihr erzählte, desto mehr wurde zur Lüge, was ich an Wahrheit zurückhielt.

Beispielsweise hatte ich ihr von Mr. Pimlo und Jaimes Gedicht erzählt. Auch von meiner Krankheit und dem heimlichen Üben, nie aber von den Stunden in Jaimes Zimmer und seiner Geschichte und ebensowenig etwas darüber, daß ich an jenem Abend getanzt hatte, um Jaime zu widerlegen. Daß ich ihn nicht hatte überzeugen können, bewies er dadurch, daß er schon am nächsten Tag Lorenzo seine Geschichte vorlegte.

Armer Jaime. Er und sein Vater hatten so wenig Gemeinsames. Lorenzo, der sich mit mir wegen des Tanzes verbündet hatte, wußte nicht einmal, was Jaime in den langen einsamen Stunden auf seinem Zimmer eigentlich trieb. Lorenzo, Nanny und ich hatten Bewegung an frischer Luft stets gemeinsam genossen, Jaime war dabei immer weiter zurückgeblieben, außer Sicht geraten und vergessen worden. Jaime, der nie getan hatte, was andere Jungen taten, war nur der Schatten eines solchen. Ein Schatten, wie man ihn bei Kerzenlicht sieht: vergrößert, linkisch, an der Wand wabernd, ein stummes, gespenstisches Abbild. So stumm, daß er es nicht über sich brachte, mit seinem Vater über das zu sprechen, was ihn bewegte. Da es ihm aber keine Ruhe ließ, nahm er allen Mut zusammen und ging zu ihm ins Atelier. Der diffuse Schatten brachte dem Vater die seltsame unvollendete Erzählung, die Lorenzo seiner Meinung nach lesen sollte.
Ich sehe förmlich Lorenzos große Verblüffung und danach das peinliche Schweigen zwischen diesen beiden Menschen – die einander nicht hätten fremd sein dürfen und es doch waren –, wie sie sich über Lorenzos Reißbrett mit Plänen und Zeichnungen hinweg ansahen. Warum Jaime gerade diesen Augenblick gewählt hatte, in dem niemand sonst Lorenzos Atelier betreten durfte, weiß ich nicht. Wahrscheinlich wollte er keinen anderen Zeugen. Ich weiß nur das eine: Hätte Jaime Lorenzo irgend etwas anderes von seinen Gedichten oder Erzählungen gezeigt

– zwischen ihnen würde es vielleicht einen ganz neuen Anfang gegeben haben, der alles geändert hätte. Gehörte nicht ein gewisses Erzähltalent dazu, in mir solche Gefühle auszulösen, wie es Jaimes Geschichten vermocht hatten? Und wenn jemand in der Lage war, Talent zu erkennen, dann Lorenzo. Statt dessen gab Jaime seinem Vater diese düstere, unvollendete Geschichte.
Ich sah die beiden erst beim Mittagessen wieder. Ich brauchte nichts zu fragen. Lorenzo hatte seinen Sohn von jeher kaum beachtet: Jetzt blickte er einfach durch ihn hindurch, als sei er nicht vorhanden.
Ich brauchte nichts zu fragen und tat es doch. Als Jaime und ich später in unsere Zimmer hinaufstiegen, erkundigte ich mich vor seiner Tür leise: »Wie war's, Jaime?«
Jaime lächelte mich melancholisch an, wie am Tag zuvor. »Er hat nur gesagt: ›Ich hab' gar nicht gewußt, daß du boshaft sein kannst.‹ Und dann hat er mich gefragt, ob ich keine andere Art wüßte, mich zu produzieren.«
Ich war todunglücklich. »Hättest du ihm bloß eine andere Geschichte gezeigt. Das hätte vieles ändern können.«
»Auch diese hat viel geändert.« Das Lächeln war jetzt nicht mehr melancholisch, sondern von einem fürchterlichen Zynismus. »Jetzt verachtet er mich.«
Als sei über diese Angelegenheit damit ein für allemal das Nötige gesagt, ging er in sein Zimmer und schloß die Tür hinter sich.

45

Man hatte Dr. Johnson und dem New Yorker Spezialisten Dr. Barnes mitgeteilt, daß ich seit drei Monaten täglich ein bis zwei Stunden getanzt hatte. Eine Besprechung mit beiden Ärzten in der folgenden Woche brachte Lorenzo die heißersehnte Bestätigung. Nach den Sommerferien

kehrte ich in die Oberschule von Bethesda zurück und nahm die Übungsstunden bei Madame Lupetska wieder auf.
Ich merkte erst jetzt, wie gründlich ich beides verdrängt hatte; vor allem Madame Lupetska mit ihren pechschwarzen Locken und dem schaurigen Make-up, das noch von den »Rockettes« stammte, hatte ich fast vergessen. Der Geruch nach Unrat und die knarrende Treppe brachten alles zurück. Bei meinem Anblick strahlte ihr ehrliches Gesicht in aufrichtiger Freude; die weder Schminke noch Puder verdecken konnten.
»Du bist also wieder da. Gratuliere. Hab' gewußt, daß du's schaffst.« Sie tätschelte mir die Wange und wurde geradezu feierlich. »Das ist nur der Anfang. Laß dir von keinem was andres einreden, Schätzchen.«
Wir begannen wieder, im Ballsaal mit den verzogenen Spiegeln, mit der Matinee-Fassung von Ravels *Bolero*, der in jeder Beziehung anders war als die *Images* im silbrigen Nachmittagslicht des ersten Stockes daheim.
Schon Madame Lupetska bedeutete eine trübe Rückkehr in den Alltag; wieviel mehr noch die Schule. »Je länger sie fehlt, desto schwerer wird es werden«, hatte Lorenzo gewarnt und damit recht behalten. Ich haßte Bürgerkrieg, industrielle Revolution und Hauswirtschaft. Wer wollte schon lernen, wie man eine Schürze näht! Und warum wurde nie Alfred der Große durchgenommen oder Charlemagne, das Mittelalter oder die Meister der Renaissance?
Schon vorher war ich ein Außenseiter gewesen; das verstärkte sich jetzt noch mehr. Alle waren nett und entgegenkommend, weil ich doch Gelenkrheuma gehabt hatte. Warum nur hielt ich diese Freundlichkeit für gekünstelt, statt sie einfach zu akzeptieren? Als es ihnen schließlich langweilig wurde, nett zu mir zu sein – warum fühlte ich mich erleichtert und berechtigt, die Stunden in einer Art Tagtraum abzusitzen, bis ich end-

lich wieder heim durfte? Heim zum Training im geräumigen Atelier, das Lorenzo nur für mich jeden Nachmittag öffnete. Heim in mein Zimmer, in dem ich abends mit Nanny saß und mit H. V. Kaltenborn General Montgomery durch die Wüste folgte, behütet und geborgen in der Wärme, zwischen soliden Mauern, die weder Stürme noch Kriege einließen. Für diese Augenblicke lebte ich: Die Schule war nur eine öde Pflichtübung.

Es sollte mein letztes Schuljahr werden. Und es wurden auch meine letzten Stunden bei Madame Lupetska. Sie kamen mir endlos vor, bis sie eines Tages am Ende der Stunde sagte: »Hör mal, Missy, ich habe mit dir zu reden!« und sich neben mir auf der langen Holzbank niederließ, auf die sich alle setzten, wenn sie sich die Ballettschuhe an- und auszogen.
Sie war erhitzt und erschöpft. Die schwarzen Locken klebten ihr verschwitzt an der Stirn, die aufgeweichte Wimperntusche hatte sich an den Tränensäcken gesammelt und betonte Alter und Müdigkeit noch mehr. Aber sie lächelte mit all ihrer Aufrichtigkeit und ihrem Humor, die sie sicherlich während der vielen Jahre vor der Verzweiflung gerettet hatten.
»Hör zu, Missy«, begann sie. »Du weißt, daß dieses *Bolero*-Zeug nichts für dich ist.« Sie stieß langsam den Atem aus, wie befreit durch dieses Eingeständnis, und fuhr dann fort: »Du weißt es ja sicher längst selber, aber ich kann dir jetzt eigentlich nichts mehr beibringen.«
Ja, ich wußte es. Schon seit dem Tag, an dem ich zu dieser Frau zurückgekehrt war, die sicher einmal mit der gleichen Begeisterung wie ich angefangen hatte zu tanzen, zum Schluß aber unwillige Kinder täglich zu den notwendigen Übungen anhalten mußte. Ich wußte es, hatte aber nicht den Mut, so ehrlich zu sein wie sie. So gab ich nur töricht zurück: »Aber, Madame, ich komme sehr gern zum Unterricht.«

»Unsinn.« Ihr Grinsen verriet mehr Mitgefühl mit mir als mit sich selbst. »Du findest es schauderhaft. Ich würde es dir übelnehmen, wenn es anders wäre. Du kommst nur her, weil du nirgends anders hingehen kannst. Und versteh mich recht: Du darfst ruhig weiterhin kommen, solange du willst, bis du was Besseres findest. Darum dreht es sich nämlich.« Ihr Gesicht mit der zerfließenden Wimperntusche wurde plötzlich bedeutungsvoll.
Kein Medusenhaupt konnte schrecklicher aussehen, und doch wandte ich kein Auge von ihr. »Hast du schon mal darüber nachgedacht, wohin du von hier aus willst?«
Nein, darüber hatte ich nicht nachgedacht. Nicht ernstlich. Nur in nebelhaften Visionen, ausgelöst von Lorenzos Musik. Ich hatte nicht gewagt weiter zu denken. Auch das schien Madame Lupetska zu wissen, denn sie sagte ruhig, aber so warnend, als sähe sie mich am Rand eines Abgrundes: »Das dachte ich mir. Aber fang bald damit an.«

46

Ich hatte nicht darüber nachgedacht, wohin ich nun sollte – wohl aber Nanny. Schon vor meiner Krankheit war sie der Ansicht, ich übertriebe das Training. Jetzt wurde sie beinahe krank bei der Vorstellung, wie ich in Lorenzos Atelier übte. Unzählige Male während der Stunden dort hörte ich ihre energischen Schritte in der Diele, die auf dem Weg zu irgendeiner Haushaltspflicht in der Nähe der Tür kurz innehielten. Und wenn aus der einen Stunde zwei oder mehr wurden, häuften sich diese Gänge und das Stehenbleiben, bis sie es schließlich nicht mehr ertrug, die Tür aufriß, hereinmarschiert kam, die Musik abstellte und verdrossen sagte: »Nun ist es aber genug. Schau dich doch nur an: Du bist klatschnaß von oben bis

unten, und noch vor einem Jahr warst du sterbenskrank. Hier, nimm das Badetuch um. Geht es denn nicht in deinen Dickschädel, was du riskierst, wenn du dich erkältest?«
Aber ich hatte mich nicht erkältet. Dabei glaubte ich manchmal, sie sähe es ganz gern: nur ein bißchen Schmerzen in den Gelenken, damit mir die Flausen vergingen.
Eines Abends, nicht lange nach Madame Lupetskas Eröffnung, fragte Lorenzo: »Na, Missy, wie wäre es denn im Herbst mit der Schule des *American Ballet*?«
Eine logische Frage nach allem Voraufgegangenen. Doch kaum waren die Worte ausgesprochen, senkte sich eine aufmerksame Stille auf alle im Zimmer. Meine Mutter griff sich nervös an den Mund und ließ die Hand wieder sinken, in der Hoffnung, niemand hätte es gesehen. Jaime blickte von dem Buch auf, in das er noch vor Sekunden völlig vertieft gewesen war. Nur Nanny wandte kein Auge von ihrem Strickzeug. Sie saß mit blassem Gesicht und fest zusammengebissenen Zähnen da; ihre Stricknadeln klapperten provozierend durch die Stille.
»Ja«, sagte ich. »Es wird wohl Zeit, daran zu denken.«
»Höchste Zeit«. Lorenzos Ton blieb gleichermaßen ruhig und sachlich. »Die Termine fürs Vortanzen laufen in diesem Monat ab, wie ich hörte. Und nächstes Jahr bist du bereits achtzehn.«
»Achtzehn ist das Höchstalter, nicht wahr?« Ich sprach sehr leise, als beginge ich sonst eine Art schnöden Verrat. Endlich hob auch Nanny den Blick; ihre Stimme klang gemessen: »Du brauchst nicht zu flüstern, Melissa. Es ist einzig und allein deine Sache, ob du Gott weiß wie viele Jahre deines Lebens vergeuden willst.«
Darauf wußte ich keine Antwort. Die Kälte und Härte in Lorenzos Stimme richtete sich nicht gegen mich, als er hinzufügte: »An deiner Stelle würde ich schon morgen hinschreiben.«

Mehr wurde über die Sache nicht gesprochen. Der einzige, der sich zu freuen schien, war Jaime. Er lehnte sich mit seinem Buch im Stuhl zurück, einen seltsamen Ausdruck bitterer Befriedigung im Gesicht.
Es machte mich recht unglücklich, die beiden mir liebsten Menschen so ablehnend gegeneinander zu sehen und mich als Zankapfel zwischen ihnen.
Warum hatte Nanny »vergeuden« gesagt? Ich dachte noch immer darüber nach; als sie dann in ihr Zimmer ging, um H. V. Kaltenborn und die Nachrichten zu hören, folgte ich ihr. Sie drehte das Radio ab, als habe sie mich erwartet und wisse, daß heute abend keine Zeit für General Montgomery in der Wüste sein würde.
»Ja, ich habe ›vergeuden‹ gesagt, ich halte es für Vergeudung.« Ihre Stimme war hoch und hell und sehr beherrscht. Nicht die »Kreissäge«, sondern jene Stimmlage, mit der sie mich ernüchterte, wenn mich irgendein Erfolg – etwa das Skifahren mit Lorenzo – »unerträglich frech und eitel« gemacht hatte. Dann war ich nicht »besser erzogen als die anderen«, nicht »eher europäisch«. Was ich denn dann sei? Die Antwort lautete immer: »Nichts Besonderes. Glaub mir: Es gibt nichts Gefährlicheres als unbegründeten Stolz.« So etwas würde wohl jetzt wieder kommen.
»Ich habe dir gar nichts Neues zu sagen«, erklärte sie gerade. »Ich habe es bereits vor Jahren gesagt, als dein Vater die Idee hatte, dich zur Londoner *Academy* zu schicken. Erinnerst du dich noch? Daß er dich ebensogut ins Kloster stecken könnte?«
»Ja, das hast du damals gesagt«, versuchte ich bescheiden einzuwenden. »Aber seitdem hast du die *Academy* oft gelobt.«
»Nur im Vergleich zu Madame Lupetska, nie als Vorschlag. Unterbrich mich nicht. Schon damals wäre es ein Kloster gewesen, und wenn du auf deinem verdrehten Plan bestehst, ist es jetzt auch nichts anderes. Nur: Für

ein Kloster braucht man kein besonderes Talent zu haben. Bei einem Ballett ist das anders: Unter Tausenden bringt kaum eine es zum Ruhm – und die übrigen?« Sie senkte mitleidig die Stimme. »Die übrigen werden Madame Lupetskas oder Schlimmeres, wenn das möglich ist. Und nun sag mir mal, Melissa«, das Mitleid verwandelte sich in betonte Skepsis, »wer hat dich tanzen sehen, der dein Talent wirklich hätte beurteilen können?«
»Mein Vater.« Ich stieß es vielleicht zu trotzig hervor, aber mit Bescheidenheit hatte ich bei anderen Gelegenheiten auch nichts gewonnen. Diesmal spürte ich, wie ich innerlich ganz hart wurde.
»Gewiß, dein Vater. In seinen Augen ist ja immer alles wunderbar, was du tust. Wie wär's mal mit jemand anders?«
»Deswegen muß man ja vor der Aufnahme in die Schule probetanzen«, beharrte ich, »um das festzustellen.«
»Hach – um es festzustellen!« Nanny seufzte, als habe sich wieder einmal bestätigt, daß alles auf Erden eitel sei. »Man steckt dich zwischen künftige Danilowas, ehe du alt genug bist, um es dir zu überlegen. Was macht es *denen* schon aus, wenn nichts daraus wird? Wenn sich erweist«, ihre Stimme wurde wieder hoch, überdeutlich und eindringlich, »daß du nur ein mittelmäßiges Talent hast? Unter Tausenden eine«, wiederholte sie ihre pessimistische Schätzung. »Und jetzt frage ich dich, Missy: Bildest du dir etwa ein, diese eine wärst du?«
Gewiß, es klang absurd, hochmütig und anmaßend. Wer war ich schon? »Ich weiß auch nicht, aber beim Tanzen habe ich so ein Gefühl«, versuchte ich ihr zu erklären, wohl wissend, daß derlei Argumente bei Nanny nicht zogen.
»Ein Gefühl.« Nanny blickte jetzt kummervoll. »Mystische Worte – und das bei dir! Und nachdem ich jahrelang versucht habe, dir Vernunft beizubringen.«

»Also meinetwegen«, sagte ich plötzlich, in dem Bemühen, dem Gespräch ein Ende zu machen, »was würdest du an meiner Stelle tun?«
»Tun?« Nanny schüttelte mißmutig den Kopf. »Liebes Kind – etwas, das ein bißchen Sinn hat. Nimm doch ein paar Malstunden, wenn du dich langweilst.« Dann fügte sie überraschend beiläufig hinzu: »Wozu eigentlich das ganze Theater? Ist es denn so dringend notwendig, daß du in die Welt hinauskommst? Ich an deiner Stelle würde mich nicht so sehr beeilen. Dort ist es nämlich gräßlich. Besonders für jemanden, der noch nie draußen war.«

47

»Nach Nannys Ansicht war es also demnach schon Anmaßung, sich für talentiert zu halten«, meinte Mrs. Cameron eines Abends, als wir über »Standpunkte« diskutierten. »Wo kämen wir denn hin, wenn wir uns nicht hin und wieder etwas anmaßten? Allmählich bekomme ich den Eindruck, sie hat Eitelkeit mit Selbstvertrauen verwechselt. Das ist aber ein Riesenunterschied.«
»Ja, ja. Ich verstehe gut, was Sie meinen«, sagte ich. Und als ich spätabends in meinem Zimmer nochmals alles überdachte, erinnerte ich mich des Augenblicks, als ich Selbstvertrauen nötig gehabt hätte, hatte nicht auch ich es mit Eitelkeit verwechselt?

Ich scheute voller Besorgnis vor dem Gedanken zurück, im Herbst die Ballettschule anzufangen, meldete mich jedoch pflichtschuldigst dort an und außerdem bei verschiedenen Kunstschulen. Kam Post, so betete ich, es möge nichts für mich dabeisein, aus Angst, eine Entscheidung treffen zu müssen.
In vieler Hinsicht war es ein Sommer wie die voraufgegangenen. Es ging mir wieder gut, ich konnte unterneh-

men, wozu ich Lust verspürte. Nanny und ich hatten kein besonderes Programm, und alles lief ab wie eh und je. Lorenzo gab New York fast gänzlich auf und blieb zu Hause, arbeitete vormittags am Reißbrett, nachmittags mehrere Stunden in seinem Garten. Während meiner Krankheit war der Garten vernachlässigt worden – wie als Symbol dafür, daß in der von Lorenzo geschaffenen Welt nicht alles so war, wie es sein sollte. Seit ich wieder gesund und leistungsfähig war, gedieh er üppig.
Freunde kamen erneut scharenweise zu Besuch, und das gewohnte Leben begann von vorn: Spaziergänge, Ritte durch die Wälder, Hochseefischerei, Krabbenkochen und die langen Abende bei Musik, Kartenspiel und Gesprächen.
Alles schien wie einst zu sein. Wie soll ich das untrügliche Gefühl erklären, daß dieser Sommer nur ein Zerrbild aller anderen war? An denen, die da kamen und gingen und das gleiche äußerten wie früher, war etwas fragwürdig. Ihre Handlungen schienen sonderbar verkehrt, als spielten sie die Situationen nach, die sie einmal fröhlich und ungezwungen durchlebt hatten: spielten sie, beobachteten sich dabei und versuchten herauszufinden, was geschehen war, was sich verändert hatte.
Von all unseren Besuchern begriff vermutlich nur Helen Coatsworth, wie stark Nannys Bleiben alles beeinflußte. Doch sie sprach nicht mehr davon, und das veränderte auch ihr Wesen. Sie schwatzte mit meiner Mutter auf der Terrasse wie früher schon. Aber ihrem Geplauder fehlte das Erwartungsvolle und Überraschende. Hatte Helen jetzt etwas zu offenbaren, so behielt sie es für sich, und Marion fragte nicht danach.
Noch immer saß Marion unter dem Baum auf einer Ecke der Terrasse, aber nie lange. Sie blieb überhaupt nirgends mehr lange, schien vielmehr ständig unterwegs von einem Ort zum anderen, als sei Bewegung Selbstzweck. Hätte ich Jaimes Geschichte nicht gelesen, ich hätte sie

möglicherweise nicht als ruheloses Gespenst empfunden. Und doch war sie eine gespenstische Karikatur jener Marion, deren eigentlichste Begabung der Müßiggang gewesen war – ein Talent, das uns alle zeitweise von übermäßiger Geschäftigkeit abgehalten hatte. Sie schien es verloren zu haben. Jetzt saß sie unter dem Baum, und andere gesellten sich – wie mir schien – nicht mehr aus einem Bedürfnis heraus zu ihr, sondern aus Nettigkeit. Als aber eines Tages zufällig ich dort bei ihr saß, wurde sie für mich lebendiger, als sie es während einer langen Zeit gewesen war.

Es war an dem Tag, an dem ich den Brief von der Schule des *American Ballet* bekam. Er enthielt die Aufforderung, so bald wie möglich zum Vortanzen nach New York zu kommen, damit über meinen Eintritt entschieden werden konnte. Als ich den Brief las, wurde mir an diesem heißen Tag sonderbar kalt. Gott sei Dank war niemand außer Matthew in der Nähe, der den Brief aus der Stadt mitgebracht hatte. Ich steckte ihn in die Tasche, nahm ihn mit hinauf und verbarg ihn ganz hinten in einer Kommodenschublade.
Beim Essen erzählte ich nichts davon, und nach Tisch legte ich mich eine Weile auf mein Bett. Nicht, daß ich den Brief niemand zeigen wollte – ich wollte nur ein bißchen nachdenken. Ich lag in der Nachmittagshitze und ging um meine Entscheidung herum wie die Katze um den heißen Brei. Es war zum Ersticken warm im Zimmer, und meine Bedrückung wuchs. Wenn ich nur schlafen könnte, dachte ich, mein Bewußtsein einen Augenblick lang ausschalten – aber es war unmöglich. Nach einer Weile glaubte ich, buchstäblich ersticken zu müssen, wenn ich nichts unternahm. So beschloß ich, schwimmen zu gehen.
Ich hatte es seit zwei Jahren nicht mehr getan: in diesem Meer, das selbst an solch heißen Tagen lähmend kalt sein

konnte. Nanny hatte es mir verboten, und selbst Lorenzo hütete sich vor dem Kälteschock, den es auslösen konnte. Ich hatte es daher pflichtschuldigst unterlassen. Doch die sonderbare Bedrücktheit dieses Nachmittags weckte in mir plötzlich den Wunsch, etwas Verbotenes zu tun. Und mir war wunderbar wohl, als ich mein Zimmer verließ und mich – von niemandem gehindert – zum Strand aufmachte.
Es gab da eine Stelle, wo das Meer vor Urzeiten die Felsen benagt und eine schmale Bucht geschaffen hatte. Dort hatte ich oft mit Nanny und Jaime nach Muscheln gegraben. Ich wußte, daß die Sicht vom Haus her von Klippen und vom Strand aus durch große Felsen verdeckt wurde.
Allein in meinem Versteck zog ich mich aus und watete ins Wasser. Es war atembeklemmend und schmerzhaft kalt, aber als ich diesen Schmerz überwunden hatte, überkam mich ein herrliches Gefühl. Und als ich, am ganzen Körper prickelnd, wieder herauskam, war alle Bedrücktheit verflogen. Fröhlichkeit begleitete mich auf dem Weg nach Hause, den Strand entlang, die Treppe hinauf. Mir war jetzt alles gleich. Ich glaube, ich wäre froh gewesen, wenn jemand mich erwischt hätte. Doch es war niemand wach außer Marion.
Sie las etwas in ihrem Terrassenwinkel, das sie offenbar nicht fesselte. Als ich auftauchte, sah sie mich an, als habe sie mich erwartet. Sie hatte immer eine Art aufzublicken, als erwarte sie jemand. An diesem Nachmittag wurde mir bei der vertrauten Bewegung bewußt, wie sehr ich und die anderen in letzter Zeit diesen Terrassenwinkel gemieden hatten. Mich überkam eine Art Mitleid sowie das Bedürfnis, meine plötzliche Hochstimmung mit jemand zu teilen, und ich lief zu ihr.
Auch die ehrliche Freude, die ihr ganzes Gesicht erhellte, war ein seltener Anblick. Auch sie schien es zu wissen: Ausnahmsweise einmal schauspielerten wir nicht.
»Wo warst du denn? Du siehst ja aus wie eine Sphinx.«

Als sie mich heranwinkte, merkte ich, daß ich zwar eine Bademütze aufgehabt hatte, damit niemand etwas merkte, daß aber trotzdem meine Haarspitzen verräterisch tropften. Ich lachte.
»Ich bin im Meer geschwommen.« Ich fühlte mich nicht im geringsten ertappt, mir war vielmehr, als verriete ich mein Geheimnis jemandem, der es sicher nicht ausplaudern würde.
»Aber, Missy, das ist gefährlich.« Sie sah ängstlich drein, lächelte jedoch beruhigend.
»Es war so heiß und stickig. Ich mußte einfach. Und schau« – ich wirbelte einmal um die eigene Achse und setzte mich auf die Bank ihr gegenüber –, »es hat mir nicht geschadet.«
»Gott sei Dank.« Sie lachte nervös und befeuchtete die Lippen mit der Zungenspitze. Neuerdings hatte sie sich dieses Lippenlecken und Innehalten angewöhnt, als wolle sie etwas sagen und überlege es sich dann aber anders. Die Gelegenheit ergreifend, fragte sie: »Sag mal, Missy, hast du schon was gehört?«
Sie muß bemerkt haben, wie ich erschrak. Hatte sie beim Mittagessen doch etwas geahnt? »Ja«, hörte ich mich antworten. »Ja. Heute ist der Brief gekommen. Von der Schule des *American Ballet*. Ich soll mich vorstellen.«
»Aber das ist doch herrlich. Warum hast du denn niemand etwas davon erzählt?« Und ebenso impulsiv, wie ich ihr vom Schwimmen berichtet hatte, sagte ich jetzt: »Weil ich noch nicht weiß, was ich will.«
»Dabei hast du doch so viel geübt.« Sie sah nicht so überrascht aus, wie ich angenommen hatte. »Du solltest es eigentlich wissen.«
»Ich komme einfach zu keinem Entschluß. Es ist, als dächte ich nicht meine eigenen Gedanken.« Fast zusammenhanglos kamen die Worte angestolpert. Ich wußte selbst kaum, was ich damit andeuten wollte, aber Marion griff es begierig auf.

»Als ob ich das nicht verstünde.« Dieser Satz kam ganz heiter. Plötzlich verstummte sie, befeuchtete wieder die Lippen und blickte sich um, wie um sich zu vergewissern, daß wir immer noch allein waren. Dann erst sagte sie: »Hast du schon mal daran gedacht, weder das eine noch das andere zu tun? Ich meine: weder Ballettschule noch College? Einfach allein wegzufahren und irgendeine Stellung anzunehmen?«
Heute scheint es mir unglaublich, daß mir dieser Gedanke nie gekommen war, aber ich hatte ja eben erst genügend Mut aufgebracht, allein zu schwimmen. Und ausgerechnet sie schlug mir das vor? Ich muß sie angestarrt haben wie betäubt. »Nein. Wozu?«
»Wozu?« Noch nie hatte ich sie so eifrig gesehen. Sie griff nach meiner Hand und drückte sie zärtlich. »Um endlich einmal allein zu sein? Sehnst du dich nicht schrecklich danach?«
»Ich weiß nicht recht«, sagte ich. Es kam alles so plötzlich und war so sonderbar. Ihre Hand zitterte, und sie zog sie zurück, richtete sich auf, als hätte sie gemerkt, daß sie mir ein wenig Angst einjagte. Dann schüttelte sie lächelnd den Kopf.
»Vielleicht irre ich mich. Vielleicht ist es gar nicht das, was du möchtest. Hör zu, Melissa. Eben hast du gesagt, deine Gedanken seien nicht deine eigenen. Deshalb meinte ich ja, du solltest fortfahren, für ein halbes Jahr, irgendwohin, wo keiner von uns um dich ist.« Sie wurde aufgeregt, aber auf eine ungewohnte konstruktive Weise, als sie spürte, daß ihre Worte auf fruchtbaren Boden fielen. »Möglicherweise würdest du allerlei über dich selbst erfahren – was du kannst und was nicht. Alles, was du hier nie herausbekämst.«
»Ach ja.« Auch ich wurde jetzt freudig erregt, als habe mich durch ein Gewirr von Stimmen die eine erreicht, die klar, weise und ehrlich war. Sonderbar, daß es gerade Marions schüchternes Organ sein mußte.

»Und wie soll ich's anfangen?« fragte ich. »Ich meine: Wohin soll ich fahren?«
»Irgendwohin«, sagte sie gedämpft, aber hastig. »Wir könnten etwas arrangieren. Ich habe Verwandte in Ohio – ausgerechnet Ohio.« Sie lachte leise, als sei es widersinnig, Verwandte in Ohio zu haben. »Mit denen ist dein Vater wenigstens einverstanden, weil ihre Ahnen Mut genug hatten, ein Gebirge zu überqueren. Vielleicht fasziniert ihn das«, fügte sie hoffnungsvoll hinzu. »Denen könnte ich schreiben und sie bitten, dich einzuladen.« Dabei fiel uns beiden ein, wie Lorenzo über »ihre Leute« dachte, und ich sah sie ratlos an; doch sie war nun schon so weit gegangen, daß sie nicht mehr umkehren konnte. »Es kommt nur darauf an, daß du fest bleibst. Betone, daß du diese Zeit wirklich nötig hast.« Sie verstummte und sah mich aus ihren sanften blauen Augen ängstlich forschend an. »Bist du meiner Meinung? Kommt es dir vernünftig vor?«
»Selbstverständlich.« Jetzt war ich es, die ihr die Hand auf den Arm legte. Sie faßte sich so fremdartig und sonderbar an, als sei sie Jaime. »Es ist bestimmt das Vernünftigste, was ich seit langem gehört habe. Nur weiß ich nicht« – bei dieser Vorstellung verließ mich aller Mut –, »wie ich das sagen, wie ich es erklären soll.«
»Das verstehe ich.« Sie nickte mitfühlend und meinte dann nachdrücklich: »Trotzdem, du bist es, die es tun muß, denn du weißt so gut wie ich, daß mir hier nie einer zuhört. Versuch's, Missy, es ist sehr wichtig.« Ihre Aufrichtigkeit gab ihr in diesem Augenblick eine Würde und Schönheit, die sich mir für immer ins Gedächtnis brannten. Dieser Ausdruck, der mich noch bis heute freut, dauerte aber nur sekundenlang und erlosch, als sie über die Terrasse hinblickte, von weitem Jan Little erkannte und ihn mit freundlich-überlegenem Lächeln zu sich heranwinkte.
In jener Nacht lag ich die meiste Zeit wach und schmie-

dete Pläne. Ja natürlich, so würden wir es machen. Marion würde an die Verwandten schreiben und diese dann an mich. Sobald ich mir das deutlich vorstellte, wußte ich: So ging es nicht. Warum sollten sie auch plötzlich an mich schreiben? Sie kannten mich ja überhaupt nicht. Sie kannten nicht einmal Marion näher. Ein einziges Mal war bei Tisch von ihnen gesprochen worden, mit einem einzigen Satz: »Er ist Chef einer Firma, die Herde baut oder so etwas.« Selbst wenn der Herdfabrikant mich einlud – man würde es sofort durchschauen.
Warum überhaupt so alberne Ausreden erfinden? War das notwendig? Ich würde ganz einfach sagen, was ich auf dem Herzen hatte. Das war das Schlimme bei Marion: Nie stand sie zu ihren Überzeugungen. Was ich zu sagen hatte, würde die Meinen erschrecken, doch dann würden sie, genau wie ich, das Logische daran erkennen. Warum war es unnatürlich, wenn man mal allein sein wollte, um sich über alles klarzuwerden?
Lorenzo war weiß Gott immer selbständig gewesen, hatte seit frühester Jugend gearbeitet und gelernt, und Nanny hatte schon mit siebzehn in einem Londoner Slum als Gemeindeschwester gedient. Ich würde mein Sprüchlein aufsagen, dann an die Verwandten schreiben und sie bitten, mir eine Stellung zu besorgen – irgendeine, vielleicht nur eine untergeordnete. Es war Krieg, Stellen bekam man leicht. Klappte es nicht, so hatte Lorenzo Verwandte in Kalifornien, portugiesische Farmer in San Joaquin Valley.
Jetzt, da ich an diesem fernen Ort sitze und zuschaue, wie die Sonne auf dem verschneiten Gebirge glitzert, das Kommen des Frühlings herbeisehne und mich zugleich davor fürchte, weiß ich, wie sinnlos diese ganzen Pläne waren. Ausgerechnet ich – deren Dasein sich bisher auf die Oberschule von Bethesda beschränkt hatte, die erst nach einer Krankheit ein Leben in Betracht ziehen konnte, das sich nicht unaufhörlich unter Nannys wach-

samen Augen abspielte – plante, nach Ohio oder Kalifornien zu ziehen. Für jemand anders wäre es nicht so absurd gewesen, wohl aber für mich. Und doch hatte Marion an jenem Abend eine Sehnsucht in mir angefacht, deren ich mir vorher nie bewußt geworden war: allein sein, wo mich keiner kannte, mit Gedanken, die ganz und gar mein eigen waren.

In der Nacht berauschte ich mich an dieser Vorstellung. Ich wurde ganz fiebrig. Ich stellte mir vor, wie ich durch die Straßen zu meinem Arbeitsplatz ging, allein. Vielleicht wurde ich Verkäuferin bei »Woolworth« oder Kellnerin in einem Schnellimbiß. Wäre das ein Spaß! Ich sah mich Leute bedienen, mit Kunden scherzen, ich hörte einen sagen: »Komisch, Sie sehen gar nicht so aus, als gehörten Sie in eine Hamburger-Bude.« Und dann wollte ich geheimnisvoll lächeln. Abends würde ich in mein möbliertes Zimmer heimkehren, eines von der Art, wie Thomas Wolfe sie beschrieb, ein Zimmer, das nicht mir gehörte, über das ich aber für zwei Dollar täglich Alleinherrscher war.

In jener Nacht konnte ich mir die Leiden, die Langeweile, die Demütigungen, denen ich in einem solchen Job ausgesetzt war, nicht vorstellen. Wie sollte ich? Auch an die Einsamkeit in einem solchen Zimmer dachte ich nicht. Im Gegenteil, ich malte es mir gemütlich und reizvoll aus, denn ich wollte es selbst gestalten: als Sicherheit und Geborgenheit – als Festung. Ich allein.

48

Als ich jedoch morgens zum Frühstück herunterkam, stellte ich fest, daß ich nicht als einzige aufgeregt war. Vielleicht lag es am Wetter, das stickig und lastend war wie gestern und sicher bald mit einem Gewitter und einem herrlichen befreienden Regenguß enden würde.

Aber vorläufig hatte in der wachsenden Schwüle jeder nur den Wunsch, etwas Entscheidendes möge geschehen.

Lorenzo sah hinter seiner Kaffeetasse und seinen gekochten Eiern jedenfalls verstimmt aus, und ich hatte mich kaum gesetzt, da blickte er auf, wie von einem chronischen Schmerz gepeinigt, und sagte: »Ich kann nicht begreifen, wieso die Post zwischen New York und hier derart trödelt, daß du von niemand was hörst.«

Ich hatte den Kopf voller Einleitungen gehabt. Jetzt war ich stumm. Entgeistert starrte ich ihn an, und er starrte zurück. »Was ist los, Missy? Du schläfst wohl noch?«

Ich blickte zu Marion hinüber in der Hoffnung auf Unterstützung, auf ein Stichwort. Aber nur ein leichtes Zittern ihrer Lippen deutete darauf hin, daß sie etwas von meinem Dilemma wußte.

Außerdem hatte sie mir ja auch gesagt, ich müsse es allein tun. Sie sah töricht und untüchtig aus. Ich verachtete sie dafür, wie schon oft.

Dann nahm ich jedoch allen Mut zusammen: »Ich habe gestern einen Brief bekommen, von der Schule des *American Ballet*. Ich soll vortanzen.« Diese Antwort war einfach und offen, hatte aber zur Folge, daß Lorenzo fast an seinem Bissen Ei erstickte.

»Was?« Er sah mich ungläubig an, als sei es undenkbar, daß ich ihm eine solche Nachricht einen Tag lang vorenthalten hatte, obwohl ich wußte, wieviel sie ihm bedeutete.

Meine Antwort klang lächerlich lahm: »Ich habe dir nichts verschwiegen, ich wollte nur erst zu einem Entschluß kommen. Ich wollte nachdenken.«

»Nachdenken?« Lorenzo runzelte noch verständnisloser die Stirn. »Nach all der Zeit, nach all dem Unterricht, nach allem, was wir gesprochen und getan haben?«

Ich hätte erwidern sollen: Ja, trotz alledem. Und eben deswegen möchte ich gern von hier weg und irgendwo

unabhängig sein. Warum nicht das statt: »Du weißt ja, ich habe mich noch bei anderen Schulen beworben.«
Bei meinen Worten verwandelte sich Lorenzos Gesichtsausdruck. »Aber das versteht sich doch von selbst.« Sein Blick fiel auf Nanny, die still und steif dasaß und ihre intensive Energie darauf beschränkte, unruhig mit dem Buttermesser herumzuwirtschaften. Dann blickte er wieder auf mich, als sei ihm jetzt alles klar – daß ich aus Respekt vor Nanny so handelte und dabei mein Äußerstes tat, um bis zur letzten Minute fair zu bleiben.
Nein, nein, formulierte ich in Gedanken, du verstehst mich nicht ... Ich bin meiner Sache nicht sicher.
Er sprach bereits weiter. »Natürlich. Es ist ja nur eine Prüfung. Um zu sehen, wie es wäre, wenn du dich tatsächlich dazu entschließen würdest. Das heißt noch nicht, daß sie dich nehmen oder daß du dich auf der Stelle entscheiden mußt.«
Während er weiterredete, merkte ich, daß es Nanny zuliebe geschah, obwohl er mich dabei ansah. Je positiver er über mich dachte, desto mehr Großmut und Mitgefühl empfand er ihr gegenüber. »Bei der Gelegenheit kannst du dir auch gleich die Stadt ansehen. Wenn ich's mir recht überlege: Es ist doch albern, daß du noch nie dort warst. Du brauchst denen nicht zu schreiben, ich rufe sie an. Je eher das vom Tisch ist, desto besser. Was meinst du – wie wäre es am Mittwoch, Missy?«
Noch während er mit vor Begeisterung strahlenden Augen weitersprach, begannen meine Visionen von fremden Städten und möblierten Zimmern in meinem Hirn zu verdorren, Ungeheuerlichkeiten zu werden. Marion, die mir gegenübersaß, machte ein höflich-erwartungsvolles Gesicht. Nanny hatte nicht mit der Wimper gezuckt. Ihre Aufmerksamkeit war noch immer finster entschlossen auf das Messer gerichtet, und gerade ihr Schweigen machte deutlich, daß keiner von uns sie hatte täuschen können.

»Mittwoch?« hörte ich mich fragen, als sei das ein Fremdwort. »Meinetwegen. Ja, Mittwoch.«
»Schön«, sagte Lorenzo vergnügt. Für ihn hatte diese Entscheidung dem Vormittag die lastende Schwüle genommen. Er warf Nanny noch einen freundlichen, achtungsvollen Blick zu und schloß mit: »Bis dahin hast du noch genügend Zeit zum Nachdenken, ehe die anderen Briefe kommen.«

49

Ein Gewitter vom Meer hatte am Vorabend unserer Abfahrt die Hitze vertrieben, der Landwind danach die Wolken auseinandergeblasen und die Erde herrlich frisch und leuchtend zurückgelassen. Dennoch begann der Tag für mich mit allerlei bösen Ahnungen. Abgesehen von ein, zwei Ausflügen mit Familie und Freunden, war ich seit Jahren nicht über Bethesda hinausgekommen. Es vermittelte mir ein sonderbar schwebendes Gefühl, diese Welt zu verlassen, die doch bei aller Turbulenz wohl behütet gewesen war. Diese Welt – und Nanny, die mit vorwurfsvoll verkniffenem Mund beim Frühstück gesessen hatte, als zerre mich Lorenzo nun endgültig ins Verderben. Und doch war sie es, die sagte: »Nein, nein, begleiten *Sie* Melissa. Ich hasse diese gräßliche Stadt. Außerdem geht mich das alles nichts an.«
Und ich war abgefahren und hatte plötzlich gefühlt, was für ein Kind ich noch war. Immer hatte ich nur getan, was man mir befahl, mich nie an den Gesprächen der Erwachsenen beteiligt, auch wenn es dabei um mich gegangen war. Nie war ich mit Lorenzo allein gewesen, außer beim Tanzen. Nun fühlte ich mehr als Beklommenheit – wußte ich doch, wie sehr er kindliches Geschwätz verabscheute. Und nicht nur das. Wir gingen auf eine Expedition, die für uns beide mit Schimpf und Schande enden

konnte: Ich – nach meinen zwei Jahren *Schwertertanz* bei Madame Lupetska – wollte mich in einer der besten Ballettschulen der Vereinigten Staaten vorstellen.
»Acht Jahre tänzerische Ausbildung« hatte ich in den Fragebogen geschrieben und dabei einfach mit Madame Sacharoff in London angefangen. Wie furchtbar kümmerlich? Wie schrecklich peinlich!
Doch als Lorenzo aufs Gaspedal trat, änderte sich alles. Von nun an schien eine neue Rolle für mich geschaffen: die der Erwachsenen.
Vielleicht hatte auch er sich in der Nacht vor dieser Fahrt gefürchtet und nach langem Nachdenken beschlossen, sie dadurch erträglicher zu machen, daß er so tat, als sei ich kein Kind mehr. Als er zu mir sprach, erinnerte mich das an die Art, wie er mit Mary Horste geredet hatte. Von einer Sekunde zur anderen kam es mir ganz natürlich vor, auf seine Bemerkung: »Mir fällt gerade Isidora Duncan ein – weißt du was über sie?« zu antworten: »Madame Lupetska meint, sie sei verrückt und etwas schwerfällig gewesen. Ihr ist Martha Graham lieber.«
»Verrückt war sie.« Lorenzo lächelte bei der Erinnerung. »Ich habe sie in Paris kennengelernt und konnte ihre Launenhaftigkeit nicht ausstehen. Außerdem hatte sie nicht die richtige Kontrolle über ihre Zehen. Aber die hat schließlich jede beliebige Tänzerin...«
»Was war denn das Besondere an ihr, wenn du ihre Launen so unausstehlich fandest?«
Er schien nachzudenken. »Missy, ich glaube, es sind die Verrückten, die einem die Augen öffnen. Die einem zeigen, daß es beim Tanzen, Malen, Bildhauern oder was auch immer keine Grenzen geben darf.«
»Aber irgendeine Disziplin muß doch sein«, sagte ich. »Ich kann doch nicht wie ein rasender Derwisch herumtoben und das dann als Tanz bezeichnen?«
Er lachte. »Hast du schon mal einen rasenden Derwisch tanzen sehen! Es kann sehr ergreifend sein. Aber ich

meine ja geniale Verrückte. Isadora war eine. Und doch, glaube ich, wäre alles verlorengegangen, wenn es nicht Leute wie Martha Graham gäbe. Und damit wären wir wieder bei der Disziplin.« Sein bärtiges Gesicht wurde schwermütig-ernst.
»Man kann sich vornehmen, was man will: Durchzuführen ist es nur mit Disziplin. Mit harter, tagtäglicher Disziplin, bis man manchmal so weit ist, daß man haßt, was einen ursprünglich inspiriert hat. Hast du das schon mal empfunden, Missy?«
Ich dachte an das Zimmer im ersten Stock und die Musik, an die Schmerzen, an die Angst. »O ja«, seufzte ich.
»Das ist gut«, sagte er.
So redeten wir weiter, während er durch die dunkelgrünen Wälder fuhr, durch die zerklüftete Landschaft von Neu-England, und ich dachte für mich: Das geht ja so leicht, warum nur habe ich früher nie mit ihm gesprochen? Und als wir unser Thema erschöpft hatten und eine Weile schwiegen, spann ich den Gedanken weiter: Weil Lorenzo bis jetzt noch nie das Bedürfnis danach verspürt hat. Er hat den Wandel angeordnet. Er hat beschlossen, ich sei nun kein Kind mehr. Und sonderbarerweise kam mir das ganz selbstverständlich vor.
Wir aßen im »21« zu Mittag. Es erfüllte mich mit Sehnsucht nach London und Paris: so traditionsbetont, so elegant, Silber und Messing glänzten vor dunkler Täfelung. Und die vielen prominenten Leute. Um genau zu sein: Nur prominente Leute – außer mir. Einige waren bereits in Maine bei uns im Haus gewesen, einige noch nicht; alle aber kamen an unseren Tisch und wollten mich kennenlernen.
»Meine Tochter Melissa. Wir sind auf dem Weg zur Vorstellung in der Ballettschule.«
»Ach ja, Melissa . . . Ich habe von Jan Little gehört, daß sie eine Reinkarnation der Pawlowna sein soll. Hals und Beinbruch, Melissa, Sie werden es schaffen. Jan hat ein

untrügliches Gefühl für schlummernde Talente. Aber nehmen Sie ihn ja nicht als Agenten.«
»Das ist doch albern«, sagte ich, »der weiß doch nichts von mir.« Lorenzo strahlte. »Du hast eben schon einen gewissen Ruf. Bist du soweit?« Er trank seinen Kaffee aus und sah mich fragend an. Plötzlich war mir, als würde ich krank. »Ich weiß nicht«, stammelte ich.
»Das weiß man nie«, sagte er. »Aber es gibt Zeiten, da muß man sich zwingen, es zu wissen: so wie heute. Ob man nun soweit ist oder nicht...« Er erhob sich. Mir blieb nichts übrig, als ihm zu folgen.
Diesmal gab es keine knarrende Treppe, keinen Geruch nach Ratten und Ungeziefer, keine Madame Lupetska mit Komödiantengesicht, die mich gläubig auf der obersten Stufe begrüßte. Statt dessen einen Aufzug, endlose Korridore, Pfeile, die streng in verschiedene Richtungen zeigten. Von Pfeil zu Pfeil trabten wir entschlossen durch die Gänge und stellten mit lächerlicher Erleichterung fest, daß hinter der Ecke noch ein weiterer Pfeil war. Von mir aus hätte es ewig so weitergehen können, aber naturgemäß endeten sie vor einer Milchglastür, die Lorenzo für mich öffnete.
Hinter der Tür lag das Zentrum des Labyrinths, eine große Halle mit ledergepolsterten Bänken an den Wänden und einem Empfangspult in der Mitte. Überall waren Mädchen im Trikot und mit dicken, an den Zehen abgeschnittenen Wollsocken. Einige saßen auf den Bänken, andere auf dem Boden. Sie schwatzten, dehnten, bückten sich, machten Lockerungsübungen, und ihre Beine bildeten zu ihrem Torso die unglaublichsten Winkel. Schöne Beine, Teile eines erstklassigen Instruments, ihres Körpers. Sie schienen uns kaum zu bemerken, als wir vorübergingen.
Die Dame am Empfang jedoch blickte auf und sagte mit einem warmen Lächeln des Erkennens: »Ah, Mr. Cardoso.« Mich stachen lauter Nadeln im Rücken.

»Miß Rostow!« Die Stimme der Empfangsdame hatte etwas Jubelndes. »Mr. Lorenzo Cardoso ist da.«
Aus einer gleichsam erwartungsvoll angelehnten Tür trat nun Miß Rostow, sehr aufrecht und von strenger Schönheit. Ihre fast leichenhafte Blässe ließ vermuten, daß sie die frische Luft außerhalb des Labyrinths so gut wie gar nicht kannte. Dennoch erschienen auf ihren Wangen rote Flecke, als sie meinen Vater begrüßte. Das gleiche Erglühen, wie ich es immer wieder bei Menschen – vor allem bei Frauen – sah, wenn Lorenzo Cardoso auftauchte. In unserer heimatlichen Welt, wo mir niemand fremd war, hatte ich es wohl nie so recht bemerkt. Jetzt erfüllte es mich mit Stolz, aber auch mit Verlegenheit, nach den jahrelangen Ermahnungen, um keinen Preis aufzufallen.
»Welche Freude, Mr. Cardoso!« Jetzt sahen uns alle mit anderen Augen. »Ich habe ja schon so viel von Ihnen gehört, von der Norowska und von Madame Karina – ganz zu schweigen von Mr. Romanow selbst.«
»Es dürfte schwerfallen, nicht von jemand zu hören, der sich jahrelang beim Ballett so lästig gemacht hat.« Lorenzo drückte ihr die Hand. »So tief hinter die Kulissen habe ich allerdings nie gesehen. Wie ich höre, sind Sie hier so eine Art Engel mit dem Flammenschwert.« Bis jetzt hatte Miß Rostows Blick allein meinem Vater gegolten; nun aber wandte sie sich zu mir, und ich ahnte, was mit dem Ausdruck »Engel mit dem Flammenschwert« gemeint sein könnte.
»Das ist also Ihre Tochter.« Sie musterte mich vom Kopf bis zu den Zehen und bildete sich ein erstes Urteil. Doch als sie meines Vaters Augen begegnete, ließ sich nicht einmal andeutungsweise erkennen, wie dieses Urteil ausgefallen war. Miß Rostow hatte die Miene eines Pokerspielers, der seine Karten erst im entscheidenden Moment zeigt. Lorenzo revanchierte sich, indem er als Kavalier mitspielte.

»Den Brief mit Melissas Eignungszeugnis haben Sie, glaube ich, bereits in Händen. Ich habe keine Ahnung, wie es nun weitergeht.«
Dieser Brief, der mit acht Jahren Erfahrungen und Madame Lupetska protzte – Miß Rostow bestätigte ihn mit einem Kopfnicken und hielt die Karten noch immer verdeckt vor ihrer verwelkten Brust. »Als nächstes wird Mr. Winslow, der Lehrer unserer Vorbereitungsklasse, Melissa prüfen. Er beendet nur gerade eine Stunde.« Sie lächelte Lorenzo an. Offensichtlich bedauerte sie es nicht, daß Mr. Winslow erst in ein paar Minuten für mich Zeit hatte. »Kommen Sie doch in mein Büro, wir können plaudern, während wir warten. Melissa, ich zeige dir eine Garderobe, in der du dich umkleiden kannst. Danach darfst du zu uns kommen, bis Mr. Winslow erscheint.«
In der Garderobe nahm niemand Notiz von mir; trotzdem fühlte ich, daß jede meiner Bewegungen beobachtet wurde, als ich mich linkisch und verlegen bis auf die Unterwäsche aus- und das Trikot anzog, das mir Lorenzo gekauft hatte: beige mit passendem Oberteil. Damals schien er über den Ausgang meiner Prüfung sehr siegessicher gedacht zu haben, denn er hatte mir drei in verschiedenen Farben geschenkt. Als ich mich jetzt, vor vielen Augen, die so taten, als sähen sie mich nicht, hineinzwängte, kam es mir vor, als wüßten alle, wie es ausging – nur Lorenzo und ich nicht.
Miß Rostow saß mit meinem Vater in ihrem mit signierten Fotos tapezierten Büro, und sie unterhielten sich wie alte Freunde über die Welt, deren Schwelle ich gerade höchst zaghaft überschritt. Ich hörte die beiden kaum, war in Gedanken immer noch mit dem Urteil beschäftigt, das die Augen in der Garderobe gefällt hatten. Nur einmal staunte ich darüber, daß Lorenzo so ungezwungen war. Wie konnte er dasitzen und sich angeregt unterhalten, ohne etwas von meinem Zustand geistiger Lähmung zu bemerken?

Als Mr. Winslow endlich auftauchte, schaute mich Lorenzo kurz, aber tief und vertrauensvoll an, dann verließ ich mit meinem Inquisitor den Raum. Mr. Winslow führte mich in einen Übungsraum und schloß die Tür. Außer uns war da noch eine Klavierspielerin, eine ungeschlachte Frauensperson mit einem Zwicker auf der Nase und aufgedonnerter Frisur, die stoisch hinter einem Steinway-Flügel saß und auf ihren Einsatz wartete. Sie lächelte mir flüchtig zu, wie zum Beweis, daß auch sie ein Mensch sei, versank dann in passives Schweigen und überließ Mr. Winslow und mich uns selbst.
Durch einen Wink gab mir Mr. Winslow zu verstehen, ich solle mich auf einen der steiflehnigen Stühle an der Wand setzen. Er selbst ließ sich auf einem Hocker nieder. Bisher war ich ihm gefolgt wie in Trance und hatte ihn kaum wahrgenommen. Jetzt sah ich mir seine Erscheinung genauer an und dachte: Der darf nicht mehr tanzen, der ist zu fett – wieso kann der noch unterrichten?
Er schien Gedanken lesen zu können. Seine Augen waren klar, leuchtend blau und durchdringend.
Der unterrichtet mit den Augen, dachte ich. Dem entgeht keine Bewegung. Auch für mich gab es jetzt kein Entrinnen. Er beobachtete mich gelassen und schonungslos. Ich fühlte mich, als sei ich in eine Falle geraten.
Es war selbstverständlich, daß er meinen Brief bei sich hatte; doch als er ihn herausholte und nochmals durchlas, hätte ich ihn ihm am liebsten aus der Hand gerissen, als er sagte: »Madame Sacharoff in London? Hm. Ach ja, jetzt entsinne ich mich. Vor dem Krieg. Eine prätentiöse Person, die reichen Mädchen Tanzen beibrachte, weil ihre Mütter den Ehrgeiz hatten, ihre Kinder vor der Queen die Blumenelfchen tanzen zu sehen. Warst du einmal Blumenelfchen, Melissa?«
»Nein, der Krieg kam dazwischen«, stieß ich hervor, aber meine Antwort interessierte ihn nicht. Mit quälender Langsamkeit las er weiter und lachte in sich hinein.

»Madame Lupetska ... Warum müssen diese Damen sich nur immer russische Namen zulegen?« Er blickte auf und stellte die gefürchtete Frage: »Woher stammt diese Madame Lupetska eigentlich, wenn ich mal fragen darf?«
»Ich weiß nicht recht«, gab ich naiv zurück. »Ich glaube, sie hat mal zu den ›Rockettes‹ gehört.«
»So, glaubst du«, sagte er in einem Ton, der mir unterstellte, ich wisse es ganz genau. »Aha. Und das war vier Jahre lang deine einzige Lehrerin?«
»Es gab ja keine andere. Und ich wollte tanzen.« Ich wurde allmählich wütend und hätte beinahe gebrüllt. Doch er kicherte nur aufreizend.
»Na, na. Ich versuche nur, mir ein Bild von dir zu machen. Manche Erfahrungen können nützlich, andere vernichtend sein. Wenn etwas verpfuscht worden ist, weiß man gern den Grund. Erst dann kann man entscheiden, ob der Pfusch reparabel ist. Die ›Rockettes‹. Aha.« Sein Blick wanderte zur Decke. »Na ja. Wir müssen es uns eben mal ansehen.« Er zögerte nachdenklich und musterte mich nochmals. »Noch eine Frage, ehe wir anfangen: Hast du schon mal vor Publikum getanzt?«
»Nur bei Schulmatineen«, gestand ich.
»Und wie bist du dir da vorgekommen?«
»Idiotisch.« Als ich es aussprach, kam ich mir genauso idiotisch vor, aber ich konnte nicht anders; bei ihm schien man die Wahrheit sagen zu müssen. Hastig fügte ich hinzu: »Die Stücke, nach denen wir tanzen mußten, waren so furchtbar, wissen Sie.«
»Hm. Stücke aus dem Repertoire der ›Rockettes‹.« Diesmal wenigstens schien meine Abneigung ihm zu gefallen. »Aber irgendwann mußt du doch etwas getanzt haben, das dir Spaß machte?«
»Aber ja«, sagte ich hastig. »Vieles. Brittens *Illuminations, Feuervogel, Images* ...«
»Und vor wem?«

»Vor meinem Vater.«
»Deinem Vater allein?«
»Ja, meinem Vater allein.«
Sekundenlang hatten diese Worte die Zauberwirkung, Lorenzo gegenwärtig zu machen, als habe er, der mich hier allein gelassen hatte, mich wiedergefunden. Und als nun Mr. Winslow stirnrunzelnd fragte: »Warum?« antwortete ich ohne Zögern: »Weil mein Vater der einzige war, dem daran lag und der es beurteilen konnte.«
»Ich verstehe.« Mr. Winslow lächelte sardonisch, als amüsiere er sich über einen Witz, den er für sich behalten wollte. Dann zögerte er, wie um eine kleine Ansprache vorzubereiten. »Wenn du unseren Prospekt gelesen hast«, sagte er endlich, »wirst du wissen, daß wir vor jedem Anfang sorgfältig prüfen, ob die Anwärterin körperlich fürs Ballett geeignet ist: ob sie feste Arme, gutgebaute, lange Beine, schmale Fesseln und einen kräftigen Rist hat usw....« Die Genauigkeit, mit der er mich nochmals musterte, war beinahe komisch. »Den Test hast du anscheinend bestanden, sonst säßest du nicht hier. Nun wollen wir mal prüfen, was Madame Lupetska dir beigebracht hat«, sein Mund verzog sich, »abgesehen von deinem Vater. Bitte, tritt an die Stange und gib genau auf mich acht.«
Was nur trug mich über die folgende halbe Stunde hinweg? Konzentration, Gewohnheit, Disziplin, die mein Handeln automatisierten? Ich war wie eine Maschine und funktionierte nach dem Klang altgewohnter Anweisungen. Die Stimme, die sie mir gab, war befehlend, und mein Körper konnte nicht anders, als ihr zu gehorchen. Ich dachte nur an Mr. Winslow und hätte daher nicht beurteilen können, ob meine Leistung gut oder katastrophal war. Zum Schluß hatte ich ein ähnliches Gefühl wie der Patient, der aus der Narkose aufwacht und erfährt, daß die Operation erfolgreich verlaufen sei.
Ich war erschöpft, fast zu müde, um mich noch darüber

zu freuen, daß Mr. Winslow lobte: »Recht gut, recht gut. Wie hieß doch die Dame? Die russische Madame Soundso scheint bei dir nichts verdorben zu haben.«
Er stand, die Hände in die Hüften gestützt, den Kopf schief gelegt und sah zum erstenmal menschlich aus.
»Du kommst vorläufig in die Probeklasse. Wie rasch du aufsteigst – wenn überhaupt --, hängt von dir ab. Hast du daheim einen Spiegel? Wenn nicht, kauf dir einen. Von nun an wird die Tänzerin, die du darin siehst, wichtiger sein als du selbst.« Noch während er es sagte, begegneten sich unsere Augen im Spiegel, der die Wand vom Boden bis zur Decke ausfüllte. Ich hörte ihn kaum: ich konnte ihn nur anstarren. Ich fühlte überhaupt nichts.

50

Erst als Lorenzo und ich uns im Café gegenübersaßen und er fragte: »Nun erzähl doch mal – wie fühlst du dich?«, war mir, als erwache ich wieder zum Leben.
»Euphorisch«, platzte ich zu meiner Überraschung heraus. »Im einen Moment möchte ich vor Freude in die Luft springen und im nächsten Moment ganz still dasitzen und nachdenken.«
Er nickte verständnisvoll. »Schön. Genieß es nur -- genieß es jede Sekunde.« Dann wurde er ernsthaft; unsere Freude schien ihn an etwas zu erinnern, und er sprach es aus: »Diese Euphorie wird nicht lange dauern. Du wirst dir die Erinnerung daran zurückrufen wollen und es nicht ganz schaffen. So wird es immer wieder sein. Du wirst zwei Leben haben. Eins, das dir das Publikum verschafft, und das wird dir manchmal verdammt komisch vorkommen, denn es kann abwechselnd erfreulich und bitter grausam sein. Und es kann dich zum Wahnsinn treiben ohne das andere Leben, in dem du deine Leistungen ständig nach der eigenen Richtschnur mißt. Und diese Richt-

schnur kennst du doch, oder?« Er sah mich so an, daß mir jeder Schritt einfiel, den ich je vor ihm getan hatte. »Die darfst du nie außer acht lassen.«
So rasch Lorenzo ernst geworden war, wurde er auch wieder fröhlich. »Jetzt gehen wir aus diesem geschmacklosen Lokal, einverstanden?« Er grinste abschätzig und sah sich um. »Jemand hat diesen Alptraum aus Plastik mit voller Absicht gestaltet, und den hat er zweifellos sehr glücklich gemacht. Mich aber deprimiert er. Wir haben jetzt Zeit – willst du dir nicht ansehen, wo du wohnen wirst?«
Aus Lorenzos Wohnung, die mein Zuhause werden sollte, blickte man über den Central Park. Ich weiß noch, daß ich auf dem Weg von der Ballettschule dorthin dachte: Wie gut, daß es so nah ist, fast als hätte er es geahnt. Dabei hatte er sie sich gekauft, lange ehe vom Ballett die Rede war.
Ich hatte darin immer nur Lorenzos Wohnung gesehen, obwohl sich auch Marion manchmal dort aufhielt, wenn sie in der Stadt Besorgungen machte oder sie beide zum Essen eingeladen waren. Aber als er sie kaufte, war ich krank gewesen, und seitdem hatten weder Jaime noch Nanny oder ich jemals die Farm verlassen. Ich merkte zum erstenmal, daß das sonderbar sei, als ich so durch den herbstlichen Park ging. Nun kam ich also in einen Teil von Lorenzos Welt, die keiner von uns dreien kannte. Als ich über die Schwelle trat, wurde es noch merkwürdiger, denn zwischen dieser seiner Welt und uns anderen gab es keinerlei Verbindung, nichts Vertrautes: nichts Gemütliches, wie die »Eckchen« meiner Mutter, nichts von jener energischen Geschäftigkeit und Üppigkeit, wie in Nannys Küchen und Speisekammern. Auch keinen Hinweis auf den grüblerischen Jaime, auf die ständig wechselnden Stimmungen, unberechenbar und lebendig wie der Wind vom Meer, die allem, woraus unser Leben bestand, eine gewisse gespannte Intensität verliehen.

In dieser anderen Welt schien es nur eine einzige Stimmung zu geben: Leer und kahl, mit bloß ein, zwei Gemälden zwischen Lorenzos eigenen Skizzen, bot diese Wohnung ausschließlich Raum für den Architekten und seine Arbeit. Es kam mir unglaublich vor, daß ein und derselbe Mensch zwei derart gegensätzliche Pole schaffen konnte. Lorenzo hatte diese Welt ebenso betont einfach gehalten, wie die andere betont kompliziert war.
Er machte mir plötzlich deutlich, welche Macht er besaß. Ich war mir dessen nicht bewußt gewesen. »Lorenzo kann alles«, hatte ich zwar oft behauptet, ohne jedoch dabei zu überlegen. Diesmal dachte ich: Er kann beliebige Welten schaffen, und in dieser bin ich der Eindringling.
»Alles wunderschön«, sagte ich und platzte dann enttäuscht heraus: »Aber nur für dich. Hier passe ich doch überhaupt nicht herein.«
Ich schämte mich sofort und glaubte, ihn verletzt zu haben. Doch ich kannte die Genialität meines Vaters wohl noch immer nicht genügend. Statt beleidigt auszusehen, lächelte er begeistert über mein instinktsicheres Urteil.
»Du hast vollkommen recht«, erwiderte er. »Diese Wohnung ist für mich, und ich habe nicht vor, daran etwas zu ändern. Aber du glaubst doch nicht etwa, ich hätte dich für nichts und wieder nichts hergebracht, oder?«
Ehe ich antworten konnte, ging er durchs Zimmer und öffnete eine Tür. Ich blickte in eine Diele. »Komm«, sagte Lorenzo und weidete sich an meiner Überraschung, »dort ist dein Zimmer. Es gehört ebensosehr zu dir wie das andere zu mir. Gefällt es dir?«
Das Zimmer, das ich betrat, hätte irgendeinem x-beliebigen gehören können, solange man nur die Couch und die darüber an der Wand hängenden Bilder der Zirkustänzerinnen von Marie Laurencin sah. Oder nur die Bücherregale mit den ersten paar Büchern darauf oder den Plattenspieler mit den Anfängen einer Plattensammlung. Oder auch nur den Toilettentisch mit dem kleinen ovalen

Spiegel, in dem die gelben Wände blasser und kühler als Narzissen wirkten. Doch es gab noch einen zweiten Spiegel in dunklem Kirschholzrahmen, der durch sein Format und seine Position den ganzen Raum beherrschte. Wo immer ich stand, sah ich mich in voller Größe. Und an der Wand gegenüber befand sich eine Übungsstange in genau der richtigen Höhe und Länge.
Ich hatte noch immer kein Wort herausgebracht. Auch jetzt trat ich sprachlos an die Stange und legte die Hand auf das unpolierte Holz. Dann wandte ich mich zum Spiegel und betrachtete mich ernsthaft prüfend, wie vor einer Stunde, als mir noch Mr. Winslow lächelnd und nickend dabei über die Schulter geschaut hatte.
Als ich Lorenzos Stimme hörte, klang sie weniger vergnügt als besorgt: »Was ist denn, Missy?«
Ja, was war? Ich kann mir noch heute das Gefühl nicht erklären, das mich damals vor dem Spiegel überfiel. Hatte ich nicht, solange ich denken konnte, Tänzerin werden wollen? Hatte ich nicht schon als Kind viele Jahre der Anstrengung an dieses einzige Ziel gewendet? Warum kam es mir jetzt so unwirklich vor, als sei ich emporgehoben und in einer Art Traum hierher versetzt worden.
»Dieses Zimmer«, brachte ich schließlich heraus, »dieser Spiegel – diese Stange ... Also mußt du es schon die ganze Zeit gewußt haben?«
Zur Antwort lachte Lorenzo herzlich und erleichtert. »Missy, wo bist du nur all die Jahre gewesen? Selbstverständlich habe ich es immer gewußt? Du nicht?«

51

Wenn Lorenzo mir diese Frage stellte, hatte er natürlich recht. Bisher hatten seine seltenen Unterhaltungen mit mir sich auf zustimmende Ausrufe beschränkt. Einen Augenblick lang hatten sie mich stolz gemacht. Doch

zwischen diesen Augenblicken war mein Gesprächspartner stets Nanny gewesen, die so gern und oft von den Gefahren des Stolzes sprach. Die bis zuletzt gehofft hatte, ich würde den Gedanken an eine Ballettschule völlig aufgeben. Es war nicht überraschend, daß ich mich in einer Art Zwickmühle befand und sogar erwog – was ich in gewissem Sinne jetzt getan habe – zu flüchten. Dann kam der Brief der Schule, und ehe ich lange nachdenken konnte, saß ich vor meinem Inquisitor, Mr. Winslow. Kein Wunder, daß mir alles wie ein Traum vorkam.
Als ich aber erst einmal mein Leben in der Schule begonnen hatte, gewöhnte ich mich verblüffend schnell ein. Die Schule nahm nicht nur die meiste Zeit, sondern auch all meine Gedanken in Anspruch, sie verlangte fast so viel Disziplin außerhalb des Unterrichts wie der Unterricht selbst. Miß Rostow, der »Engel mit dem Flammenschwert«, herrschte über alle unsere Stunden. Sie saß an ihrem Pult, füllte unsere täglichen Arbeitspläne aus und sah dabei schick und neurotisch geschäftig aus. Niemand widersprach ihr je, nicht einmal der mächtige Lorenzo. Er hatte durchblicken lassen, daß er mich gern bei Miß Chisholme wüßte, deren Weisheit er unvergleichlich fände, doch ich wurde Mr. Winslow übergeben.
Mr. Winslow war genau, wie ich ihn kennengelernt hatte: unermüdlich, intolerant und anspruchsvoll. Sein Sarkasmus, für ihn selbst so amüsant, brachte andere Menschen an den Rand der Tränen. Man lernte in der Schule frühzeitig, Gefühle zu unterdrücken, die man nicht zeigen durfte. Mit seinen Worten: »Wir haben hier keine Zeit für Privatemotionen. Die Kritik eines Lehrers ist immer etwas Konstruktives und muß mit einem Nicken, ja mit einem Lächeln entgegengenommen werden. Und jetzt, Melissa, bitte noch mal das *jeté en avant*. Und bitte mit einem hingerissenen Ausdruck und nicht, als wolltest du mit dem Messer auf den Spiegel losgehen.«

Der Spiegel, immer der Spiegel. Man mußte sich darin dauernd beobachten, ohne die kleinste Andeutung, *daß* man es tat. »Stellt euch vor, ihr seid auf der Bühne: Dort ist kein Spiegel mehr, außer in eurer Phantasie. Und keiner darf ihn sehen – außer euch.«
Bei Mr. Winslow gab es keinen Zweifel, wie weit man war. Blieb man ein klein wenig hinter seinen Erwartungen zurück, so blieb man dort nicht lange. Entweder man machte Fortschritte, oder man flog hinaus.
Bald lachten die Mädchen nicht mehr über seinen runden Bauch, seine schlaffe Haut; sie bekamen Respekt vor der Muskelmaschine darin. Die Maschine und der Geist, der sie antrieb, waren unermüdlich und verlangten viel.
»Noch etwas mehr strecken, noch etwas mehr. Ihr müßt aus Gummiband sein, nicht aus Radiergummi. Ihr könnt nicht ruckartig in eine Stellung fallen, ihr müßt graziös wie die Vögel hinein- und herausschwingen.«
»Schläfst du, Natalie? Du hast wohl zuviel gegessen? Warum bewegst du dich nicht? Wenn du mir schon bei Tag die Zeit stiehlst, geh wenigstens abends rechtzeitig ins Bett, nämlich früh genug. Und keine fetten Pommes frites mehr, hörst du.«
Insgeheim hieß er »der Tyrann«.
Doch wir taten, was er sagte. Denn es drohte immer der Rausschmiß, zurück in die unteren Klassen, aus denen man wiederkommen oder aber diskret entfernt werden konnte.
Die Tyrannei und der Sarkasmus, die so viel schweigendes Leid verursachten, wurden mehr als ausgeglichen durch das Hochgefühl, wenn Mr. Winslow in die Hände klatschte, seine strengen Augen erfreut aufleuchteten und seine quengelnde Stimme ausrief: »Gut! Gut!« Denn in einem solchen Augenblick bestand kein Zweifel, daß Mr. Winslow nicht eine mühsame, klobige Imitation gesehen hatte, sondern das »Wirkliche«, das Echte. Einfach, unbestritten. Dieses Echte stak in einem wie ein Funke,

den es wieder und wieder anzufachen galt: durch Üben, Üben und nochmals Üben.
Ich hatte geglaubt, ich wüßte, was Üben bedeutete. Ich hatte geglaubt, ich wüßte, was Disziplin sei. Ich hatte meinen Körper für gelenkig gehalten, meine Bewegungen für natürlich und graziös.
»Du bist steif wie ein Stock. Sei vorsichtig, sonst brichst du noch ab. Natürlich? Weißt du überhaupt, wie lange man üben muß, ehe man ›natürlich‹ wirkt? Stunden, Tage, Monate, Jahre!«
Ich ging heim in das Zimmer, das Lorenzo für mich eingerichtet hatte. Und nach den Stunden im großen Übungssaal umfaßte ich die Übungsstange und fing von neuem an.
Irgend etwas war nicht, wie Mr. Winslow es wollte. Ich meinte, ich müsse diesen Fehler selber sehen, um ihn korrigieren zu können. Ich versuchte es wieder und wieder, nahm die Positionen auseinander und setzte sie wieder zusammen, wie die Stücke eines Puzzles. Da, jetzt hatte ich es! Doch beim nächstenmal patzte ich erneut.
»Beim Training nicht übertreiben«, warnte Mr. Winslow. »Es gibt da einen Moment, in dem weitere Anstrengungen alles verderben können.«
Er hatte recht, aber oft machte ich eigensinnig weiter, nachdem ich das Wesentliche erkannt hatte, weil ich dachte: Wenn ich das nicht schaffe, werde ich verrückt.

52

»Ich kann mir vorstellen«, sagte Mrs. Cameron eines Morgens, als wir über einer zweiten Tasse Kaffee saßen, ehe wir mit einer langen Liste von Haushaltspflichten anfingen, »wie das Leben in der Ballettschule Sie ausgefüllt haben muß. Aber es wird doch sicher Momente gegeben haben, wenn Sie mit Schule und Training fertig

waren. Woran dachten Sie dann? Was war mit der Großstadt? Erschien sie Ihnen nicht beängstigend gleichgültig nach dem behüteten Leben auf der Farm?« Sie rührte, in eigene Erinnerungen versunken, in ihrer Tasse. »Als ich die Ranch meiner Familie zum erstenmal verließ, sah ich die Welt mit den Augen der Meinen. Aber die Welt sah mich nicht so wie ich sie. Das Resultat war oft verheerend. Sie werden damals wohl das meiste mit Nannys Augen gesehen haben. Da müssen Sie sich doch ein bißchen verloren vorgekommen sein?«
»Sie vergessen«, sagte ich lachend, unvermutet von Erinnerungen durchwärmt, »daß mein Vater beschlossen hatte, ich sei nun erwachsen.«
»Aha. Ja. Also, Sie hatten noch eine Frist. Sie brauchten noch immer nicht mit eigenen Augen zu sehen.«

Eine Bemerkung, die harmlos klang, mich aber nachdenklich stimmte. Den ganzen Tag dachte ich darüber nach, selbst als ich die drei ungeschickten Lupers-Kinder unermüdlich wieder aus dem Schnee graben mußte.
Wie wäre es ohne Lorenzo gewesen? Was hätte ich erlebt, was gesehen? Wie vorher Nanny, war jetzt Lorenzo stets präsent. Und immer wieder kam der Augenblick, in dem es an meiner Tür klopfte und meines Vaters Stimme wie die Stimme der Befreiung tönte: »Hör mal, Missy, ich krieg' meinen Kram auch nicht so ganz hin, ich mach' aber trotzdem für heute Schluß. Wie steht's mit dir?«
Dann badeten wir, zogen uns um und gingen spazieren. Diese Gänge unterschieden sich sehr von denen mit Nanny und Jaime auf der Farm. Lorenzo behandelte mich als Erwachsene; wir liefen durch die Straßen, und Lorenzo lehrte mich New York wirklich kennen. Nicht in einer allumfassenden Riesentour, sondern allmählich, stufenweise – damit ich ein Gefühl bekam für Greenwich-Village oder die Park Avenue oder die Bowery –, wie ein Künstler es tut, der so lange immer wieder-

kommt, bis er nicht nur sieht und fühlt, sondern weiß. Manchmal besuchten wir eine Galerie oder ein Museum, aber nie in Eile, nie im Galopp, um soviel wie möglich binnen einer Stunde hinter sich zu bringen, vielmehr ganz langsam, das eine oder andere Stück, viele Male. Oft gingen wir auch ins Theater. Irgend etwas an der Bühne bewegte meinen Vater sonderbar tief. Besuchten wir eine Aufführung, so ließ er sich nicht nur unterhalten. Fand er das Stück schlecht, beließ er es nicht dabei, sondern setzte sich innerlich damit auseinander, saß danach zerstreut und gedankenverloren beim Essen und suchte unermüdlich nach dem Fehler, als hänge sein Seelenfrieden davon ab. Fand er das Stück gut, lobte er den Autor, als habe der ein Wunder vollbracht, und sagte: »Es ist vollkommen. Die Personen sind lebendig, wahr und folgerichtig. Sie tun und sagen, was sie sollen.«
Eines Abends fesselte ihn eine Vorstellung derart, daß ich mich zu der Bemerkung veranlaßt sah: »Aber darin liegt doch der Unterschied. Deshalb befriedigt doch ein gutes Stück mehr als das wirkliche Leben: Weil die Personen so handeln, wie man will.«
Er lächelte. »Da hast du recht. Weißt du, Missy, ich glaube, eines Tages werde ich ein Stück einzig zu dem Zweck schreiben, damit sich meine Personen so betragen, wie sie sollen.«
Wir lachten zwar beide, aber bei ihm klang eine sonderbare Verzagtheit mit, die sich sofort verlor, als wir auf andere Themen kamen.
Beim Essen gesellten sich oft Freunde von Lorenzo zu uns, nicht nur die alten Getreuen, die noch immer regelmäßig zur Farm hinauspilgerten, sondern viele neue Menschen, die sich mit Politik, Kunst oder Theater beschäftigten.
Mit diesen intelligenten, geistreichen Menschen wurde es niemals langweilig, sie waren über alles Wesentliche auf dem laufenden. Es schmeichelte mir, an ihren Ge-

sprächen teilnehmen zu dürfen, als sei ich nicht nur für Lorenzo, sondern tatsächlich eine Erwachsene. Hier und da vermochte ich einer Sache eine neue Seite abzugewinnen, was sie entzückte oder verblüffte; meist aber wurden sie nach einer Weile müde, mich mit heranzuziehen, und ich war froh, wenn Lorenzo auf die Uhr sah und sagte: »Großer Gott, es ist schon elf, Missy. Mr. Winslow würde dir Prügel anbieten.« Und dann verabschiedeten wir uns.
Weit schöner waren für mich die Stunden mit Lorenzo allein, in denen ich zugeben durfte, wie wenig ich wußte. Dann merkte ich, wie engbegrenzt die Welt war, die Nannys Unterricht mich sehen gelehrt hatte. »Viktorianische Märchen«, tat ihn Lorenzo im nachhinein lachend ab und rückte meine Eindrücke von der Welt ringsum zurecht.
All das wäre unmöglich gewesen, hätte er nicht sein Leben in mancher Hinsicht umgestaltet, um es dem meinen anzupassen. Früher war er zur Beaufsichtigung eines Projekts zwei-, dreimal wöchentlich in die Stadt und noch am gleichen Tag wieder nach Hause gefahren. Jetzt hatte er den größten Teil seines Materials und seine Reißbretter nach New York geschafft und fuhr nur mehr an den Wochenenden mit mir zusammen heim auf die Farm. Nicht daß er meinetwegen seine Arbeit vernachlässigt hätte: Während ich tanzte, übte, endlose Stundenpläne absolvierte, blieb ihm Zeit genug, so hart und uneingeschränkt zu arbeiten wie früher. Vielleicht sogar noch mehr, denn in New York war er ja seinen Bauvorhaben näher.
Seine Arbeit hätte er für niemanden vernachlässigt. Doch es war fast, als gäbe es unter seinen Schöpfungen aus Stein, Erde und Holz noch ein Projekt: mich. Hatte er das damals gemeint, nach dem Theater, mit seinem wehmütigen Scherz, selber einmal ein Stück zu schreiben, damit alles würde, wie er es wünschte? Ich war keine Gestalt in

einem Stück, aber vielleicht hatte ihn in seinem Leben vieles enttäuscht, und er wollte sicher sein, daß *ich* ein Erfolg wurde. Zu diesem Zweck blieb er immer in meiner Nähe. Paßte auf, daß ich mich nicht überarbeitete. Vergewisserte sich, daß ich mich nicht geschlagen gab, wenn ich manchmal entmutigt war. Und sorgte dafür, daß ich nie allein blieb.

53

Als Architekt und Baumeister muß Lorenzo gewußt haben, daß man nichts von hier nach da transportieren kann – ob Sand, Wasser, Erde oder Energie –, ohne daß an anderer Stelle ein Vakuum entstand. Etwas mußte vernachlässigt werden, damit er und ich leben konnten, wie wir es taten. Naheliegenderweise waren es die Menschen, die Welt, die wir auf der Farm zurückgelassen hatten.

Anfangs kam Marion gelegentlich mit Matthew in die Stadt, und dann fühlte man sich an London erinnert: Lorenzo in seinem Arbeitszimmer eingeschlossen, und Marion, die auf ihn wartete. War er jedoch mit seiner Arbeit fertig, hatte er weniger Zeit denn je, und sie hatte weniger zu tun als je zuvor. Selbst die Stunden mit Helen Coatsworth, die jetzt in einer Wohnung in der Park Avenue lebte, schienen sie nicht zu befriedigen. »Helen wird allmählich tatterig«, sagte sie abschätzig. »Sie interessiert sich mehr für das Hündchen, das sie auf der Straße aufgelesen hat, als für ihre Freundinnen. Ich habe manchmal das Gefühl, sie hält diese alte Töle für eine Reinkarnation ihres Mannes. Sie weiß *nichts* mehr zu sagen...«

Ich mußte an die Geständnisse denken, die Helen und meine Mutter früher austauschten, und daß sie Marion vielleicht wirklich nichts mehr zu sagen hatte. Und dann dachte ich: Hoffentlich kommt Matthew bald und fährt sie wieder nach Hause auf die Farm. Kam er schließlich, schien sie ebenso erleichtert wie ich. Denn was auch immer die Welt der Farm ihr jetzt bedeuten mochte – es war der einzige Ort, an dem sie sich zu Hause fühlen durfte.

Nanny lehnte es eigensinnig ab, auch nur über Tag in die Stadt zu kommen, und Jaime wurde, soviel ich weiß, nie dazu aufgefordert. Auf diese Weise entfernten sich allmählich Lorenzos zwei Welten, die ohnehin getrennt waren, so weit voneinander, daß der Abgrund zwischen ihnen unüberbrückbar wurde.
Jedes Wochenende kehrten wir getreulich heim, und anfangs war es wie die Heimkehr in eine Oase nach einem aufregenden, aber durstgequälten Marsch durch die Wüste – zumindest für mich. Marions Entzücken, uns zu sehen, war rührend und echt. Sie schien sich mehr darüber zu freuen als über unsere dauernde Anwesenheit früher. Und Nanny schien die ganze Woche geplant und organisiert zu haben, um das Äußerstmögliche aus den beiden Tagen herauszuholen. Komplizierte Gerichte waren vorbereitet, speziell solche, die ich am liebsten aß.
»Sirup-Pudding«, sagte Lorenzo und zog die Stirn kraus. »Gib acht, Melissa, du wirst am Montag deinen Hintern nicht vom Boden kriegen.«
»Unfug«, entrüstete sich Nanny dann. »Nimm dir noch mal, bei dir stehen schon die Knochen heraus. Sieht sehr unhübsch aus.«
Wie schmeckten Sirup-Pudding, heiße Milchbrötchen, fetter Entenbraten mit Orangen, Hammelkeule – nicht englisch, sondern französisch – mit weißen Bohnen und Petersilie! Küche und Speisekammer waren für mich himmlische Orte mit Reihen von Einmachtöpfen voller Birnen und Pfirsiche, Essiggemüse und Tomaten, deren warme Sommerfarbe durch das Glas leuchtete.
Ich liebte das Haus mehr denn je – bis in jeden Winkel.

Suchte ich nach Anzeichen dafür, daß Nanny den von mir eingeschlagenen Weg mißbilligte, so suchte ich vergeblich. An keinem Wochenende ließ sie etwas von der bedrückenden Sorge durchblicken, die sie an jenem Abend gezeigt hatte, als Lorenzo vorschlug, mich in die Ballettschule zu schicken. Ihr Zorn über seine »fixe Idee« schien abgeklungen zu sein. Wenn sie mein Leben in New York erwähnte, dann nur, um zu fragen, ob ich noch mehr Handtücher oder Kniestrümpfe brauche und für den kommenden Winter genügend Decken habe. Mein Tanzen streifte sie mit keinem Wort; sprach sonst jemand davon, so behandelte sie das Thema mit Gleichmut, als sei Tanzen nur eines der vielen Dinge, die ich unternahm, und möglicherweise nicht halb so wichtig wie Museumsbesuche oder regelmäßige Lektüre.
»Hast du auch genügend zu tun?« pflegte sie zu fragen, als sei das ein Lebensziel an sich.
»Komm doch und überzeuge dich selbst«, lockte ich. Doch sie schnalzte dann nur mit der Zunge und meinte: »New York war noch nie mein Fall. Da sehe ich lieber zu, daß die Woche über hier alles erledigt wird, und warte, bis du herkommst.«
So verhielt sich wohl kaum jemand, der meine Seele zu vereinnahmen wünschte. Mehr als einmal war ich in Versuchung, zu Jaime zu sagen: Siehst du jetzt, wie anders alles geworden ist als in deiner Geschichte? Hatte ich nicht recht, daß es eine verrückte Idee von dir war? Wie bist du nur darauf gekommen? Hoffentlich hast du sie jetzt fallenlassen. Irgend etwas hielt mich zurück.

54

In dem erwähnten Herbst war Jaime nicht – wie ich – in einer Schule. Es war die alte Leier. Trotz seines Wissens und seiner Intelligenz schien er unfähig, seine Hausauf-

gaben zu bewältigen. In der Oberschule war er an seine Examensarbeiten auf die gleiche originelle Art herangegangen wie an die Hausaufgaben und hatte schließlich nur deshalb ein Abgangszeugnis bekommen, weil seine Lehrer sich ihn und seine Originalität vom Halse schaffen wollten. Die Noten waren mittelmäßig, er war knapp durchgerutscht. Ein kleineres College in Georgia hatte ihn aufgenommen, doch hatte seine Originalität dort nicht die gleiche Wirkung gehabt: er war bereits nach dem ersten Semester geflogen.
Dann folgten allerlei peinliche Bewerbungen bei verschiedenen Instituten für Kunsterziehung mit therapeutischem Charakter, wo er zunächst ein konventionelles Mitarbeiten lernen sollte, um sich, wie man hoffte, danach weiterführenden Studien zuzuwenden. Von dieser Hoffnung schien keiner so recht überzeugt, und da Zuversicht schon fast die Schlacht entscheidet, wurden sämtliche Bewerbungen abschlägig beschieden. Jaime setzte ein Jahr lang mit dem Schulbesuch aus. Niemand dachte daran, daß er zum Militär eingezogen werden könnte. Vielleicht schien die Vorstellung, Jaime könne Soldat werden, zu absurd. Tad Bigelow war bereits beim Militär. Voriges Jahr hatte er die Farm verlassen, und niemand vermochte ihn zurückzuhalten. Er war nach Chicago gezogen und verdiente dort, bis er alt genug war, sich freiwillig zu melden. Man konnte sich gut vorstellen, wie gern er gegangen war – auch ohne die dumme, nie wirklich aufgeklärte Schulgeschichte.
Mit einemmal schlug auch Jaimes Stunde.
Selbst Marion vermochte darüber nicht zu lächeln. »Wie können die ihn denn nehmen? Mit den Plattfüßen, die er hat, kommt er ja kaum von hier bis an den Strand.«
Nanny hatte ungläubig und besorgt aufgeblickt und geäußert: »Undenkbar! Er wäre doch nur eine Last. Sie würden ihn keinen Monat behalten, oder?«
Lorenzo hingegen war fast erleichtert gewesen. »Wißt

ihr, was? Vielleicht ist es genau das richtige für ihn. Im Ernst!« Woraufhin Marion, den Tränen nahe, das Zimmer verlassen hatte.
Wie üblich fragte niemand den Betroffenen selbst über seine Meinung dazu. Jaime saß da und blickte aus seinen traurigen Augen von einem zum anderen, während über ihn gesprochen wurde, als existiere er nur in ihren Vorstellungen. Möglicherweise stimmte das sogar in gewissem Maß. Niemand von ihnen hatte sich je die Mühe gemacht, ihn kennenzulernen. Und obwohl man sich nicht nach seinem Standpunkt erkundigt hatte, sprach er darüber mit mir, als wir nachmittags am Strand spazierengingen.
Während der ersten Monate in der Stadt mit all den neuen Eindrücken hatte ich nie ein wirkliches Bedürfnis nach Alleinsein empfunden. Aber auf der Farm, wo mir alles vertraut war, sehnte ich mich manchmal nach einem einsamen Spaziergang und war gleich nach dem Lunch, als das ganze Haus still lag, allein aufgebrochen.
Am Morgen hatte es geregnet. Noch immer hingen die Wolken über dem Land, und vom Ozean her blies ein kalter Wind. Die Möwen blitzten weiß vor dem grauen Himmel, stiegen auf und stießen in erwartungsvollem Schwung herab. Das Meer lag still und regungslos, tiefer und grüner als sonst. Alles war wild und bedrohlich. Während ich ganz dicht am Wasser entlangschlenderte, erfreute mich der Gedanke, daß niemand das Meer würde zähmen können. Das paßte zu meiner Stimmung.
Ich hörte Jaime nicht, bis er mich prustend und schnaufend mit großen Schritten schon beinahe eingeholt hatte. Er war mir also gefolgt, und ich mußte meinen Schritt dem seinen anpassen. »Was, um Gottes willen, ist denn los?« fragte ich, und Jaime antwortete zwischen keuchenden Atemzügen: »Ich wollte bloß mal von zu Hause weg. Macht's dir was aus?«
»Nein.« Später tat es mir leid, daß es so wenig freundlich

geklungen hatte, aber er schien nichts anderes erwartet zu haben. Wir wanderten eine Weile schweigend, und ich fühlte mich immer gehemmt durch seinen schleppenden Gang. Das zauberhaft Wilde des Meeres schien zugleich mit meiner sonderbaren Hochstimmung verflogen zu sein.
Nicht weit von uns lag eine Art Wellenbrecher, eine von Muschelbewuchs kupferrot schimmernde Steinmauer, die ins Meer hinauslief. Irgendwann waren wir alle schon einmal dort gewesen, um zu angeln oder einfach nur dazusitzen und unseren Gedanken nachzuhängen. Dieser Platz eignete sich aber auch zum Reden, und da Jaime mir offenbar etwas mitteilen wollte, fand ich es besser, mich dort hinzusetzen, statt langsam dahinzuschlendern. Ich schwang mich oben auf die Mauer, und als er sich schwerfällig zu mir emporgehievt hatte, sagte ich: »Na, Jaime, ganz überraschend wird es ja nicht für dich gekommen sein, daß man dich einzieht. Schließlich bist du fast zwanzig.« Darauf erwiderte er mit seltsam gepreßter Stimme: »Ich gehe ja gern.«
Ich sah ihn an, im Zweifel, richtig gehört zu haben: Jaime beim Militär? Jaime, der morgens aus dem Bett sprang und zur Inspektion mit hundert anderen strammstand? Jaime beim Marschieren? »Du gehst gern?« wiederholte ich ungläubig. »Mit deinen Augen und Füßen.«
»Das mit meinen Füßen läßt sich nicht ändern«, sagte er stockend, »aber wegen der Augen kann ich schwindeln. Das haben andere auch schon getan. Außerdem«, fügte er erschütternd resigniert hinzu, »sind sie nicht mehr so wählerisch.«
Seltsam und doch wieder nicht, daß diese paar Worte mir die ernste Situation des Krieges deutlich machten. Wie alles andere war auch der Krieg für mich etwas Fernes gewesen, ein romantisches Abenteuer, das Nanny abends am Radio verfolgte. Selbst Lorenzos Gespräche hatten mich nicht so berührt.

»Jaime«, sagte ich, »denk doch mal nach. Du brauchst doch nicht zu gehen. Es gibt Gründe genug. Und irgendwie kann ich's mir nicht vorstellen.«
Er lächelte ironisch. »Ich weiß. Ich kann's mir selber nicht vorstellen, sonst hätte ich mich freiwillig gemeldet. Aber das ist ja jetzt egal.« Ich hörte wachsende Erregung in seiner Stimme und wußte beinahe, was jetzt kam. »Es ist mein einziger Ausweg. Wenn sie mich einziehen und nehmen«, meinte er bitter. »Wenn ... Es weiß ja jeder, daß ich nicht genügend Mumm habe, um von mir aus zu gehen.«
Ich fragte nicht, warum er so dringend fortwollte. Ich hatte nicht vergessen, daß er allein in seinem Zimmer Dinge schrieb, die er noch immer niemanden zeigen wollte. Warum? Weil er in Wirklichkeit nicht die Selbstdisziplin hatte, sie zu Ende zu bringen. Disziplin: wenn das Militär mit all seiner Quälerei ihn Disziplin lehren konnte – warum nicht. Sicher hatte Lorenzo das auch gemeint.
»Jaime«, sagte ich endlich, »du wirst Mumm brauchen, schon beim Schwindeln mit dem Sehtest. Aber wenn du wirklich willst ...«
»O ja«, antwortete er so scharf und entschlossen, als sei er bereits dabei, sich selbst zu drillen, »das brauche ich, das muß ich ...«
»Schön«, sagte ich sonderbar erleichtert. »Der Entschluß ist schon der halbe Sieg.« Jetzt freute es mich fast, daß er eingezogen werden wollte. Allerdings hatte ich dabei den Hintergedanken, daß man ihn wohl kaum jemals an die Front schicken würde.
»Ja, fälsche deinen Sehtest«, ermutigte ich ihn, »unbedingt. Und ich werde an dem Tag immer an dich denken und dir die Daumen halten.« Meine Worte klangen scherzend. Heute weiß ich, wie ernst es mir war. Ich wollte aufstehen. »Gehen wir noch ein Stück, ehe es zu windig wird?« Fast hoffte ich, Jaime würde ablehnen und

umkehren. Wieder war es, als habe er mich nicht gehört. Er schien sich noch fester auf der Steinmauer zurechtzusetzen. »Das dumme ist nur«, murmelte er, und nun klang die altbekannte trostlose Überzeugung durch, »daß ich weiß, es wird nicht funktionieren.«
Alle Zuversicht verließ mich. Mit einemmal fiel mir wieder ein, warum ich ihm so lange nicht meine Meinung gesagt hatte. Ich hatte nicht wieder diese irre, gespenstische Überzeugung in seinen Augen sehen, nicht hören wollen, was er sagte. Ich hätte ihm gern den Rükken gekehrt und ihn allein gelassen. Eine teuflische Eingebung ließ mich fragen: »Und warum nicht?«
Wie erwartet antwortete er: »Weil man es mir nicht erlauben wird. Irgendwie wird *sie* wieder dazwischenfunken.«
»Red keinen Unsinn, Jaime.« Ich stand auf, weil ich es nicht länger aushielt. »Wie kann jemand dich hindern, eingezogen zu werden, wenn du die Tests bestehst. Und warum sollte jemand es wollen?«
»Ich weiß nicht – ich habe es noch nie gewußt. Ich kann dir nur soviel sagen: So war es immer, und so wird es immer sein. Man wird mich hindern.«
Der Wind frischte plötzlich böig auf, und ich schrie dagegen an: »Der einzige, der dich hindert und immer gehindert hat, bist du selbst.« Damit wandte ich mich ab und ging.
Er rief mir mit schriller Stimme etwas nach wie: »Du willst es nur nicht wahrhaben!« dann glaubte ich, durch den immer stärker wehenden Wind noch etwas Undeutliches zu hören, das wie: ». . . dich auch noch hindern, Melissa, wart nur ab . . .« klang.
Ende der Woche sollte Jaime seine Sehtests ablegen. Und den Rest des Wochenendes schienen zwei Herzen im Hause zu schlagen: Das eine Herz schlug stetig und fest von einem Augenblick zum nächsten, wie sonst; das andere raunte und flatterte in geflüsterten Debatten hinter

geschlossenen Türen. Schließlich schien es das stärkere zu sein, denn es veranlaßte meine Mutter, bleich und angstvoll, aber mit ungewöhnlich entschlossener Miene Lorenzos Studio aufzusuchen und mit ihm zu sprechen. Ich hörte die Unterhaltung nicht vollständig. Erst als ich die Treppe in mein Zimmer hinaufstieg, vernahm ich einen Aufschrei voller schmerzlicher Empörung und Lorenzos Worte: »Warum habt ihr mir das denn nicht damals vor fünf Jahren gesagt?«
Marions Antwort war fast unhörbar: »Wir hielten es für besser.«
»Wer ist das – wir?« wetterte Lorenzo. »Und wieso hieltet ihr es für besser?«
Dann kam mit einer Festigkeit, als wolle Marion sich diesmal verteidigen: »Wir dachten, das wüßtest du nicht gern...«
»Wir? Oder Nanny?« Lorenzos Stimme klang vernichtend. »Ist diesem impertinenten alten Frauenzimmer vielleicht schon mal aufgegangen, daß ich selbst entscheide, was ich erfahren möchte und was nicht? Kann sie sich überhaupt vorstellen, was sie angerichtet hat? Jetzt ist es natürlich unmöglich. Mit den Eintragungen der Schule und deiner Unterschrift, die so eine Schmiererei auch noch bestätigt. Wenn das jemand erfährt...«
Seine Stimme wurde jetzt leise und unverständlich. Aber ich hatte genug mitbekommen.
An diesem Nachmittag setzte sich Lorenzo schweigend, grimmig und so beschämt, wie ich ihn noch nie gesehen hatte, wortlos in seinen Wagen und fuhr nach Bethesda. Er sagte niemandem, wozu. Doch nach einer gewissen Zeit bekam Jaime, obwohl er seine Sehtests erfolgreich gefälscht hatte, die Benachrichtigung, daß er vom Militärdienst zurückgestellt sei. Als Grund wurde angegeben, er müsse auf der Farm helfen. Es klang ganz logisch, denn Tad war fort, und der alte Matthew allein kam nur mit Mühe zurecht. Logisch für den, der Jaime nicht

kannte. Jeder andere lachte mitleidig. Von da an mied ich Jaime an den Wochenenden mehr denn je. Sein Gesicht schien mich zu verfolgen, schien auszudrücken, was ich beinahe vor kurzem zu ihm gesagt hätte: Ich hatte also doch recht, oder?

55

Manchmal vergingen die Tage in New York rasch, in dem erhebenden Gefühl, Fortschritte gemacht zu haben, manchmal langsam, ohne jede ermutigende Hoffnung, im Tanzen jemals besser zu werden. Innerlich war ich von Zeit zu Zeit krumm vor Angst, nochmals zur Ordnung gerufen zu werden, während ich mich abmühte, die Position, den Ausdruck, den inneren Gleichmut zu bewahren, die Mr. Winslow hinderten, höhnisch zu raunen: »Na, Melissa, du warst auch schon einmal besser.« Und die Erinnerung an Nannys pessimistische Warnungen beschlich mich.

Kam ich an so einem Nachmittag heim, erschöpft, entmutigt, mit keinem anderen Wunsch als dem, den Tag hinter mir zu haben, war zum Glück Lorenzo da, der sagte: »Möchtest du denn lieber *nicht* kritisiert werden, wenn du Fehler machst?«

Und ich darauf, mit Tränen des Selbstmitleids: »Immer hat er was an mir auszusetzen. Er kann mich nicht riechen. Er will mich 'rausgraulen.«

»Damit er dich nicht in die Anfängerklasse zurückschicken muß? Das wäre doch nicht seine Schuld, wenn du wieder dorthin müßtest. Sei doch logisch, Melissa. Komm, heute wird nicht mehr geübt. Wir machen einen Spaziergang.«

Bei solchen Gelegenheiten gingen wir durch den Park, weil wir nicht in der Stimmung waren, Schaufenster zu besehen und uns ins Gedränge zu begeben. Die beste Kur

für Depressionen, wie Lorenzo immer sagte, war ein Gespräch über etwas Lohnendes. So unterhielten wir uns oft, wie die Menschen sich im Leben einrichteten und warum sie sich gerade die Berufe ausgesucht hatten, die sie ausübten.
Lorenzo glaubte nicht an ein Schicksal. Er glaubte an Talent und Willenskraft. Hatte man eine Begabung, war es eine Sünde gegen das eigene Ich, es nicht voll und ganz zu entwickeln.
»Das erste, was man erkennen muß, ist das Talent«, sagte er. Und dann, wie ein unheimliches Echo von Jaimes Worten: »Entweder man fängt etwas damit an, oder man sieht zu, wie es zugrunde geht.«
»Aber wenn man sich über sein Talent irrt?« hielt ich dann zaghaft dagegen und dachte an all das, was Nanny darüber geäußert hatte.
»Ich glaube, das ist unmöglich.« Lorenzo schüttelte energisch den Kopf. »Und unaufrichtig. Erzähl mir nicht, daß du dein Talent nicht erkennst, Missy?« Er lachte. »Hör auf, in dich hineinzuhorchen, als wolltest du die Anzeichen einer Krankheit feststellen. Das Talent ist da. Und wenn du das erst weißt, geht es nur noch darum, stark oder schwach zu sein. Einem Schwächling helfen zu wollen, etwas aus seinem Talent zu machen ist, wie ein Gebäude aus schlechtem Material zu bauen. Die meisten Menschen sind schlechtes Material und deshalb reine Zeitvergeudung.« Lorenzo hob die Schultern und sah sich verächtlich um, während wir weitergingen. »Man sorgt für sie. Will man aber etwas *schaffen*, lernt man schnell, sich nur an die Starken zu halten. Und wenn einer das weiß, dann Winslow.«
»Vielleicht überschätzt er aber auch bei manchen die Kräfte.«
»Nein, Missy.« Lorenzo blieb ruckartig stehen und wandte sich mir zu. »Ich hab's dir schon einmal gesagt: Wenn er nicht überzeugt wäre, daß du ausreichend Ta-

lent und Energie hast, würde er sich keine Minute mit dir abgeben.« Dann setzte er mit überheblicher Miene hinzu: ». . . Und ich würde nicht hier mit dir gehen und reden. Es wäre unlohnend für mich und unfair gegen dich.« Ebenso leichthin, wie er die Schwachen verwarf und zu nutzlosen Anhängseln degradierte, stellte Lorenzo mich auf ein Piedestal zwischen diejenigen, die einen Willen hatten und um die es sich lohnte.
Heute frage ich mich oft, ob Lorenzo jemals merkte, welche Gegensätze sich in mir stritten. Nanny zog mich abwärts, um den unausbleiblichen Sturz abzufangen. Lorenzo schob mich aufwärts, zu den Höhen, die ich seiner Meinung nach eines Tages erreichen würde.
So versuchte ich es denn weiter, bis zu jenem Tag, an dem ich entweder aufgeben oder einen Schritt vorwärts tun mußte. Dem Tag, an dem ich in Miß Chisholmes Klasse aufstieg.

56

Bisher hatte ich in meiner Unwissenheit geglaubt, eine Solotänzerin sei die höchstmögliche Rangstufe. Alle anderen Positionen in diesem Beruf seien Notbehelfe. Miß Chisholme jedoch allein als Solotänzerin zu klassifizieren und nicht als Lehrerin, wäre eine Verschwendung einer großartigen Lehrbegabung gewesen. Anfangs brauchten wir vermutlich alle einen Mr. Winslow, der uns vor Augen führte, wie wenig wir konnten und wieviel dieser Beruf verlangt. Aber vielleicht hätte er uns mit der Zeit zu Automaten gemacht. Glücklicherweise blieb ihm dazu nicht genügend Zeit. Wir alle zogen weiter, in die verschiedensten Richtungen: ich zu Miß Chisholme. Mr. Winslow hatte uns Ausdauer gelehrt – sie hingegen lehrte uns tieferes Verständnis.
Bei ihr studierten wir physikalische Grundbegriffe. »Jede

Bewegung beginnt mit einer der fünf Ausgangspositionen. Anders läßt sich keine Balance halten. Von dorther tut ihr alles. Oder ihr fallt auf den Hintern.«
Wir begannen, die wahre Bedeutung von Ausdruck und schwebendem Gleichgewicht zu begreifen. »Ihr dürft nicht sichtbar gestrafft sein, nur unsichtbar, und das jede Minute, versteht ihr?«
Sie war klein, kerzengerade und von unerschöpflicher Energie. Überdies war sie menschlich und freundlich. Sie kannte keine Überheblichkeit. Wer wahrhaft überlegen ist, braucht es nicht zur Schau zu stellen. Miß Chisholmes Stärke war ihr Vertrauen auf ihr Wissen. Darin erblickte sie eine Gabe, und es machte ihr Freude, es anderen zu vermitteln, es in Schönheit umgewandelt zu sehen. Wie ließe ihre Lehrmethode sich schildern? Der Unterricht bei ihr war eines meiner aufrüttelndsten Erlebnisse. Damals hörte ich nur zu, schaute, arbeitete, lernte, was es zu lernen gab. Das Verständnis dafür aber lag verschlossen in einem Winkel meines Gemüts und wartete auf den richtigen Menschen mit dem Schlüssel. Und es gab wohl kein Mädchen in meiner Klasse, dem es anders ging. Sonst wären sie gar nicht erst in diese Klasse gekommen. Das war ausschließlich eine Hierarchie- und Rangfrage.
Ich lernte mehr, als ich mir hatte träumen lassen. Allmählich fiel mir auf, daß ich beobachtet wurde. Zuerst von der Norowska, dann von Mr. Romanow selbst.
Es war die Norowska, die ich als Neunjährige nachgeahmt und damit Lorenzo große Freude bereitet hatte. Ihre Aufführung in Covent Garden war eine ihrer letzten gewesen. Mit fünfzig hatte sie sich vom Theater zurückgezogen, nicht aber aus ihrem Beruf. Vielmehr hatte sie sich mit dem großen Choreographen Romanow zusammengetan und mit ihm das aufregendste Abenteuer seines Lebens in Angriff genommen: die Schule, die er für Tänzer seines Balletts geschaffen hatte.

Damals hatte ich sie für alt gehalten und mir eingebildet, ich würde sie nie wiedersehen, sie sei vielleicht schon tot. Bis Lorenzo eines Abends sagte: »Rate mal, wer heute zum Essen kommt: die Norowska. Sie ist gerade von einer Tournee mit ihrer Spezialtruppe zurückgekehrt. Bist du ihr in der Schule noch nicht begegnet?«
Erst war ich überwältigt vor Freude, dann sehr verlegen.
»Meine Tochter Melissa, Anna. Haben Sie sie in der Schule gesehen? Nein? Behalten Sie sie im Auge, ich glaube, daß sie es wert ist.« Er sagte es ganz unbefangen, ein Künstler, der einem anderen einen Tip gibt. Ich kam mir völlig blödsinnig vor – wie damals, als ich mich unter einem Stuhl verkrochen hatte – und schüttelte töricht den Kopf. Den Rest des Abends brachte ich kein Wort heraus. Lorenzo warf mir dauernd bedeutungsvolle Blicke zu, aber das machte die Sache noch ärger, zumal wir nur zu dritt waren.
Als Lorenzo dann am Wochenende seinen Freunden verkündete, die Norowska sei wieder da und habe mit ihm und mir allein diniert, genierte ich mich noch mehr. Er meinte es gut, sicherlich, aber ich fand doch, diesmal habe Nanny den Nagel auf den Kopf getroffen, als sie sagte: »Das hätten Sie nicht tun sollen, dadurch wird sie es in der Schule nur schwerer haben.«
Für mich schien Nanny recht zu behalten. Ich sah die Norowska täglich, wie alle anderen auch. Sie schwebte in wehenden Chiffongewändern umher, die ihre einst wunderschönen, jetzt altersschlaffen Arme verbargen, nickte mir lächelnd zu, und was immer sie damit meinte – mich überlief eine Gänsehaut, und ich kam mir anmaßend und albern vor.
Eines Tages würde sie zu Miß Chisholme in den Unterricht kommen, denn aus dieser Klasse rekrutierten sich die Mädchen für die kommende Frühjahrstournee.
Als ich zum erstenmal auserkoren wurde, allein zu tanzen, verlor ich beim *jeté fermé* das Gleichgewicht und fiel

ihr buchstäblich in den Schoß. Sie mußte lachen und sagte freundlich: »Nicht doch, Melissa. Wenn ich nicht hier wäre, wäre dir das nicht passiert – also tu so, als ob ich nicht da bin und probier es noch mal.«
Bei einer anderen Gelegenheit war sie strenger. Nach der Stunde nahm sie mich beiseite und sah mich durchdringend an. »Mich interessiert nur deine Begabung. Wenn du dir etwas anderes einbildest, irrst du dich gewaltig und ruinierst dir die Karriere«, sagte sie.
Es war eine eindrucksvolle, herrliche Warnung. Von da an glaubte ich wirklich daran, daß nicht meines Vaters Überzeugung und persönlicher Charme sie beeinflußten. Sie war sichtlich mit mir zufrieden.
Dann begann Mr. Romanow, bei seinen seltenen prüfenden Kurzbesuchen mit seinen dunklen Ästhetenaugen jede meiner Bewegungen zu verfolgen. Und unvermittelt zufrieden zu nicken. »Jawohl. Du hast es. Versuch, es festzuhalten. So, siehst du.« Selbst mir fiel es leicht, Mr. Romanow zu glauben.
Und eines Tages teilte Miß Chisholme mir mit, ich sei unter den Auserwählten. Wenn ich es für richtig hielte, könne ich im Sommer mit der Sondergruppe der Norowska auf Gastspielreise in den Osten und den Mittelwesten der Staaten gehen.
Wenn ich es für richtig hielt? Ich starrte sie mit offenem Mund an, bis sie mir mit größter englischer Zurückhaltung, aber viel darunter verborgener Wärme den Arm tätschelte und erklärte: »Fein, Melissa. Du hast es verdient. Nutze es, so gut du kannst.«

57

Wie hatte Lorenzo gesagt: Das Hochgefühl solle man genießen, solange es andauere. Wir feierten mit einem Dinner und einem Theaterbesuch mit Freunden, deren

Interesse diesmal aufrichtig war. Wir lachten über ihr bewunderndes Gehabe und kamen ungewöhnlich spät nach Hause.
Wie gut, daß wir unsere Freude genossen hatten. Als wir nämlich am Wochenende heimkamen auf die Farm, wurde sie dort einigermaßen gedämpft.
»Ich freu' mich riesig für dich«, sagte Marion. »Wir werden dich vermissen. Aber du erreichst doch, was du dir vorgenommen hast, nicht wahr, Missy?« Dabei lächelte sie konstant, drückte verstohlen meine Hand und schien in meinen Augen nach einer Bestätigung zu suchen. Warum nur?
Und Nanny? Ich hatte bis zu diesem Augenblick nicht bedacht, wie sehr sie sich auf diesen Sommer gefreut haben mußte, an dem wir länger als nur einige Tage daheim sein würden. Und nun war ihr das ohne Vorwarnung entzogen. In ihrer betonten Fröhlichkeit entstand ein Riß, der immer breiter wurde. Sie runzelte die Stirn und zog die dunklen Brauen mißbilligend zusammen.
»Soll das etwa heißen, daß Melissa überhaupt keine Ferien machen wird? Wie unvernünftig. Die schinden das arme Kind halb zu Tode. Und ich hatte gemeint, das sei eine besonders gute Tanzschule!«
»Begreifen Sie denn nicht?« knurrte Lorenzo. »Es ist die Schule von Romanow, aus der er sein Ballett zusammenstellt. Wenn Melissa ihre Sache gutmacht, kommt sie schon nächstes Jahr ins City Center.«
»Ach, tatsächlich?« entgegnete Nanny rasch und mit einem Sarkasmus, der ihr mehr lag als die energische Heiterkeit, die sie sich neuerdings angewöhnt hatte. Gleich kriegen sie sich in die Haare, dachte ich – es wäre mir nur recht gewesen. Statt dessen versank Nanny wieder in eine Schweigsamkeit, zu der es keinen Zugang zu geben schien.
Ich weiß noch, wie wir an einem der ersten lauen, verheißungsvollen Frühlingsabende miteinander auf der

Terrasse saßen. Marions Ulme war noch kahl, doch Birken und Platanen begannen, sich mit grünem Flaum zu überziehen, und die Narzissen, die Lorenzo im ersten Jahr gepflanzt hatten, blühten schon zu Hunderten blaßgelb im schwindenden Tageslicht zwischen den Gräsern und dem Mäuerchen des Steingartens. Ihr Duft brachte wie immer die Erinnerung an einen anderen Frühling. Als sich diesmal die Dunkelheit auf uns herabsenkte, kam der Duft und die damit verbundene Erinnerung mir plötzlich nicht mehr freundlich, sondern erstickend vor. Ich war erst vor einer Stunde voller Vorfreude eingetroffen – und empfand zum erstenmal den tiefen, fast unbezähmbaren Wunsch, bereits wieder fortzusein.
Im nächsten Augenblick bereute ich es, weil mein Blick auf Nanny fiel. Sie, die für mich immer der Inbegriff von Energie und Ausdauer gewesen war, wirkte jetzt erschütternd zart und hilflos.
Als dann Dunkelheit und Kälte des zu Ende gehenden Winters uns endlich ins Haus trieben, folgte ich ihr auf ihr Zimmer. Da sie nie etwas für sich persönlich anschaffte, war dieser Raum völlig kahl bis auf die Kleinigkeiten, die wir ihr im Lauf der Jahre geschenkt hatten: Bücher, Bilder, unzählige Fotografien, die von unserem gemeinsamen Leben sprachen, die silberne Bürste, mit der sie ihr funkensprühendes Haar glättete, das nun schon fast weiß war, mich aber trotzdem nie an ihr Alter denken ließ.
Mit einem gewissen Unmut in der Stimme fragte sie: »Was willst du denn, Melissa?« Es war der Unmut der Verletzten, die einen Augenblick allein sein möchte, um ungestört nach ihren Verwundungen zu sehen.
»Was ist los?« stieß ich hervor. »Womit habe ich dich gekränkt?«
»Gekränkt?« Sie sah mich im Spiegel an und tat, als verstünde sie mich nicht. »Wie meinst du das?«
Ich war entschlossen, mich nicht abweisen zu lassen, und

setzte mich auf ihr Bett. »Nanny«, sagte ich, »ich habe mich gefreut, eine so gute Nachricht heimzubringen. Und aus welchem Grund sollte ich jetzt anders darüber denken?«
Sie wandte sich um; noch immer sah sie blaß und zerbrechlich aus. »Was soll man dazu sagen! Selbst wenn diese Frau, diese Norowska, dich aufgefordert hat, in ihre Gruppe zu kommen: das macht noch lange keine zweite Norowska aus dir. Früher oder später wirst du meinen Standpunkt verstehen. Eigentlich hatte ich gehofft, es würde früher sein, und du würdest zum Sommer heimkommen. Hier läuft nicht alles zum besten, wie du dir denken kannst.«
»Inwiefern?« fragte ich und fürchtete mich plötzlich vor der langen Klagelitanei, die gleich beginnen würde.
»In jeder Hinsicht, Liebchen. Matthew wird täglich schwächer und hinfälliger. Er kann kaum noch den Spaten heben, und Hilfe ist unmöglich zu bekommen. Die Jungen aus dem Dorf scheinen nichts Besseres zu tun zu haben, als Jaime zu hetzen: Warum ist er nicht eingezogen? Wir dachten doch, er wäre daheim für die Arbeit unentbehrlich? Na, und so weiter und so fort. Und sie laufen herum und verbreiten Geschichten über ihn.«
»Was für welche, Nanny?«
»Alle nur erdenklichen. Auch ein paar, mit denen er Ärger bekommen könnte, verstehst du«, sagte sie geheimnisvoll. Ich sah sie fragend an, aber ihr Ausdruck verriet mir, daß sie nicht gedachte, ins Detail zu gehen. »Widerwärtige kleine Biester«, fuhr sie fort. »Und wenn Madam es hört – was tut sie? Legt sich ins Bett. Versteckt sich. Man sieht sie tagelang nicht... Ich kann dir sagen, Missy, es ist hier nicht mehr wie früher. Als hätten wir irgendwann einen falschen Weg eingeschlagen.«
Mir stockte der Atem. Konnte sie beim Duft der Narzissen das gleiche empfunden haben wie ich?
»Irgend etwas ist falsch gelaufen. Vielleicht kann nur

dein Vater es wieder in Ordnung bringen.« Diesmal lag in ihrem Achselzucken der Schatten eines Vorwurfs. »Nun, man kann ja nicht erwarten, daß er sich groß um uns hier kümmert. Ihr habt beide so viel zu tun und amüsiert euch so gut in New York. Da kann sich eben keiner von euch vorstellen . . .«
»Sag das nicht, Nanny«, warf ich in scharfem Ton ein. Und kam mir ganz verlogen vor, als ich weitersprach. »Glaubst du denn, es macht mir Freude, so viel fortzusein? Es geht eben nicht anders. Hör zu: Die Tour der Norowska dauert nur zwei Wochen. Dann komm' ich her, und wir gehen miteinander in die Beeren, und ich helfe dir im Garten. Nichts ist verkehrt gelaufen. Es braucht auch nichts in Ordnung gebracht zu werden. Du wirst sehen: Es wird sein wie immer.«
»Ja, ja, sicher«, erwiderte sie ohne Überzeugung.
Als ich sie verlassen hatte, dachte ich die halbe Nacht nach: Weniger über das, was sie ausgesprochen, als über das, was sie angedeutet hatte. Was hatten die Jungen der Bethesda-Schule über Jaime gesagt? Wieviel davon stimmte? Hing nicht seit den Unterstellungen von damals etwas Unaussprechliches in der Luft, gleich einem Gift, das sich nicht vertreiben ließ?
Was war es, was Lorenzo in Ordnung bringen sollte? Er hatte um meinetwillen seinen Lebensstil geändert und die Farm vernachlässigt. Ich war schuld, dachte ich in krankhafter Übersteigerung, daß die drei Menschen hier in ihrer sonderbaren Isolation miteinander lebten und ihr Leben täglich unbegreiflicher und unzugänglicher wurde. Lange lag ich im Dunkeln und überlegte, ob wohl nebenan auch Nanny wach lag. Fast wäre ich zu ihr gegangen und hätte erklärt: »Vielleicht hast du recht. Die Chance, die eine unter Tausenden zu sein, ist dies alles nicht wert.«

Als wir am nächsten Morgen abfuhren, erzählte ich Lorenzo weder etwas von meinem Gespräch mit Nanny noch von meinen nächtlichen Gedanken. Bei Tageslicht, bei der Fahrt durch die frühlingsgrüne Landschaft nach New York, sah ich alles mit anderen Augen. Wenn Nanny sich um Jaimes Verhalten sorgte, wenn sie fand, daß sich auf der Farm etwas zum Unguten verändert hatte, das nur Lorenzo wieder ins Lot bringen konnte – warum sprach sie nicht mit ihm darüber?

Und was die Frage betraf, ob es »all das« wert sei, mit der Norowska weiterzuarbeiten, so war ich davon immer überzeugter, je mehr wir uns von der Farm entfernten. Für Lorenzo und mich bedeutete es eine Erleichterung, in unsere Welt zurückzukehren, in der alles positiv und durchführbar war.

Den Schluß des *pas de deux* aus *Giselle*, bei dem ich das Geist-Mädchen darstellte, das ihren Liebsten ins Grab tanzen will, sollte ich mit einem Jungen namens Rangel tanzen.

»Warst du schon mal verliebt?« fragte mich die Norowska.

»Leider nicht«, sagte ich schuldbewußt.

»Macht nichts, am perfektesten ist es wahrscheinlich nur in der Phantasie. Du mußt so tun, als wärst du in Rangel verliebt.«

Rangel war Puertorikaner. Mit dreizehn war er an die Schule gekommen. Mr. Romanow hatte ihn buchstäblich von der Straße weggeholt, als er ihm Zeitungen verkaufte. Dreizehn ist für den Beginn des Ballettunterrichts ein eher fortgeschrittenes Alter, aber wer Männer für diesen Beruf aussucht, braucht unter anderem viel Phantasie und Elastizität. Mr. Romanow hatte erkannt, daß Rangel einen vollkommenen Körper und beim Herumspringen

und Feilbieten von Zeitungen eine gewisse natürliche Grazie und Behendigkeit besaß.
»Junger Mann, kann ich Sie mal sprechen?« Rangel war entsetzt gewesen, als sich ihm dieser geschmeidige Herr mittleren Alters mit dem Seidenschal um den Hals genähert hatte. Er hatte auch eine Irrsinnsangst, was er wohl in der sogenannten Schule antreffen würde, deren Adresse man ihm gab. Aber seit er mit sechs Jahren angefangen hatte, auf den Straßen zu streunen, hatte ihn noch nie etwas davor zurückgehalten, seiner Neugier zu folgen. Also war er hingegangen und durch die Entdeckung belohnt worden, daß die Schule alles andere verkörperte als das Befürchtete. Auch seine Begabung hatte die Erwartungen des scharfsichtigen Mr. Romanow übertroffen. Zwischendurch durfte er seither seine Zeitungen verkaufen, bekam Gratisunterricht und blieb vier Jahre an der Schule. Und war jetzt, wie ich, von der Norowska für die Tournee ausgesondert worden.
Es machte Spaß, so zu tun, als sei ich in Rangel verliebt. Er war ein guter Schauspieler und hervorragend beweglich. Ihm brauchte man nicht zu sagen, er müsse immer ein paar Schritte vor der Musik hertanzen. Er war immer da, manchmal mit einem Druck der Finger, manchmal mit einem vergnügten, ermutigenden Grinsen. Ein Straßenjunge, stark, ohne Hemmungen, daher ein idealer Partner für ein so schüchternes und verhaltenes Ding wie mich. Und obschon irgendwie nie Zeit für ein Treffen außerhalb des Unterrichts blieb, empfand ich ihn als Freund.

Bei Miß Chisholme hatten wir begreifen gelernt, was wir taten. Bei der Norowska lernten wir dieses Begreifen praktisch anzuwenden. »Eins, zwei, drei.« Sie schritt gedankenversunken auf und ab und deutete Positionen durch Gesten an. Erst lächelte sie für sich, dann für uns, dann sagte sie: »Ja, schön. Gut. Und jetzt werde ich es

euch vormachen. So . . . Seht ihr? Nein, Melissa, an dieser Stelle will ich eine Arabeske haben, und wenn du richtig mitzählst, triffst du sie.«
Sie war abwechselnd verträumt, temperamentvoll, reumütig, aber immer beharrlich. Wir machten unsere Sache wieder und noch einmal und fingen dann abermals von vorn an. Aber niemals hörten wir auf, ehe sie nicht sicher war, daß wir sie begriffen hatten. Position, Rhythmus, Ausdruck: es war, als setze man Interpunktionen, um einen Satz den rechten Sinn zu geben. Es gab so viele Kombinationen einer relativ kleinen Zahl von Bewegungen.
»So ist es bei allem«, meinte Lorenzo, als wir darüber sprachen. »Bei Noten, Wörtern, den Linien einer Zeichnung. Die Norowska ist eine Künstlerin. Beobachte sie, und wenn du das Zeug dazu hast, wirst du auch eine werden.«
Beobachtete man sie, dann vergaß man die mit Chiffon drapierten welken Arme, sah ihre Bewegungen lebendig werden und konnte es kaum erwarten, es ihr nachzutun. Ich wurde immer erst nach dem Unterricht müde, nie während der Proben – ganz gleich, wie lange sie dauerten. Dann aber war ich so müde und zufrieden wie noch nie im Leben.
Lorenzos Vertrauen in mich war rührend. Trotz seiner früheren Warnungen vor Kummer und Enttäuschung schien er unfähig, sich Rückschläge vorzustellen. »Die Norowska hat mir verraten, wie zufrieden sie mit dir ist. Von jemand, der sich so wenig in die Karten gucken läßt, ist das eine Zusage, dich ganz groß herauszubringen.«
»Aber über Rangel sagt sie dasselbe«, suchte ich ihn zu bremsen. »Deshalb hat sie uns doch ausgewählt.«
Lorenzo sah irritiert aus. »Nimm ihr Urteil nicht auf die leichte Achsel. Sie war einmal die größte Tänzerin ihrer Zeit.«
Ständig von Träumen verlockt, die in Enttäuschungen endeten, war er jetzt unvernünftig vertrauensvoll, selbst

als er seiner Arbeit zuliebe über Nacht in einer anderen Stadt bleiben mußte.

»Macht's dir was aus, Missy? Du wirst doch nicht hiersitzen und Trübsal blasen, oder?«

»Ich denke gar nicht daran – ich werde allmählich erwachsen«, beruhigte ich ihn lachend, brachte ihn morgens auf den Weg und war überrascht, wie sehr ich mich auf einen einsamen Abend freute. Es versetzte mich in ungewohnte Hochstimmung, als Mrs. Lindstrom, die tüchtige, schweigsame Schwedin, wortlos weggestiefelt war, und ich es mir mit meinen allereigensten Gedanken und Träumen gemütlich machen konnte, in der Gewißheit, daß nichts und niemand mich stören würde. Wann hatte ich das schon erlebt? Zuletzt vielleicht, als mich Nanny zur sogenannten Mittagsruhe im ersten Stock geschickt hatte und drunten an ihre Haushaltspflichten gegangen war.

Manchmal spielte ich eine Platte, kochte mir Kaffee, nahm mir ein Buch vor. Aber sehr bald legte ich es beiseite und lauschte gespannt Strawinskys *Symphonie in drei Sätzen* oder *Agon*. Ich versetzte mich in die Hauptrolle, ich tanzte sie von Anfang bis Ende durch. Warum sollte ich diesen Traum nicht genießen, der vielleicht niemals wahr wurde?

Auch andere Träume hatte ich.

»Tu so, als seist du in Rangel verliebt.« Damals hatte ich das schrecklich albern gefunden, tat aber trotzdem so. Und obwohl der Albrecht im Ballett *Giselle* nicht stärker Gegenstand meiner Neigung wurde als ein gutes Springpferd, das pünktlich auf jeden Zügeldruck reagierte, wuchs ich so sehr in die Rolle der Giselle, daß ich mich fast mit ihr identifizierte.

Während ich täglich die Schritte und Bewegungen vollführte, die mich zitternd leben und sterben ließen für diesen Albrecht, dachte ich zum erstenmal an die Gefühle, die eine solche Musik auslösen konnten: an eine

Liebestragödie. Wenn die Norowska wissend lächelte und beifällig nickte, spürte ich das Blut in meine Wangen steigen, als habe sie mir wortlos eines der Geheimnisse der Liebe mitgeteilt.

Und war ich ganz allein und ungestört, betrachtete ich mich auf neue Art im Spiegel – nicht so, wie man sich gewöhnlich darin sieht. Ich zog mich langsam aus, entblößte kleine, feste Brüste, eine schmale Taille, geschmeidige Schenkel und dachte daran, wie es wohl wäre, dies für einen anderen zu entblößen. Die schönen Gesten, die imitierten Handlungen, die Rangel und ich im Tanz vollzogen, in Wahrheit zu vollziehen. Dann warf ich mich in einem sonderbaren Rauschzustand auf mein Bett.

Niemand hatte je etwas so Unaussprechliches mit mir erörtert. Bei dem Gedanken, Lorenzo könne heimkommen, während ich so dalag, erfüllten mich Scham und Widerwillen. Heute weiß ich, daß auch das zu den Gründen gehörte, warum ich die seltenen Abende herbeisehnte, an denen niemand hinter der Tür und ich mit Sicherheit allein war.

59

Jetzt bin ich schon drei Monate auf der Cameron-Ranch und die ganzen Weihnachtsferien. Mein Leben war nicht gerade einsam, wie man sich vorstellen kann. Ich lernte eine Menge Menschen kennen; einige blieben Wochen, einige nur ein paar Tage. Ein, zwei waren überaus freundlich und nett, aber ihre Freundlichkeit erforderte eine Gegenleistung: Verabredungen für später, einen Austausch der Adressen.

»Sie werden doch sicher nicht immer hier sein? Was haben Sie denn für Pläne für den Sommer? Fahren Sie dann heim zu Ihrer Familie?«

»Eine andere Adresse habe ich nicht. Nein, ich weiß nicht ... ich kann darüber noch nichts sagen ... ich weiß es einfach noch nicht.«

Manchmal lachen sie und nennen mich die Sphinx oder so etwas Ähnliches. Manchmal sind sie beleidigt. Deshalb bin ich lieber mit den Kindern zusammen, die auf dem Skihang nach mir brüllen und die übrige Zeit kaum wissen, daß es mich gibt. Lieber mit Kindern – und mit Mrs. Cameron, deren Einfühlungsvermögen und Verständnis ich spüren kann. Sie will nichts haben für die Stunden, die ich mit ihr verbringe. Wenn ich nicht von mir aus etwas darüber sage, erwartet sie nicht einmal, daß ich mich über meine Vorstellung von der Zukunft äußere. Durch ihr Leben sind viele Menschen gezogen; es sieht so aus, als habe sie statt in diesen Passanten ihren wahren Trost und Beistand in den Dingen gefunden. In den Hunden, die sie auf ihren langen Winterwanderungen begleiten, in den Wäldern und Bergen, ja in dem Schnee selbst, der durch einen unglücklichen Zufall – wie sie es ausdrückt, denn wer macht schon Elemente für etwas verantwortlich – ihren Mann unter sich begraben hat. Das sind die dauerhaften Stützen ihres Lebens, solange sie sie nicht verläßt. Täte sie es, sagt sie selbst, würde sie binnen kürzester Zeit altern. So bleibt sie hier. Und solange ich da bin, genießt sie meine Anwesenheit, obwohl sie mich in Wahrheit gar nicht braucht.
Das ist gut für mich. Ich weiß es. Denn trotz meines tiefempfundenen Wunsches, mich nirgends zu binden, würde mich abends in meinem Zimmer gewiß die nackte Panik erfassen, gäbe es nicht jemanden, der sich meine Gedanken anhört.
»Wie wär's mit einem Schnäpschen vor dem Schlafengehen«, fragt sie zum Beispiel. Und dann sitzen wir in ihrem kleinen Zimmer mit dem Schreibtisch und den Büchern und den abgewetzten Lederstühlen und den Fotos

über dem Kamin, dem Bild des strenggesichtigen Gebirglers, mit dem sie verheiratet war, dem der Kinder, die nun jenseits des Gebirges sind, in Denver und San Francisco. Sie kann an einem Kognak so lange trinken, wie sie will; sie nimmt winzige Schlückchen, vergißt ihn ganz, während sie meinen Erzählungen lauscht und manchmal, als sei es ein Spiel, diese Erzählungen in eine andere Perspektive versetzt, die sich nicht mit meiner deckt. Heute abend hat sie genau das getan. Obwohl ich noch herauskriegen muß, wie und warum.
»Ich finde es irgendwie merkwürdig«, sagte sie, »daß Sie zwei Jahre lang in dieser Ballettschule waren und nie jemanden kennengelernt haben, den Sie gern mit heimgenommen hätten? Hat denn niemand Sie je aufgefordert, mit ihm auszugehen?«
»O doch«, antwortete ich. »Aber nach einer Weile gaben sie auf. Es hieß immer: Heute abend nicht, da gehen mein Vater und ich ins Theater oder etwas von der Art. Übrigens habe ich ihre Freundschaft nicht vermißt«, setzte ich ein bißchen trotzig hinzu. »Sie können sich gar nicht vorstellen, wie schön es war, mit meinem Vater zusammen zu sein.«
»Sicher, das bezweifle ich nicht«, meinte Mrs. Cameron nachdenklich. »Aber durch gleichaltrige Freunde lernt man etwas.«
»Rangel war mein Freund«, erwiderte ich und bereute es sofort, weil ich wußte, was nun gleich kommen würde.
»Und haben Sie ihn einmal mit heimgenommen?«
»Nein, Rangel nicht.« Ich machte eine längere Pause. »Aber jemand, den ich durch Rangel kennengelernt hatte.«
»Ach, sieh mal an.«
Ich zuckte die Achseln. »Es hat nicht sehr lange gedauert. Ich hatte damals wirklich keine Zeit, mich zu verlieben . . .«
»Sie meinen, es störte?« Es klang dünn, wenn man be-

dachte, wo ich mich jetzt befand. Im Moment wußte ich nichts zu entgegnen; ich hatte einen Kloß im Hals und einen schmerzhaften Stein in der Brust.
»Verzeihung«, sagte Mrs. Cameron. »Aber ich habe immer gefunden, daß nichts sich zeitlich so schlecht mit anderem koordinieren läßt wie die Liebe.«
»Es hat nicht lange gedauert«, wiederholte ich und versuchte noch immer, den Schmerz in Schach zu halten.
»Ich spreche von der Zeiteinteilung, nicht von der Zeit«, erläuterte sie. »Das ist ein großer Unterschied.«
»Ich weiß«, sagte ich und dachte: Die Zeit war verkehrt. Und doch war es so intensiv. Konnte Liebe so sein? Ich hatte keine Erfahrung. Und wie Mrs. Cameron richtig feststellte: Ohne Gleichaltrige, mit denen ich mich hätte aussprechen können, fehlte mir jede Vergleichsmöglichkeit. Wie ich damals empfand, hätte es nicht weitergehen können. Aber vielleicht hätte es sich allmählich in etwas anderes verwandelt?

Deutschland hatte kapituliert. Der Krieg in Europa, dieser Krieg, der für mich trotz Verdunkelung und Luftschutzübungen und der Episode mit Jaimes Wehrdienst nur selten eine Realität gewesen war.
Proben und Unterricht wurden abgesagt, die Straßen waren ein fröhliches Chaos brüllender Hupen und fliegenden Konfettis. Lorenzo war in Connecticut steckengeblieben, weil er nicht mehr in die überfüllte Eisenbahn hineingekommen war.
»Hör mal, Melissa«, protestierte Rangel. »Das ist doch lächerlich. Du bleibst heute abend nicht allein daheim. Ich habe einen Freund, einen Medizinstudenten, er wohnt in unserem Haus. Der ist garantiert in Ordnung. An einem Mediziner kann doch nichts verkehrt sein, oder? Ich kann dich doch heute nacht nicht allein lassen. Ich weiß, morgen tanzt du die Giselle, aber du kommst schon noch rechtzeitig ins Bett. Und wenn es dir keinen

Spaß macht, sag mir Bescheid, dann bringe ich dich noch vorher heim.«
Bescheid sagen? Wann immer ich Rangel an diesem Abend sah, brüllend, aus voller Brust singend, tanzend, auf Stühlen und Tischen stehend, gab es keinen Moment, in dem man ihm ein vernünftiges Wort hätte sagen können. Der Lärm und das Gegröle hatten schon angefangen, ehe wir hinkamen, und Rangel tauchte sofort darin unter und sang hoch und falsch: »Wenn die Lichter wieder angeh'n in der ganzen Welt . . .«
Mit gefangen, mit gehangen. Reden war unmöglich. Ich versuchte mitzusingen, aber die Worte blieben mir in der Kehle stecken. Alle waren außer sich vor Begeisterung – bis auf mich. Was war nur mit mir los? Erst schienen mir alle ermunternd zuzulächeln, dann wegzublicken und zu vergessen, daß ich existierte. Alle, bis auf den Medizinstudenten Michael Nolan.
Es fällt schwer, einen Blick nicht zu erwidern, wenn in einem überfüllten Raum nur ein einziges Paar Augen auf einen gerichtet ist. Leuchtendbraune Augen, tiefliegend, überschattet von buschigen Brauen. Eine kurze, gerade Nase, ein etwas zu schwerer Unterkiefer, ein leicht verzogener Mund, der lächelte. Auch die Augen lächelten und schienen dringend etwas zu fordern. Erst dachte ich, er wollte mich zum Tanzen einladen. »So habe ich noch nie getanzt«, sagte ich und erhob mich widerstrebend. Auch er stand auf, und sein ganzes Gesicht bekam unzählige Lachfältchen. »Nein, nein. Ich kann kaum gehen und schon gar nicht tanzen. Ich habe nur gemeint: machen wir, daß wir 'rauskommen aus diesem Krach.«
Die Straßen draußen waren fast so voll wie das Lokal. Wir gingen langsam, Michael zog ein steifes Bein mühsamer nach als vor einer Stunde, als wir miteinander aufgebrochen waren. »Hören Sie, wir brauchen nicht so weit zu laufen – so sehr stört mich der Krach nicht.«

»Keine Sorge«, entgegnete er. »Das Gehen ist gut für mich. Wenn es Ihnen nichts ausmacht?«
»Mir? Selbstverständlich nicht.«
»Wunderbar. Hier in der Nähe ist ein kleiner Park. Vielleicht ist es da ein Phon leiser.« Die Menge umbrandete uns. Jemand prallte gegen mich und lief einfach weiter. Michael griff nach meiner Hand und hielt sie ganz fest, wie um mir zu versichern, ich sei nicht allein. So war ich noch nie mit jemand gegangen, und mit einem anderen hätte es mir wohl auch keine Freude gemacht. Woher weiß man so etwas? Ich wußte es einfach und weiß es noch heute.
Der Park war verlassen, eine leere Oase in einer vor freudiger Erregung völlig durchgedrehten Welt. Dort unter den Bäumen war niemand, nicht einmal Liebespaare oder ein schlafender Stadtstreicher. Der Krieg in Europa war vorbei – wer wollte in einem solchen Moment Ruhe und Frieden? Michael Nolan zeigte auf eine Bank und setzte sich, beide Beine erleichtert von sich streckend.
»Sie sind auch nicht so sehr fürs Kreischen und Hupen, was?«
»Anscheinend weiß ich nicht, wie man das macht«, sagte ich. »Hoffentlich ist Rangel nicht zu enttäuscht.«
»Rangel?« Er lachte über diese Vorstellung. »Der hat uns längst vergessen.«
»Nicht nur, daß ich nicht weiß, wie man's macht«, fühlte ich mich verpflichtet, zu ergänzen. »Es ist auch noch was mit diesem Krieg. Er ist mir immer so abstrakt vorgekommen. Ich weiß, so was dürfte ich nicht sagen.«
»Warum nicht, wenn Sie es denken.« Michael schien fast gekränkt. »Krieg ist abstrakt und unmöglich zu erfassen. Deshalb denken ja auch die Menschen möglichst nur als ›Feld der Ehre‹ daran. Sähen sie ihn anders, würden sie nicht so gern . . .«
»An die Front gehen?« fragte ich.
»An die Front schicken.« Er lachte leise und spöttisch.

»Die hingeschickt werden, begreifen seine Realität ganz plötzlich. Man trifft nicht viele auf den Schlachtfeldern, die freiwillig dort sind.«
»Waren Sie es?«
»Nein, auch ich bin hingeschickt worden.« Er klopfte auf sein Bein. »Aber das hat mich ziemlich bald wieder 'rausgeholt. Ich war Bahrenträger, und nicht alle, die ich tragen half, hatten so viel Glück wie ich.«
Ich spürte eine gewisse unterdrückte Empörung in seinen Worten. »Schlimm genug, wenn man durch Zufall leiden muß – aber erst mit Absicht . . .«
Er zuckte die Achseln und lächelte. »Ich bin nicht hergekommen, um ein fröhliches Hupkonzert zu veranstalten – sowenig wie Sie.«
»Und warum dann?« Ich war ehrlich erstaunt. Wenn er lärmende Festivitäten nicht mochte . . .
»Weil Rangel versprochen hat, Sie würden kommen.«
»Aber Sie kennen mich doch überhaupt nicht.«
»Rangel kennt Sie.«
»Nur vom Tanzen.«
»Eben.« Michael Nolan sah mich neugierig an. Ich wußte nicht, wohin ich schauen sollte, denn mit plötzlichem, verlegenem Erröten fiel mir ein, daß ich ja so tat, »als sei ich verliebt in Rangel«.
»Was hat er gesagt über mein Tanzen?« Ich wollte es wissen, um es hinter mir zu haben. Wäre ich nur nicht mitgekommen! Ich glaube, Michael Nolan fühlte es, denn er beschwichtigte sofort: »Ich werde Ihnen wortgetreu berichten, was Rangel gesagt hat. Es ist die beste Erklärung, die ich liefern kann. Er hat gesagt: ›Wenn wir tanzen, ist es großartig, dann ist Melissa lebendig und aufgeschlossen. Dann ist sie eine Freundin. Kaum ist es vorbei, wird sie distanziert und unwirklich, wie Giselle, die ins Grab zurücksinkt‹.«
»Aha.« Ich war auf eine Kränkung gefaßt gewesen, jetzt war ich verletzt.

»Rangel hat Sie also nachschauen geschickt, ob ich wirklich tot bin?«
Welche Reaktion ich erwartete, weiß ich nicht. Was kam, war ein explodierendes Gelächter, und als es sich gelegt hatte, eine neue und doch vertraute Zärtlichkeit, als Michael Nolan meinen Kopf in beide Hände nahm und ihn zu sich drehte. »Das ist in der Tat eine ausgefallene Selbstanalyse«, sagte er. »Du bist aber auch ein sonderbarer Mensch, Melissa. Du verstehst jeden neugierig zu machen: Rangel, mich ... Ist das so schlimm?«
Wie konnte ich ihm erklären, daß dieser Abend, der für ihn eine alltägliche Begegnung bedeutete, für mich etwas Überwältigendes war. Dieser Abend, an dem ich so vieles erlebte, was ich noch nie erlebt hatte?
Ich hatte nicht kommen wollen und nur Rangels Überredungskunst nachgegeben. Ich hatte mich gelangweilt, war mir verloren vorgekommen, bis mich Michael aus der Menge entführte. Und mit diesem Fremden Hand in Hand wandernd, hatte meine Langeweile einer Erregung Platz gemacht, die ich nur aus meinen Phantasien kannte. Jetzt sprach dieser Fremde mit mir über mich, unerschrocken, wißbegierig und gerade eben mit einer Intensität, als sei es plötzlich lebenswichtig, sich über mich klarzuwerden.
»Unwirklich ist nicht der richtige Ausdruck. Da irrt Rangel sich gewaltig«, sagte er. »Wie du heute nacht unter den vielen Menschen gesessen und versucht hast, begeistert zu sein, war so wirklich wie nur was. Und daß du dich darüber kränkst, was Rangel gesagt hat ... Melissa«, drängte er, und ich wurde ganz verlegen, »hast du denn schon mal mit jemand wie Rangel oder mir wirklich gesprochen?«
»Eigentlich nicht.« Nein, auch das hatte ich noch nie getan, so unglaublich es klang. Und später saßen wir stundenlang und redeten und redeten, als fürchte jeder, ein Verstummen könne den anderen vertreiben.

60

Am nächsten Tag kam Lorenzo zurück, voller Jubel über die deutsche Niederlage, aber völlig aufgelöst, weil er wegen der Siegesnachricht keinen Zug von Connecticut bekommen hatte.
»Es war, als säße man in Timbuktu fest!« In komischer Verzweiflung rührte er mit beiden Armen. Dann fiel ihm der wahre Grund seiner Besorgnis ein, und er fragte temperamentvoll: »Wo warst du bloß? Viermal habe ich angerufen.«
Vor dieser Frage hatte ich mich grundlos gefürchtet, und meine Antwort klang wie ein törichtes Schuldgeständnis: »Ich bin ein bißchen mit Rangel und ein paar Freunden von ihm aus gewesen.«
»Mit Rangel?« Lorenzo sah nicht böse, sondern erleichtert aus. Ich glaube, er hielt Rangel für völlig harmlos, für einen Tanzpartner und sonst nichts. »Aber mit dem warst du doch noch nie unterwegs?«
»Warum auch?« Ich hörte mich beruhigend lachen. »Es war ja auch nur, weil der Krieg in Europa zu Ende ist und er darauf bestanden hat. Er wollte bloß nett zu mir sein.«
»Wo wart ihr denn?«
»In einem kleinen lauten Nachtclub, wo alle kreischten und hupten.« Ich schauderte überzeugend bei der Erinnerung, und Lorenzo lachte erfahren.
»Klingt ja widerlich lustig.«
»Das kann man wohl sagen. Nie wieder«, beteuerte ich und war froh, daß Lorenzo beruhigt schien.
Ich erzählte ihm auch nicht, daß ich einen gewissen Michael Nolan kennengelernt hatte, der Medizin studierte, der mir sehr gut gefiel und den ich wiederzusehen hoffte. Es war so aufregend, so durchdringend süß, an ihn zu denken, daß ich schwieg; es hätte sinnlos verschossen geklungen wie bei einem albernen Backfisch.

»Na ja, macht nichts.« Lorenzo lächelte glücklich und gedankenlos. »Heute abend gleichen wir es wieder aus. Wir essen im ›21‹ und feiern ganz groß. Was hältst du davon, Missy?«
»Wundervoll!« Ich legte den Kopf schräg und gab ihm sein Lächeln zurück. Und dabei war mir zu erstenmal das Herz schwer bei dem Gedanken, mit Lorenzo auszugehen.

61

»Es tut mir so leid. Aber er war richtig traurig, daß er nicht mit mir gefeiert hat. Ich kann ihn nicht enttäuschen. Wir stehen uns sehr nah, weißt du. Und er war immer so gut zu mir.«
»Und was ist mit dem Wochenende?«
»Michael, ich wünschte, da könnte ich – aber man erwartet mich daheim auf der Farm. Ich kann nicht einfach wegbleiben.«
»Melissa, wenn du mich nicht sehen willst, brauchst du es doch nur zu sagen.«
»Aber ich will es ebensogern wie du. Hör zu: Montag. Montag fährt mein Vater nach Connecticut. Dann bin ich frei, ja?«

O ja, Mrs. Cameron. Es war die falsche Zeit. Auch für viele andere Dinge, die weh getan haben – so weh, daß ich mir bisher nicht gestattet habe, daran zu denken. Erst jetzt, allein in meinem Zimmer, nachdem ich Ihnen gute Nacht gesagt habe.
Mitte Juli, als ich die Giselle tanzen sollte, mußte Michael nach Kalifornien. Dort sollte er mit einem Schulkameraden, der im Juni aus dem Militärdienst entlassen worden war, in einer Kleinstadt im San Joaquin Valley ein Büro eröffnen.

Gerade der Zeitdruck gab unserer Liebe etwas Dringliches. Und steigerte nicht meine unglaubliche Unschuld sie noch mehr? Zumindest dämpfte sie sie nicht, sowenig wie die Tatsache, daß ich meine Gefühle vor allen außer Michael verbarg. Ich frage mich heute oft, wie ich diese Täuschung aufrechthalten konnte, während ich neben Lorenzo durch Museen wanderte – nicht länger im Paradies, vielmehr in einem Labyrinth, in dem ich hinter jeder Ecke auf einen Ausblick hoffte, der sich nicht öffnete. In den Wäldern am Ufer wandern, zu allen Orten, die mir vertraut und wesentlich waren, und dabei zu denken: Michael sollte hier sein – warum ist er es nicht? Und sehr verhalten tanzen, als täte ich noch immer verliebt.

Es ist ein wahres Wunder, daß nie jemand meinen Vater fragte: »Wer ist eigentlich der gutaussehende junge Mann, den ich mit Ihrer Tochter gesehen habe. Der große, aschblonde, wissen Sie, der hinkt?«

Die Armut war unser bestes Versteck. Michael und ich gingen selten in Lokale, wo Bekannte uns hätten begegnen können. In ein kleines italienisches Restaurant, wo man billig und reichlich aß. In den Club, wo sich Amateure ans Klavier setzten und ihre Sehnsüchte und Enttäuschungen hinaussangen. In mein Zimmer, wenn ich völlig sicher sein konnte, daß niemand kam.

Wie wenig ähnelte jetzt das Mädchen im Spiegel jenem anderen, ernsten, besessen-sachlichen, das mir täglich vertrauter geworden war. Dieses hier war sorglos und ungezwungen – entschlossen nur zu einem: nicht an morgen zu denken. Es stand nicht in quälender Selbstkritik vor dem Spiegel, sondern unbändig stolz auf den geschmeidigen, gelenkigen Körper. Jetzt war es Michael, der mich langsam auszog, während ich auf seinem Schoß saß, der mich auf Hals, Brüste und Schultern küßte und mit seinen sensiblen Händen erst zart, dann wild liebkoste.

War das wirklich noch ich? In äußerster Unschuld lernte ich die Liebe kennen, nahm alles freudig hin in schrankenlosem Zutrauen zu meinem Lehrmeister und Liebsten. Wir verbrachten Stunden nur mit Reden. Dabei kam es mir manchmal vor, als verfolge Michael das Ziel, ein Rätsel zu lösen, ein Geheimnis zu lichten, das ihm keine Ruhe ließ.
»Wenn ich dich berühre, staune ich. Wie kannst du behaupten, du liebtest mich? Woher willst du das wissen?«
»Muß ich denn erst vergleichen können?« fragte ich halb lachend, halb nachdenklich.
»Die meisten Menschen müssen es. Wieso du nicht? Wo warst du bis jetzt?«
»Das habe ich dir doch erzählt. Ich habe nie jemand kennengelernt. Die Schule habe ich gehaßt. Die Farm war die einzige Welt, an der ich hing. Nanny sagt, ich sei zu europäisch. Aber Europa ist für mich nur etwas, an das ich mich erinnere, wenn ich etwas darüber höre oder lese. Und dann kam meine Krankheit.«
Er hörte schweigend und versonnen zu, lag auf dem Rücken und rauchte, als ich von meinem Fieber und der allmählichen Genesung berichtete, wie Nanny mich Tag und Nacht pflegte, Lorenzo mich allmählich in die Welt der Lebendigen zurückholte.
»Ohne diese beiden . . .«
»Unterschätzt du dein eigenes Zutun nicht ein bißchen?«
»Wenn einem nicht im richtigen Moment jemand hilft, fällt man zurück.«
»Und wohin wärst du denn zurückgefallen?«
Ich dachte an Jaime und drehte die Frage um. »Und du, Michael – hat dir nie jemand geholfen?«
Seine Augen schienen im bleichen Fensterviereck nach einer Antwort zu suchen, und er stieß ein kurzes, ironisches Lachen aus. »Mein Vater ist Farmer. Als ich ihm

sagte, ich wolle Medizin studieren – weißt du, was er mir da geantwortet hat: ›Jetzt hab' ich mein Leben lang darauf gewartet, daß du mit der Schule fertig wirst und mir helfen kannst. Du willst Medizin studieren? Ab sofort bist du selbständig.‹ Deshalb bin ich von da an selbständig gewesen.« Michael sah mich an, als käme ihm der Gedanke zum erstenmal. »In gewisser Beziehung war das mir eine Hilfe, glaube ich.«

Dann schwieg er lange und fragte endlich leicht besorgt: »Warum hast du eigentlich deinem Vater nichts von mir erzählt?«

»Das kommt noch, das kommt noch.« Ich legte ihm die Hand auf den Mund. Vor dieser sich ständig wiederholenden Frage begann ich mich ebenso zu fürchten wie vor den unwirklichen Abenden mit Lorenzo. Täuschung macht es immer schwieriger, eine an sich einfache Wahrheit auszusprechen. »Bitte, warte noch ein bißchen, Michael. Gib mir eine Chance. Ich sage es ihm bald.«

»Bald?« Sein Körper wurde starr vor Ungeduld. »Bald werde ich fortmüssen.«

»Red nicht davon, bitte.« Ich preßte mich an ihn, bis sein Körper antwortete und seine Arme mich umschlangen, als wolle er mich gegen die eigene Vernunftwidrigkeit abschirmen.

Und doch spielte ich mein törichtes Spiel weiter. Michael war überzeugt, wenn er den Grund dazu fände, hätte er den Schlüssel zum Vexierbild. Doch er drängte mich nicht und entsprach meiner Bitte, noch ein kurzes Weilchen zu warten.

Wenn Lorenzo mich besorgt musterte und sagte: »Du siehst aber müde aus, Missy. Wieder dieser Rangel mit seinen Nachtclubs, was?« lachte ich ihn aus und erwiderte: »Eine Nacht mit Rangel und seinen Nachtclubs hat mir genügt.« Es war nicht gelogen.

»Vielleicht trainierst du zuviel. Du darfst dich nicht zu stark strapazieren, das schadet dir.«

»Ich pass' schon auf, ich verspreche es dir. *Du* strapazierst dich, wenn du dauernd an mich denkst.«
»Es ist so verdammt wichtig.« Er sah mich bedenklich an, und ich staunte, daß jemand so leichtgläubig sein und ich so gut lügen konnte. Dann wurde er vergnügt. »Na, jetzt kommt erst einmal das Wochenende. Du kannst heimfahren und dich ausruhen und entspannen und *Giselle* vergessen – bis Montag. Wie findest du das?«
Wie gern hätte ich ihm gesagt: »Ich möchte *Giselle* lieber hier in New York vergessen«, und endlich gestanden, warum. Aber ich brachte es nicht über mich.

62

Marion kam uns bereits in der Tür entgegen, sehr elegant in etwas, das Lorenzo ihr in der Woche zuvor mitgebracht hatte, die blassen Wangen geschminkt, die Augen erwartungsvoll leuchtend. Sie trat auf uns zu mit ausgebreiteten Armen und blickte über uns hinweg. Dann verwandelte sich ihre Erwartung in Enttäuschung, und sie platzte mit einem gequälten Satz heraus: »Warum habt ihr denn niemand mitgebracht? Alle Welt scheint uns hier draußen vergessen zu haben.«
»Sei doch nicht albern«, entgegnete Lorenzo. »Alle erkundigen sich ständig nach dir.« Doch wir beide kannten die windigen Ausflüchte jener Freunde, die einst jede Gelegenheit ergriffen hatten, auf die Farm zu kommen, und jetzt nur noch sehr selten dort auftauchten.
Sie fragten tatsächlich dauernd nach Marion, doch es ging ihnen gewiß ebenso nahe wie mir, daß meine einst so warme, charmante, zur Muße talentierte Mutter jetzt keine Sekunde mehr zur Ruhe kam. Sich teilnehmend nach ihr erkundigen und sie besuchen war wohl zweierlei.
Menschen altern entsprechend dem Leben, das sie gelebt

haben. Man braucht sich ja nur Mrs. Cameron anzuschauen. Oder an Lorenzo zu denken, wie er damals war: so gerade und kantig und voller Energie, erfüllt von dem, was kommen sollte.
Marion jedoch schien sich damit abgefunden zu haben, daß nichts mehr kam. Unter dem Rouge bildeten sich Hängebacken, unter ihren Augen schwollen Tränensäcke, die ihr auch beim Lächeln etwas Verdrießliches gaben. Und wie Nanny schon vor längerer Zeit angedeutet hatte: Sie wanderte ständig, als suche sie nach einer Beschäftigung. An ihrem Arm hing eine Tasche, vermutlich mit allerlei »Rüstzeug für den Fall, daß sie was zu tun fand«, so lautete jedenfalls Nannys kurzer, bündiger Kommentar.
Oder trug sie diese Handtasche, um für den Fall einer Abreise gerüstet zu sein? Auch das hatte Nanny angedeutet. Der Grund war schwer einzusehen. Trotz Lorenzos immer seltener werdende Einladungen brachte Marion, für die es früher eine Qual gewesen war, Lorenzo aus den Augen zu verlieren, es nicht mehr fertig, die Farm zu verlassen. Warum nur blieb sie dort, wo doch die Farm für sie wenig mehr sein konnte als ein unerfüllt gebliebener Traum?
Ich sehe jetzt das Haus, wie damals so oft: auf seiner Anhöhe über dem Meer, als erwarte es fortwährend eine verheißene Rückkehr. Und ringsumher überlebten aus eigener Kraft Flieder, wilde Rosen und Tigerlilien, wuchsen zwischen dem Unkraut die Narzissen. Tad war fort und würde nicht wiederkommen, auch jetzt, nach Kriegsende, nicht, wie Matthew uns versicherte. Und Matthew selbst wäre ebenfalls längst auf und davon gegangen, würde er sich nur kräftig genug gefühlt haben, noch eine andere Stellung anzutreten. Während Tads Abwesenheit schien er schlagartig gealtert zu sein, als habe Tad alle Jugend und Kraft mitgenommen und ihm nichts davon zurückgelassen.

Nun gab es nur mehr Schwache und Hilflose dort: Marion, Jaime, den alten Matthew. Und schließlich noch Nanny, die weitermachte, mit grimmiger, oft erschreckender Verbissenheit. Obwohl alles so anders geworden war und die Welt der Farm etwas Stockiges, Stagnierendes bekommen hatte, das auf alle Besucher deprimierend und abstoßend wirkte, bestand Nanny darauf, sie weiterhin zusammenzuhalten.
Damals hätte, davon bin ich überzeugt, die Farm ohne sie nicht weiterbestehen können. Und dabei wäre es ein Segen gewesen, wenn wir sie alle verlassen, wenn Lorenzo sie dem erstbesten verkauft hätte. Doch das tat er nicht. Und Nanny klammerte sich an sie, gab ihre ganze Kraft dafür hin, daß alles so fortbestand, wie es war. Sie grub sogar eigenhändig den Gemüsegarten um, nur damit weitere Reihen gefüllter Einmachgläser im blassen Licht der Vorratskammer schimmern sollten, obwohl sich eine immer dickere Staubschicht auf sie herabsenkte.
Wenn Lorenzo dann sagte: »Nanny, Sie dürfen sich nicht so abrackern, wir brauchen doch das Zeug gar nicht«, zog sie die scharfgezeichneten Brauen gekränkt zusammen: »Brauchen es nicht? Das ist nun der Dank!« Und wie von prophetischen Ahnungen bedrängt, setzte sie hinzu: »Vielleicht nicht gleich – aber warten Sie nur, wenn erst Winter ist.«
Ich habe schon erwähnt, daß Nanny gebrechlich aussah. Oft sogar zu Tode erschöpft. Aufgegeben hatte sie deshalb nicht. Ich machte mir große Sorgen um ihre Gesundheit und Widerstandskraft. Und seit einem Waldspaziergang mit ihr ließen sich meine Ängste nicht mehr beiseite schieben.
Wir hatten Apfelbeeren gesucht; die Dolden dunkler, kleiner Früchte strömten einen konzentrierten Duft aus, aus dem sich ein unvergleichlich köstliches Gelee kochen ließ. Sie gehörten zu den ersten Früchten des Jahres, und Nanny versäumte nie, nach ihnen zu suchen. Wären

sie im Hof gewachsen, an einem leicht erreichbaren Busch, sie würde nicht so darauf erpicht gewesen sein. Doch diese Apfelbeeren wuchsen, wie die Brombeeren des Spätsommers, an ganz abgelegenen Orten, und das Abenteuer der Suche machte das Unternehmen unwiderstehlich, das Ergebnis einmalig wie kein anderes. Ich war mehr als froh, der stumpfsinnigen Einsamkeit des Hauses zu entfliehen und mit ihr an diesem Tag unbekannte abenteuerliche Pfade zu wandern.
Lorenzo saß in seinem Wohnzimmer an einer Arbeit, die er am Montag abliefern wollte. Wir riefen ohne Begeisterung nach Jaime und brachen, als wir ihn zu unserer Erleichterung nirgends fanden, allein auf. Noch lag die milde, feuchte Wärme des Spätfrühlings in der Luft. Die Bäume waren schon voll belaubt, und doch roch die Erde noch schwach nach tauendem Boden und Verrottung und erinnerte uns an das Ende des Winters.
Kein Wunder, daß uns unser Weg zu Bensons Farm führte; dort wuchsen Apfelbeeren. Anfangs gingen wir rasch. Als wir jedoch das alte Haus erreichten, sah ich, daß Nanny sich ausruhen mußte. Ihre Wangen glühten, als habe sie einen langen Aufstieg hinter sich, und dabei war der Weg eben gewesen. Ein bißchen erschrocken sagte ich: »Du liebe Zeit, so zu rennen brauchen wir nun auch nicht. Komm, wir setzen uns hier auf den Brunnenrand.«
Nanny ließ sich dankbar nieder, schwieg und rang nach Atem. Ich saß neben ihr und lauschte zuerst auf ihre Atemzüge, dann auf etwas Entfernteres: das Geräusch der Leere, das hohle Klicken der aus dem Mauerwerk des Brunnenschachts sickernden Tropfen. Dabei mußte ich an den Tag mit Jaime denken. Mir war, als brauche ich mich nur umzudrehen, und mein Bruder säße neben mir, schweigend, gedankenverloren, und starre auf das Haus. Die Luft schien ihre Milde verloren zu haben und sich mit abwartender Stille aufzuladen. Die vielfältigen Laute in

Wald und Dickicht, das Trippeln von Tieren, das Rascheln der Blätter – nichts war mehr zu hören. In dieser Stille ertönte plötzlich überlaut Nannys Stimme: »Was, glaubst du, macht Jaime eigentlich, wenn er hierher kommt?« Die Stille schien aufmerksam zu werden.
»Hierher kommt?« echote ich.
»Ja, hierher. Ach«, sie hob verzweifelt beide Hände, »du ahnst ja nicht, wie unmöglich der Junge geworden ist. Immerwährend läuft er herum. Wenn er doch nur etwas *tun* wollte. Wir hätten doch weiß Gott jede Hilfe bitter nötig; doch der versteht anscheinend nur, im Weg zu stehen. Kurzsichtig, ein Berg von Mannsbild und immer hinter einem, damit man in ihn hineinrennt, wenn man sich umdreht. Schon das ist lästig genug, da brauche ich gar nicht erst mitten in der Nacht aufzuwachen und festzustellen, daß er an meinem Bett steht.«
»An deinem Bett?« Meine Besorgnis wurde zu einer seltsamen Angst.
»Ja. Schon ein paarmal. Im Schlaf habe ich plötzlich gemerkt, daß jemand da war, und als ich aufwachte, sah ich Jaime vor mir. Und wenn ich ihn fragte, was, zum Kuckuck, er will, sagte er: ›Nichts. Tut mir leid, wenn ich dich gestört habe.‹ Tut ihm leid! Weil ihn selber die Angst packt bei all den fürchterlichen Büchern über Exorzismus, die er liest. Aber davon, daß es ihm leid tut, kriege ich meinen versäumten Schlaf auch nicht wieder!«
»Exorzismus?« Es war nicht nur töricht, Nanny alles nachzusprechen, mir wurde auch immer sonderbarer dabei. Die Sonne schien noch hell jenseits der Bäume, die den Brunnen beschatteten, doch mir erschien sie fern und kalt wie der Mond.
»Mein gutes Kind, du kennst ja Jaime und seine ewigen Schrullen. Dies ist die neueste. Ich hab' es ihm verboten, aber immer wieder hat er ein neues Buch aufgestöbert. Wenn eins mit der Post kommt, lass' ich es einfach zurückgehen.«

»Weiß er das?«
»Wahrscheinlich. Ist mir völlig egal.«
Ob sie mir wohl ansah wie schockiert ich über ihre unverfrorene Einmischung war?
»Nanny«, sagte ich möglichst beiläufig, »erzähl doch mal, was Jaime treibt. Du sagst, er kommt öfter hierher?«
»Ja, ich glaube.« Nannys scharfgeschnittene Züge erstarrten vor Zorn, wie so oft, wenn sie von Jaime sprach. »Wenn er einem gerade nicht im Weg steht, verschwindet er einfach. Eines Abends kam er nicht zum Essen; da wurde ich wirklich wütend und fragte, wo er denn gewesen sei. ›Beim Benson-Haus‹, antwortet er, als sei das das Normalste von der Welt. ›Und was hast du da gemacht?‹ frage ich. ›Wenn du es unbedingt wissen willst‹, sagt er ziemlich scharf, ›ich habe versucht, das Böse auszutreiben.‹« Nanny spielte mir die Szene richtig vor. »›Aus dem Benson-Haus?‹ sage ich. ›Ja, denn auf dem liegt ein Fluch‹, sagt er. ›Ach, tatsächlich‹, sage ich. ›Und wie treibst du den aus?‹ – ›Manchmal schafft man es durch die Macht der Konzentration‹, sagt er. Stell dir das bloß vor, Melissa!«
Ich konnte es mir nur zu gut vorstellen, wie Jaime dort in einem der leeren, nach Ratten stinkenden Räume auf dem Fußboden saß und es mit aller Kraft versuchte.
»›Und wenn's nicht funktioniert?‹ frage ich«, fuhr Nanny fort. »›Oh‹, sagt er und schaut mich mit einem von seinen schrägen Blicken an, ›in diesen Gegenden hat man in alter Zeit verschiedene Methoden angewandt. Gesteinigt zum Beispiel oder verbrannt.‹ Nun frage ich dich: Wieviel von solchem Unsinn muß man sich bieten lassen?«
Ja, wieviel, dachte ich, ehe aus einer unsinnigen Gedankenspielerei eine Realität wird.
»Nanny«, sagte ich eindringlich, »Jaime muß unbedingt etwas tun: Die Schule besuchen oder in einem Drugstore arbeiten – irgend etwas. Warum hast du denn nicht mit meinem Vater darüber gesprochen?«

»Mit deinem Vater?« Unter Gelächter – einem hohen, schrillen, verächtlichen Gackern, als habe ich einen zynischen Scherz gemacht – hob Nanny die Hände. »Und wie war es das letztemal, als jemand mit deinem Vater über Jaime sprach? Weißt du nicht, mein gutes Kind, daß dein Vater jetzt nur mehr höchst ungern Unangenehmes hört? Nein, das lassen wir lieber. Übrigens . . .«, ihre Miene wurde plötzlich streng und warnend, »kein Wort zu irgend jemand, Melissa. Weder zu Jaime noch zu deinem Vater – zu keiner lebenden Seele.«
Danach schwiegen wir. Wie die meisten Diskussionen mit Nanny schien auch diese an einem toten Punkt angekommen zu sein, über den hinaus niemand mehr etwas zu sagen wußte. Aber ich konnte an nichts anderes denken, während wir in sonderbar ominösem Schweigen durch die Wälder heimwanderten.
Das Schweigen dauerte an, auch als wir abends im Wohnzimmer saßen; ein ansteckendes Schweigen, wie ich merkte, angefüllt mit vielerlei Dingen, die keiner vor dem anderen erwähnen wollte. Selbst ich hatte mein Geheimnis: Michael Nolan. Warum nur hatte ich ihn nicht erwähnt, ihn nicht mitgebracht? Ich wußte es nicht. Ich wußte nur, daß meine Unterlassung ein Teil eines Ganzen war, ein Teil wachsender Heimlichkeiten, die die Menschen in diesem Raum zugleich trennte und verband.
Wie war es nur mit uns allen soweit gekommen? Hatte eine böse Macht aus unserer Kinderzeit uns verwandelt, wie in Jaimes Geschichte, die ich so verächtlich abgetan hatte? Worin bestand sie? Warum mußte es sie geben?
Wir saßen alle zusammen, und jeder schien zu tun, »als ob«: Marion, als ob sie läse, Nanny, als ob sie sich auf ihre Strickerei konzentrierte, Lorenzo, als ob er der Musik lauschte, die er überlaut aufgedreht hatte, als wirke es dann glaubhafter. Unfähig, bei diesem Theater mitzumachen, nahm ich aufs Geratewohl ein Journal aus dem

Zeitungsständer neben mir und blätterte darin. Es war *Vogue,* voller Moden und Gesellschaftsfotos aus Stadt und Land. Vermutlich war es Zufall, doch manchmal meine ich, irgend etwas hat mir gerade dieses Heft in die Hände gespielt. Zuerst stutzte ich, aber dann stellte ich mit einem gewissen Entsetzen fest, daß fast jedes Foto mit Bleistift übermalt worden war.

Diese Zeichnungen hatten Unterschriften bekommen, in einer Handschrift, die zwar Jaimes ähnelte, aber krakelig und übergroß war, wie bei einem zornigen oder unglücklichen Kind. Es handelte sich um zusammenhanglose Sätze, die Zeichnungen jedoch waren abstrakt und morbide. Da hatte die Hand des »Künstlers« ein historisches Bauwerk in Flammen gehüllt. Die Besucher waren in eine Masse Teufelsfratzen mit gierig-erwartungsvollem Grinsen verwandelt. Das übermalte Foto einer Fuchsjagd zeigte die Reiter als Füchse, während der Fuchs menschliche Züge trug. In einer Nachtclubszene blickte ein junges Mädchen mit hochgehobenem Rock betrübt auf seine Beine, die offenbar abgetrennt und verkehrtherum wieder angenäht waren. »Und wohin jetzt?« fragte die fast unleserliche Unterschrift.

Während ich verstohlen diese scheußlichen Graffiti betrachtete, glaubte ich mich von allen im Zimmer ebenso verstohlen beobachtet. Ich hatte das Gefühl, ersticken zu müssen, klemmte das Journal so unauffällig wie möglich unter den Arm und trat hinaus auf die Terrasse.

Der Mond war voll und schien hell. In seinem Licht wirkten die Zeichnungen und Bemerkungen grotesker und drohender als vorher. Das Geschriebene, das Jaime mir bisher gezeigt hatte, ergab einen Zusammenhang: dies hier nicht. Und doch schien jede Unterschrift zur anderen in einer nur Jaime verständlichen Beziehung zu stehen.

»Du versuchst, hinter den Sinn zu kommen, nicht wahr?« Die Stimme meines Bruders schreckte mich aus den Grübeleien. Ich blickte wie ertappt auf. Er überragte

mich, eine kompakte graue Gestalt, der einzig verschwommene Umriß in der mondbeleuchteten Landschaft mit ihren scharfen, klaren Schlagschatten. Unfähig zu einer Antwort, sah ich ihn an. Mir wurde klar, wie sehr ich ihn gemieden hatte, seit unserem gemeinsamen Spaziergang am Ufer, und wie sehr er sich verändert hatte.
Was war aus dem melancholisch-gleichmütigen Jaime geworden? Dieser hatte etwas sonderbar Verwüstetes. Unter seinen Augen lagen Schatten. Schlief er zuwenig? Eine tiefe Furche teilte seine Stirn, und ich bemerkte zum erstenmal, wie betont übellaunig und bitter seine Mundwinkel herabhingen. Er sieht aus wie einer, dem auf nicht wiedergutzumachende Weise mitgespielt worden ist, dachte ich.
»Gibt es denn dabei einen Sinn?« fragte ich beklommen angesichts dieses Fremden.
»Es gibt bei allem einen Sinn.« Er blickte mir über die Schulter und zeigte auf das Mädchen, dessen Füße nach hinten verdreht waren.
»Das arme Ding, man hat ihr Leben umgekehrt. Immer wenn sie jetzt glaubt, einen Schritt vorwärts zu tun, tut sie in Wirklichkeit einen zurück. Selbstverständlich ist sie nicht schuld. Es ist ihre Erziehung. Sie tut nur, was sie für richtig hält.«
»Und was hält sie für richtig?« fiel ich ihm ins Wort, merkte aber gleich, daß Jaime gar nicht mit mir, sondern mit sich selber sprach. »Der menschgesichtige Fuchs«, fuhr er fort, »und die fuchsgesichtigen Menschen. Die sind hinter einem Sündenbock her. Jedermann braucht einen, selbst die hervorragendsten Persönlichkeiten. Vielleicht, wenn man ihnen einen schenkte...«
Er unterbrach sich plötzlich, als wäre er bei seiner Gedankenwanderung gegen mich geprallt. Auf das in Flammen stehende Gebäude weisend, fragte er: »Kannst du dir vorstellen, daß jemand so was tut?«

»Eigentlich nicht.«
»Das kann nie jemand«, gab er zurück. »Deswegen sind ja Brände so faszinierend. Jeder unterhält sich prächtig damit, über die möglichen Motive zu spekulieren.« Er irrte wieder ab und murmelte für sich: »Ich bin gespannt, ob jemand irgendwann das Motiv dafür erraten wird.«
»Jaime!« Ich klappte das Heft heftig zu, ich wollte ihn zwingen, mit mir zu sprechen. »Was soll das alles? Was machst du denn: in Hefte hineinzuschmieren wie ein Fünfjähriger, und auch noch so verdrehtes Zeug?«
»Was das soll?« Seine Stimme klang gequält. »Eigentlich gar nichts. Das Gekritzel von einem, der nichts zu tun hat, aber auch keine Ruhe findet.«
Damit ging er, und ich kehrte ins Wohnzimmer zurück. Nachts im Bett dachte ich viel an Jaime. Es war unvermeidlich, denn fast die ganze Nacht hörte ich seine Schritte in der Diele und ein Gebrabbel über etwas, das ich nicht verstehen konnte. Nur hin und wieder blieb er vor meiner Tür stehen, um danach erneut sein Aufundabwandern in der Diele fortzusetzen.

63

»Ich verstehe das nicht«, beharrte Michael. »Immer kommst du so melancholisch von daheim zurück.« Er saß neben mir auf der Grasböschung im Central Park. Das Wetter hatte uns zu einem Picknick hinausgelockt. Die Luft war milde und frühlingshaft, wie auf der Farm – aber in welch anderer Gesellschaft befand ich mich doch hier! Bei all seiner Sorge um mich war Michael unkompliziert und selbstsicher. Er hatte den Krieg mitgemacht und überlebt. Er war seit langem sein eigener Herr. Ich, die Unselbständige, kam mir an diesem Tag trotzdem älter und erfahrener vor als er, der so überzeugt war, das Leben sei ganz einfach.

Konnte ich ihm von den Ereignissen dieses Wochenendes erzählen? Wie weit würde ich ausholen müssen, damit er es begriff? Bis zu dem Moment, in dem Helen Coatsworth vorgeschlagen hatte, Nanny fortzuschicken? Oder bis zu dem Tag, an dem mir Jaime sagte, das Haus auf der Benson-Farm sei verflucht? Oder bis zu dem Nachmittag, als er mir seine Geschichte mit der Theorie des Fluches zu lesen gab – eines Fluches, der sich weniger auf ein verlassenes, verfallenes Haus bezog als auf sein eigenes Elternhaus?
Je weiter ich in Gedanken zurückging, desto wahnwitziger erschien alles. Und doch blieben die drei dort beisammen wie Gefangene in einer Strafkolonie. Immer mehr erweckte es den Anschein, als hätten sie sich zum Bleiben entschlossen, so wie Lorenzo und ich zur Flucht. Und wir kehrten doch stets wieder zurück, wie Flüchtlinge, die zurückkehren müssen, um erneut bestätigt zu sehen, was sie von daheim vertrieben hat. Was veranlaßte uns dazu, statt die anderen von dort fortzuziehen?
Jetzt experimentierte Jaime mit Exorzismus. Ich hätte Michael diesen immer dichter werdenden Alptraum nicht erklären können, ohne daß er auch an meinem Verstand zweifeln mußte.
Daher sagte ich nur: »Auf der Farm ist es nicht mehr wie früher. Alle sind irgendwie alt und trübsinnig geworden.«
»Sind sie denn wirklich alt?«
»Eigentlich nicht.«
»Warum bleiben sie dann dort?«
»Ich weiß es nicht.«
»Missy!« Die Augen unter den struppigen Brauen, die so gern lachten, bettelten um Verständnis. »Man kann einen Kranken pflegen, soviel man will, aber wenn er den nötigen Lebenswillen nicht aufbringt... Hilft es ihnen denn, daß du immer wieder hinfährst?«
»Auch das weiß ich nicht.« Ich schüttelte beschwörend

den Kopf. »Bitte, laß das jetzt, Michael. Es ist ein so schöner Tag für uns.«
»Ein wunderschöner Tag, solange wir nicht von der anderen Melissa reden, auf die nicht die Sprache gebracht werden darf. Stimmt's?«
Michael nahm mich an den Schultern und drehte mich zu sich. In seinem Griff lagen Ungeduld und Begierde. »So geht das nicht, Missy. Ich liebe dich – aber um dich weiterlieben zu können, muß ich alles über dich wissen. Für den Augenblick wenigstens das, was dich herumschleichen läßt, als sei zehn Schritte hinter dir ein Gespenst.« Er lockerte den Griff und lächelte schließlich ein wenig traurig.
»Weißt du, manchmal habe ich mir schon überlegt, ob ich dich nicht entführen sollte. Dich einfach mit fortnehmen. Wenn ich glauben könnte, es nützte was, tät' ich's. Aber es würde nichts nützen. Überhaupt nichts.«
An diesem Nachmittag tanzte ich, als sei ich wirklich der Geist Giselles – noch immer wahnsinnig verliebt und hin und her gerissen zwischen dem Wunsch, Albrecht ins Grab nachzuziehen, und dem, ihn dem Leben zurückzugeben. Rangel grinste durchtrieben. Und die Norowska stellte endlich die Frage, die sie seit geraumer Zeit auf der Zunge hatte.
»Erinnerst du dich: Ich habe dich einmal gefragt, ob du schon verliebt gewesen seist, Melissa?«
Ich spürte, wie ich errötete und meine Hände naß wurden, aber ich erwiderte lebhaft: »Ja.«
»Nun, jetzt sieht man, daß es der Fall ist.«
»Aber –«, stieß ich rasch hervor, »ich – ich bin – es nicht.«
Ihr Lachen war hoch und hell. »Sei nicht albern! Glaubst du, so was merke ich nicht?«
»Verzeihung«, sagte ich und meinte, nun sei alles aus. Doch sie schüttelte den Kopf.
»Ich behaupte nicht, daß es mich gerade jetzt freut. Ich

kann dir nur sagen: Bis jetzt hat es nichts geschadet. Aber halte es unter Kontrolle.« Dann sah sie mich durchdringend an und fragte ganz leise: »Hast du es deinem Vater erzählt?«
Ich schüttelte stumm den Kopf.
»Du kannst nicht erwarten, daß ich es für dich tue«, sagte sie. Sie neigte sich vertraulich zu mir und wurde eine Nuance dringlicher: »Denk daran, was ich dir gesagt habe: Kontrolle, um Gottes willen. Es darf nicht die Maschinerie zerstören, ja? Ich verlasse mich auf dich.«
Anschließend wandte sie sich ab und klatschte in die Hände. »Schön. Als nächstes Philipp und Valerie, den *pas de deux.*«
Nach der Probe traf ich mich mit Michael. Wir gingen ins Kino, liefen aber mitten im Film weg, weil es absurd gewesen wäre, zu bleiben. In seinem Zimmer liebten wir uns leidenschaftlich, wie gehetzt, vielleicht in der Hoffnung, durch körperliche Nähe jene Gedanken zum Schweigen zu bringen, die uns beharrlich immer mehr auseinanderzogen. Einmal, noch ganz eins mit seinem Körper, das Gesicht an seinen Hals gepreßt, bettelte ich: »Tu, was du gesagt hast, Michael – entführe mich.«
Leise, freudig gab er zurück: »Du kannst ja freiwillig kommen. Im August.«
Als ich nicht antwortete, löste er sich von mir; wir lagen nebeneinander, und was ich noch sagte, schwebte zwischen uns, eine quälende Lüge, die nicht zurückzunehmen war.
Später küßten wir uns wieder und drängten uns eng aneinander. Seit ich ihn kannte, hatte ich ihn noch nie so ungern verlassen. Da ich aber morgens früh von meiner eigenen Wohnung aus aufbrechen mußte, standen wir schließlich doch auf, zogen uns an, und er brachte mich heim.

64

Ich glaube, ich wußte, daß ich Lorenzo in der Wohnung antreffen würde, noch ehe ich den Schlüssel ins Schloß steckte. Menschen, die sich so nahestehen wie wir beide, spüren auf tausenderlei Weise instinktiv, ob der andere anwesend, abwesend oder zurückgekehrt ist. Deshalb eben wunderte es mich ja, daß er mich bei meinen Täuschungsmanövern bisher nicht erwischt hatte. Es gab nur einen Grund: sein grenzenloses Vertrauen. Er saß in einem Sessel der Tür gegenüber, wahrscheinlich schon seit Stunden, gelähmt von der Unkenntnis, wo ich mich aufhielt, unfähig, sich irgendwie anders zu beschäftigen. Noch vor wenigen Stunden hätte er mich wahrscheinlich wütend angebrüllt; jetzt war ihm nach langem, anstrengendem Warten nur mehr der kalte Zorn geblieben.
»Wo warst du?«
»Mit Freunden unterwegs.« Unwillkürlich fuhr ich mir mit der Hand an den geröteten Mund, um ihn zu verbergen.
»Mit Freunden? Kein Mensch bleibt bis zu dieser Stunde mit Freunden in einem Lokal.« Er sah mich ungläubig an, wie zum erstenmal. »Um Gottes willen, bist du denn verrückt? Warum hast du mir nichts gesagt?«
Ich stand schweigend da und starrte ihn nur an, bis er anfing leise und spöttisch in sich hinein zu lachen. »Ich war also wieder einmal der Narr – der vertrauensvolle blöde Narr.« Er sah zum Umfallen müde aus, als er fortfuhr: »Bist du dir darüber klar, daß ich um ein Haar die Polizei angerufen hätte. Ganz sicher sogar, wenn ich nicht heute von denen schon übergenug gehabt hätte. Komm herein, ja? Dann erzähl ich dir, warum ich hier bin.«
Also nicht meinetwegen? Ich trat ins Zimmer und setzte mich voll böser Ahnungen auf den Rand des Sessels.
»Ich bin nicht etwa deinetwegen hier! Glaubst du wirklich, ich sei irgend so ein verdammter Schnüffler?« Seine

Stimme klang erbittert. »Man hat mich heute nachmittag auf meiner Baustelle in Connecticut angerufen. Aus Bethesda. Das Haus auf der Benson-Farm ist niedergebrannt worden.«
»Auf der Benson-Farm?« Ich war so verwirrt, daß der Name erst nach einigen Augenblicken überhaupt etwas bedeutete – dann aber schien mir, als erzählte Lorenzo einen Alptraum, der Wirklichkeit geworden war.
»Irgend jemand wollte mal wieder Jaime einen Strick draus drehen.«
»Ist ihm was passiert?« Meine Stimme wurde hoch und ängstlich.
»Keine Spur«, sagte Lorenzo barsch. »Diesem Trottel.« Plötzlich sah er mich forschend an. »Sag mal, wie kommst du darauf?«
Nun galt Nannys Mahnung: »Kein Wort – zu wem auch immer!« nicht mehr. Gerade ihm hätte man längst alles erzählen müssen. »Weil er sich doch immer dort herumgetrieben hat«, erklärte ich und gab Nannys Bericht wieder, der Jaime verächtlich und lächerlich machte. Als ich geendet hatte, saß Lorenzo in lastendem Schweigen und starrte auf seine Hände. Ich wußte, was jetzt in seinem Inneren vorging; war ich es doch seit Tagen auch nicht mehr losgeworden. Nicht nur die Geschichte, die ich eben erzählt hatte – auch jene andere, die Jaime damals geschrieben und damit seinen Vater so verärgert hatte, daß er Jaimes Existenz eine Weile buchstäblich verdrängte.
»Hat ihn jemand in der Nähe des Hauses gesehen«, platzte ich heraus. »Ist man deshalb auf ihn verfallen?«
»Anscheinend.« Lorenzo sah noch immer nicht auf. Seine Hände waren jetzt ineinandergekrampft, diese schönen, schöpferischen Hände, die mit allem umgehen und fertig werden konnten. Ich sah seine Wangenmuskeln spielen. Als er endlich den Blick hob, war darin nichts Gequältes mehr, vielmehr etwas, das ich nur als entschlossene Un-

gläubigkeit bezeichnen kann.»Lächerlich«, hörte ich ihn sagen, »nur weil Jaime gern herumwandert. Gewiß, er hat allerlei Verdrehtes geäußert und geschrieben – du liebe Zeit, es ist doch unvorstellbar, daß die weichliche Schlafmütze so was in die Tat umsetzt. Jaime kann doch keiner Fliege etwas zuleide tun!« Er redete sich selbst gut zu und überzeugte dadurch langsam auch mich. »Weißt du noch: die Eule?«
Und allmählich, beim Weitersprechen, wandelte sich seine Ungläubigkeit in Empörung, in aggressive, harte Anklagen. »Das siehst du's, wie in solch elenden kleinen Hirnen Legenden entstehen! Jaime ist sonderbar, er ist anders als alle anderen. Jaime geht gern spazieren. Es bricht ein Brand aus: Wer hat ihn gelegt? Tausend Landstreicher streunen herum mit ihren Kochtöpfen und Streichhölzern, jede Nacht schläft dort ein anderer – aber nein, Jaime muß es gewesen sein, denn der ist ein Einzelgänger und ›irgendwie komisch‹. Das wäre ja auch die viel bessere Pointe, also muß Jaime dafür herhalten. Genau wie damals die andere Sache in der Schule, die ich nicht erfahren durfte. Schon die hat sein Leben ruiniert.«
Lorenzo hieb plötzlich mit der Faust auf die Armlehne, daß ich glaubte, sie würde abbrechen.
»Es war nicht Jaime, verstanden! Und diesmal werden sie ihre gottverdammte pikante Story nicht kriegen. Deshalb habe ich ja alles stehen- und liegenlassen und fahre morgen hinaus.« Er sah mich müde an. »Ich nehme an, daß du einen Tag lang für dich selber sorgen kannst? Wenn nicht, kann ich es auch nicht ändern.« Der Sarkasmus war wie ein gutgeführtes Messer. Ich nahm ihn nicht übel.
»Verzeih.« Es klang so leer.
»Laß nur«, entgegnete er. »Vielleicht habe ich zuviel erwartet.« Der Blick, den er mir zuwarf, war schon fast verzeihend.

65

Die Giselle, die am nächsten Tag in der Ballettschule erschien, machte eine klägliche Figur. Obwohl mein *pas de deux* mit Rangel so gut geübt war, daß er eigentlich automatisch ablief, gab es doch Augenblicke, in denen ich nicht »immer ein wenig der Musik voraus war«, wie Miß Chisholme es als unbedingt notwendig bezeichnete.
Es war nicht nur die Erschöpfung, weil ich die ganze Nacht nicht geschlafen hatte, sondern mehr. Bisher war beim Eintauchen in die Aura der Ballettschule alles andere immer als nebensächlich draußen geblieben. Wenn meine Bekanntschaft mit Michael überhaupt mein Tanzen beeinflußte, dann nur, indem sie meine Rollen mit lebhaftem und echtem, wenn auch beherrschtem Gefühl anreicherten.
An diesem Tag aber war das »Draußen« zum erstenmal mit mir hereingeschlüpft und nicht steuerbar. Ich bemühte mich, nur an die Musik zu denken, wach zu sein, auf die Norowska zu achten. Mein Gemüt war erfüllt von Schamgefühl.
Nicht von der Scham, Michael geliebt, sondern Lorenzo belogen zu haben. Warum eigentlich? Wovor hatte ich mich denn gefürchtet? Ich hatte Lorenzos Vertrauen eindeutig mißbraucht, der mit mir rechnete, obschon er schon von so vielen enttäuscht worden war. Bisher hatte mich sein Glauben an mich getragen. Hatte er jetzt das Gefühl, ich brauche ihn nicht länger? Und das in einem Augenblick, in dem er selbst einer Stütze bedurfte? Wohin mochte das alles nun führen? Würde es zu einer gerichtlichen Untersuchung kommen? Wer würde als Zeuge auftreten? Wer hatte Jaime in der Nähe des verlassenen Hauses gesehen – und wenn: Wie wichtig war es?
Immer wieder rief ich mir Lorenzos Empörung ins Gedächtnis bei der Unterstellung, ein so untüchtiges, sanftes Wesen wie Jaime könne etwas Derartiges begehen.

Und doch ließen mich all die sonderbaren Erinnerungen an Jaimes Verhalten nicht zur Ruhe kommen.
Im Gegensatz zu meinen Gedanken schien mir das Klavier so weit entfernt, daß ich kaum noch den Rhythmus wahrnahm, hörte aber über die Musik hinweg das warnende nervöse Zählen der Norowska.
»Himmel noch mal«, flüsterte Rangel in erschrockenem Diskant, als ich den gleichen *grand jeté en avant* machte wie gestern und vorgestern, dabei aber nicht leicht auf Rangels ausgestreckten Händen landete, sondern schlingerte und ihn fast zu Boden riß.
Ich wußte, was mir passiert war. Ich hatte meine Position nicht zentriert und deshalb von Anfang an geschwankt. Ich war der Musik nicht »ein wenig voraus«, sondern um einen ganzen Takt weiter als Rangel.
Hastig rissen wir uns zusammen. Ich sah die Norowska wie unter einem Schlag die Augen schließen, und der Blick von Alicia Duncan, die für alle Fälle meine Rolle mit einstudiert hatte, wurde groß vor Überraschung und Hoffnung. Das allerschlimmste war: Auf einem Stuhl zwischen Spiegeln und Türen saß halbverborgen Mr. Romanow.
Als die Probe vorbei war, ging ich mich entschuldigen, wobei ich in meinem Elend kaum merkte, was ich eigentlich sagte. Ich hätte wissen können, daß Mr. Romanow mich mit der Großmut eines Menschen behandeln würde, der zu Erfolg oder Mißerfolg des Norowska-Ateliers immer eine kleine Distanz wahrte. Zwar wählte er aus dieser Truppe die Solisten für sein *Corps de Ballet*. Aber es war immer besser, wir blamierten uns bei ihr als bei ihm. »Jeder hat mal einen schlechten Tag. Ich habe von Anfang an gemerkt, daß du nicht bei der Sache bist. Geh lieber heim und vergiß es«, sagte er.
So nachsichtig war die Norowska nicht; ich hatte es auch nicht erwartet. Was hatte sie erst gestern betont? Es schien mir hundert Jahre her zu sein, obwohl sie nichts

wissen und es sie auch nicht bekümmern konnte, was seither geschehen war. Sie zischte mich wütend an: »Das ist es... genau das... die Maschinerie kaputtmachen... Vor zwei Monaten hätte ich noch die Geduld aufgebracht, jetzt nicht mehr. Ihm –«, sie warf einen Blick auf Mr. Romanow, »ist es gleich. Es ist seine Schule und sein Ballett, und die gehen weiter. Aber wir? Wehe, wenn das noch einmal passiert, Melissa. Ich kann das nicht durchgehen lassen...«

66

Die Sonne schien noch hell, als ich heimging. Alle Leute auf der Straße erschienen mir heiter und froh über Wärme, Grün und Frische nach dem langen feuchten Winter. Ich hätte gern auch so empfunden, um es mit Michael zu teilen, mit ihm irgendwo im Frühlingslicht zu wandern, wo wir niemanden kannten und niemand uns. Diese Sehnsucht erfaßte mich wie ein Opiat und hüllte mich sekundenlang in einen seltsam schwebenden, leuchtenden Augenblick des Glücks. Warum eigentlich nicht? Ich stand unmittelbar vor der Treppe von der 57. Straße hinunter zur U-Bahn, die mich nach Lower Manhattan und zu Michaels Zimmer brachte. Ich verlangsamte den Schritt, blieb beinahe stehen, doch dann war es, als verflüchtige sich das Opiat plötzlich. So ging ich wieder rascher und fühlte die Trauer des Tages zurückkehren. Ich war allein auf der Straße – ohne Michael, ohne einen anderen Menschen –, und vielleicht erwartete mich daheim in der Wohnung Lorenzo, auch allein.
Es bedeutete für mich fast eine Erleichterung, ihn dort vorzufinden. Auf den ersten Blick schien er Fröhlichkeit auszustrahlen, aber man erkannte schnell, daß es nur Schau war.
»Ich wußte es ja«, sagte er, »irgendwer hatte behauptet,

Jaime beim alten Haus gesehen zu haben, aber es erwies sich als bösartiges Gerücht unter hundert anderen. Sie haben sogar Beweise dafür gefunden, daß ein Landstreicher in dem Haus geschlafen hat und unvorsichtig mit dem Feuer umgegangen ist.«
»Was für Beweise?« fragte ich.
»Ach, allerlei Töpfe und Pfannen und Abfälle. Er ist sicher sofort weggerannt, als er merkte, daß der Brand nicht mehr zu löschen war. Wir wollen hoffen, daß diese puritanischen Hexenjäger den armen Kerl niemals finden.«
Lorenzo ließ sich schwer nach hinten sinken und legte die Hand über die Augen, als wolle er einen Augenblick mit seinen Gedanken allein sein. Dann sagte er: »Ich hätte das Haus längst losschlagen sollen. Was soll es überhaupt? Was machen die alle dort?«
»Ja, vielleicht wäre es besser«, stimmte ich fast bittend bei. »Es wird allmählich zuviel – sogar für Nanny.«
»Aber gerade sie würde nichts davon hören wollen«, griff Lorenzo meine Worte auf. »Das ist es ja. Hast du je darüber nachgedacht, wie ihr Leben wäre ohne dieses Haus?«
Plötzlich überlegte ich, was Michael wohl geantwortet hätte. Daß den anderen überhaupt nicht mehr damit gedient wäre. Daß es besser wäre, zu verkaufen und ihnen ein neues Leben anzubieten. Und er hätte so recht gehabt. Schließlich hatte Lorenzo die Farm geschaffen, und so vermochte auch nur er ... ich konnte den Gedanken nicht zu Ende denken, so weh tat er mir. Ich konnte nur sagen: »Es ist deine Farm.« Und beide dachten wir im stillen wohl an all die wundervollen Tage und dahinter Lorenzos unerfüllte Träume, als er antwortete: »Ja, es klingt so einfach, nicht wahr.«
Mehr wurde darüber nicht gesprochen; aber ich wußte, von einem Verkauf der Farm würde nie wieder die Rede sein.

Doch dann – Lorenzo ließ sich eben nicht unterkriegen – hob er den Kopf, als seien zehn Jahre von ihm abgefallen, und sagte: »Und nun mal zu dir, Missy. Dich habe ich nämlich noch nicht aufgegeben, weißt du.«
Also war er nicht mehr ärgerlich über mich; ich hatte es ja gewußt. Sein Zorn dauerte nie lange. Jetzt lächelte er sogar ermutigend. Er schien mich zu verstehen.
»Ich kann es dir nicht vernünftig erklären«, begann ich. »Irgendwie brachte ich es nicht über mich, dir zu sagen: Ich treffe mich heimlich mit jemand, in den ich verliebt bin. Und dann zieht eine Lüge die andere nach sich, nicht wahr.«
»Stimmt«, sagte er. »Ich weiß es nur zu gut. Diese Erfahrung machen wir alle einmal. Hältst du mich denn für einen Unmenschen? Mein Gott, ein Mädchen wie du, das mußte ja passieren. Ich war ein Idiot, daß ich nicht daran gedacht habe. Daß ich dich allein gelassen habe...« Anfangs hatte er zu mir gesprochen, am Ende sprach er zu sich selbst und machte sich Vorwürfe. Er brach ab und begann von neuem, fest und bestimmt. »Das Entscheidende ist, daß du mich gestern abend verrückt damit gemacht hast, als ich überhaupt nicht wußte, wo du warst. Und wie wäre es weitergegangen? Lügen verderben alles. Also, Missy, du darfst nie wieder so wenig Vertrauen zu mir haben. Hast du gehört?«
Bis dahin hatte ich nur dagesessen und genickt. Er hatte ja recht. Lügen verdarben alles. Hatten wir nicht Beweise dafür? Aber ich konnte nicht hinnehmen, daß ich zuwenig Vertrauen zu ihm hätte. »Glaub doch das nicht!« bat ich. Er zuckte die Achseln und lächelte, diesmal ein wenig trübe, als täte es ihm leid, daß mich meine Erfahrung nicht das Rechte gelehrt hatte. Dann sagte er ein bißchen zu munter: »Da sitzen wir hier und reden, als ob es nicht noch einen anderen Beteiligten gäbe. Ich glaube, es wird Zeit, daß ich ihn kennenlerne, meinst du nicht? Wie heißt er denn?«

»Michael«, sagte ich, »Michael Nolan«, und hatte das unerklärliche Gefühl, ich würde Michael Nolan nie wiedersehen.

67

In gewisser Hinsicht sah ich ihn auch nie mehr – jedenfalls nie mehr so wie bisher.
Noch am gleichen Abend lud Lorenzo ihn zum Dinner ein. Ich hatte Angst davor und glaubte, nun sei alles aus. Michael, der heimliche Liebhaber, der Komplice meiner Täuschungen, von dem Lorenzo nach einem einzigen Blick in mein Gesicht gewußt hatte, daß ich mit ihm im Bett gewesen war ... Wie mochte er auf meinen berühmten, imponierenden Vater reagieren?
Ich hätte Michael besser kennen und wissen müssen, daß er zu dem Schluß kommen würde, die Sache lohne sich, und wie es weiterginge, würde man dann schon sehen. Ich hätte wissen müssen, daß der von so viel kriecherischer Oberflächlichkeit umgebene Lorenzo diesen freimütigen jungen Mann erfrischend finden und gern haben würde – trotz meiner gänzlich unnötigen Geheimniskrämerei. Im Lauf des Abends wunderte ich mich mehrmals, wieso ich so zaghaft gewesen war und meine Liebesgeschichte so kindisch verheimlicht hatte. Lorenzo fand großen Gefallen an Michaels unbeschwertem Lachen, seinem ungekünstelten, aber auch ungenierten bäuerlichen Auftreten. Vielleicht erinnerte er ihn an den ganz jungen Lorenzo, als er »denen« zum erstenmal entgegengetreten war, fest entschlossen, sich nicht zu sehr von ihnen imponieren zu lassen.
An diesem Abend war es, als habe sich ein kräftiger Wind erhoben und blase alle Unsicherheit aus unserem Leben, ein Wind jugendlicher Unbekümmertheit. Sogar das Ereignis auf der Benson-Farm schien nicht mehr als ein

Thema für eine gute Story. »Ach, Michael, Sie sind Westler. Nur ein Neu-Engländer kann verstehen, wie so eine Intrige entsteht. Außer dem der Portugiesen ist nie auch nur ein Tropfen fremdes Blut in dieses ungastliche Ödland gedrungen, seit die ›Mayflower‹ versehentlich in der verdammten Felsenbucht anlegte. Und nur die Portugiesen waren stur genug, es bei diesen Hexenjägern auszuhalten.«
»Damit meinst du dich selbst, nicht wahr?« sagte ich lachend.
»Und unseren armen, unschuldigen Jaime«, fuhr Lorenzo fort, »der nichts anderes im Sinn hat, als herumzuwandern und Stöcke und Steine zu sammeln ... das geborene Opfer. Wäre ich heute morgen nicht selbst hingerast, würden sie ihn vermutlich teeren und federn.«
»Und was macht Jaime mit den Stöcken und Steinen?« hörte ich Michael neugierig fragen, aber Lorenzo war bereits beim nächsten Thema.
»Sie wollen also Mediziner werden. Es hat mich von jeher fasziniert, warum sich Menschen für das entscheiden, was sie im Leben wollen.«
»Manche würden es krankhafte Wißbegierde nennen«, sagte Michael. »Wenn mein Vater ein Schwein schlachtete, war ich ganz hingerissen von den Eingeweiden. Im Lauf der Zeit stellte sich heraus, daß ich immer in der Nähe war und versessen darauf, Kälber mit Steißlage in der Kuh zu drehen und aufgespießte Hunde wieder zusammenzuflicken ... Mein Interesse überwand zuerst meine Angst und meinen Ekel und dann alles übrige.«
»Wundert mich nicht.« Lorenzo nickte. »So etwas kenne ich. Ich bin Fischerssohn und konnte Felsen, Sand und Erde nie in Ruhe lassen. Immer mußte ich etwas daraus bauen. Ich glaube, jeder hat ein besonderes Talent. Manchmal ist es reine Glückssache, daß man es überhaupt entdeckt. Dann muß man den Mut haben, es ernst zu nehmen.« Er hob sein Glas: »Ich trinke auf das Glück,

unsere Talente zu entdecken. Und nicht nur unsere, sondern auch die Melissas.«
Er hat zuviel getrunken, dachte ich, als ich Lorenzos Glas mit gefährlichem Schwung auf meines zufahren sah. Warum auch nicht – nach allem, was er in den letzten vierundzwanzig Stunden durchgemacht hatte und an diesem schönen Abend. Ich stieß mit ihm an und hielt ihm mein Glas dann zum Nachfüllen entgegen.
Mein Vater goß alle Gläser voll und fragte: »Haben Sie Melissa jemals auf einer Probe gesehen, Michael?«
»Ich hatte nie Gelegenheit dazu.« Zum erstenmal sah ich Michael verlegen und kam ihm zu Hilfe.
»Du weißt doch, wie überempfindlich die Norowska ist, was Zuschauer angeht. Nur Mr. Romanow darf das, und sogar er nicht immer.«
»Ja, ja, natürlich.« Lorenzo akzeptierte meine Erklärung. »Ich habe dich schließlich tausendmal üben sehen, ehe du in die Schule kamst. Eigentlich schade. Ich glaube, man kennt Melissa erst, wenn man sie tanzen gesehen hat«, meinte er nachdenklich.
»Es gibt mehr als nur eine Melissa«, erwiderte Michael, nicht gereizt, aber doch bestimmt.
Lorenzo bekam wieder diesen abwesenden Blick, enthemmt vom Wein, wie ich glaubte. »Aber diese Melissa hier beherrscht dann alles: die Musik, den Raum, in dem sie sich aufhält, die Menschen, die ihr zuschauen. Und noch während sie das tut, scheint sie in unerreichbare Fernen zu entschwinden.« Er sah Michael offen an. »Man kommt sich vor wie ein bedeutungsloses Stück Kulisse.«
»Jetzt übertreibst du aber«, protestierte ich. »Michael, bist du bereit, ein Stück Kulisse zu werden?«
Michael lachte mit mir, und Lorenzo stimmte ein, doch schon im nächsten Moment wurde er wieder ernst und nachdenklich. »Andererseits, das ist ja schließlich mit ›einen Beruf ernst nehmen‹ gemeint, nicht wahr. Dann

macht man eben Kulissen aus anderen Menschen. Insbesondere aus denen, die man liebt.«
»Daran habe ich noch nicht gedacht«, sagte Michael. »Aber ich meine, man muß doch recht schwach sein, um sich zur Kulisse machen zu lassen.«
»Mag sein – aber warten Sie, bis Sie sich entscheiden müssen«, entgegnete Lorenzo. »Dann merken Sie es.« Er lächelte charmant. »Wie wär's mit einem kleinen Kognak zum Nachtisch? Morgen ist Sonnabend, da kann keine Norowska uns dafür büßen lassen.«

68

Es kamen noch viele Abende zu dritt während der letzten Wochen vor der Aufführung. Der kleinen Aufführung einer Ballettschule, die jedoch darüber entschied, wer von uns im nächsten Jahr ins Corps überwechseln und damit gleich an der Spitze der Pyramide des *American Ballet Theatre* beginnen sollte. Nie waren diese Abende langweilig, nie kam es zwischen Michael und Lorenzo zu dem entsetzlichen Augenblick des Stumpfsinns, den ich so oft bei Unterhaltungen an anderen Abenden erlebt hatte und dann sicher wußte: Dieser Mensch hatte meinem Vater nichts mehr zu bieten und würde nie wieder eingeladen werden. Im Gegenteil, Lorenzo schien sich darauf zu freuen, daß wir drei zum Essen gingen und Michael und er sich gegenseitig einer Gehirnwäsche unterziehen konnten.
War Lorenzo überrascht, daß Michael, der schlichte Westler, nicht nur die endlose Prärie und die fernen Berge liebte, sondern außerdem Prokofieff? Oder daß dieser Junge trotz seines Studiums unzähliger medizinischer Fachschriften täglich Zeit für ein paar Kapitel des weisen, köstlichen Balzac fand?
»Wenn ich meine Bücher habe und die Musik, könnte ich

wahrscheinlich überall auf der Welt leben«, hörte ich Michael eines Abends sagen, als wir wieder einmal im französischen Restaurant saßen und einen kleinen Mokka nach dem Essen tranken. »Und das ist gut so, denn eigentlich möchte ich meinen Arztberuf am liebsten an einem fernen, abgelegenen Ort ausüben.«
Lorenzo runzelte ablehnend die Stirn. »Dagegen wäre nichts einzuwenden, wenn Sie dadurch nicht ins Hintertreffen gerieten. Falls mein Instinkt mich nicht trügt, sind Medizin und Kunst – etwa das Theater – in gewisser Hinsicht nicht so sehr verschieden. Man muß auf der richtigen Bühne und vor einem empfänglichen Publikum stehen. Wo endet man sonst?« Er sah ernst und nachdenklich zu mir herüber. »Als ewiger Amateur.«
Michael fing den Blick auf und sagte leise und nachdrücklich: »Solche Einschränkungen darf es bei keinem Beruf geben. Ich glaube, das ist eine Frage der Phantasie.«
»Oh«, meinte Lorenzo, »ich behaupte ja nicht, daß es sie geben darf – nur, daß es sie gibt. Wenn man in Timbuktu lebt, opfert man seine Berufung der Gleichgültigkeit, und noch so viel Phantasie wird sie nicht retten können . . .«
Ich brauchte gar nicht hinzuhören, um zu erkennen, daß es bei diesem Gespräch nicht um Theorien ging. Es ging um Michaels und meine Karriere. Und obwohl ich in diesen gedrängt vollen Tagen wußte, daß Michael bald fortgehen und mein Leben sich binnen kurzem ohnehin verändern würde, mochte ich nicht über die Spekulationen nachdenken, soweit sie mich betrafen. Etwas anderes verdrängte alles übrige: etwas an Lorenzos Verhalten. Unter seinem gesprächigen Charme lag etwas Abwesendes, Grüblerisches. Manchmal schien er trotz aller Aufmerksamkeit kaum zu hören, was Michael sagte. Und manchmal ertappte ich ihn dabei, daß er mich mit besorgtem, versonnenem Ausdruck musterte, als sei etwas unerwähnt geblieben, das ihm zu schaffen machte.

»Was fängt Jaime eigentlich mit den Stöcken und Steinen an?« In der Euphorie des ersten Abends hatte ich Michaels sonderbare Frage vergessen. Während ich ihren abstrakten Spitzfindigkeiten zuhörte, kam sie mir wieder, unter vielen anderen, die ich nicht aussprach.
Alles war so nett, reizend, harmonisch: und doch meinte ich, etwas würde geschehen, wenn diese Frage unbeantwortet bliebe – etwas, über das weder Michael noch ich Macht hatte, das aber für uns alle entscheidend sein würde.

Eines Abends sagte Lorenzo dann unvermittelt: »Weißt du eigentlich, wie manche Leute zu einem Nervenzusammenbruch kommen? Indem sie sich um Dinge sorgen, die überhaupt nicht existieren.«
Ich hatte Michael an der Tür verabschiedet und kam mit dem Gefühl zurück, ich hätte mir selbst den Rücken gekehrt. Noch spürte ich den Druck seiner Hand auf meinem Arm und sah die Enttäuschung in seinem Blick. Aber ich hatte mich abgewandt; ich wollte weder mit ihm schlafen noch mit ihm reden, ich wollte nur allein sein, um meine Gedanken zu sondieren wie widerwärtige Krankheitssymptome.
Um so unangenehmer traf mich deshalb Lorenzos Frage, da ich mich am liebsten in mein Zimmer verkrochen hätte. Aber ich mußte doch stehenbleiben und leicht abwehrend fragen: »Wie meinst du das?«
»Komm und setz dich einen Moment zu mir«, sagte Lorenzo. Ich spürte, das war eine Bitte, und glaubte, er habe mich beobachtet und an dasselbe gedacht wie ich. Gleich würde er mir erzählen, was wirklich auf der Farm geschehen war. Ich wartete, voller Hoffnung, doch dann sagte er etwas Unerwartetes: »Rede dir niemals ein, verliebt zu sein, Missy.«
»Glaubst du, daß mich nur das jetzt beschäftigt?« Ich traute meinen Ohren kaum.

Er antwortete nicht direkt, erwiderte nur: »Ich sage dir das, weil genau das – einmal mußt du es erfahren – mir bei deiner Mutter passiert ist. Ich möchte nicht, daß es dir auch so ergeht. Ich dachte, wenn sie schon so sehr auf mich angewiesen sei, müsse ich sie wenigstens lieben.« Er schüttelte den Kopf. »Unglücklicherweise ist das etwas, was man nicht aus sich heraus schaffen kann.«
»Du glaubst also, Michael sei auf mich angewiesen?«
»Angewiesen?« Lorenzos Lachen war beinahe sarkastisch. »Gott bewahre! Niemand kann unabhängiger sein als er. Aber es gibt noch unzählige andere Gründe, sich einzureden, man sei verliebt. Der Zeitpunkt zum Beispiel.« Er betrachtete mich forschend. »Hast du nicht manchmal Angst vor der Zukunft, Missy? Möchtest du nicht manchmal einfach auf und davon?«
»Auf und davon?« Sekundenlang erinnerte ich mich der heftigen Versuchung, in den U-Bahn-Schacht hinunterzulaufen. Aber ich hatte ihr nicht nachgegeben. »Glaubst du wirklich, daß ich so was täte?«
»Entschuldige.« Er zögerte. Auch ihm fiel wohl einiges ein, über das wir heute gesprochen hatten. Über das Lügen zum Beispiel. »Auf und davon ist nicht das richtige Wort.« Es klang ungewohnt demütig. »Es ist mir eben sehr wichtig, was mit dir geschieht, Missy. Und ich weiß aus eigener Erfahrung, was alles geschehen kann. Du bist noch so jung, so wie ich damals. Ich habe dafür bezahlt, daß ich mir eine Liebe eingeredet habe, die überhaupt nicht existierte. Aber ich habe dabei nicht den Sinn meines Lebens aus den Augen verloren. Du jedoch . . . Ich beobachte, wie du dein Leben diesem Michael Nolan anbietest, mit all dem Glanz, der es ausfüllen könnte, aber ich sehe nicht, daß er bereit ist, sein Leben um deinetwillen zu ändern.«
Das also hatte ihn während der Abende beschäftigt, als er mit Michael sprach und immer wieder mich ansah.
»Hör zu«, antwortete ich, »ich habe noch keinen Mo-

ment Zeit gehabt, mir das mit Michael Nolan zu überlegen, ob ich ihm mein Leben schenken will – noch weniger, ob ich auf und davon gehen soll. Also denke auch du bitte noch nicht darüber nach, ja?«
Ich stand auf, beugte mich zu ihm herab und küßte ihn, weil ich spürte, daß ich ihn ebenso verwirrt und unzufrieden zurückließ, wie ich es selber war.
Ausgehöhlter und entmutigter denn je ging ich zu Bett. Da hatte ich nun immer geglaubt, von allen Menschen auf der Welt verstünde mich Lorenzo am besten. Und aus diesem Verständnis heraus werde er das Unausgesprochene aussprechen und meine Ängste ausräumen. Statt dessen hatte er meine Liebe mit der seinigen verglichen. Hätte er nur eine wirkliche Liebe gehabt, dachte ich, lag im Dunkeln und sehnte mich nach Michael mit seiner Geradlinigkeit und Schlichtheit. Auch nach seiner Intensität und Leidenschaft, die mir das Gefühl gaben, eine hohe Welle zu durchtauchen. Aber Michael war nicht da. So lag ich denn wach und wollte die Augen nicht schließen, aus Angst vor dem, was ich dann sehen würde. Und als ich endlich einschlief, träumte ich, das Haus stünde in Flammen. Aber es war nicht das Haus auf der Benson-Farm. Es war unser eigenes.

69

Ich sehe Mrs. Cameron an jenem Abend neben mir am Kamin das Glas an die Lippen führen, gleichsam um sich für die nächste Frage zu stärken, die für sie atypisch war, weil sie eigentlich ungern jemanden ausholte. »Was ist aus diesem Michael denn geworden, und wo hält er sich jetzt auf?«
»Das weiß ich nicht«, antwortete ich etwas zu bestimmt.
»Der Beruf der Tänzerin gilt ja als einer der anspruchsvollsten. Er fordert den ganzen Menschen – mehr noch als

die Medizin. Michael ist nach Kalifornien gezogen, nach Stanford. Aber er hatte das Ballett schon vorher satt.«
»Trotzdem, sehr schade, daß Sie keinen Kontakt gehalten haben«, sagte sie. »Vor allem, weil . . .«
»Sie meinen, weil der Grund weggefallen ist?«
Mrs. Cameron zuckte die Achseln. »Wer weiß, vielleicht war das Tanzen gar nicht der wahre Grund.«
Wie üblich kam sie damit der Wahrheit sehr nah. So nah, daß ich dachte: Ich werde diese Abendgespräche aufgeben müssen. Man kann eine Geschichte eben nicht nur halb erzählen. Jetzt ist sie neugierig, was sie zu Anfang nicht war. Vielleicht sollte ich es hier und jetzt aussprechen: Mrs. Cameron, ich weiß, Sie meinen es gut, und Sie haben mich nie direkt aufgefordert, Ihnen etwas zu erzählen. Aber es gibt Dinge, die ich für mich behalten muß; deshalb komme ich mir Ihnen gegenüber allmählich wie eine Lügnerin vor. – Ja, das hätte ich sagen sollen. Oder überhaupt nichts, sondern kündigen und so schnell wie möglich das Haus verlassen, damit ich vor ihr nicht doch eines Tages eingestand – wonach ich mich sehnte –: daß das Tanzen tatsächlich nicht der wahre Grund gewesen ist. Obwohl es lange als gute Ausrede diente.

Vormittags ging ich in die Ballettschule, jeden Nachmittag ins Theater. Beides war mir zur Zuflucht geworden. Die Norowska spielte weiter die Beobachterin. Sie tat es mit der Wachsamkeit eines Raubvogels, bereit, herabzustoßen und ihre Beute beim geringsten Anzeichen der Unachtsamkeit zu packen. Aus diesem Grunde gab ich mir Mühe, daß mir kein Fehler unterlief. Rangel war begeistert und wieder zuversichtlich. Verständlicherweise enttäuscht war Alicia Duncan, ließ es sich aber kaum anmerken: Berufsethos. Schließlich hängt beim Ballett immer einer vom anderen ab.
Was keiner von ihnen wußte: Ich benutzte meine Liebe nicht länger dazu, meinen Tanz glaubwürdiger zu ge-

stalten. Ich drückte diese Liebe nicht mehr aus, floh vielmehr vor ihr und allem übrigen in die Sicherheit der Vervollkommnung jeder Bewegung – alles dessen, was man mich über Anatomie, Position, Rhythmus und Darstellung gelehrt hatte. Früher hatte Rangel gemeint, ich sei nur beim Tanzen lebendig und wirklich. Ob er nun wohl spürte, daß ich den Tanz dazu benutzte, um der Wirklichkeit zu entfliehen?
Noch in einem anderen Augenblick fühlte ich mich ruhig und zufrieden: Wenn ich zur 57. Straße hinüberging, zu dem Saal, in dem unzählige alte Dämchen durch ihre Doppelschliffbrillen kunstvolle Gebilde aus Brokat, Goldfäden, Tressen und bunten Glasstücken begutachteten.
Madame Karina, die Königin der Kostümbildnerinnen, pflegte dann aufzutauchen, mich aus ihren großen klaren Augen anzuschauen und auf mir eine Nadel hier, eine Nadel dort zu stecken. Dann stand ich vor dem Spiegel und dachte: Niemand ist wichtiger als ich. Und später dachte ich insgeheim immer: Wenn ich es nur überhaupt schaffe bis in dieses Kostüm! Hatte erst Mr. Romanow seine Zauberformel »Gut so!« gesprochen, dann blieb nichts mehr zu tun, als wieder das eigene Baumwollfähnchen anzuziehen und aus dem Labyrinth der Korridore hinauszutreten auf die sonnenüberflutete Straße.
Der Sonnenschein bedeutete mir nichts. Mir wurde nicht einmal warm darin. Der Gehsteig war hart unter meinen Füßen, ich hörte meine Schritte, und alle, die mir begegneten, waren leblos wie aus Stein – so lebendig formten sich die Bilder in meinem Kopf, geboren aus der Phantasie, genährt und gehegt, bis sie zur Realität geworden waren. Der ungeschlachte, umherirrende Schatten, der verdrehte Gedanken dachte, die niemand kannte, und der andere Schatten, flink, starrköpfig, brüchig, opferbereit bis zur Selbstaufgabe, unerschrocken und ahnungslos gegenüber der Gefahr, in der er schwebte.

Immer wieder ordneten sie sich anders in meinem Inneren, zu besonnten und düsteren Szenen, die einander seit Kindertagen unablässig ablösten.
Und auf der anderen Seite Lorenzo, der mich bis hierher gebracht und bestimmt hatte, ich dürfe nicht zu den dort vegetierenden Schatten gehören. Seine Wachsamkeit wirkte jetzt fast etwas übertrieben; aber wer konnte ihm einen Vorwurf daraus machen, daß er entschlossen war, alles zu einem guten Ende zu bringen?
Es blieben nur noch fünf Tage bis zur Aufführung. Doch während ich mich auf diese Komposition aus Musik und Drama vorbereitete, deren Titelfigur ich sein würde, fühlte ich mich zwischen andere Gestalten, in ein anderes Stück versetzt, das ebenfalls dem Ende zueilte, gegen das ich machtlos war. Als hätten meine Füße ihren eigenen Willen, trugen sie mich durch das große schmiedeeiserne Tor eines Parks, in dem Michael auf mich wartete. Ich fiel ihm fast in die Arme. Er preßte mich gierig an sich, dankbar, als habe er gefürchtet, ich würde nicht kommen. Als er mich endlich losließ, stieß er hervor: »Komm, Missy, wir gehen auf mein Zimmer.«
»Aber ich werde daheim in der Wohnung erwartet...«
»Das ist mir gleich.« Mehr sagte er nicht, aber sein Ton ließ jeden Widerspruch verstummen. Unterwegs sprachen wir kaum. Wir saßen dicht nebeneinander und spürten, daß man uns tagelang ein wirkliches Alleinsein vorenthalten hatte, zählten die Stationen, sehnten uns nach dem Augenblick, in dem wir uns einander neu schenken durften. Nichts hätte uns trennen können – auch später nicht, als wir uns auf Michaels knarrendem, durchhängendem Bett liebten, als hätten wir uns verloren und wiedergefunden.
Während wir dort lagen, er noch über mir, hörte ich ihn sagen: »Das war schön. Vergiß es nie. Halt es fest.«
Wie so oft, wenn man mehr spürt als hört, wurde mir bei seinen Worten ganz kalt.

Ich schob ihn von mir, um ihm ins Gesicht zu sehen und fragte: »Was ist los?«
»Missy«, sagte er. »Ich werde zu deiner Aufführung nicht mehr hiersein. Wegen der Lage im Pazifik haben sie Dans Dienstzeit verlängert. Er wird das Büro nicht übernehmen können. Wenn ich nicht hinfahre und die Dokumente unterschreibe, verlieren wir es, und das können wir uns nicht leisten.«
Ich hörte kaum zu. Seine ersten Worte schon schnürten mir die Kehle zusammen, und ich stieß heraus: »Du darfst nicht fort.«
»Ich muß«, entgegnete er ruhig und beherrscht. »Ist es denn so wichtig?«
»Wie kannst du so was sagen.« Ich riß mich von ihm los und vergrub mein Gesicht im Kopfkissen wie ein verzogenes Kind, das zum erstenmal auf Widerstand stößt.
»Weil es wahr ist. Nun paß mal gut auf.« Er setzte sich im Türkensitz auf und drehte mich zu sich herum, ernst und sachlich, wie ein Lehrer, der dem Schüler etwas beibringen muß.
»Entscheidend ist nur, daß du nach Beendigung deiner Tournee mit Madame Norowska mit deiner Lehrzeit fertig bist. Dann wirst du dein Diplom nehmen und gehen können, wohin du willst. Diese Tatsache haben wir bisher noch nie laut ausgesprochen, nicht wahr, Missy.« Er hockte da, studierte mein Gesicht und wartete auf eine zustimmende Reaktion, während ich mich zusammenkrümmte wie ein wildes Tier, das noch nie die schützende Höhle verlassen hat. Das helle Licht dessen, was er soeben geäußert hatte, blendete mich.
»Mit meiner Lehrzeit fertig, mein Diplom nehmen ... Willst du mich wahnsinnig machen?«
»Im Gegenteil«, sagte er etwas strenger, »ich will, daß du dich der Wahrheit stellst und darüber nachdenkst, anstatt sie zu verdrängen. Weißt du noch, wie du mich gebeten hast, dich zu entführen? In Wirklichkeit wolltest du es

gar nicht, Missy. Ich auch nicht, glaube ich. Ich möchte, daß du freiwillig kommst. Wenn du diese Tournee beendet hast, will ich, daß du aus eigenem Antrieb kommst.«
Minutenlang herrschte Schweigen in dem kleinen, kargen Zimmer.
Dann wurde es von meinen selbstmitleidigen Schluchzern unterbrochen: »Hör auf, mich so anzuschauen. Wie soll ich dabei nachdenken. Du kannst doch nicht verlangen, daß ich mich sofort entscheide?«
»Das muß ich aber«, entgegnete er im immer gleich beherrschten Ton. »Weil die Liebe kaputtgeht, wenn man nicht im rechten Moment zu ihr steht. In dem Moment nämlich, wo sie mit etwas konkurrieren muß.«
Er hatte natürlich recht. Wenn man will, daß die Liebe weiterbesteht und wächst, muß man rasch und entschlossen handeln. Man muß die Funken des vergangenen explosiven Augenblicks sammeln, die Flamme stetig halten und bewahren. Das tat ich nicht. Ich zog mich statt dessen noch tiefer in meinen Bau zurück und suchte mich aus seiner luftlosen Finsternis heraus zu verteidigen. Wieviel Sinn bekamen plötzlich Lorenzos Worte: »Ich sehe nur, wie du dein Leben diesem Michael Nolan anbietest, aber nicht, daß er seines um deinetwillen ändert.«
»Konkurrieren? Womit?« fuhr ich auf Michael los. »Mit meinem Leben, mit allem, was ich vorhatte? Warum muß ausgerechnet ich das tun?«
Jetzt erhob auch Michael die Stimme; er war ärgerlich, seine Geduld erschöpft. »Du weißt so gut wie ich, warum: Weil es nicht stimmt, daß du nur in New York bei Romanows Truppe anfangen kannst: ›Die richtige Bühne, die richtigen Zuschauer . . .‹« Jetzt zitierte auch er meinen Vater, aber laut und zornig-verächtlich. »Das ist Unsinn. Es stimmt nicht, und selbst wenn, würde ich nicht mit dir hierbleiben, in dieser unwirklichen über-

steigerten Atmosphäre. Die würde alles kaputtmachen.«
So schmerzlich und erschreckend es war – ich wollte, ich hätte in meinem Schreck hervorgesprudelt: »Du hast völlig recht. Es ist wirklich übersteigert und zerstört alles, es erstickt mich, worauf es ja angelegt war.« Doch ich lag nur da und spielte die Hilflose und Gekränkte, als habe er mich geschlagen. Bis er schließlich sagte: »Na schön. Einmal mußte ich es aussprechen, und ich nehme nichts davon zurück. Aber das ändert nichts. Jeder Mensch muß eines Tages aufhören, das Kind eines anderen zu sein. Aber du bist noch immer das Kind deiner Eltern.« Das kam mit so trauriger Endgültigkeit, als wisse er, daß er verloren hatte. Und ich weinte und ließ mich von ihm trösten.
Michael brachte mich nach Hause. Im stillen wußten wir beide, was heute nachmittag mit unserer Liebe geschehen war, in eben jenem Zimmer, in dem Sekunden vorher noch alles reine Vollkommenheit gewesen war. Als wir an unserer Wohnung ankamen, fragte ich: »Wann fährst du morgen?«
»Um halb acht«, antwortete er. »Kommst du zur Bahn?«
Und wissen Sie, Mrs. Cameron, was ich da zu ihm gesagt habe: »Das ist unmöglich ... wir brechen früh um fünf Uhr auf – zur Farm.«

70

Lorenzo war nicht da, als ich die Wohnung betrat. Es wurde langsam dunkel, aber ich knipste kein Licht an. Mir erschien die Dunkelheit erträglicher als das Licht. Ich saß regungslos da, erstarrt und wollte weder denken noch sehen. Und als Lorenzo endlich kam, knipste auch er keine Lampe an, sondern tastete sich durch das Licht der Straßenbeleuchtung bis zu mir, als wisse er bereits, was

geschehen war. Er setzte sich neben mich auf den Boden.
»Ich kann dir nichts erklären«, sagte ich. Vielleicht erinnerte ihn mein Gesichtsausdruck an seine Gefühle damals auf dem Felsen am Meer, und vielleicht antwortete er deshalb: »Jetzt möchtest du nie wieder etwas empfinden, nicht wahr?«
Es gelang mir, zu nicken. Er sagte: »Du wirst darüber wegkommen. Ich gebe dir mein Wort, du wirst es schaffen. Alles wird bei dir wieder in Ordnung kommen.«
Ich platzte heraus: »Wie kannst du das behaupten? Was weißt du denn?«
»Ich weiß alles. Erinnerst du dich noch an Claire Morely?«
Trotz meiner Erstarrtheit hörte ich zu, als er mir von ihr erzählte, von der Zeit, die ihnen beiden immer zu kurz vorgekommen sei. Sie hätte niemals ausgereicht. Aber die Angelegenheit war aussichtslos gewesen, und so hatte er aufgegeben.
Lorenzo sah mich ernst an und sagte: »Damals habe ich geglaubt, ich würde verrückt. Vielleicht wäre ich es ohne meine Arbeit sogar geworden. Weißt du noch: in dem Jahr, ehe Claire starb, habe ich das Haus für Rachewitsch gebaut? In gewisser Hinsicht war es die aufregendste, lohnendste Arbeit meines Lebens. Du siehst daraus – auch Trauer kann schöpferisch machen. Vielleicht ist es eines Tages dein Glück, daß du das Tanzen hast – etwas, woran du dich halten kannst und das dich hoch emporhebt über alles Unsichere und Vergängliche, das dir begegnet. Aber du mußt dich mit aller Kraft daran klammern.«
»Ja«, sagte ich, »ja, ich verstehe.« Bildete ich es mir nur ein, oder lag in meines Vaters Lächeln ein gewisser Triumph?

71

Am nächsten Tag fuhren wir, wie vorgesehen, morgens um fünf Uhr auf die Farm. In gewissem Sinn wird mir immer im Gedächtnis bleiben, wie außergewöhnlich heiter das letzte Wochenende vor der Aufführung war. Sicher hatte Lorenzo seine Freunde für mich mobilisiert. Ich hörte ihn geradezu sagen: »Missy hat eine Enttäuschung hinter sich. Ja, heute in einer Woche tanzt sie. Es wäre schön, wenn ihr sie etwas aufheitern kämt.«
Und die Freunde kamen – alle, die ihr Fernbleiben in letzter Zeit so fadenscheinig entschuldigt hatten – und benahmen sich vorbildlich. Rachewitsch war dabei und der Maler McCleod. Sogar Jan Little, der uns in New York kaum noch von der Seite gewichen war, seit er von der Norowska erfahren hatte, Mr. Romanow »hätte mich im Auge«.
Habe ich »heiter« gesagt? Marion sah reizend aus in einem Kleid aus braunem Stoff, der die schönen Farben ihrer Haut und ihres Haares betonte. Doch ich konnte mir vorstellen, daß dieses Miststück Jan Little sie hinterher freundlicherweise so beschreiben würde: »Die arme Marion. Ich dachte, die Augen würden ihr aus dem Kopf treten. Es war schauerlich. Sie lachte über alles. Und wenn sie nicht gerade lachte, befeuchtete sie sich die Lippen. Sie dürfte wirklich nicht so viel allein sein – andererseits...«
Sie lachte zuviel, das stimmte. Erst aus Freude, später vielleicht aus Selbstverachtung. Sonntag morgen jedenfalls ließ sie durch Nanny bestellen, sie fühle sich nicht wohl und bleibe den Rest des Tages im Bett. Sie konnte nicht einmal mehr lachen.
Während all dessen herrschte Lorenzo über uns wie ein romantisch-barbarischer Maurenfürst. Sonnabends fuhren wir zum Hochseefischen um die Insel in der Canon's Bay und picknickten in einer geschützten kleinen Bucht,

die wirklich Lorenzos Bezeichnung »Rand der Welt« verdiente. Dahinter lag die funkelnde See ungewöhnlich ruhig in der Sommersonne. Wir nahmen unseren Fang aus und brieten Schellfisch auf einem Treibholzfeuer. Ich half bei der Arbeit, saß am Feuer und lauschte unaufmerksam den Unterhaltungen. Die Möwen kreisten und stießen herab nach den Fischeingeweiden, die wir ins Meer geworfen hatten. Ich befand mich in einem beginnenden Alptraum und hoffte und betete, vor seinem Ende aufwachen zu dürfen.

Abends kochte Lorenzo eine Muschelsuppe, Nanny neben sich, die alles unnötig komplizierte. Natürlich wurden auch Karten gespielt und musiziert, und es kam der unvermeidliche Augenblick, in dem Rachewitsch fragte: »Ob ich Melissa bitten darf, uns im Vorgriff auf Freitag eine kleine Matinee zu geben?«

»Selbstverständlich, warum nicht?«

Der Alptraum ging weiter. Ich hörte meine Mutter lachend sagen: »Für mich wird das eine Offenbarung werden. Ob ihr's glaubt oder nicht, ich habe Melissa zuletzt an jenem Abend tanzen sehen, an dem sie uns alle überrascht hat. Wissen Sie noch, Nanny, wie furchtbar wir damals erschrocken sind?« Ihr Lachen wurde hoch und schrill.

Ich wählte *Rhapsodie über ein Thema von Paganini*, nach der uns Miß Chisholme oft Soli üben ließ. Es war eine warme Nacht, ich tanzte auf der Terrasse; das Mondlicht beleuchtete den grauen Schieferboden und machte aus meinen Zuschauern zerdehnte Schatten. Und sogar hier, umgeben von anderen lebendigen Schatten, war es eine Wohltat, sich in die Musik zu versenken, in die Bewegungen zu flüchten, die ich so oft geübt hatte, daß sie sich wie von selbst vollzogen.

Zum Schluß gab es begeisterten Beifall, und ich glaubte zu sehen, wie Rachewitsch Lorenzo zunickte, als wolle er damit ausdrücken: Mach dir keine Sorgen, die schafft es!

Nicht, um Lorenzos Freunden eine Privatvorstellung zu geben, war ich dieses Wochenende nach Hause gefahren. Nicht, um diese Tage in gefühlloser Vergessenheit zu verbringen. Ich war gekommen, um mir Nanny und Jaime anzusehen. Nicht mit dem flüchtigen Angstblick, wie bei so vielen Heimkünften auf die Farm, ob ich etwaige Verschlimmerungen feststellen konnte. Ich mußte sie mir genau betrachten, mir jene kaum merklichen Veränderungen einprägen, die mit ihnen vorgegangen waren. Davor hatte ich Angst, und diese Angst versuchte ich mit der gedanken- und risikolosen Mechanik des Balletts wegzutanzen. Ich hatte sie gemieden, aber sie hatte mich eingeholt. Wenn ich schon direkt aus den Armen der Liebe hergeeilt war, bekam auch das nur Sinn, wenn ich dabei einem Mythos mutig die Stirn bot, um ihn ein für allemal zu überwinden. Ich mußte herausfinden, ob Jaime wirklich in dem alten Benson-Haus herumexperimentiert hatte, um »das Böse auszutreiben«. Auf einer seiner Zeichnungen, an die ich mich nur mit Schaudern erinnerte, hatte ein Haus in Flammen gestanden. Hatte Jaime damals nicht lächelnd, als hüte er ein schlimmes Geheimnis, geäußert: »Bin gespannt, ob je einer das Motiv dafür erraten wird?«

Wenn er das Benson-Haus angezündet hatte – aus welchem Grunde? War sein Willensexperiment fehlgeschlagen? Alles hatte etwas Komödienhaftes, und doch überlief es einen dabei kalt, wenn man bedachte, daß ihm eine geistesgestörte Logik zugrunde lag.

Bildete nicht ein Experiment üblicherweise die Vorbereitung für weitere?

Seit unserer Ankunft war der Brand kein einziges Mal erwähnt worden. Lorenzo hatte mich noch vor dem Eintreffen der Gäste gewarnt: das Thema sei abgeschlossen. Das schien er auch den übrigen eingeschärft zu haben, denn sowohl Nanny als auch Marion taten, als sei nichts vorgefallen.

Als ich mit Tanzen fertig war, suchte ich Jaime auf, der allein auf der Terrasse saß und aufs Meer hinausschaute. Mir schien der direkteste Weg der beste.

»Jaime, was ist denn nun wirklich auf der alten Benson-Farm geschehen?«

Wenn ich geglaubt hatte, ihn durch meine Überrumpelung zu einer eindeutigen Antwort zu zwingen, sah ich mich getäuscht. Er reagierte jedoch sonderbar, und das bestätigte mir, daß er meine Frage erwartet hatte.

»Alles, was *sie* dich glauben machen will«, gab er mürrisch zur Antwort. »Das war doch nie anders.«

Ich brauchte nicht zu fragen, wen er mit »sie« meinte. Aus ihm klang die gequälte Enttäuschung dessen, der als einziger seit Jahren um einen Übelstand weiß.

»Das redest du dir ein«, sagte ich. »Und was hat das mit . . .«

Ich wollte sagen: »Mit dem Brand zu tun?« doch Jaime fiel mir ins Wort.

»Mit allem hat es zu tun.« Er rückte auf der Steinbrüstung zu mir heran und sprach leise und vertraulich: »Denk doch mal nach. Schon als ich klein war, durfte ich nie etwas tun, was sie nicht wollte. Sie beschloß einfach, ich sei wunderlich, und sie müsse mich abschirmen. Weißt du, warum ich nicht eingezogen wurde?« Er hielt plötzlich erwartungsvoll inne, um mich zu zwingen, mich an den Tag flüsternder Unterredungen und an Lorenzos empörten Aufschrei zu erinnern. Ich mußte antworten: »Na ja, wohl wegen der alten Geschichte mit Mr. Pimlo. Aber Jaime, warum hast du dich nicht gewehrt und denen gesagt . . .«

»Ich? Denk doch ein bißchen nach, Melissa. Hätte mir denn ein einziger Mensch von Belang geglaubt?« Aus ihm klang die Bitterkeit eines Menschen, der erfahren hat, daß jede Gegenwehr hoffnungslos ist.

»Sie hat doch damals mein Gedicht vorsichtshalber zerrissen, damit ja niemand es lesen und beurteilen konnte.

Aber Jahre später hat sie im richtigen Moment die Erinnerung daran wieder ausgegraben – und es hat funktioniert, stimmt's? Sonst wäre ich nicht mehr hier. Ja, ja, sie kriegt euch alle dazu, so zu denken, wie *sie* will.«
»Wir sollen glauben, du habest das Benson-Haus angezündet?« Diese Vorstellung war Wahnsinn – aber ich fühlte, ich mußte sie aufgreifen und zu Ende denken, wohin immer es führen mochte. »Lorenzo auch?«
Jaime warf mir aus dem Augenwinkel einen verständnisinnigen Blick zu. »Jawohl, auch Lorenzo soll es glauben. Damit er sich, wie damals bei meiner Einberufung, nicht traut, mich wegzulassen in ein Internat. Du glaubst mir nicht? Warum hat sie sonst vor ihm die andere Version nie geleugnet, obwohl doch unser Vater bewiesen hat, daß es ein Landstreicher war? Sie wird es auch dir gegenüber nicht tun. Dir gegenüber am allerwenigsten. Du sollst vor lauter Sorge eingehen, so will sie's.« Er sprach jetzt rasch und sonderbar pathetisch. Seine Augen leuchteten. »Ja, ja, sie wird langsam gelb und gebrechlich, nicht wahr? Aber ihren eisernen Willen, den hat sie noch. Und dich hat sie auch noch nicht aufgegeben. Sie wird es dahin bringen, daß du so wirst, wie sie dich haben will – genau wie mich.«
Er holte tief Atem und fuhr anklagend fort: »Sie hat doch schon erreicht, daß du dir ständig Sorgen machst, nicht wahr? Daß du die ausgefallensten Sachen über mich denkst? Damit holt sie dich wieder hierher – sie benutzt mich als Köder, um dich so zu ängstigen, daß du jede Lebenskraft verlierst.«
»Jaime«, unterbrach ich ihn endlich, um ihn von dem abzubringen, das ich nun uneingeschränkt als entsetzliche Logik eines Geisteskranken empfand. »Was war auf der Benson-Farm? Hast du es nun getan oder nicht?« Ich hoffte, ihn durch meinen scharfen Ton zu sich zu bringen. Er hielt daraufhin tatsächlich inne, sah mich plötzlich schlau an und antwortete: »Die Benson-Farm und die

Zeichnung in der Zeitschrift – nicht wahr? Erinnerst du dich an den Fuchs mit dem Menschengesicht? An den Sündenbock? Ach, denk doch, was *sie* will – mir macht es nichts mehr aus.«

»Aber Jaime«, flüsterte ich halb erstickt, »die Zeichnung hast schließlich du gemacht.«

»Ja, das stimmt.« Er zögerte, als würde ihm eben erst klar, daß sich ein Scherz gegen ihn gekehrt hatte. Dann zuckte er die Achseln und sagte gleichmütig: »Was für ein Getue um das alte Haus der Bensons. Auf dem lag ohnehin ein Fluch. Das hätte längst einer anzünden sollen.«

72

Das ganze Wochenende über war ich kaum einen Augenblick allein, dafür sorgte Lorenzo. Als sich am Sonntagnachmittag alle zu einer kurzen Mittagsruhe, vielleicht auch vor Lorenzos Betriebsamkeit, zurückgezogen hatten, machte ich mich trotzdem auf den brombeerüberwucherten Weg zu jenem Ort auf, der einmal die Benson-Farm gewesen war. Ich weiß nicht, was ich dort erwartete – nur, daß ich dorthin mußte.

Seit meinem letzten Hiersein hatte der Frühling dem Sommer das Feld geräumt. Die Blüten der Beerensträucher waren abgefallen, schon begannen die Früchte hart und grün zu schwellen und würden zu herber Süße reifen. In der Wärme stiegen die vertrauten Düfte des Waldes auf: faulige Rinde, Laub und der leicht medizinische Geruch des Sassafras. Sie weckten Erinnerungen. Jetzt hätte Jaime neben mir schlendern können, den Kopf gedankenvoll gesenkt, bis ich ihn mit einer verzwickten Frage aufschreckte. Er würde mir antworten – erst zögernd, dann immer mitgerissener –, weil er merkte, daß ich wirklich zuhörte. Ein sanfter, verträumter Jaime, der nichts wollte, als daß man ihn seinen Grübeleien über-

ließ. Wäre er jetzt bei mir gewesen, wir hätten viel länger gebraucht, denn wir hätten wegen jedes bunten Blattes, jedes Miniaturwäldchens aus Moos auf der windabgewandten Seite eines Felsens getrödelt. Im Grunde hätten wir kein Ziel, nur einen Weg gehabt, der uns nirgends hinführte als am Ende wieder nach Hause.
Ein solcher Jaime war nicht mehr neben mir, weil es ihn nicht mehr gab. Der jetzt existente Jaime zwang mich wortlos, ohne selbst anwesend zu sein, auf den Weg zu meinem Bestimmungsort. Einen Ort, der einen unheilvollen Sinn für uns alle bekommen hatte. Wachsendes Unbehagen ließ mich immer rascher ausschreiten. Zum Schluß rannte ich fast. Dort ist ja nichts, sagte ich mir, nur ein längst verlassenes Haus, das zudem jetzt niedergebrannt ist. Einst hatten seine finsteren Fensterhöhlen im sinkenden Licht eine Warnung für mich ausgesandt. Und immer, wenn ich an dieses Haus gedacht hatte, war dieses undefinierbare, aber unleugbare Gefühl wiedergekehrt.
Als ich den altvertrauten Ort und den Brunnen wiedersah, der einst von Farn und Dorngestrüpp überwuchert gewesen war, stand er geschwärzt und kahl am Rand eines leeren Platzes. Eine Steintreppe erhob sich noch innerhalb der Grundmauern des Gebäudes. Die Kiefern waren angekohlt, sie standen wie geschwärzte Skelette in einer Aschenwüste. Nun knarrten und ächzten sie nicht mehr unheilverkündend im Wind. Erhob sich ein Lufthauch, so wehten Aschensäulen um ihre Stümpfe und die Treppenstufen. Etwas in dieser wirbelnden Leere war niederschmetternder, als die warnenden dunklen Fensterhöhlen es je gewesen waren.

Nachdem ich genügend Distanz zwischen mich und all diese Asche gebracht und mein klopfendes Herz sich beruhigt hatte, kam ich zu einem Entschluß. So können sie nicht weiterleben, dachte ich, in einem Zustand, der in

gewisser Hinsicht dem der alten Benson-Farm ähnelt. Ich muß mit Lorenzo reden, ihn fragen, ob er das denn nicht bemerkt?
Als Anfang mußten sie alle zu meiner Aufführung in die Stadt kommen. Diese Aufgabe war beinahe so schwer, wie den heiligen Simon von seiner Säule herunterzulokken. Hatten sie denn nicht einmal das lebhafte, geschäftige Leben in London, in Europa geführt? Das wäre doch wieder möglich. Gewiß, nicht wie früher. Aber konnte Nanny nicht auch in New York alles überwachen? Marion konnte doch all ihre ehemaligen Bekanntschaften wiederauffrischen. Wen störte es, wenn sie jeden Nachmittag mit Helen Coatsworth zu einer Seance ging? Und Jaime? Über Jaime hatte Michael einmal zu mir gesagt: »Wozu, glaubst du, sind die Ärzte da, Missy? Wie du weißt, ist eine derartige Zerfahrenheit ein Symptom für Schilddrüsenunterfunktion – ich glaube allerdings, sie ist schon weiter fortgeschritten.«
Und ich hatte erwidert: »Ach, du bist so praktisch, deshalb kommt dir alles so einfach vor.« War es das nicht auch?
Michael! Der Gedanke an ihn verschlug mir den Atem. Ich durfte jetzt nicht an ihn denken, sonst blieb mir keine Kraft für alle anderen. Ich konnte mir zwar noch immer nicht vorstellen, welche Strategie ich anwenden würde, um diese gigantische Umstellung zuwege zu bringen. Aber ich war mir klar, daß ich es schaffen mußte. Ich wollte mit Lorenzo reden – ihn überzeugen. Gerade die Erkenntnis, daß uns keine andere Möglichkeit mehr blieb, erfüllte mich mit Mut und Gelassenheit – mit mehr jedenfalls, als ich seit Gott weiß welcher Zeit gehabt hatte.

73

»Erinnerst du dich noch an den Tag, an dem Mrs. Coatsworth so fürchterliche Sachen über mich gesagt hat?«
Nanny saß mit dem Rücken zum Fenster. Das über ihre Schulter hereinströmende Licht warf einen bleichen Schein auf ihr Gesicht, das dadurch noch gelber wirkte als gewöhnlich. Schon vorher war mir eine gewisse Kränklichkeit an ihr aufgefallen, aber erst Jaime hatte mich auf die Farbe ihres Teints hinweisen müssen. Ein Bündel Reisig, von Pergament umhüllt und so leicht, daß der Schaukelstuhl sich kaum bewegte, als sie sich vertraulich zu mir neigte.
Sie hatte mit einer Klage über »ihn« begonnen, der einstige Allmachtstitel für Lorenzo. »Er meint, er wird mit allem fertig: mit Madam, die mit Schwächeanfällen im Bett liegt, und mit Jaime, der mit Gott weiß was im Kopf herumirrt. Also, ich werde es nicht...«
»Das sollst du auch nicht«, sagte ich; mein neugefaßter Entschluß machte mich sehr bestimmt.
Dann kam sie auf Helen Coatsworths Unterhaltung mit Marion zurück. »Weißt du was: In gewisser Weise hatte sie recht. Bei einigermaßen klarem Verstand wäre ich damals meinem Instinkt gefolgt und hätte euch verlassen.«
»Was für ein Instinkt? Wovon redest du denn, Nanny?«
Der Schaukelstuhl wippte nach vorn, wie von einem Windhauch bewegt.
»Weißt du das nicht, Missy? In meinem Beruf gibt es einen Zeitpunkt, über den hinaus man nicht bleiben darf. Man muß wissen, wann dieser Moment gekommen ist, und ich wußte es.« Sie nickte kaum merklich, mehr zu ihrer eigenen Bestätigung. »O ja, ich wußte es. Aber gerade da bist du krank geworden. Am gleichen Tag, weißt du noch. Und da brachte ich es nicht fertig, dich zu verlassen. Ich wollte dich gesund pflegen.«

»Das hast du ja auch geschafft«, erwiderte ich. »Du lieber Himmel, was wäre aus mir geworden?«
»Ja, was?« fragte sie. »Ich durfte dich einfach nicht verlassen, nicht wahr? Aber dann wollte ich dich behüten, bis du wieder kräftig genug warst. Aber irgendwo habe ich einen Fehler gemacht? Ich bin alt und müde geworden und kann nicht mehr fort. Und dabei habe ich dich vor nichts behütet.« Sie saß jetzt ganz still, und ihre tief in den Höhlen liegenden Falkenaugen schauten mich glänzend und unentwegt an, fast als habe sie Fieber. Was meinte sie mit: »vor nichts behütet«?
Auf dem Heimweg durch den Wald war ich so zuversichtlich gewesen. Eine aus der Verzweiflung geborene Zuversicht hatte mich erfüllt. Ich mußte sie mir erhalten. Laut sagte ich: »Mich behütet? Mich braucht man vor nichts zu behüten. Und ich will nicht mehr hören, daß du alt und müde bist. Das stimmt nicht. Und jetzt paß einmal genau auf . . .« Meine Stimme klang überbetont, um sie aus einem beängstigenden Tagtraum zu reißen. »Kommenden Freitag ist schon meine Aufführung, weißt du das? Ich tanze mit einem jungen Mann namens Rangel Barrios den *pas de deux* aus *Giselle*. Ich glaube, wir werden dir Ehre machen.«
»Mir?« Sie stieß mit dem Finger geringschätzig gegen ihre eingefallene Brust.
»Jawohl, dir. Ohne dich wäre ich nie gesund geworden. Also hast du mir die Kraft dazu gegeben. Und jetzt mußt du auch kommen und zuschauen. Lorenzo hat schon alles vorbereitet für dich, meine Mutter und Jaime. Und anschließend gehen wir alle miteinander essen. Es wird fast wieder so sein wie in London.«
Was ich damals nicht begriff, heute aber weiß: Bei allem, was wir tun, spielt der Instinkt eine große Rolle. Wäre Nanny am Tag der Unterhaltung mit Helen Coatsworth ihrem Instinkt gefolgt – alles wäre anders gelaufen. Und jetzt sagte mir mein eigener Instinkt, daß es von ent-

scheidender Bedeutung war, Nanny bei der Premiere dabeizuhaben, wenn dieser Abend der Beginn von etwas Neuem sein sollte. Falls ich mir jedoch eingebildet hatte, ich brauche dazu nur einen gutdurchdachten Plan, hatte ich Jaimes Warnung nicht beachtet und Nannys Willenskraft unterschätzt. Diese bewies sie jetzt. Mit erhobener Hand, als wolle sie jeden weiteren Ansturm abwehren, sagte sie: »Moment mal!« Sie sprach energisch, wie zu einem übereifrigen Kind. »Nicht, daß ich dich nicht gern in deiner kleinen Vorführung sehen würde. Nur zu gern. Aber überlege mal: Wenn deine Eltern in London ausgingen, wer blieb dann daheim und besorgte den Haushalt?«

»Nanny«, widersprach ich, »es ist ein bißchen mehr als eine ›kleine Vorführung‹; außerdem sind wir jetzt alle erwachsen.«

»Hm.« Sie lachte spöttisch in sich hinein. »Nun aber mal ehrlich? Glaubst du das im Ernst?«

Ihrem durchdringenden Falkenblick war wieder einmal nicht auszuweichen. »Hast du vergessen, was ich dir über Jaime erzählt habe? Du wirst zugeben müssen, daß er weniger erwachsen ist als je.«

Sie hielt stirnrunzelnd inne, suchte und fand schließlich bemerkenswert richtige Worte: »Weißt du – es ist, als ob ihm die Welt nicht paßt, so wie sie ist, und er sich deshalb eine eigene ausgedacht hat. Er sieht alles entsprechend seinen Vorstellungen. Und wie, ich bitte dich, behandelt man so einen Menschen?«

Nach seinen Vorstellungen: das war Nannys Version. Hatte nicht ich selbst im stillen es oft als Jaimes andere Dimension gesehen? Und wie sollte man dem begegnen? Schon begann mein ganzer Plan, sich festzufahren. Versank in Nannys Entschlossenheit, mit der sie überzeugt und leuchtenden Auges erklärte: »Ganz gleich, was die anderen sagen – man darf ihn auf keinen Fall allein lassen, verstehst du.«

74

Wie kann ich die Leere beschreiben, die ich empfand, nachdem Michael fort war? Nirgends wurde ich sie los. Sie begleitete mich bei allem, was ich tat, als ein Gefühl schmerzhaften Verlustes, das mich noch heute gelegentlich überkommt. Warum hatte Lorenzo mir die beiden Geschichten erzählt: die über Marion sowie die über Claire Morely? Mich mit der ersten davor gewarnt, mir nie eine Liebe einzureden. Und mit der anderen dann doch bewiesen, daß es keiner besonderen Anstrengung bedurfte, um eine Liebe zu erkennen? Hatte er anfangs an meinen Gefühlen für Michael gezweifelt und dann seine Meinung geändert?
Lorenzo hatte gesagt: »Freu dich, daß du das Tanzen hast, und halte dich daran mit aller Kraft.« Das tat ich. Jeden Tag ging ich durch sonnige Straßen voller Menschen eilig meinem Ziel zu, »meinem Lebensziel«, wie ich mir einredete, nur um mich dann selbst zu verspotten: »Eine richtige Giselle, bis zu dem Augenblick, wenn der Morgen graut und Albrecht ihr entflieht.«
War ich erst einmal an der Arbeit, war alles gut. Rangel zeigte sich überrascht und erleichtert, die Norowska schien immer noch sichtlich besorgt. In dieser mechanischen Perfektion steckte ganz offenbar irgend etwas Bedenkliches, und doch fand sie keinen echten Fehler.
Nur einmal drang ein Anzeichen von dem, was ich damals verdrängen wollte, bis zu mir in den Tanz vor, und zwar bei der Kostümprobe mit Klavierbegleitung, zu der die Norowska Lorenzo eingeladen hatte. Er saß ganz hinten, sein Gesicht lag im Schatten, vielleicht aus Sorge, zuviel Anteilnahme zu zeigen. Und doch füllte seine Gegenwart für mich das ganze Theater. Auf der Farm hatte ich im leeren Raum so oft für ihn allein getanzt. Und jedesmal mit unterdrückter Erregung, in Erwartung eines nahenden großen Augenblicks. Als nun Rangel und ich

im Bauernkostüm auf einer großen leeren Bühne *Giselle* tanzten, wurde ich das sonderbare Gefühl nicht los, jenen Höhepunkt erreicht zu haben. Dies schien er zu sein: für mich zählte nur dieser eine Zuschauer, der jetzt in der letzten Reihe saß.
An diesem Tag barg die Freude, für Lorenzo zu tanzen, fast ein Bedauern darüber, das nun etwas zu Ende war. Und obwohl Lorenzo und die Norowska sich am Schluß einig waren, daß es nicht besser hätte laufen können, muß er etwas von meinem Gefühl gespürt haben. Denn als wir allein beim Essen saßen, sagte er eine Spur zu munter: »Weißt du, wenn so ein Theater erst einmal voller Menschen ist, wird es ganz anders . . . ganz anders und ganz wunderbar.« Und dann, mit einer Behutsamkeit, als könne er mit seinen Worten einen schlimmen Fieberanfall auslösen: »Bist du dir bei irgendeinem Teil noch nicht ganz sicher?«
»Nein«, sagte ich.
»Schön. Denk daran und alles wird gutgehen.« Er lächelte und hob sein Glas. »Auf *Giselle* und das kommende Jahr.«
Oh, er war freundlich besorgt um all meine Nöte. Und doch fragte er mich in den Tagen bis zur Aufführung nie, woran ich wirklich dachte.

75

Er fragte nicht, aber zum erstenmal im Leben sagte ich es ihm ungefragt. Denn die Ideen seit meinem Besuch auf der Farm hatten sich verdichtet.
Bisher waren sie Andeutungen und Zweifel gewesen. Jetzt hatten sie sich zu etwas Konkretem entwickelt. Es war wie bei einem Tumor, den man erst bekämpfen kann, wenn man seine Natur erkannt hat.
Ich fühlte mich unglücklich: Michael war fort, und meine

Verwirrung und Unentschlossenheit hatten ihn vertrieben. Über diese Wahrheit, die ich mit mir herumtrug, war ich verstörter und beunruhigter denn je. Und gerade deshalb war ich so sicher wie noch nie, was nun geschehen mußte.

Um mich abzulenken, nahm Lorenzo mich nach der Probe mit in das Haus, das er für Bradley Wilcox, einen prominenten Börsenmakler, umbaute. Mr. Wilcox hatte sich kürzlich von seiner Frau scheiden lassen und begann ein neues Leben mit einer sehr schönen und ziemlich skandalumwitterten Schauspielerin namens Lily Divine. Die Charaktere dieses Stückes amüsierten Lorenzo, er empfand das ganze Projekt als ein hübsches, anregendes Spiel: ein altes Haus an der Riverside Drive auseinandernehmen und so wieder zusammensetzen, daß es die etwas ordinäre Großartigkeit einer Lily Divine widerspiegelte.

Zu jeder anderen Zeit hätte auch ich es köstlich gefunden, wie er darin herumstiefelte zwischen eingerissenen Wänden und abgestützten Decken und mir mit großen Gesten beschrieb, wie alles werden würde. An diesem Tag hörte ich kaum, was er sagte, sondern überlegte nur, wie ich meine große Rede anfangen sollte.

Als wir später in einem Pavillon über dem Fluß Kaffee tranken und Lorenzo noch von seinem Plan erzählte, eine riesige versenkte Badewanne für Lily einzubauen, ohne daß die ganze dritte Etage einbrach, fiel ich ihm ins Wort: »Du, hör mal, ich muß etwas mit dir besprechen.« Ich hatte ihn noch nie unterbrochen, und er sah weniger überrascht als vielmehr erschrocken aus.

»Natürlich, um Himmels willen. Nur zu, Missy.«

»Es geht um die Farm. Weißt du noch, wie betroffen du warst, als du damals am Tag nach dieser – nach dem Vorkommnis mit dem Benson-Haus zurückgekommen bist? Du hast mir nicht einmal zeigen wollen, *wie* betroffen du warst.«

»Wenn du dich erinnerst, Missy: ich war damals nicht so recht zufrieden mit dir. Aber los, los – worauf willst du hinaus?«
»Nicht nur ich habe dich aufgeregt. Du hast sogar überlegt, die Farm zu verkaufen.«
»Ja, irgend so was Albernes.« Er zuckte die Achseln.
»Jetzt solltest du es tun.« Mit diesem kurzen direkten Satz hatte ich alles zu klären gehofft. Aber ebensogut hätte ich sagen können: Alles, was du für uns getan hast, war wertlos.
»Die Farm verkaufen? Bist du nicht mehr ganz bei Trost?« Er warf mir einen gekränkt-ungläubigen Blick zu.
»Es *war* einmal wundervoll dort«, beharrte ich, »aber jetzt ist es nicht mehr so. Irgend etwas ist falsch gelaufen. Stimmt doch, oder?«
Er tat noch immer, als wolle er mir nicht glauben; aber nun sagte ich ihm alles, was mich schon so lange gequält hatte. Ich ließ nichts aus: nicht Marions traurigen, geisterhaften Zustand, Jaimes immer mehr zunehmende Wunderlichkeit, meine Unterhaltungen mit ihm, mit Nanny und die Andeutungen, die mich vermuten ließen, Jaime hätte das Benson-Haus angezündet.
Ich bemühte mich, ruhig und sachlich zu sprechen. Ich hoffte, Lorenzo würde sich an einen der Zwischenfälle erinnern: an einen Ausdruck, eine Geste, eine Tat, die alarmierend gewesen waren. Doch er hörte nur zu, und sein Gesicht behielt den ungläubigen, verzagten Ausdruck bei. Wohl deswegen wurde ich schließlich hysterisch und laut, so daß alle Gesichter im Lokal sich zu mir umwandten. »Er hat tatsächlich geglaubt, das Haus sei verflucht. Verstehst du nicht? Das glaubt er auch von der Farm und von Nanny. Er glaubt an die Legende, die er geschrieben hat. Versteh doch!«
»Du meinst diese Erzählung, sein Opus eins, diesen kompletten Beweis seiner Unzulänglichkeit?« Lorenzo

stieß ein kurzes sarkastisches Lachen aus und dann einen fast erleichterten Seufzer. Er glaubte nichts von dem, was ich gesagt hatte. Sein Blick wurde zärtlich und teilnehmend.

»Meine arme Missy, warum hast du denn das alles dir nicht längst einmal von der Seele geredet?«

»Weil«, entgegnete ich, jetzt selbst verzagt, »ich gewußt habe, daß du mir nicht zuhören wirst. Und ich hatte ja recht. Du hast nicht zugehört.«

»O doch.« Er lächelte beruhigend. »Jedes Wort habe ich gehört. Aber du darfst mir auch nicht übelnehmen, wenn ich dich gegen deine eigenen Phantasien in Schutz nehmen will.«

»Meine Phantasien?« Es war mir gleich, ob die anderen Gäste sich nach uns umdrehten. »Habe ich die Zeichnungen in den Zeitschriften, die Dinge, die mir Jaime über Motive und das Benson-Haus gesagt hat, erfunden? Erinnerst du dich überhaupt an die Geschichte von Hermoine? Habe ich sie mir ausgedacht?«

»Pst!« Er griff nach meiner Hand und hielt sie ganz fest. »Du willst doch nicht, daß dich alle hier für übergeschnappt halten?«

Ich saß da und zitterte. Mir war, als sei ich verrückt, als Lorenzo leise und nachsichtig auf mich einsprach, mit einer Stimme, die alle Wunden heilen und mich wieder ganz machen sollte.

»Natürlich hast du sie dir nicht ausgedacht. So etwas tätest du nicht. Aber es ist doch nur eine Geschichte. Weißt du, was mit dir los ist? Du bist überarbeitet. Ich hätte es merken müssen«, fügte er schuldbewußt hinzu. »Diese ewige Überei, die Sorge, ob du es auch gut genug machst, der Druck der Norowska, abgesehen von allem anderen.«

Er sagte nicht: »Michael Nolan«, nur, etwas zu simpel: »das lange Aufbleiben«, das alles einschloß.

»Und dann auch noch Jaime und Nanny, die dich mit ihren Bagatellen anöden. Ich könnte sie alle beide erwürgen.« Er schien sich vorzuwerfen, mich nicht unter einer Glasglocke gehalten zu haben. »Ich hätte nicht zulassen dürfen, daß du dem allen ausgesetzt bist. Aber eben deswegen beteuere ich dir: Es sind Hirngespinste. Wenn man keine Kraft mehr hat, ufern solche Dinge aus und erscheinen einem größer, als sie sind. Dinge, die zu jeder anderen Zeit purer Blödsinn wären.«

»Trotzdem«, fuhr er fort, wie um mich durch Schmeicheln wieder zur Vernunft zu bringen, »die Farm verkaufen, bloß weil Jaime eine Zeichnung gemacht hat? Das wäre doch sinnlos, nicht wahr? Was sollten sie denn alle anfangen: deine Mutter, Nanny? Es wäre doch, als wollte man alte Pflanzen ausreißen . . .?«

»Alte Pflanzen«, wiederholte ich entsetzt, ehe ich mir bewußt wurde, welche Vision er mit den unbedachten Worten heraufbeschwor. Lorenzo tat einen tiefen Atemzug; er war an diesem Nachmittag nie ehrlicher gewesen als jetzt: »Ist schon gut, Missy, wir haben uns da beide vergaloppiert.« Seine Stimme wurde wieder volltönend und energisch, um mich in die Gegenwart zurückzuführen. »Vergiß jetzt mal all deine Phantasien und konzentriere dich auf Freitag. Das ist nämlich im Augenblick das Wichtigste in deinem Leben, hörst du!«

»Ja«, sagte ich, »ich höre.«

Aber ich saß noch lange schweigend da, blickte in meine Tasse, weil ich Lorenzo nicht ansehen wollte, und dachte: Nun sind wir gemeinsam auf eine Wahrheit gestoßen, aber nicht auf die, die ich gesucht habe.

Die Farm verkaufen, sie alle nach New York bringen – wie hoffnungslos klang das jetzt. Doch jener anderen Wahrheit wegen, um derentwillen ich den Gedanken gefaßt hatte, durchbrach ich die Hoffnungslosigkeit mit einer sehr viel kleineren, aber inständigen Bitte.

»Du sorgst doch ganz bestimmt dafür, daß sie alle drei zur Aufführung kommen – nicht nur Marion?«

»Großer Gott, ist Marion neuerdings ihre Hüterin?

Glaubst du, die beiden tun was Unanständiges, wenn man sie miteinander allein läßt?« Lorenzos Gelächter platzte mit hysterisch-komischer Erleichterung aus ihm hervor. Sie machte nicht nur etwas Absurdes aus meinen schwersten Befürchtungen – sie machte sie zum Witz.

76

Am Abend der Aufführung saß ich nackt im Bademantel und machte mich fertig, um durch das Gängelabyrinth in den Raum hinunterzugehen, wo der Reihe nach Madame Karinas Kreationen hingen: für *Prometheus, Feuervogel* und *Giselle*. Es war für die Tänzer immer eine nahezu heilige Handlung, in ihre Kostüme zu steigen, assistiert von Madame Karinas naiver alter Mamsell. Meine Gedanken konzentrierten sich gebetsgleich auf diesen Augenblick, als ich vor dem Spiegel saß und mein auf Giselle geschminktes Gesicht nicht mehr erkannte. *Wenn ich es bis hinunter schaffte, geht alles gut. Wenn ich erst im Kostüm bin, wird es werden, wie es immer war: Ich werde Giselle sein . . .*
Um mich her kamen und gingen Menschen. Mädchen saßen vorm Spiegel und frisierten sich stets aufs neue. Meine Kameradinnen aus der Ballettklasse . . . Alicia Duncan. Die müssen genauso aufgeregt sein wie ich, dachte ich. Aber sie stehen auch außerhalb der Klasse einander nahe und trösten sich gegenseitig durch ihre Anwesenheit. Ich dagegen hatte nur einen Kameraden – außer Rangel drüben in der Herrengarderobe –: Lorenzo. Und der war nicht da. So saß ich denn auf meinem Stuhl, betete mein Kostüm an und fühlte mich auf sonderbare Weise allein. Ich hätte nicht einmal sagen können, ob es mir so nicht am liebsten war.
Vielleicht lassen sie ihn nicht hier herein, überlegte ich noch, aber im gleichen Augenblick erhob sich ein schril-

les Gekicher, und von den Stühlen um mich her flog es auf wie ein Vogelschwarm. Lorenzo stand in der Tür. Er erschien hinter mir, in Abendkleidung, und deren Schwärze verlieh ihm eine zugleich grandiose und barbarische Eleganz. Als er mich begrüßte, loderten seine Augen im Spiegel fast mystisch.
»Die Norowska hat mir ausnahmsweise erlaubt, nach hinten zu gehen.« Er beugte sich herab und streifte meine Wange leicht mit den Lippen, um mein Make-up nicht zu zerstören. »Du siehst ja fabelhaft aus. Ist alles in Ordnung?«
»Ja«, antwortete ich und wünschte im gleichen Augenblick, er wäre nicht gekommen. Noch vor Sekunden hatte ich mich – vertieft in die fast religiöse Gemeinschaft mit meinem Kostüm, umgeben von der Theateratmosphäre – sicher gefühlt. Jetzt stand er hinter mir wie ein Bote der Außenwelt und brachte alles mit, was auf sein Geheiß ausgeschlossen bleiben sollte. Spürte er es?
»Kein Grund zur Sorge«, sagte er gerade. »Du hast dein ganzes Leben lang für diesen Moment trainiert.«
Die strahlenden Augen trafen sich im Spiegel mit den meinen. Wie oft hatte dieser mächtige Blick mich aufgerichtet und mit Selbstvertrauen erfüllt. Wo blieb es jetzt?
»Hast du mir auch zugehört, Missy?« Die dunklen Brauen zogen sich zusammen.
»Ja, natürlich«, gab ich zurück. Und im Spiegel lächelte Giselle, die uns beiden jetzt eine Fremde schien.
»Gut.« Er lächelte unsicher, was diesem quecksilbrigen Gesicht schlecht anstand. »Ich muß jetzt gehen. Marion wartet.«
»Nur Marion? Wieso?« Meine Stimme schrillte wie die der Vögelchen, die nun wieder auf ihre Schemel geflattert waren und deren halberhobene Kämme und Puderquasten der Spiegel zurückwarf.
»Jaime war nirgends zu finden, als wir abfahren mußten«, begann Lorenzo leichthin. »Nanny hatte irgend-

eine alberne Ausrede: Die Köchin sei auf Urlaub, und Jaime könne nicht für sich selbst kochen, und ohne ihn wollte sie nicht mitkommen.«
»Und ihr habt die beiden allein gelassen?« hörte ich mich anklagend sagen.
»Na, wennschon!« Lorenzo hob theatralisch beide Hände. »Wenn sie es so wollen, laß sie doch daheim bleiben. Großer Gott, Missy, was denkst du?«
Dann wurde ihm klar, in welchen Aufruhr er mich versetzte. Er errötete tief und murmelte verlegen: »Entschuldige.«
Ein Summton erklang, und jemand kommandierte: »Die Kostüme, die Kostüme für *Giselle*!«
Erstarrte Gestalten erwachten wieder zum Leben, krochen von ihren Hockern. In der aufkommenden Verwirrung beugte sich Lorenzo ganz dicht zu mir und flüsterte in mein Ohr: »Sei nicht töricht, laß dich nicht anstecken. Alle, die es angeht, alle, die dich verstehen, sind hier. Ich bin hier. Du hast doch sowieso immer für mich getanzt, nicht wahr?« Dann war er fort, und ich schloß mich dem Zug der anderen an, die hinunterliefen.

Panik erfaßte mich. Damals, im Pavillon über dem Fluß, hatte ich es loswerden wollen, indem ich der Wahrheit meine Stimme lieh. Aber Lorenzo wollte die Wahrheit nicht und hatte mich angewiesen, sie wieder wegzusperren. Das Schlimme war: Jetzt blieb sie in meinem Inneren eingesperrt. Und wenn Panik ausbricht, ist sie bar jeder Vernunft.
»Hör auf zu zittern, sonst krieg ich die Haken nicht zu.« Die Hohepriesterin der Kostüme sah besorgt über ihre Doppelschliffbrille. »Du mußt dich zusammennehmen, sonst bist du nicht präsentabel. Ah, endlich, puh – nun beeil dich. Und sei ganz ruhig!«
»Was ist denn? Was, um Himmels willen, ist denn los mit dir?« In den Kulissen stand die Norowska, bleich und

geisterhaft in losen verhüllenden Chiffon gewickelt, und ihre durch das Make-up umrandeten Augen wirkten größer denn je. »Bitte noch einen Augenblick«, sagte ich.
»Gut, gut.« Sie versuchte, gelassen und beschwichtigend zu sprechen. »Du hast ja Zeit. *Les Sylphides* ist erst halb vorbei. Bis dahin weißt du es wieder. Schau her: eins und zwei und zwei und zwei . . .« Sie ging auf Spitze und machte mir die ersten Schritte vor . . . hielt inne und starrte mich angstvoll an.
Ich nickte, aber ich sah nichts.

»Du hast doch sowieso immer für mich getanzt, nicht wahr?« Auch Lorenzos Zauberworte hatte ich möglicherweise nicht gehört. Ja, ich hatte für ihn getanzt. Und häufig genug nicht einmal anfangen können wegen der besorgten, streng drohenden Gegenwart Nannys. Nun, heute abend war sie nicht dabei. Nichts hätte mich zurückhalten sollen. Und dennoch war ihre Anwesenheit drohender denn je. In der Mitte der dritten Reihe lagen die beiden leeren Plätze neben Lorenzo und Marion, auf denen sie und Jaime hätten sitzen sollen. Hätte jemand anders dort sitzen sollen? Doch nein, ich sah sie ja nicht einmal – nur innerlich, als Lorenzo gesprochen hatte. Denn danach gab es nur noch die Panik der Leere.
»Geht es dir wieder gut?« Die Norowska kam auf mich zugesegelt wie eine aufgescheuchte Glucke.
»Nein, nein.« Mir war, als müsse ich schreien, um gehört zu werden. »Es tut mir leid, ich kann mich an nichts mehr erinnern, an keinen einzigen Schritt, an überhaupt nichts.«
Les Sylphides war zu Ende. Übelkeit erhob sich in langsamen Wellen in mir, während meine Denkfähigkeit erlahmte. Durch das Wogen hörte ich den Schreckensruf: »Alicia! Alicia Duncan!«
Dann stand schon Lorenzo neben mir, während Marion saß, eine stumme hilflose Gestalt in einem Abendkleid

auf einem Stuhl an der Wand. »Was war denn? Wie konntest du nur? Hast du mich denn nicht gesehen?« Ich erkannte sein dunkles Gesicht dicht über dem meinen, eine Maske schmerzlicher Fassungslosigkeit.
Dr. Barnes wurde gerufen. Sobald Lorenzo wieder klar denken konnte, ließ er keinen Transport von der Couch in der Garderobe der Norowska zu, ehe nicht der Arzt zur Stelle war, der mich während meines fiebrigen Gelenkrheumas behandelt hatte.
»Könnte es doch ihr Herz gewesen sein?«
»Nein.« Dr. Barnes steckte sein Stethoskop ein und musterte mich nachdenklich. »Wenn Sie wollen, machen wir ein EKG, aber körperlich gesünder kann man gar nicht sein.« Und nach einer kleinen Pause etwas vorwurfsvoll: »Ich würde meinen, es ist ganz einfach Überanstrengung: die Nerven.« Dann leiser: »Aber wenn der Anlaß zu diesem Streß nicht ausgeräumt wird, kann es zu einem Nervenzusammenbruch kommen.«
Er neigte sich über mich, und seine wachsamen Äuglein blickten mich ernst und freundlich an: »So etwas habe ich an diesem Theater schon öfter erlebt«, sagte er. »Keine Karriere der Welt ist es wert, daß man ihr seine Gesundheit opfert.«
Er verordnete mir, auf die Farm heimzufahren und auszuspannen und für eine Weile an nichts zu denken.
Erst als er fort war, sagte Lorenzo: »Du hast es gehört. Dir fehlt nichts.« In seinen eben noch gequälten Augen glomm bereits verschleiert eine neue Entschlossenheit. »Mach dir nur keine Sorgen. Es ist nichts. Wenn du darüber weg bist, fangen wir von vorn an.«
Ach ja. Ich dachte es nur und antwortete nicht. Sein Anblick war mir zu schmerzlich. Ich schloß die Augen.

77

»Und dann hat man Sie heimgebracht auf die Farm, um auszuruhen und alles zu vergessen«, folgerte Mrs. Cameron. Sie hatte die Füße auf den Tisch vor sich gelegt und sich im Stuhl zurückgelehnt, diskret und nachdenklich und wie immer auf taktvolle Weise nachhelfend. Ich hatte es nicht über mich gebracht, abzureisen, und unsere abendlichen Unterhaltungen waren zu einem verlockenden Ritual geworden, aber auch zu einem Spiel: einem gefährlichen Spiel, bei dem ich – wie Schachfiguren auf dem Brett – diese Wahrheit preisgab, um jene zurückzuhalten. Fast alle meine Springer waren bereits verloren und die Bauern immer schwerer zu verteidigen. Und doch spielte ich weiter – wie sie, die mich nie jagte oder zwang, als wisse sie, daß am Ende willentlich oder unwillentlich der Sieg ihr gehören würde, selbst wenn ihr das Konflikte oder Unbehagen eintrug.

»Sind Sie schon mal längere Zeit krank gewesen?« fragte ich. »In gewisser Beziehung verunsichert es einen für immer.«

»Ist das der Grund, warum Sie nie wieder versucht haben zu tanzen?« erkundigte sie sich und ersparte mir den Zusatz: »Ausgerechnet Sie, die einen ganzen Tag Langlauf machen können?«

Ich antwortete: »Nein, ich glaube, ich schämte mich zu sehr. Über das, was ich an jenem Abend allen angetan habe. Einfach zu erstarren, als der Moment des Auftritts gekommen war. Man hat mich wegbringen müssen.«

Mrs. Cameron schien unbeeindruckt. »Sie sind nicht die erste, der das widerfährt. Wie ich gelesen habe, ist es prominenten, erfahrenen Tänzern so gegangen, ganz alten Hasen – sogar Nijinski, glaube ich.«

»Der war auch verrückt«, entschuldigte ich ihn.

»Auf die eine oder andere Art sind wir das alle«, entschied diese Frau, die so stark wirkte wie ein Fels. »Oder viel-

leicht sage ich besser: hier und da. Jedenfalls nützt es Ihnen kein bißchen, wenn Sie sich schämen.« Sie hielt ihr Glas gegen das Kaminfeuer und blickte hinein. Sonnenverbrannt, runzlig und mit zusammengekniffenen Augen das im Glas tanzende Licht betrachtend, hätte sie eine Sibylle der Berge sein können. »Nützlicher wäre, sich zu überlegen, warum Sie sich schämen.«
Da ich, wie üblich, nicht antwortete, drängte sie mich nicht weiter, sondern sprach von einer für morgen geplanten Bergtour und daß es vorläufig die letzte sein würde, denn die Tage wurden schon länger, und der Schnee weiter oben lockerte sich bereits. Es war ihre einzige Sorge. Und bestimmt übertrieben, wie sie meinte.
Trotz des Themenwechsels wartete sie – wie ich spürte, geduldig – auf den zurückgehaltenen Bauern und zwang mich, an das zu denken, was ich ihr *nicht* mitgeteilt hatte. Ich hatte Mrs. Cameron gesagt, die Krankheit habe mich unsicher gemacht und an dem bewußten Abend versagen lassen. Doch ich glaubte das ebensowenig wie sie. Lange hatte ich mir eingeredet, Lorenzos Eröffnung, daß die zwei Stühle leer bleiben würden, hätte alles ausgelöst. Aber jetzt kann ich das ebenfalls nicht mehr glauben und weiß auch nicht, warum ich am nächsten Tag bei unserer Heimkehr erwartete, alles in Schutt und Asche zu finden. Als Nanny uns entgegengeeilt kam und bedrückt murmelte: »Ich wußte, daß das so kommen würde – ich habe es immer gewußt«, schien mir das eine Szene, die wir unser Leben lang geprobt hatten.

Die mir von Dr. Barnes verschriebenen Beruhigungsmittel müssen sehr stark gewesen sein. Ich erinnere mich nur noch an eine ungeheure Müdigkeit; ich war sogar zu müde, um zu antworten. So folgte ich Nanny nach oben und legte mich gehorsam aufs Bett. Wie lange ich schlief, weiß ich nicht. Als ich aufwachte, war es Nachmittag, und die Sonne drang durch die gestärkten Musselinvorhänge in mein Zimmer. Gleich darauf kam schon Nanny, in den Händen ein Tablett mit Teekanne, einem Glas Honig und sorgsam in eine Serviette verpackten warmen Hörnchen, deren Duft mir verlockend in die Nase stieg. Nachdem sie das Ganze auf einem Tisch abgestellt hatte, ließ sie sich auf meinem Bettrand nieder. Sie schien den ersten Kummer überwunden zu haben und erinnerte mich – wie sie so dasaß, die knorrigen Hände im Schoß gefaltet – an die ersten Tage meiner Krankheit, als sie ganz Zärtlichkeit und Entschlossenheit, aber keineswegs Mitleid gewesen war.

»Na, mein Fräulein, du hast dich ja nett aufgeführt gestern abend.«

Ich glaube, erst jetzt erwachte ich wirklich aus der Betäubung. Tränen der Scham und Selbstverachtung stiegen mir in die Augen, da legte sie die Arme um mich, wie sie es seit Kindertagen nicht mehr getan hatte. Es war auch kein Mitleid, was ich in ihrer Umarmung spürte, sondern die größte Freude, mit der sie äußerte: »Na, na, macht doch nichts. Ist doch nur ein dummer Übergang.«

Dann ließ sie mich los, richtete sich gebieterisch auf und sah mich scharf an, wie zu Beginn meiner Krankheit.

»Und jetzt, Missy, wird nicht mehr gemault, verstanden! Vorbei ist vorbei. Je eher du ein normales Leben anfängst, desto besser.«

»Ja«, sagte ich. »Ja, natürlich.«

»Schön«, entgegnete sie, als sei es damit erledigt, und holte das Tablett ans Bett. »Und jetzt gibt es Tee mit Hörnchen. Gott sei Dank brauchst du nun nicht mehr so dünn zu sein wie eine Bohnenstange. Es wird Zeit, daß du Fleisch auf die Rippen bekommst.« Auf diese Weise plauderte sie weiter, unerschütterlich, tröstend, goß sich und mir eine Tasse Tee ein, setzte sich bequem auf einen Stuhl in der Nähe, schaute zum Fenster hinaus auf den Sommerhimmel, den das sommerliche stille Meer noch durchsichtiger machte.

Ich war im Zustand tiefster Depression aufgewacht. Aber als ich mich jetzt in die glatten weißen Kissen lehnte und zuhörte, ohne antworten zu müssen, sah ich mich wieder als Kind, das ohne Abendessen zu Bett geschickt worden ist und dem später jemand heimlichen Tee bringt.

78

»Ein normales Leben.« Wenn ich heute daran denke, kann ich nur den Kopf schütteln. Damals machte ich mit, als Nanny mich verlockte mit gutem Essen, mit Spaziergängen am Meer und dem, was sie als heilsame Arbeit in Küche und Garten bezeichnete. Wer da »geheilt« wurde, hätte sich schwer sagen lassen. Sie selber war noch immer gelb und überzart, und doch entdeckte ich unter ihrer Pergamenthaut so etwas wie jugendliche Frische.
Ich machte mit, weil dieser Verjüngungsprozeß an Nanny mir gefiel. Ich dachte nicht gern an dessen Ursache. Ich dachte übrigens überhaupt ungern. Schon gar nicht daran, warum Lorenzo seit seinem letzten Appell, als ich auf dem Sofa in der Garderobe der Norowska lag, nie mehr vom Tanzen gesprochen hatte, und ich es nicht fertigbrachte, ihm gegenüber das Thema anzuschneiden.
Oder daran, daß Jaime für uns alle ein sonderbares, ungewohntes Mitgefühl zu empfinden schien. Unfaßbar, daß er uns gegenüber jetzt das fühlte, was wir immer für ihn gefühlt hatten. Und doch hatte sich unverkennbar auch seine Einstellung zu Lorenzo auf schwer deutbare Weise verändert. Er sah nicht mehr scheu und angstvoll, vielmehr wissend und mitfühlend auf den Vater. Lorenzo erlaubte niemandem, ihn so anzusehen – am allerwenigsten Jaime –, und ich hoffte, er würde es nicht bemerken, wie er auch sonst wenig von dem bemerkte, was Jaime tat.

Da ich die einzige war, mit der Jaime je wirklich redete, empfand ich auch sein Mitleid am direktesten. Es bestand darin, daß er sich eines Abends auf der Terrassenmauer an mich heranschob und mit unerträglicher Endgültigkeit zu mir sagte: »Es tut mir leid, Melissa, daß du zurückkommen mußtest, weißt du. Ich hatte aufrichtig gehofft, daß wenigstens du es schaffen würdest.«
»Was schaffen? Wie meinst du das?«
Er sah plötzlich beleidigt aus, als hätte ich über etwas Ernstes gescherzt. »Du weißt genau, was ich meine. Hier herauszukommen...«
»Jaime«, sagte ich, »nun fang bitte nicht wieder davon an. Wirklich, ich brauche dir nicht leid zu tun.«
»Du bist nicht die einzige, die mir leid tut.« Er blinzelte aus seinen kurzsichtigen Augen ins Ungewisse.
»Das habe ich bemerkt. Aber ich glaube, wir kommen alle ohne dein Mitleid aus«, erwiderte ich. »Vielleicht solltest du es wieder ausschließlich auf dich begrenzen.«
Dann wandte ich ihm verächtlich den Rücken. Ich wollte meinen Frieden, bis ich selbst entscheiden konnte, was zu tun war.
So kam es denn zu der von mir gefürchteten Gewalttat, als ich sie am allerwenigsten erwartete, nämlich als Jaime ganz aus Resignation und Erbarmen zu bestehen schien und die mythische Vorstellung, in der er lebte, durch meine anscheinend endgültige Heimkehr bestätigt sah.

79

Es war gegen Abend, als ich – beladen mit Blumen für Marion, die im Bett lag, weil sie »etwas ausbrütete«, wie sie meinte – durch die Diele lief. Seit jenem Abend, an dem ich alles verdorben hatte, blieb sie jetzt immer häufiger im Bett, als habe die einmalige Anstrengung, sich

schön anzuziehen und zu feiern, die Mühe nicht gelohnt. Und das stimmte ja auch. Geringere Anlässe rechtfertigen jetzt überhaupt keine Mühe mehr. Sonderbar, daß ich bei meiner damaligen Gleichgültigkeit einzig und allein Marion gegenüber eine Art von Dankesschuld empfand. Wenn ich mir über den Grund dazu klar wurde, hatte ich auch den Schlüssel zu allem übrigen.
Jedenfalls führte mich das – manchmal mit ein paar Büchern, manchmal mit Blumen aus Lorenzos einst üppigem, jetzt verkrautetem Garten – zu ihr, um ein wenig bei ihr zu sitzen und über Nichtigkeiten zu plaudern.
Schon seit langem teilte Lorenzo nicht mehr das Zimmer mit ihr. Das hatten »Kopfschmerzen« und »Anfälle« unmöglich gemacht, lange bevor er so viel Zeit in New York verbrachte. Er war in eines der hellen, luftigen Gästezimmer im ersten Stock gezogen, in denen ich meine Gespräche im Spiegel mit »Mr. Godolfeder« geführt hatte. Marion hatte sich dadurch in eine Art Frauenkemenate verbannt, wo Frauen alterten, die nicht länger jung zu sein brauchten: zurückgezogen von Lorenzo, von uns allen, ja offensichtlich vom Leben selbst.
Brachte ich mit meinen frischen Blumen ein wenig Leben in ihr Zimmer? Oder nur die schmerzliche Erinnerung an ein paar trügerische, glückliche Sommer? Ich hätte es nicht zu sagen gewußt. Ebenso instinktiv wie sie das Bedürfnis, sich zurückzuziehen, empfand ich die Notwendigkeit, ihr irgendwie zu beweisen, daß sie noch vorhanden war.
Ich mußte an Jaimes Zimmer vorbei und hörte, ohne es zu wollen, seine und Nannys Stimme durch die nur angelehnte Tür. Sie schien sich diesen Nachmittag ausgesucht zu haben, um bei ihm gründlich sauberzumachen – eine Prozedur, die Jaime bereits als kleiner Junge als Qual empfunden hatte. Hinterher wirkte er immer auf mich, als habe eine Horde Barbaren ihm die Seele aus der Brust gerissen.

Was mich am oberen Treppenabsatz innehalten und lauschen ließ, weiß ich nicht. »Das kann ich selber machen.« Ich hatte das Argument schon mindestens tausendmal gehört.
»Wenn du es kannst, warum hast du es dann nicht getan? Hier sieht es ja aus wie in einer Kohlengrube. Wenn ich noch einen Tag warte, kommt man nicht mehr bei der Tür herein!«
»Was geht's dich an?« Nicht das Was, das Wie seiner Äußerung ließ mich lauschen, wie man einer plötzlichen Windstille lauscht.
»Es könnte mir weiß Gott egal sein!« Papier raschelte.
»Was ist denn das hier alles?«
»Nichts.« Wie deutlich doch das Wort in der sonderbaren Stille ringsum klang.
Eine Stille vor dem Sturm, die Nanny jedoch brach: »Wozu hebst du es denn dann auf, wenn es etwas Überflüssiges ist? Das ist das Schlimme bei dir, mein Junge: Du kannst nicht zwischen nützlich und unnütz unterscheiden.«
»Und wie unterscheidest du es?« Jaime hob nur leicht die Stimme, aber es hörte sich an, als rege sich etwas in der finsteren Tiefe seines Inneren und wolle auftauchen.
»Tja, wie wohl?« Spürte es auch Nanny – dieses andere, diesen neuen Ton, der nicht wie sonst mürrisch und unterdrückt klang, sondern für Jaimes Verhältnisse verblüffend impertinent. Es gefiel ihr nicht, das merkte ich an der Schärfe, mit der sie ihn zurechtwies.
»Nützlich ist es, wenn man sich mit Hirn und Händen einen Lebensunterhalt verdient, junger Mann. Aber so etwas weißt du ja nicht, weil du nie gezeigt hast, daß du etwas mit deinem Leben anfangen kannst ... außer eine Peinlichkeit für deinen Vater zu sein.«
»Für meinen Vater?« Das schlafende Etwas drängte beharrlich empor und ließ Jaimes Stimme unbeherrscht zittern. »Ich würde eher sagen, daß man kaum jemanden

in Verlegenheit bringen kann, für den man nicht existiert.«
»Nicht existiert? Wenn das so ist – wer ist denn daran schuld, wenn ich fragen darf?«
»Wer daran schuld ist, solltest *du* doch wissen.« Jaime betonte jedes Wort vorwurfsvoll, und die Worte hingen drohend und zwingend in der Luft zwischen ihnen.
»Ja, nämlich du.« Die Kreissäge arbeitete hemmungslos. »Du hast nämlich nie etwas getan, um dir seine Aufmerksamkeit zu verdienen«, schrillte Nanny. »Wenn du Anerkennung willst, mein Junge, dann mußt du dich ändern und nicht die Welt. Dich!« Die Kreissäge stand plötzlich still, wie erschöpft. Ich hörte Nanny keuchen, als habe aller Kampfgeist sie verlassen: »Nun steh nicht 'rum und schau wie deine dämliche ausgestopfte Eule. Steig hier auf den Stuhl und hilf mir, ja?«
Man hörte ein Schlurfen und Scharren, als wolle sich ein Bär auf kleinstem Raum umdrehen, und dann Nannys bestürzt klingende Stimme: »Na, was soll das denn? Leg das hin.«
Ich hörte ein Taumeln und Torkeln von Menschen und Möbelstücken, dann einen schweren Sturz und einen Hilferuf von Jaime.
An diesem Tag bekam Marion ihre Blumen nicht. Ich ließ sie über das Treppengeländer fallen, als ich auf Jaimes Tür zustürzte und sie aufriß. Jaime hockte am Boden, Nanny in den Armen. Sein Gesicht war noch fahler als das von Nanny, deren Blut in das Taschentuch pulste, das er auf ihren Kopf preßte. In dem Sekundenbruchteil, ehe Lorenzo die Treppe heraufgepoltert kam, wandte mir Jaime ein schuldbewußtes, entsetztes Gesicht zu, wie nur unser armer, aufrichtiger Jaime es fertigbrachte, und sagte: »Ich hab' sie umgebracht.« Dann erst schrie er auf: »Helft mir – so helft mir doch! Sie verblutet ja.«
Jetzt kam Lorenzo hereingestürmt. Der Ausdruck latenter Verachtung, den er stets für Jaime gehabt hatte, wan-

delte sich zu Schreck und Verblüffung. »Was hast du da angestellt, du gottverdammter Idiot. Weg da!« Er schleuderte Jaime beiseite und nahm Nannys gewichtslosen, gebrechlichen Körper auf beide Arme.

80

Es gelang uns, das Blut zu stillen, die Wunde notdürftig zu verbinden und sie ins Krankenhaus zu schaffen. Das sei nur eine leichte Gehirnerschütterung, sagte uns Dr. Johnson, Kopfwunden bluteten immer so stark. Trotzdem müsse sie ein paar Tage in der Klinik bleiben. »Sie sieht ein bißchen elend aus.« Dr. Johnson lugte über die Fetthügel seiner Wangen, freundlich-pfiffig. »Wie ist denn das passiert?«
»Jaime ist immer so ungeschickt«, erwiderte Lorenzo etwas zu munter. »Er hat ein Buch herausziehen wollen und dabei das ganze Hängeregal heruntergerissen – samt seiner Steinsammlung.«
»So, so.« Dr. Johnson wandte sich erneut Nanny zu und fühlte ihr den Puls. Er sah nachdenklich aus. Hoffentlich spürte niemand außer mir Lorenzos Erleichterung, daß der Doktor es dabei bewenden ließ. Er meinte nur: »Sie brauchen nicht hierzubleiben. Sie wird die Nacht ruhig durchschlafen. Wenn sich etwas ändern sollte, rufen wir Sie an...«
Der Korridor des winzigen Krankenhauses in Bethesda erschien mir endlos, als wir möglichst unauffällig den Weg nach draußen suchten, ehe uns jemand nochmals die Frage stellen konnte: »Wie ist das denn passiert?« Erleichtert stieg ich in den Wagen und atmete tief ein, als habe es im Krankenhaus zuwenig Luft gegeben. Während ich im Dunkeln saß und Lorenzo den Motor anließ, wandelte sich meine Erleichterung zu einer Art Befreiung. Nanny war am Leben und in Sicherheit, das war mein er-

ster Gedanke. Ihm folgten tausend andere. Die Wahrheit, die mir Lorenzo nicht hatte glauben wollen, war uns ins Gesicht gesprungen, und Nanny dabei beinahe umgekommen. Sie würde überleben. Wir waren gewarnt und hatten noch eine Chance. Jetzt durfte es kein Leugnen, kein Verdrängen mehr geben. Mein privates Dilemma, wie ich von nun an mein Leben gestaltete, erschien im Moment bedeutungslos. Das hatte sich der Erkenntnis über Jaimes Geisteszustand unterzuordnen. Es lag ganz nahe, daß ich während der Fahrt durch die Dunkelheit sagte: »Hoffentlich bist du nicht zu entsetzt. Es war schrecklich, aber ich glaube, eigentlich haben wir Glück gehabt. Wenn du erst weißt, was wir mit Jaime machen wollen, kommt sicher alles wieder in Ordnung.«
»Mit Jaime machen? Du meinst, wie wir dieses verdrehte Huhn davon abhalten, auf die Möbel zu steigen?«
Diese unglaublich frivole Antwort riß mich mit einem Ruck in die Wirklichkeit zurück. Ich blickte meinen Vater an. Er starrte geradeaus in die Nacht, die Zähne fest aufeinandergebissen, mit einem Ausdruck unergründlicher Verzweiflung.
»Nein, so darfst du nicht reden«, hörte ich mich sagen. In diesem Augenblick hatte ich Mut genug für jede Wahrheit. »Nach allem, was geschehen ist, mußt du jetzt endlich Stellung nehmen. Du hast Jaime doch gehört, du kamst ja unmittelbar nach mir ins Zimmer.«
»Ja, ich habe ihn gehört. Und wennschon! Dieser hysterische Narr versucht, ein Drama aus einem Unfall zu machen.« Scheinwerfer tauchten vor uns auf. Lorenzo drehte wütend am Lenkrad, und der Wagen geriet fast ins Schleudern. »Das genügt für heute, Missy.«
Mir genügte es nicht. Ich überschrie das Motorgeräusch: »Das Ganze hat doch schon vor langer Zeit angefangen. Vielleicht war das heute wirklich ein Unfall. Keiner von uns war dabei, und du hast doch selbst gehört, daß er sagte: ›Ich hab' sie umgebracht.‹«

»Aber er hat es doch nicht.«
»Gott sei Dank, nein!« rief ich und bemühte mich, etwas ruhiger weiterzusprechen: »Aber offenbar glaubte er es. Bitte, versuch nicht wieder auszuweichen. Mit Jaime stimmt etwas nicht, und wenn er nicht in Behandlung kommt...«
»Soll ich ihn vielleicht verurteilen lassen für den Blödsinn, den sie aus ihm herausfragen?«
»Verurteilen?« Ich weiß noch, daß ich ganz still dasaß und Lorenzos Worte in meinem Inneren widerhallten, immer weiter in die Vergangenheit zurück, von einem unstatthaften Vorkommnis zum anderen. Bis zu diesem letzten, das ihn jetzt lähmte.
Er zwang sich, überlegt zu sprechen, als er wieder das Wort ergriff. »Missy, diese Psychiater – du hast ja keine Ahnung, wie gefährlich die sein können, wenn sie so in einer Lebensgeschichte herumstochern, immer nur die Hälfte herausbekommen und die Umstände nach Belieben verdrehen. O nein. Wenn ich einen einzigen Menschen wüßte, der Jaime besser verstünde als ich, der ihm eine Chance ließe...«
»Dann wirst du also gar nichts unternehmen«, sagte ich ebenso zu mir wie zu Lorenzo und versuchte, das Gehörte zu begreifen.
Lorenzo bog bereits in den Weg ein, der zwischen hohen Birken und Sykomoren zur Farm führte. Er fuhr langsamer – als wolle er Zeit gewinnen, mir alles Notwendige erklären zu können, ehe wir daheim ankamen. Seine Stimme war jetzt ausgesprochen ruhig und hatte das Zwingende, das mich immer so sehr beeindruckte.
»Missy, ich möchte, daß du dir über etwas klar wirst, und zwar ein für allemal. Jaime hat einen Unfall verursacht. Er dachte, es sei seine Schuld. Wer weiß, warum? Vielleicht, weil er ein bißchen sonderbar ist, ein bißchen übertrieben ehrlich seinen Gefühlen gegenüber. Aber du weißt ja, was in der Bibel über die Absicht steht.« Loren-

zos Gesicht wurde plötzlich todernst. »Wenn du die Stelle kennst, versuche dir auszumalen, was die Ärzte Jaime antäten, wenn sie anfingen, ihn mit Fragen zu bombardieren.«
Ich konnte es mir nur zu gut vorstellen.
»Du siehst also«, schloß er leise, »dem kann ich ihn nicht aussetzen, und ich will es auch nicht, selbst wenn ich ihn für den Rest meines Lebens bewachen müßte.«
Wir bogen in die Auffahrt ein, und da uns Marion besorgt entgegeneilte, blieb keine Zeit für weitere Gespräche. Ich hätte in diesem Augenblick auch nichts mehr zu sagen gewußt.

81

Nanny starb nicht an ihrer Gehirnerschütterung. Dennoch war sie eine Sterbende. Deshalb auch ihre gelbe Hautfarbe und Gebrechlichkeit, ja sogar die Wiederkehr von Farbe und Leben. Meine Rückkehr ins »normale Leben« hatte gewiß mit diesem Verjüngungsprozeß zu tun. Keiner sagte ihr, was die Ärzte im Krankenhaus festgestellt hatten. Sie nannten es »akute Bleichsucht«, und sie nahm diese Untertreibung willig entgegen. Lorenzo, Marion und ich logen sie und sie log uns an, bis zu dem Tag, an dem die Beine sie nicht mehr tragen wollten.
Der ganze Prozeß dauerte etwas über fünf Monate, und während dieser ganzen Zeit sprach sie mir gegenüber nur einmal die Wahrheit über ihr Leiden aus, in der Abgeschlossenheit ihres Zimmers, in dem sie schon so viele Wahrheiten und Halbwahrheiten geäußert hatte. Wir unterhielten uns über die Beeren, die jetzt in den Wäldern und an den staubigen Wegen reiften und das Sommerende ankündigten. Mit plötzlich ängstlichem Gesicht fragte sie: »Du fährst doch nicht fort im Herbst, oder doch?«

»Wieso?« sagte ich. »Das hatte ich eigentlich nicht vor.«
»Fahr nicht«, sagte sie fast flehend – sie, die noch nie um etwas gebeten hatte. »Laß mich hier nicht allein. Ich habe Angst.«
»Angst?«
»Ja.« Sie sah sich um, ob auch niemand uns hörte, und lächelte mich dann ironisch-traurig an. »Zum erstenmal im Leben. Ich glaube, du weißt, warum.«
Ich hatte einen Knopf an ihre Jacke genäht, wie sie es so oft für mich getan hatte. Sogar das war ihr jetzt zuviel, wenn sie sich durch den Tag gekämpft hatte. Meine Hand, die Nadel und Faden in die Höhe gezogen hatte, blieb in der Luft stehen, ich wartete entsetzensstarr auf das, was nun folgen würde. Doch es blieb aus. Statt dessen sagte sie ganz leise: »Lange kann es nicht mehr dauern.«
Sie sprach von ihrem Leben. Wir kannten einander zu genau. Es gab keine Möglichkeit, uns zu belügen. Ich konnte nur mit schmerzender Kehle schlucken und versichern: »Selbstverständlich verlasse ich dich nicht, solange du mich auch brauchst.«
Und ich legte ihr den Arm um den Leib, der so leicht geworden war, hilfloser, als ich es in der Kinderzeit gewesen war.
Körperlich hilflos – und doch, wie mächtig noch im Willen – lief sie hin und her und tat Arbeiten, die ihre Kräfte weit überstiegen, die sie aber unter keinen Umständen anderen überlassen wollte.
Es war, als ginge sie in der Erinnerung durch Gärten und Obstanger und brächte eine Ernte ein, die uns von den verstaubten Fächern der Vorratskammer aus hier festhalten und sichern sollte – für immer und ewig. Beeren färbten sich schwarz an Wegen, die von allen außer uns vergessen waren. Äpfel reiften und fielen ab, der Sommer welkte wie Nanny auch. Nur ihr Geist war noch unermüdlich, stark und lebhaft, während sie neben mir ein

Bündel in vergilbtes Pergament gehülltes Reisig schwer atmend über steinige Hügel schleppte. Es war unglaublich, daß sie immer noch laufen konnte, wie besessen von einer Macht, die ihr keine Ruhe ließ. Und solange sie lief, begleitete ich sie selbstverständlich, half ihr über Felsen hinüber, wenn sie wie ihr eigenes Echo krächzte: »Gib mir mal die Hand ... So ist es brav!«

Bis dahin hatte ich meinem Bruder seine Geschichte nie wirklich geglaubt, nur deren Wirkung auf seine Phantasien gefürchtet.
Seit sich Jaime zum Helden seiner Geschichte aufgespielt und dabei versagt hatte, spürte ich auch, wie uns alle etwas überwältigte, was einst nur in seiner Vorstellung existiert hatte.
War Marion denn etwas anderes als der Geist aus Jaimes Geschichte, der nun nicht mehr mit der Handtasche am Arm durchs Haus wanderte, sondern in seinem Zimmer blieb? Wenn ich ihr Blumen brachte, sah sie die verwilderten Lilien und Enziane an, die ich zwischen dem Unkraut herausgerupft hatte, und sagte: »Weißt du noch? Die Dahlien, groß wie ein Gesicht. Die Narzissen? Ach, ich sehe dich noch angeschwankt kommen unter diesen Riesensträußen.« Wir unterhielten uns ein Weilchen, und es schien fast, als habe meine Mutter in diesem Zimmer endlich ihre eigene Welt gefunden. Friedlich, wohlwollend, bar jeder Leidenschaft, ohne jeden Ärger, in den milden Farben und Schattierungen des Meeres am Nachmittag. Sie würde aus diesem Raum nie wieder entkommen, denn im Lauf der Jahre lohnte es sich nicht mehr für sie, sich anzustrengen.
Und was war Lorenzo, der jetzt nur noch die Farm verließ, wenn seine Arbeit es erforderte? Der sich in diese Arbeit vergrub, aber nie mehr das Wohnzimmer im Triumph betrat und uns zu herrlichen Festen verführte, weil ein Erfolg ihn beglückte. Er ging jetzt allein am Ufer entlang

und hinauf in die Wälder, er mied uns, die wir ihm jeder auf besondere Art Schmerz zu bereiten schienen.
Unter den Bauvorhaben dieses Sommers war ein kleineres: ein Haus für Jaime im Wald.
»Wenn Jaime schon immer grauenvolle Unordnung machen will«, erklärte Lorenzo, »soll er es wenigstens dort tun, wo er niemand anders stört.« Die dahinterstehende Überlegung verschwieg er: Mein Bruder würde die Farm nie mehr verlassen, und deshalb war es günstiger, wenn er so weit wie möglich allen Blicken entzogen war.
Jaime spielte insofern mit, als er sich denkbar unauffällig verhielt. Nachdem das Haus erst fertig war, blieb er tagelang fort. Seit sich Nanny vor ihm fürchtete, brachte ich ihm das Essen hinüber und holte seine schmutzige Wäsche. Er vermied es, mich anzusehen, und wir wechselten bei diesen Begegnungen selten ein Wort. Er schien sich zutiefst zu schämen. Oft fragte ich mich, ob wegen des Unfalls oder noch Schlimmerem oder weil er sogar bei seinem verzweifelten Versuch versagt hatte.
Seine Stein- und Treibholzsammlung behielt Jaime bei, und das kleine Haus akzeptierte er als Lösung. »Sie hat nun einmal beschlossen, ich müsse beschützt werden«, sagte er einmal darüber. »Und wenn jeder ihr glaubt und niemand mir, kann ich ja auch das sein, wofür mich alle halten.«
Wie hieß es in seiner Geschichte: »Doch der Herr des Hauses vertraute Hermoine so sehr, daß er das Böse erst erkannte, als es zu spät war...«

»Es wird nicht mehr lange dauern«, hatte Nanny behauptet. Wie verachtete ich mich dafür, daß ich dachte: Wie lange? Und was war es wirklich, das mich ins ›normale Leben‹ hatte heimkehren lassen, das mich bei Nanny bleiben ließ, weil sie Angst hatte?
Besonders nachts gingen mir solche Gedanken durch den Kopf, speziell dann, wenn mich ein Murmeln aus dem

Nebenzimmer aus leichtem Schlaf weckte und ich bis in die Morgendämmerung wach blieb und grübelte. Es war ungerecht, nutzlos, verdreht wie Jaime, so zu denken.
Ich mußte, ich mußte etwas unternehmen, mit jemandem sprechen, ehe ich so verbraucht, so erschöpft war, daß ich nicht mehr fortkam. Michael fiel mir ein. Er war außerhalb des Spinnennetzes, in dem wir alle – einschließlich Marion – gefangen hingen. Wir hatten uns geliebt, ohne Zweifel. Das schmerzhafte Gefühl des Verlustes: ich konnte es noch immer heraufbeschwören, und es sprach laut genug. So manche Nacht saß ich – die Tür zu Nannys Zimmer weit geöffnet – und schrieb ihm Briefe, die ich niemals abschickte.
Zum Beispiel: »Was wirst Du nur von mir denken, wenn ich Dir erzähle, daß ich damals am Abend nicht aufgetreten bin? Mir ist etwas zugestoßen. Wie soll ich es nur erklären? Ich bin jetzt auf der Farm. Nanny ist schwer krank.«
Oder: »Mein Vater hat für Jaime ein Haus gebaut, damit er darinbleibt, für immer. Meine Mutter ist jetzt meist auf ihrem Zimmer . . . Manchmal glaube ich wirklich, daß keiner von uns jemals . . .«
Ich fing immer wieder neu an und zerriß es in kleine Papierschnitzel, die ich wegwarf. Es war, als schriebe ich einem Unbekannten. Deshalb hörte ich nach einer Weile ganz damit auf.
Während der Sommer zum Herbst verblaßte, wurde ich wieder zu einem Teil jener Existenz, in die ich zurückgekehrt war. Immer seltener dachte ich an das Leben draußen, an eine Zukunft, die mir unvorstellbar weit entrückt schien. Ich ging mit einer Erinnerung durch die Obsthaine, die einsamen, verlassenen Wege entlang, einer Erinnerung, die noch lebendig war. Die krächzte: »Gib mir mal die Hand . . . So ist es brav«, und sich an mich klammerte, und die ich nicht verlassen durfte.

82

Aber Nanny lebt nicht mehr. Und wenn Jaime mit seiner Geschichte recht hat, gibt es für mich keinen Grund, mich noch immer gebunden zu fühlen.
Am 18. November stand sie gerade in der Küche und schälte Kartoffeln, als sie endgültig zusammenbrach. Wieder war es Lorenzo, der sie auf die Arme nahm, und wir beide brachten sie ins Krankenhaus. Als man die Infusionen vorbereitete, mit denen man ihr Leben verlängern und den Schmerz lindern wollte, sah sie uns mit flammenden Augen an und befahl: »Sagt denen, daß ich den Unsinn nicht will. Wenn sie mich schon hierbehalten wollen, sollen sie es kurz machen.«
Sie verlangte kein Mitleid, aber sie wollte den raschen Tod, wenn sie schon nicht mehr herumjagen konnte. Natürlich tat keiner ihr den Gefallen. Man bohrte noch eine Weile Löcher in ihren Körper und füllte ihn mit Leben, obwohl sie ihrer Meinung nach nutzlos und damit tot war. Wir wechselten uns an ihrem Bett ab, bis der Wirbelwind von einst zum röchelnden Hauch geworden und endlich verstummt war.
Wir begruben Nanny auf der Farm, in der Familiengrabstätte derer, die es schon vor langer Zeit aufgegeben hatten, dem steinigen, undankbaren Boden einen Lebensunterhalt abzuringen, und fortgezogen waren. Am Begräbnis nahmen teil: der presbyterianische Pfarrer des Ortes, der uns Pech und Schwefel predigte, Matthew, die Köchin Martha und wir. Wer sonst hatte ihr etwas bedeutet seit dem Tag, an dem sie in unser Leben getreten war?

War es Hermoine, die da gestorben war? Wir wanderten heim durch Wälder, die schon ihr farbiges Herbstlaub abgeworfen hatten. Es war kalt und regnerisch, und doch wollte keiner von uns heim – jeder aus einem anderen Grunde. Nannys Körper war jetzt der Erde zurückgege-

ben, der Blick ihrer Augen erloschen, und das Haus hatte keine Seele mehr.
Nach dem Abendessen saß Lorenzo schweigend in seinem Sessel und sah uns reihum an, wie um die Stücke eines Geduldspiels neu zusammenzufügen, dessen wesentlicher Teil fehlte. Schließlich blickte er zu mir herüber und sagte: »Sie war etwas ganz Seltenes. Ich erkannte es schon beim ersten Mal. Weißt du noch, Missy? Du und ich waren es ... Ich wußte, sie würde fabelhaft hereinpassen, aber ich hätte nie gedacht, wie fabelhaft.«
Nun war sie fort und alles zu Ende; ich konnte es nicht aussprechen. Auch ich dachte an die Teile des Puzzles und was man jetzt mit ihnen anfangen sollte. So flüchtete ich mich in eine gräßliche Platitüde: »Mach dir keine Sorgen, wir kommen schon zurecht.«
Lorenzo zuckte nur die Achseln und lächelte schweigend, und das war schmerzlicher als alle Worte. Und weil ich es keinen Moment länger in diesem Raum ausgehalten hätte, spielte ich die Erschöpfte und floh hinauf in mein Zimmer. Ich versuchte, nicht daran zu denken, wie die drei da unten miteinander allein blieben.

83

Sie blieben es nicht lange – zumindest nicht an diesem Abend. Kaum hatte ich meine Tür geschlossen, zeigten Scharren und Murmeln, daß sie sich trennten. Offenbar wollte jeder lieber für sich seinen Gedanken nachhängen. Marions leichter, zögernder Schritt kam die Treppe herauf. Ihr folgte ein anderer, schwerer, stolpernder: unverwechselbar der Jaimes.
Was ich an Verachtung und Widerwillen gegen ihn hätte empfinden sollen, wußte ich damals sowenig wie heute. Nur schien es mir irgendwie ins Schema der Dinge zu passen, daß er gekommen war.

Er war unschlüssig wie immer, aber er bewegte sich weniger verstohlen als in letzter Zeit.
»Komm herein und setz dich«, forderte ich ihn auf.
Er ließ sich auf dem Schemel vor meinem Toilettentisch nieder, schwer und mit einer Art müder Erleichterung. Das Mondlicht spiegelte sich in seinen Brillengläsern, und ich konnte den Ausdruck seiner Augen nicht erkennen. Es trennte uns, ähnlich wie die Wand eines Beichtstuhles. Und leise und bedrückt wie ein Beichtender sprach er auch: »Du weißt, was damals geschehen ist, nicht wahr? Du hast gehört, was ich gesagt habe. Ich habe es ernst gemeint. Wäre sie damals gestorben, es wäre ein...«
»Ja«, sagte ich. »Ich weiß.« Ob so ein Geistlicher empfand, wenn endlich jemand eine echte Todsünde beichten kam?
»Deshalb bist du hiergeblieben, nicht wahr?« fuhr er fort. »Obwohl du doch wissen mußtest, daß ich es nicht noch einmal tun würde?«
»Vielleicht wußte ich das«, antwortete ich. »Aber *sie* hatte Angst. Sie hat dich auf ihre Art liebgehabt, Jaime. Sie hat nur nie etwas begriffen.« Meine Worte taten mir selbst weh, und in der Stille stieß Jaime einen tiefen Seufzer aus, der wie ein Schluchzen klang.
»Na, jetzt ist es aus und vorbei«, sagte er, »und ich nehme an, du weißt, was das für dich bedeutet?«
»Für mich?« Die Beichtstuhlatmosphäre im Raum schien sich in schiere Erwartung zu verwandeln. Ich merkte, daß ich an Jaimes Lippen hing, als wartete ich seit langem auf seine nächsten Worte.
»Jetzt ist die Geschichte zu Ende, nicht wahr?« sagte er. »Du bist frei.« Es klang lächerlich feierlich, und doch kann ich das Gefühl der Schwerelosigkeit kaum schildern, das mich erfüllte: als sei etwas Schweres und Bösartiges von mir genommen.
»Und du nicht? Ich bin doch sicher nicht die einzige...«

Das Mondlicht funkelte noch immer in seinen Brillengläsern. Ich hörte nur seine Stimme, leise und sorgenvoll wie die eines Propheten, der unter Zwang sprach. »Ich? Für mich ist es zu spät. Mir kann man nicht mehr helfen.«
»Aber Jaime!« Ich schüttelte abwehrend den Kopf, wie aus einem beunruhigenden Traum geweckt.
Doch Jaime erhob sich, als sei das unwiderruflich, als sei nun alles Notwendige gesagt und die Zeremonie abgeschlossen.
Nachdem er mich verlassen und die Tür hinter sich geschlossen hatte, war der Zauber aus dem Zimmer gewichen.

84

Am nächsten Tag fuhr Lorenzo nach New York, um »ein ganz bestimmtes Bauvorhaben zu inspizieren«, wie er seltsam geheimnisvoll verkündete. In seiner Abwesenheit holte ich mir die *New York Times* und sah die Stellenangebote durch. Dabei kam ich mir die ganze Zeit sonderbar neugierig vor, als sei ich im Grunde eine andere, eine mir noch Fremde.
Unter »Urlaub und Erholung« fand ich die Anzeige der Cameron-Ranch in den Teton-Bergen. Ich wählte sie, weil ich »die andere« genau genug kannte, um beurteilen zu können, daß sie neben Tanzen noch Skilaufen beherrschte. Außerdem wählte ich die Tetons – worüber ich mir damals wohl nicht recht klar war –, weil sie so weit weg lagen und mich dort bestimmt niemand kannte.
Ganz verstohlen, obwohl mich niemand beobachtete, notierte ich mir die Adresse und bewarb mich. Dann fuhr ich mit Matthew in die Stadt und gab den Brief persönlich auf. Einige Tage später traf ein Telegramm aus Colorado

ein, daß die Stelle noch immer unbesetzt sei. Da ging ich zu Lorenzo und teilte ihm meinen Entschluß mit.
Es war Spätnachmittag, und wir saßen in seinem Atelier, in das außer mir selten jemand Zutritt gehabt hatte. Er sah hinter seinem Reißbrett so verblüfft und erschrocken aus, als sei der Plan so wahnwitzig wie eines von Jaimes Hirngespinsten. Nachdem ich geendet hatte, schwieg er einen Augenblick, wie um Kräfte zu sammeln. Dann lächelte er mich vertrauensvoll an, als könnten seine nächsten Worte diese unmögliche Idee bei mir ausräumen.
»Weißt du, warum ich neulich weggefahren bin? Romanow war verreist, und ich wollte warten, bis er es bestätigt hat. Also ich habe die Norowska gesprochen: Wir sind uns darin einig, daß man dir trotz des Abends neulich noch mal eine Chance geben sollte. Es wäre ein Jammer um dein Talent.«
Er hielt inne und wartete auf meine Reaktion. Ob er wohl merkte, daß er in den Wind sprach, der die Worte zu ihm zurückwehte? »Begreifst du? Die Norowska möchte, daß du noch einmal von vorn anfängst, auch mitten im Semester. Wenn alles gutgeht, glaubt sie mit Bestimmtheit, dich im nächsten Herbst in ihr *Corps de Ballet* übernehmen zu können.«
Ins *Corps de Ballet* übernommen werden: Welche Freude hätten diese wenigen Worte noch vor kurzem bei mir ausgelöst. Lorenzo und ich hätten miteinander gelacht und gefeiert, und ich wäre für seine illustren Freunde noch ein wenig berühmter gewesen. Als wir jetzt in seinem Atelier saßen, in dem ich so oft für ihn allein getanzt hatte, konnte ich mich nur mit Mühe des Gefühls erwehren, als würde ich erdrosselt. Lebhaft wie damals sah ich die Norowska in der Kulisse stehen und zählen, zählen und dann Lorenzo sich besorgt über mich neigen. Und das nach Tagen, nach Monaten hingebungsvoller Arbeit.

Ich traute meinen Ohren nicht, als ich mich laut aussprechen hörte, was ich seit Tagen dachte: »Es tut mir leid. Ich weiß nicht, warum ich an dem Abend damals derart versagt habe. Aber ich gehe nicht zurück. Ich möchte nicht mehr tanzen. Ich bin nicht einmal sicher, ob ich es überhaupt kann . . .«
»Sei nicht albern. Das bildest du dir alles nur ein«, gab Lorenzo in schrillem, gereiztem Flüstern zurück. »Begreifst du, was das bedeutet, wenn Romanow dir noch einmal eine Chance gibt? Missy, schau mich an.« Seine dunklen Augen – die wundervollen, überwältigenden Augen – bettelten jetzt, ich möge doch vernünftig sein. »Sieh dich in diesem Zimmer um. Erinnerst du dich nicht mehr?«
In diesem Raum, von dem er sprach, begann es dunkel zu werden. Ich saß Lorenzo in der Stille gegenüber und sah das schwindende Sonnenlicht durch die hohen Fenster längere Schatten werfen – Schatten, die ich auswendig kannte, weil ich sie zum Maß meiner Schritte gemacht hatte, als noch er allein mich überwachte, mein strenger Kritiker, ohne den ich niemals weitergekommen wäre als bis in Madame Lupetskas staubiges Spiegelkabinett. Wie schön Licht und Schatten in dem großen kahlen Raum wirkten, in dem wir beide gelegentlich alles außer dem Wichtigsten in unserem Leben vergessen hatten. Die Schönheit des Raumes symbolisierte für mich all das, was von der durch Lorenzo geschaffenen Welt noch übrig war. Und doch wußte ich, daß diese Augenblicke unwiederbringlich waren und die Schönheit sich in Leere auflösen würde, wenn ich gesprochen hatte.
»Natürlich erinnere ich mich«, sagte ich. »Aber ich muß hier raus. Ich muß einfach einmal eine Weile allein und selbständig sein.«
Geraume Zeit antwortete er nicht, und dann war es, als habe aller Kampfgeist ihn verlassen.
»Gut, Melissa«, sagte er. »Ich habe immer gewußt, daß

du deinen eigenen Willen hast – aber ich hätte nicht gedacht, daß du ihn so einsetzen würdest. Für mich hätte es die Sachlage entscheidend geändert, wenn du wieder in die Ballettschule gegangen wärst.« Damit erhob er sich und trat auf mich zu. Im nächsten Augenblick lag ich in seinen Armen, sein Bart kratzte mich, mein Gesicht war naß von unseren Tränen. Mir war, als hätte ich ihm eine äußerste Niederlage zugefügt.

85

Heute habe ich Mrs. Cameron Jaimes Geschichte erzählt, aus dem Gedächtnis, in dem sie so lange verblieben war, und dabei einen Widerspruch zu fast jedem Wort bildete, das ich zu ihr gesprochen hatte. »Die wahre Geschichte« hatte Jaime sie genannt – und ich hatte sie immer absurd gescholten.
Aus dem gleichen Grunde, aus dem Lorenzo ein Haus für Jaime im Wald gebaut und ihn dortgelassen hatte, hatte ich zu ihr darüber geschwiegen. Mit der Zeit habe ich gelernt, daß Vertrauen zu Mrs. Cameron das Vertrauen schlechthin ist. Sie wird es niemals enttäuschen. Wenn ich es nicht will, werden die Dinge allein zwischen uns beiden bleiben.
Einen besseren Zuhörer als diese derbe und zugleich sensible Gebirglerin kann es nicht geben. Jetzt näherte sich der Frühling, und wir spielten nach wie vor unser Spiel mit Halbwahrheiten. Noch immer wußte ich nicht, was ich tun würde, wenn der Schnee erst geschmolzen war.
Der erste Frühlingslaut war das hohle Tröpfeln des Wassers unter der Eisdecke des Baches, der am Blockhaus vorbeifließt. Aber auch eine gewisse Weichheit in der Luft, eine Wärme um die Mittagszeit, die uns einige unserer vielen Pullover ausziehen ließ. Später dann ein Knirschen und Rumpeln im Canyon und eine Art ehrfürchti-

ger Respekt, mit dem man, vom Rand des Canyons hinunterblickend, die ungeheure Macht des aus seinem Eisgefängnis ausbrechenden Flusses sah.
»Es ist soweit.« Mrs. Cameron lehnte sich über die Brücke, die den Canyon überspannte, das Gesicht im Wind, die Augen dunkle Schlitze in all dem Weiß. »Wenn der Fluß erst aufbricht, gibt es keinen Zweifel mehr: dann liegt der Winter hinter uns.«
Ich schauderte. Der Wind war unerbittlich. Alles an diesem sich langsam steigernden Zeremoniell des Winterendes schien zwingend und unwiderstehlich. Solange Schnee und Eis, Kälte und Stille alle Kräfte der Erde gefangengehalten hatten, war in mir ebenfalls Stille gewesen, in der ich nachdenken konnte, ohne handeln zu müssen. Jetzt erwachte die Erde wieder zum Leben, und auch meine Stille war zu Ende.
Nach ein paar Tagen legte sich der Wind, die Luft wurde milder, und wir begannen, uns an dem Ritual zu beteiligen: Wir wachsten unsere Skier und spannten sie zum letztenmal, wir sortierten Decken, die gewaschen und mit Mottenschutz versehen werden mußten. Um die Pferde zu bewegen, die stampfend und schnaubend seit Monaten im Stall standen, ritten wir in die Vorberge hinaus. Vom ersten Tag an waren die Tetons für mich eine große Mauer gewesen, die das Bekannte vom Unbekannten trennte. Als ich jetzt ihnen entgegenritt, wußte ich plötzlich, daß auch ich mich zwischen Bekanntem und Unbekanntem entscheiden mußte. Mrs. Cameron schien es zu fühlen, denn sie sagte: »Die Skier haben wir zwar weggepackt, aber Sie wissen hoffentlich, daß hier trotzdem noch eine Menge zu tun ist, falls Sie bleiben wollen.«
»Bitte, machen Sie es mir nicht noch schwerer«, erwiderte ich. »Ich habe mir geschworen, nur bis zum Ende des Winters zu bleiben.«
Ich sagte es lachend und meinte es doch bitter ernst.

Sie nickte. »Ja, ich weiß. Und ich hoffe, der Winter hat Ihnen geholfen.«
»In vieler Hinsicht, ja.« Ganz gewiß spürte sie die Unsicherheit hinter meiner etwas gequälten Fröhlichkeit.
»In anderer wieder weniger«, meinte sie. »Das ist mir klar, Missy. Sie brauchen es mir nicht zu sagen.«
»Ich möchte aber – wenn ich darf...«
»Auch gut.« Mrs. Cameron hob die Schultern und lächelte. Sie zeigte sich nicht im mindesten überrascht.
Wir waren an einem Aussichtspunkt angelangt, voll von kantigen Felsen und Wacholderbüschen, von dem aus man nach vorn in die Föhrenwälder und Gebirge, nach hinten über das Tal hinwegblickte, wo sich die Ranch inmitten einer Gruppe Blockhäuser im Schatten der Hügel bis zum Rand des Canyons erstreckte. Wir saßen ab, banden die Pferde im spärlichen Schatten der verkrüppelten Wacholderbüsche an und kletterten zu einem tiefer gelegenen Felsblock hinunter. Dort blieben wir den größten Teil des Nachmittags sitzen, und während die Sonne die Steine wärmte und die Schatten verlängerte, erzählte ich ihr von Jaime, was sie noch nicht wußte, daß er jetzt oft kaum noch Ähnlichkeit habe mit dem früheren, sanftmütigen, harmlosen Wesen, und von seiner erfundenen Geschichte, die sich mit der Wirklichkeit vermischt und dadurch sein und unser Leben beeinflußt hatte.
Das rauhe Leben in einer herben, gleichgültigen Landschaft hatte Mrs. Cameron zugleich verständnisvoll und hart gemacht. Sie war nicht der Mensch, sich in entscheidenden Augenblicken von Gefühlen hinreißen zu lassen. Doch als ich ihr endlich alles berichtet hatte, sah ich tiefe Verwunderung und äußerstes Mitgefühl auf ihrem sonnengegerbten, faltigen Gesicht spielen. Es dauerte ein Weilchen, ehe sie die Sprache wiederfand. »Entschuldigen Sie, aber das muß ich erst einmal überdenken. Daß Sie mir erst jetzt von Jaimes Märchen erzählen, finde ich sehr bezeichnend, und ich sehe manches in einem ande-

ren Licht. In Wahrheit hatten Sie die ganze Zeit Angst vor dem, was Ihr Bruder anrichten könnte. Und genau das konnten Sie niemandem begreiflich machen.«
Ich spürte, daß auch diese neue Lesart ihr nicht recht gefiel, und sagte etwas zu heftig: »Anrichten könnte und angerichtet hat! Ich habe ja auch recht behalten mit meinen Befürchtungen, Mrs. Cameron.«
»Gewiß, Sie Ärmste.« Sekundenlang zeigte sie ihr Mitleid. »Sie müssen wirklich entsetzlich gelitten haben. Besonders in den letzten Tagen, als ... Na ja, das ist ja jetzt vorbei, nicht wahr?« Abrupt wurde sie wieder ganz sachlich. »Die Geschichte ist zu Ende, wie Jaime selbst gesagt hat. Jetzt gibt es nichts mehr, das irgendjemand festhält.« Trotzdem klang sie nicht überzeugt, nicht einmal zufrieden. »Ich kann mir nicht helfen: Sie säßen wohl kaum hier, wenn es so einfach wäre. Also, Missy, was ist es noch?«
Ja, was war es? Der feste Felsbrocken, auf dem wir rasteten, wurde hart und unbequem, die Frühlingssonne schien nicht mehr so warm, als ich mich zwang, mich an das zu erinnern, wovor ich mich am meisten scheute. Ich sah meines Vaters Zimmer, sah ihn dort im Schatten sitzen, meinen zum erstenmal ratlosen Vater, der mich anflehte, zur Besinnung zu kommen, zu bleiben, meine Chance zu nutzen. Ich hörte ihn in dem Ton, in dem man von etwas bereits Verlorenem spricht, äußern: »Für mich würde das die ganze Sachlage ändern ...«
Plötzlich fiel aller Zweifel des Winters von mir ab, ich kehrte in die Gegenwart zurück und wandte mich an Mrs. Cameron: »Es ist, weil ich weggegangen bin und ihn mit allem allein gelassen habe.«
Aber davon wollte Mrs. Cameron nichts mehr hören: »Was heißt hier ›mit allem‹? Mit der Welt, die er sich selbst geschaffen hat, oder?«
Das war der Wendepunkt. Es gab zwar noch Tränen und Ratlosigkeit, und der kalte Wind erinnerte uns noch ein-

mal an den Winter, doch ich wußte: Mrs. Cameron brauchte nichts mehr zu sagen. Während der vergangenen Monate hatte sich im Gespräch mit ihr, im Grübeln und Schreiben in meinem einsamen Zimmer alles geordnet: die Welt der Farm, idyllisch, sorgsam gegliedert, in der vielleicht nur Jaime und ich ehrlich miteinander waren. Mein Leben in New York, weltabgeschiedener als jedes Nonnenkloster, in dem ich Rechenschaft ablegen mußte über jede Minute Zeit und über jeden Menschen. Und während mein Vater und ich ein solches Leben lebten, waren Jaime und unsere Mutter – ebenso weltabgewandt – in einem Haus über dem Meer zurückgeblieben. Sie hatten in Nanny einen treuen Wächter gehabt, aber auch nach ihrem Tod hatte sich nichts geändert.
Nein, es bedurfte Mrs. Camerons ärgerlicher Schlußworte nicht, um mir vor Augen zu führen, daß Jaime in mehr als einem Sinne eine Phantasiegestalt, Nanny bei all ihrer Halsstarrigkeit und ihren Übergriffen in anderer Leute Angelegenheiten, wir alle nur Personen in einem Stück waren, dessen Autor Lorenzo hieß.
Es dämmerte schon, als Mrs. Cameron und ich unsere Pferde losbanden, aufsaßen und schweigend nach Hause ritten. Im Westen hing ein golden-purpurner Himmel über dem zum Leben erwachenden Grün, dem dahinströmenden Fluß, dem gleitenden Schnee, die sich nicht mehr aufhalten ließen. Wenn je ein Schweigen Gefühle und Gedanken respektierte, dann dieses.

Jetzt ist es dunkel. Ich bin allein in diesem Zimmer, das mein Schlupfwinkel gewesen ist, mein Versteck, meine Zuflucht für so lange Zeit. Ich weiß, was ich tun werde. Die Tetons sind hoch und zugleich schützend und bedrohlich. Aber sie sind nicht unübersteigbar. Mein Leben – vielleicht das einzige von unser aller Leben, das noch zu heilen ist – liegt auf der anderen Seite.
Ich weiß, ich werde wieder versuchen zu tanzen. Nicht

weil es außer Skifahren das einzige ist, was ich kann. Sondern weil trotz allem noch jenes Gefühl vorhanden ist, das einmal für mich den Unterschied zwischen Leben und bloßem Vegetieren bedeutet hat.
Ich sollte erleichtert sein, froh, mich der Wahrheit gestellt und eine Entscheidung getroffen zu haben. Erleichtert bin ich wohl. Aber froh kann ich nicht sein über die Erkenntnis. Ich glaube, ich liebe meinen Vater in seiner Schwäche noch weit mehr als in seiner Stärke. Die Vorstellung läßt mich nicht los, daß Jaime sich irrt und seine Geschichte noch nicht zu Ende ist. Und wenn ich in dunklen Zimmern wach liege und daran denke, kann ich es nur wiederholen wie eine gnadenlose Litanei:
»Es ist Lorenzos Welt und unabänderlich.«

3